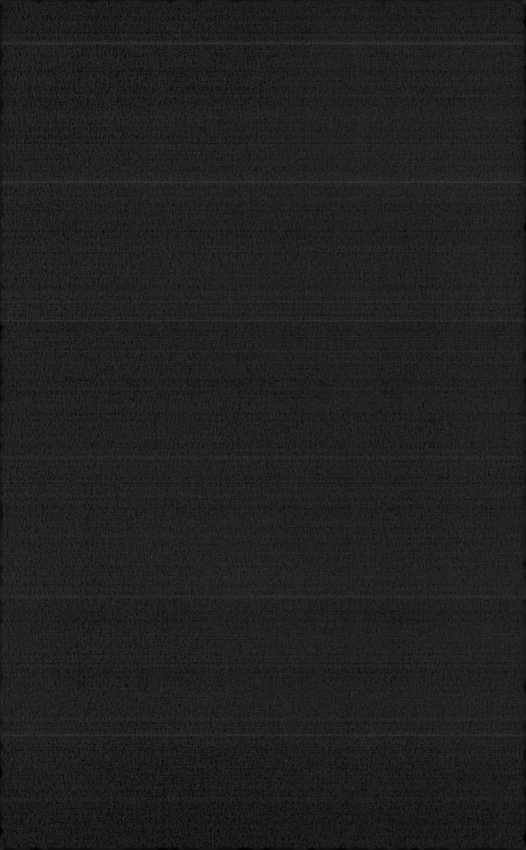

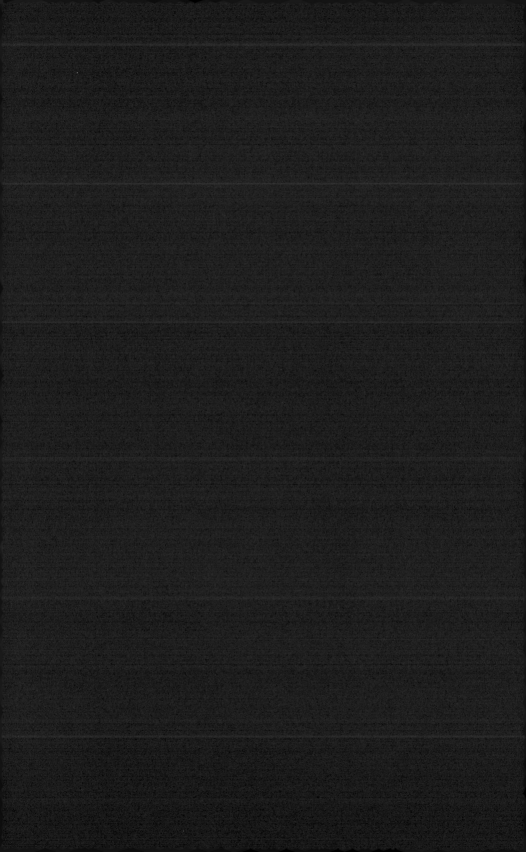

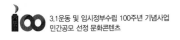

3.1운동 및 임시정부수립 100주년 기념사업
민간공모 선정 문화콘텐츠

밀양 박씨 일가의 중국 이주 100년사

두만강은 말한다

박남권 원저
신완섭 편저

원저자 머리말

•

조선 함경북도 경흥군(지금의 은덕군)에서 살았던 나의 선조들이 중국 땅으로 이주한 지도 한 세기가 넘는다. 중국 이주 4대 신분으로서 그 한 세기 역사를 돌이켜보면 감개가 무량해지고 새삼 격세지감을 느낀다.

멀리 떨어진 혈육들을 만나보고 싶고 소식이라도 나누고 싶지만 국내 친척들 간에도 자주 못 만나게 되고 외국에 나가있는 혈육들과는 더 만나기 어려워 혈육의 정이 멀어지는 것만 같아 안타까운 심정이다.

이런 나와 내 가족의 아픔을 달래주기 위하여, 또 세월이 흘러 잊힐까 봐 칠십갑 나이였던 2011년에 첫 구술을 시작하여 2015년 개정판을 내게 되었다. 변변치 못한 글재간으로 우리 대가족의 백 년 역사를 쓴다는 것이 주제넘은 일일지 모르겠으나, 내 아버지의 할아버지 대로부터 그와 그의 후손들의 행적과 행방을 밝히는 데 주력하였다.

특히 책에서 밝힌 우리 가족의 항일투쟁사는 그 사실적 근거로 인해 출판되자마자 국내외 우리 민족 역사학자들과 민족사를 연구하는 작가들에게 큰 관심과 주의를 끌었다. 그 결과 2014년 7월 말부터 중앙

인민방송국 조선말방송 〈오늘의 화제〉 란에서 매주 한 번씩 방송되었고, 연변 조선족 자치주 정치협상회의에서 기획 발간한 〈중국 조선족 백년실록(中國朝鮮族 百年實錄)〉에도 내용의 일부가 실리게 되었다.

　가족이 모여 사회를 이룬다. 한 가족, 한 가문의 역사도 여느 역사와 마찬가지로 후세 사람들이 꼭 알아야 한다. 가족사는 그 가정의 역사이다. 그러나 이는 여기서 끝나는 게 아니다. 자기 가문의 역사로부터 민족의 역사를 잘 료해(了解)하여야 확고한 민족애와 조국애가 싹트게 되는 것이다.
　팔순이 가까워지는 나이에 깨닫게 된다. 역사는 우리에게 '뒤를 돌아볼 줄 아는 사람만이 더 멀리 앞을 내다볼 수 있다'고 가르친다는 점이다. 이 책이 내 후손들뿐만 아니라 우리 민족 모두에게 귀중한 자료가 되기를 바라 마지않는다.

　끝으로 멀리 이곳 중국 여순의 내 집까지 찾아와 나와 토론하고, 그토록 염원했던 고국에서의 출간이 실현되도록 애써 주신 한국의 고다출판사 발행인 신완섭 선생에게 뜨거운 감사를 드린다.

2019년 3월
중국 여순에서 원저자 박남권

편저자 머리말

•

본 회고록은 중국 훈춘의 회룡봉촌에서 태어나고 자라 길림성에서 오랜 기간 교편을 잡은 후 은퇴하고 지금은 대련시 여순구에서 노년을 보내고 계신 박남권 선생이 기술한 밀양 박씨 일가의 100년 이민사에 관한 내용이다. 원저 〈두만강변에 서린 애환〉은 2013년 중국 북경의 민족출판사에서 한글판으로 첫 출간되었고, 2015년에는 개정판이 발간되었다.

본서는 박남권 선생이 구술한 2015년 개정판 원서를 토대로 구성하였다. 따라서 화자(話者)의 중심은 당연히 구술자 박남권 선생이고, 이 책은 그의 구술을 읽기 쉽게 수정하고 각색한 것에 불과하다. 원서는 6장 1부록으로 구성되어 있으나, 본서에서는 가문의 족보를 다룬 부록은 전면 삭제하고 대신 그의 기념글과 족보 집필, 묘비 내용 등 다소 사적인 부분을 부록으로 대체했으며, 제1장 중 독자들의 공감에서 벗어나는 내용은 상당 부분을 축약시켰음을 우선 밝힌다. 또한 멀리 타국에서 저술된 회고록인 만큼 고증과 사실 확인을 위해 두

5

차례에 걸쳐 대면 취재와 이주 루트 탐방을 위해 현지를 다녀왔음도 밝힌다.

원서는 분명히 한글로 표기되어 있지만 중국 조선족들의 어법은 우리말 표현과는 사뭇 다르다. 서울말 표준에 익숙한 우리들로서는 낯선 대목들이 한두 군데가 아니어서 원 구술자의 동의를 얻어 팩트는 살리되 거슬리는 부분들은 대폭 우리말 표현으로 수정 윤색하였다. 예를 들면 자주 언급되는 '사업하다'를 '일하다'로 바꾸는 식이다. 나로서도 처음 원문을 읽으면서 박씨 일가들이 죄다 사업가라며 의아해했을 정도였으니 말이다. 다만 원문 인용 부분과 부록 구술 부분은 가능한 한 원문 그대로 실었다.

구술자가 기술한 이민사는 구한말 1909년에 시작하여 오늘에 이르고 있다. 올해를 기준으로 따지면 정확히 110년간의 세월이 흘렀다. 그 사이를 관통하는 두 가지의 큰 사건은 '항일투쟁'과 '남북 분단'이었다. 이민 1대를 통해 망국의 설움을 느끼게 되고, 2, 3대를 통해 항일투쟁의 현장을 엿보게 되고, 4대인 저자 세대를 통해 6.25전쟁의 비극과 남북 분단의 아픔을 느끼게 된다. 5대 이후로 넘어가면 7개국으로 흩어져 살 수밖에 없는 조선족 디아스포라의 슬픈 운명에 눈시울을 적시지 않을 수가 없다.

이토록 한 맺힌 박씨 가문의 중국 이주사가 조국인 대한민국에서 출간되기를 바라는 그의 간절한 심경을 이해하겠는가. 타국에 살면서 겪었던 할아버지와 아버지 세대, 자신의 가족 이야기는 이들만의 가족사이기 이전에 우리 모두가 공감해야 할 민족사이기 때문이다.

올해는 특별히 3.1운동 100주년이자 상해임시정부 수립 100주년이 되는 뜻깊은 해이기도 하다. 책 속에는 항일투쟁에 목숨을 바친 가족들의 비화가 생생히 기록되어 있다. 또한 영화 '태극기 휘날리며'를 방불케 하는 친족 간의 한국동란 교전 내용도 가슴을 저미게 한다.

이 책의 탈고를 끝내기 직전 금년 4월초에 닷새간 중국 현지를 다녀왔다. 그곳에서 나는 밀양 박씨 일가의 중국이주 100년 발자취를 생생히 확인할 수 있었다. 현장에서 느낀 깊은 울림과 감동을 독자들과 공유하고자 '항일역사 탐방기'를 본서 부록 편에 함께 싣는다.

'역사를 등진 민족에겐 미래가 없다' 구술자가 던지는 흥미진진한 메시지에 이제는 우리 모두가 화답할 차례이다.

2019년 4월
경기 군포에서 편저자 신완섭

회룡봉 찬가

•

유춘란(훈춘 문인협회 회원/ 시인)

내 고향 사람들
그들은 순박한 농군이었고
어질고 착한 백성들이었습니다.

하지만
침략의 총구멍 앞에서
그들은 용맹한 투사였고
착취와 강탈 앞에서
그들은 정의의 용사들이었습니다.

휘발유를 친 짚더미 속에 묻혀
산 채로 불타 죽으면서도
침략자들 앞에
무릎 꿇지 않았던 그들,
그들을 어찌

그저 착한 백성이라,
순박한 농군들이라 하겠습니까!

조직의 비밀을 위해서라면
옷 벗은 몸 주저 없이
몽둥이 찜질에 맡겨버리고
고춧물, 냉숫물 혹형에
육신의 피가
밖으로 흘러 굽이치고
우물마저 바닥났어도
끝끝내 입을 열지 않았던 그들,
그들을 어찌 한 자식의 어버이로만
볼 수 있겠습니까!

사형장의 총구멍 앞에 서 있는 순간에도
한 놈이라도 죽여야 한다는 일념으로
총칼 든 놈들과 결투를 벌였던 박지영, 박근영 형제
그들을 어찌
그저 내 고향 선조들이라는
소박한 이름으로만 부를 수 있겠습니까!
그들은 민족의 영웅이었고

이 나라 해방 위해
목숨 바친 투사들이었습니다.

지금도 우리를 울려주고 있는
그 이름들
김홍석, 김세길, 한규량, 박인권, 박현규, 김승세, 김룡현
김규용, 김규선, 김경진, 고순애, 김응익의 처 등등
회룡봉 7인 참안(=참사)과 벌등 6인 참안에서
살해된 항일투사들,
그들이 지켜낸 건
민족과 나라의 존엄이었고
우리 모두의 오늘이 아니겠습니까!

피로서 씌어진
내 고향의 혁명이야기
대를 이어 엮어졌답니다.

아버지의 원수를 갚겠노라
총을 메고 전장에 나갔던
열여섯 꽃다운 소년 박정권
침략의 총탄이

심장을 뚫는 순간
그 어린 생명이 생각한 건
무엇이었을까요?

고향에 계신 어머님이었을까요
메고 싶었던 책가방이었을까요

신혼의 첫날밤이 새기도 전에
각자 자신의 임무수행에 나서야 했던
신혼부부 김한웅, 고기준
그렇게 갈라진 지 60년
애틋한 그리움 속에 세월을 보내다가
팔순 노인이 되어 만났다는
전설 같은 이야기
그게 혁명촌 항일촌 회룡봉의 이야기입니다.

누가 그랬던가요
대나무 뿌(=그루터기)에서 대나무가 자라기 마련이라고

처마 낮은 초가집
어두운 기름등잔 밑에서

배움에 게으르지 않았던
혁명촌 항일촌의 2세, 3세들

짚신에 토스레옷(=헌옷) 차림으로
배를 곯으면서도
기죽지 않고 당당하게
꿈을 펼쳤던 그들

부강한 나라 건설에
튼튼한 역군이 되고 있으니
그들이 있어
열사탑에 새겨진 영웅정신과
혁명 석굴에 엮어놓은
피 어린 이야기는
자손만대 길이길이
전해지는 게 아니겠습니까!

유서 깊은 회룡봉,
이 땅을 밟는 사람들이여
부디 잊지 마시라

두만강이 감돌아 흐르는
저 용두산 언덕에
수많은 열사들의 영혼이 잠들고 있음을,
대를 이어 인민의 충복들이 태어나고 있음을

내 오늘 가슴을 헤치고
외쳐봅니다.

내 고향 회룡봉은
혁명촌 항일촌 인재촌이라고,
나는 고향의 모든 것을 사랑한다고,
일초일목(一草一木)도,
그리고 스쳐가는 바람까지도...

＊＊이 시는 2016년 3월 20일, 훈춘시 화춘식당에서 벌어진 '회룡봉 건촌 144주년 및
   〈촌사〉 출간경축대회' 10주년 좌담회에서 발표되었으나 저자들의 요청으로 재 탈고
   하여 본서의 출간기념 축시로 싣는다.

목차

제 1 장

—

밀양 박씨 가문의 중국 대이주

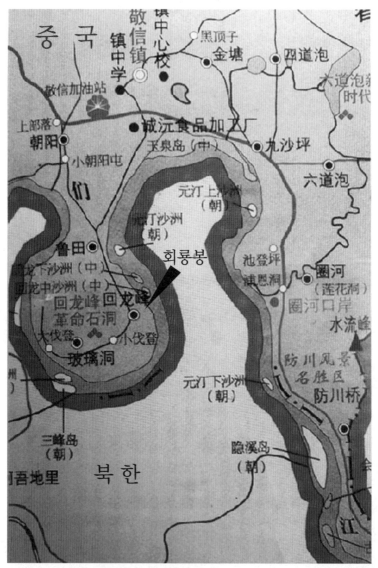

화룡봉촌 지도

근대 한민족의 중국 이주 약사(略史)

한 밀양 박씨 가문의 중국 이주를 서술하기에 앞서 근대 한민족의 중국 이주 개황을 간략히 살펴보자.

이주 민족으로서 중국에 정착한 조선족 이주사는 비교적 오랜 역사를 가지고 있다. 중국 국가민족사무위원회가 편찬한 〈중국소수민족간사총서(中國少數民族簡史叢書)〉 중 1986년 연변의 인민출판사에서 출판된 〈조선족 간사(朝鮮族簡史)〉에 의하면, 우리 민족이 두만강, 압록강을 건너 중국 땅에 뿌리를 내리기 시작한 지는 약 400년에 이르고 본격적으로 정착하기 시작한 지는 200여 년에 이른다고 한다.

중국 정부가 펴낸 〈중국 조선족 이민역사(中國朝鮮族移住歷史)〉에서는 조선족의 이주 역사를 모두 여섯 단계로 나눈다. 1단계(1620~1677)는 강제이민 시기, 2단계(1677~1881)는 범월 잠입 시기, 3단계(1882~1910)는 이민 초간 시기, 4단계(1911~1920)는 자유이민 시기, 5단계(1921~1931)는 이민제한 시기, 마지막 6단계(1931~1945)는 강제 집단이민 시기이다.

1677년(강희 16년, 숙종 4년)에 청나라 조정은 장백산(=백두산)과 압록강, 두만강 이북의 1천여 리 지역을 청조의 발상지라 하여 봉금(封禁)구역으로 정하였다. 그러나 기아에 허덕이던 조선의 가난한 농민들은 살 길을 찾아 봉금령을 어기고 끊임없이 중국 땅에 잠입하였다. 이로 인해 청조 조정과 조선 조정 간에 외교 분쟁이 빈발했다.

1845년(도광 25년, 철종 11년) 이후로 봉금령이 좀 풀리면서 압록강과 두만강을 건너 와 사사로이 황무지를 개간하고 농사를 짓는 조선 농민들의 수효가 급격히 늘어나게 되었다.

1860~1870년 사이에는 조선 북부에 미증유의 대 수재가 든 데다가 한재(旱災), 충재(蟲災)까지 겹쳐 기아에 허덕이던 수많은 조선 기민(饑民)들이 물밀듯이 중국의 동북변강(東北邊疆)으로 이주해 왔다. 19세기 말엽에 조선의 봉건통치와 거듭된 자연재해로 이민 물결이 고조된 것이다.

게다가 일본제국의 한반도 침략이 가시화되면서 무자비한 일제의 약탈이 중국 이주를 더욱 가속화시켰다. 1876년에 체결된 강화도조약을 필두로 1905년 말에는 을사조약, 5년 뒤인 1910년에는 굴욕적인 한일합병조약이 체결되었다. 이로써 한반도는 일본의 식민지로 전락하였고 우리 민족은 일제에 예속된 망국노가 되었다.

이런 와중에 우리 민족의 자위 항쟁과 국권 회복 운동이 전국 곳곳에서 일기 시작했다. 가장 두드러진 것이 의병(義兵)의 궐기였다. 국내에서의 의병운동은 우리 민족이 흩어져 살고 있던 주변국인 중국 동북지방과 러시아 연해주 지역으로 급속히 파급되었다.

한편 두만강과 압록강, 두 강을 사이에 둔 청나라에서는 1890년부터 손중산, 황흥과 같은 혁명 선구자들의 끈질긴 노력과 투쟁에 의해 수천 년 동안 지속되었던 봉건왕조가 무너지고 1912년 중화민국이 창건되었다.

이런 국제적인 변화가 소용돌이치는 가운데 조선 북방 지역은 연속적인 흉년에 시달렸다. 많은 이재민들이 살길을 찾아 중국 땅으로 건너 와 자리를 잡고 농지를 조성하고 농사를 지었다. 다른 민족과의 융합을 도모하는 한편 민족의 정체성을 살려 경제와 문화 중흥에 이바지하였다. 또한 이곳을 근거지로 나라의 독립과 한민족의 당당한 권리를 행사하기 위해 각종 활동과 항일투쟁에도 적극 뛰어들었다.

그렇다면 밀양 박씨 선조들은 어느 세대 때 어디에서 어디로 이주해 왔을까?

❀

증조할아버지의 중국 이주

구술자인 박남권의 증조할아버지 박의도(1864~1925년)는 한일합병 한 해 전인 1909년에 아내와 육 남매를 이끌고 중국으로 이주하였다.

당시 일제 침략과 자연재해 등으로 인한 생활고를 견디지 못해 두만강 하류 지역인 조선 함경북도 경흥군(지금의 은덕군) 상하면 농경동(회암동 북쪽, 두만강과 8km 이내 거리에 위치)에서 동쪽 방향으로 두만강을 건너 강의 하류 끄트머리 지역인 중국 훈춘 경신으로 이주한 것이다.

오랜 세월 삶의 원천으로 삼았던 두만강을 떠나기 싫어 조선 땅의 강 서쪽 기슭에서 강 건너 동쪽 기슭으로 옮겨 앉은 것인데, 조선족 이주 역사 중 이민 초간 시기에 해당한다.

증조할아버지 박의도는 밀양 박씨의 시조인 박혁거세(朴赫居世)의 55대 후손이고, 밀양 박씨 중시조인 박언부의 19대 후손이자, 밀양 박씨의 입북(入北)*시조인 박만령의 12대 세손인 박지신(1790년생)의 후손이다. 박지신의 후손들 세대 때부터 중국의 길림성, 흑룡강성 등지와 러시아의 연해주 일대로 이주가 시작된 것이다.

박남권의 중국 이주 1대 조상은 박익관(1842년생)의 세 아들 중 막내였던 박의도이다. 불행히도 큰형 박선도와 둘째 형 박운도에겐 자식이 없어 그들 가문의 가족사는 막내였던 그의 증조할아버지 박의도와 그의 후손들에게로 내려오게 되어 지금까지 그 맥을 이어오고 있다.

중국으로 이주해 온 박의도와 그의 자식들은 40리(약15.5km)를 사이에 두고 가까운 곳에 살면서 난세를 겪어왔고 나중에는 삼 형제가 한 곳에 모여 살다가 일부는 북조선으로 돌아가고 또 일부는 중국으로 다시 돌아오기도 했다. 또 일부는 러시아, 중앙아시아 등지로 흩어지고 모였다가도 다시 흩어지는 역사의 격랑 속에서 한 세기의 가족사를 엮어 내려온 것이다.

---

*입북(入北) : 밀양 박씨의 입북이란 시조 박혁거세의 후손들이 남에서 북으로 이주해 옴을 말한다. 입북 시조 박만령(朴萬齡)의 함경북도 경흥 정착은 지금으로부터 약 500년 전으로 알려져 있다.

중국에 가장 먼저 이주한 박윤섭 일가

밀양 박씨 가문의 조상들이 중국으로 이주하기 몇 해 전 중조할아버지의 삼촌인 박익보의 외동아들 박윤섭(1870년생) 일가가 조선 경흥군 농경동을 떠나 조선 회암동(=아오지) 동쪽 두만강 기슭 게바위 너머 위쪽의 중국 경신 회룡봉촌 스장판 마을로 먼저 이주하였다.

게바위와 스장판, 그들 가문과 밀접한 관계를 맺어온 두 지명에 얽힌 이야기를 잠시 들려주려 한다.

게바위는 두만강 하류지역인 조선 경흥 아오지 바로 동쪽에 있는 곳으로 두만강과 돌산의 오랜 만남 속에서 형성된 절벽바위이다. 방랑시인 김삿갓이 쓴 '山不渡江江口立(산불도강강구립) 산은 강물을 건너지 못해 강가에 서 있고 / 水難穿石石頭廻(수난천석석두회) 물은 돌을 뚫지 못해 돌머리를 돌아가네.' 시구가 연상될 정도로 요새를 방불케 하는 기묘함이 묻어난다.

두만강이 게바위에 부딪쳐 강골을 동으로 돌리게 되면서 수심은 깊어졌지만 강폭이 아주 좁아졌기 때문이다. 이로 인해 그 아랫목에 말발굽형의 회룡봉 땅이 형성된 것이다. 이런 특수한 지형지세로 해서 예로부터 사람들이 두만강을 넘나드는 길목이 되었다.

현재 구순의 나이로 미국에서 살고 있는 사촌 남표 형님은 1988년 가을 50년 만에 고향인 회룡봉을 찾으셨다. 형님은 어릴 적 어머니가 게바위를 건너 조선에 갔다 올 때면 밤새 어머니를 기다렸다고 한다. 조선에서 이고 오는 어머니의 보따리 속에는 언제나 회룡봉에서는 구경도 못 하는 맛있는 개눈깔 사탕이 들어있었다고 회고했다.

수많은 사람들이 그 게바위를 거쳐 중국과 조선을 동네처럼 드나들던 두만강이 1945년 후부터는 중조 두 나라 국경선이 되어 점차 엄금되었다. 그러나 두만강을 사이에 두고 오랜 세월 맺어진 양안(兩岸) 혈육의 정은 그대로 남아있어 의연히 소식을 주고받았다. 바로 강폭이 좁아 대화를 나눌 수 있는 게바위 나루터가 있어서였다.

1945년 8.15 항일전쟁 승리 후 중화인민공화국이 창건되기 전의 일이다. 그들 집 동녘에 살던 이승동(1944년생)의 할머니가 조선 아오지에 사는 아무개 아들이 게바위에 찾아와서 "당신의 연세 많은 형애(당시 언니를 부르는 호칭)가 조선에서 세상을 뜨셨다"라는 기별을 전해주자 부고를 받고도 갈 수 없어 하는 수 없이 자기 집에서 성복(成服)제사를 지냈다.

1960년대 초까지만 하더라도 적지 않은 회룡봉 청춘남녀들이 이곳 게바위나루터를 통해 몰래 조선에 가 학교에도 다니고 취직하기도 하였다. 북한이 생활난에 쪼들릴 때는 북에 사는 사람들이 게바위로 비밀리에 도강하여 중국의 일가친척들로부터 도움을 받기도 했다.

전하는 말에 의하면 1907년 안중근 의사도 이 게바위나루터를 건너 중국과 러시아 연해주로 망명했을 뿐만 아니라 안 의사의 모친 조마리아 여사도 아들이 밟은 길을 몸소 밟겠다며 이 나루터로 강을 건너셨다 한다.

또 1919년 3월 28일 4천여 명이 참가한 경신 구사평에서의 3.1운동 성원대회 후 주모자로 체포된 금당촌 숭신학교 학감 오재영과 항일유공자 신우여 선생의 부친 신정호, 구사평촌 독립운동가 서치복 등이 경흥경찰서로 압송될 때도 이 나루터로 건넜다 하니 그야말로

'눈물 젖은 두만강'이 아닐 수 없다.

일본제국주의 침략자들은 중국 동북부에 위만주국을 세우기 전 이미 회룡봉 본 마을에 해관 분세관을 설치하고 그 소속으로 게바위 맞은편 중국 땅 벌등에 해관을 두어 중조 두 나라 인민들의 자유 왕래를 통제하였다.

항일투쟁 초기에 그들 가족을 포함한 항일 용사들이 산 밑에 있던 벌등해관을 습격하여 '가짜 총으로 진짜 총을 빼앗는' 기상천외한 사건이 벌어지기도 했다. 일제 놈들은 항일투사들에게 크게 당하고도 이 요새만은 사수하려고 두만강과 더 가까운 언덕 위에 해관을 새로 설치하고 양안의 왕래를 감시 단속하였다. 오랜 세월이 흘렀어도 게바위나루터는 수많은 애국지사의 발자취와 고된 이주의 역사가 남아 있는 곳이다.

다음은 스장판에 관한 이야기다. 박남권이 소학교에 입학하기 전으로 기억되는데, 회룡봉촌 사래 긴 밭 서쪽 깊숙한 산굽이를 지나 둥굴쇠산을 넘어 이곳을 갔다 온 적이 있다. 회룡봉을 에도는 두만강 서쪽 기슭의 마을 이름으로서 한자로 四間房(사간방)이라 쓰고 중국발음으로는 '스잰팡'이라 읽어야 맞다. 그런데 당시 회룡봉 조선 사람들은 까다로운 중국 발음 대신에 편하게 '스장판'이라 불렀다.

자료에 따르면 사간방을 우리 민족들이 '스장판'으로 부르자 한족들이 우리가 부르는 발음을 따라 時將滂(시장방)이라고도 불렀다고 하니 이 얼마나 우습고 재미난 일인가.

1905년에 가장 먼저 이주해 온 박윤섭 일가는 이곳 스장판에 둥지를 튼 후 1935년 증손자로 태어난 박남성 형님이 8살이 되어 소학교에 다니게 되자 남쪽으로 좀 나와 앉은 첫벌등으로 이사하였다고 한다.

박태영(앞줄 중간, 왼쪽), 한옥금(앞줄 중간, 오른쪽) 회갑잔치 기념사진(1996년).
박태영의 왼쪽 박운영, 중간줄 왼쪽으로부터 네 번째가 박남성

　남성 형님의 선조분들이 두만강을 건너 이곳으로 이주해 와서 처음으로 지은 조선식 팔간집(중국 사람들은 조선족 육간집을 삼간방, 팔간집을 사간방, 열간집을 오간방이라고 함)에서 생겨난 지명 이름처럼 남성 형님네는 40여 년이나 이곳 스장판에 살면서 그 고장과 깊은 정을 맺었다.

박창후 일가 3대, 벌등에 이사 오다

박의도 가족의 중국 이주 24년 후인 1933년에는 의도의 백부(伯父; 큰아버지) 박익모(1838년생)의 네 아들 중 셋째 아들 박봉도(1860년생)의 큰 아들 박창후(1882~1961)와 그의 외동아들 박승영(1899~1963), 그리고 그의 세 아들 3대가 조선 농경동에서 중국 경신 회룡봉촌 벌등마을로 이주했다.

익모 후손으로서는 중국 이주 1세대인 창후는 선비였으며 한의사였다. 지금 우리가문에 남아있는 입북 1세 만령의 족보 초안은 창후가 붓으로 쓴 필기인데, 1930년대에 농촌에서 먹을 갈아 글을 쓰는 사람이 매우 드물었으므로 모두 희한해 하며 어른 아이 할 것 없이 구경하러 모여들었다 한다.

그는 행력서(길흉화복을 점치는 도참서)를 읽어 풀이하는 능력도 지니고 있어서 매년 설 명절 때면 찾아오는 사람이 적지 않았다. 한의 중에서도 침구에 능해 어렸을 적 발목을 삐어 창후 할아버지를 찾아가 침을 맞던 일이 생각난다.

창후는 물론 그의 아들 승영은 예법을 익혀 집안 대소사를 주관하기도 했다. 이런저런 점에서 창

박창후 69세 때의 모습(1950년)

후 일가의 벌등 마을 이주는 이 가문에 또 다른 색채를 더해 주었다.
창후와 그의 부인 고선녀는 장수하여 그들 가문에서 유일하게 회혼례
를 치르는 경사를 맛보기도 했다.

박남근, 남식 두 사촌의 중국 이주

증조할아버지 의도의 중부(仲父;둘째 백부) 박익해(1840년생)의 큰손자 박
창우(1866년생)의 큰아들 둘째 손자 박남근(1900~1978)과 넷째 아들 큰손
자 박남식(1908~1982)은 사촌지간으로 해방 전에 중국으로 이주해 왔
다. 남근과 남식은 두 분 다 박남권의 10촌 형님이 된다.

남근은 1923년 조선에서 결혼한 후 행상으로 생계를 유지하다가,
1935년 큰아들 서양(1925년생)을 조선에 둔 채 둘째 아들 광양(1933년생)
을 데리고 중국 흑룡강성 목단강시(市)에 와서 식품점을 경영하였다.
식품점이 부도가 나자 목단강시 교외의 지주네 집에서 머슴살이를 하
다가 후에는 소작농으로 일하였고 농산물과 볏짚 등을 팔기도 하였
다.

남식은 조선 아오지에서 이름난 목수였다. 그는 전처가 큰아들 희
양을 낳다가 병으로 사망하자 김정숙(1911~1997)과 재혼하였다. 후처
에게서 태어난 딸 금자가 네 살 되던 1945년에 큰아들만 조선에 남겨
두고 세 식구가 중국 경신 회룡봉촌 벌등 마을로 이사했다.

하는 일이 목수였고 솜씨가 남달라서 집안 친척이나 이웃 사람들은
으레 그의 집을 '목수네 집', 집식구들을 '목수네 아무개'라고 불렀다.

그가 지은 집과 가구들이 회룡봉촌과 이도포촌에 지금까지도 보존되고 있다.

이렇게 1900년대 초반부터 1945년 이전까지 인겸의 네 아들 중 맏이인 익모의 후손 창후와 그 자식들, 둘째 익해의 후손인 남근과 그의 사촌 남식, 셋째 익관의 후손인 아들 의도와 그의 다섯 아들, 넷째 익보의 후손인 외동아들 윤섭과 그 자식들이 중국 길림성과 흑룡강성에 이주하여 새로운 삶의 터전을 이루어 대를 이어가고 있다.

❀

왕청에 이사 온 박문겸의 후손들

박문겸은 박지신의 다섯 아들 중 둘째이자 증조할아버지 박의도의 둘째 할아버지이다. 문겸의 증손자들인 창락의 아들 교영(1903년생), 만영(1907년생)과 창권의 아들 민영(1905년생), 그리고 창락의 5촌 조카 하영(1908년생)은 1920년대에 조선 농경동에서 중국 길림성 왕청현으로 이주해 왔다.

문겸의 후손들은 일찍이 해방 전에 왕청에 와서 자리 잡고 새로운 생활을 꾸려 지금은 번성한 가족이 되었다. 그들은 연길시, 왕청현 등지에서 비교적 윤택한 생활을 하고 있다.

그렇다면 증조할아버지 의도와 그의 후손들은 어디로 와서 어떻게 살아왔을까?

제 2 장

—

중국 정착 첫 20년

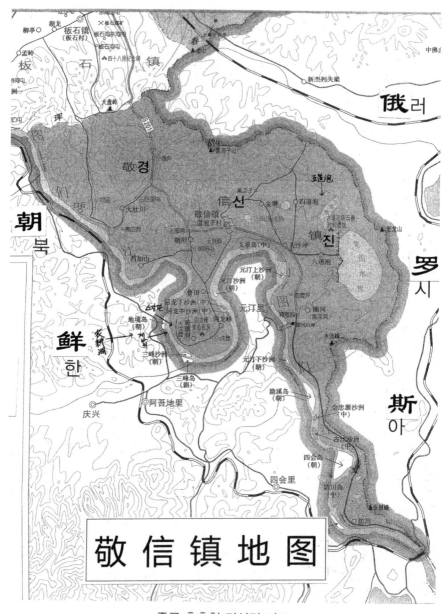

敬信镇地图

중국 훈춘현 경신진 지도

오도포촌에 정착한 박의도 일가

증조할아버지 박의도와 증조할머니 고 씨에게는 맏아들 창증(1881-1950), 둘째 아들 창일(1885-1944), 셋째 아들 창원(1887-1936), 넷째 아들 창수(1889-1950), 다섯째 아들 창호(1893-1965)와 마지막으로 귀한 딸(1895-1962년; 김군선의 모친)까지 모두 여섯 남매가 있었다.

조선에서 중국으로 이주할 1909년 당시 맏이인 창증, 둘째인 창일, 셋째인 창원과 넷째인 창수는 이미 가정을 이루었고 슬하에 자식들이 있었다. 증조할아버지, 증조할머니는 큰아들, 셋째 아들, 넷째 아들 세 아들과 함께 자리 잡은 중국의 제일 동쪽 끄트머리 중러 변경마을인 훈춘현 경신향 오도포촌에 거주하면서 셋째 아들집에 거처를 잡았다.

지금의 오도포촌에는 인가가 하나도 없지만 그때의 오도포촌은 이주민들이 몰려드는 곳이었다고 한다.

오도포촌은 동북쪽으로 러시아 연해주와 국경을 이룬 높지 않은 오가산(五架山)과 그 지맥인 놀음산이 있고 남으로는 경신에서 두 번째로 큰 다섯째 늪이 있는데 이 늪이 바로 마을 이름의 유래로 되어 '다섯째 늪등(水池邊; 호수옆)', 즉 오도포촌이라고 하였다. 후에는 또 경신동이라고도 불렸다. 지금의 경신이란 지명은 이 경신동에서 유래되었다고 한다.

마을 앞에는 두만강 진흙이 퇴적되어 형성된 무연한 경신벌이 펼쳐져 있으니 농군들이 탐내지 않을 수 없었다. 바로 여기에서 의도와 그의 후손들은 집을 짓고 밭을 일구어 농사를 지으면서 미혼이던 다섯째 아들 창호가 성가(成家)하였고 하나뿐인 딸도 시집가게 되었다.

부지런한 농군의 밭에 봄이 먼저 온다고 형제들이 한마음 한뜻으로 서로 도우며 일손을 다그치니 살림살이가 하루가 다르게 나아졌다고 한다.

❄

회룡봉촌에 자리 잡은 창일 일가

의도의 둘째 아들이자 남권의 할아버지인 창일이 조선에서 중국으로 이주할 때는 두 아들에 딸 하나를 가진 다섯 식구의 가장이었다.

그는 형제들을 따라 오도포촌으로 가지 않고 그곳에서 서남쪽으로 약 40리 떨어진 회룡봉촌에 자리를 잡았다. 어찌하여 할아버지는 형제들을 따라 오도포촌에 가지 않고 홀로 회룡봉촌에 자리를 잡게 되었을까?

회룡봉촌은 조선 아오지의 바로 동쪽, 두만강 건너편의 중국 땅으로서 우리 민족 입북 조상들이 최초로 개척한 마을인데, 북쪽으로는 산을 등지고 동서남쪽 삼면이 두만강에 둘러싸여 있는 비옥한 벌판을 한 아름 안고 있다.

이곳에는 벌써 조선 경흥 방면에서 살던 이재민들이 이주하여 정착해 살고 있었다. 그 가운데는 할머니 친정집과 친척들도 있었다.

할아버지보다 먼저 회룡봉에 이주해온 할머니 친정의 오라버니들은 벌써 마을 가장 북쪽에 널찍한 터를 차지하고 집을 지었다고 한다. 그리하여 '막끝집'이란 별호를 가지고 있었는데 적지 않은 밭까지 소유하고 있었다. 거기에 할머니 큰언니의 시댁인 김씨 집안과 둘째 언니의 시댁인 유씨 집안도 회룡봉에 자리를 잡은 것이다.

할아버지, 할머니는 이런 이유로 형제들과 따로 떨어져 회룡봉촌에 자리를 잡게 된 것이 아닐까 생각된다.

그렇다면 할아버지 세대로부터 정착하여 살게 된 회룡봉은 언제부터 조선 이주민들에 의하여 개척되었을까? 길림성 연변 조선족 자치주 창립 60주년을 맞이하여 윤석경 선생이 주필을 맡은 〈훈춘 조선족(琿春朝鮮族 한문판)〉이 연변교육출판사에 의하여 출판되었는데 '상편 훈춘 조선족 발전약사' 부분의 '제1장 조선간민들의 이주와 훈춘에 대한 개발' 부분에서는 이렇게 소개하고 있다.

19세기 초, 두만강 연안의 조선 농민들은 월경하여 훈춘 땅에 와서 약재도 캐고 사냥도 하면서 황무지도 개간하였다. 그들 가운데는 아침에 와서 농사일을 하고 저녁에 집으로 돌아가는 이도 있었고 아예 24절기 중 하나인 청명(淸明)을 계기로 쟁기를 메고 와서 한해 농사를 지어가지고 가을에 돌아가는 이들도 있었다.

19세기 40년대에는 훈춘 경내에 조선의 개척 농민들이 정착하여 생활하기 시작하였는데 1848년에 조선 변민(邊民) 최응삼은 흑정자(지금의 경신 금당촌)에 정착하였다.

역사자료에 따르면 조선 농민들의 훈춘으로의 이주에는 두 차례 고조(高潮)가 있었다. 첫 고조는 1860년부터 1870년 사이로 이때 조선 북부에는 수년째 자연재해가 들어 이재민들은 중조 양국의 봉금령도 아랑곳하지 않고 목숨을 부지하기 위해 부모 처자들과 함께 훈춘 땅으로 이주해왔다.

짜르 러시아가 중국 동북에 대한 침략을 다그치고 있던 1875년부터 1882년 사이에 훈춘 하남 연안, 선두령 일대와 흑정자 지방이 짜르 러시아에 의해 점령되었다. 당황해진 청조 조정은 변강의 위기를 만회하고 국내모순을 완화하기 위해 점차 변강 봉금령을 해제하고 '이민술변정책(移民戍邊政策)'을 실시함으로써 이주민들을 받아들여 농사를 지어 식량난도 해결하고 변강(邊疆)도 지키도록 하였다. 이는 생활난으로 허덕이던 조선변경의 농민들에게는 훈춘으로 이주하게 되는 더없이 좋은 기회로 여겨졌다.

역사 기술에 따르면 1865년 조선 경흥군 하여평(下汝坪; 회룡봉의 정남쪽 두만강 건너 첫 마을)의 농민 김학남, 김학현 형제는 강을 건너 경신 벌등에 와서 장착하고 밭을 일구고 농사를 지었다.

1866년 12월에는 기아에 허덕이던 경원군 아산진 70여 세대 농민들이 훈춘으로 이주하였다. 같은 해 조선 경원군 농포동 농민 최안영이 지금의 삼가자만족향 사토자촌에 이주해 와서 정착하였다.

1867년 3월에 중로 변경 일대에는 1,000여 명의 조선 난민들이 함께 모여 있었다. 1869년 10월에는 경흥 아오지 농민들이 훈춘으로 이사 왔다. 이런 정황에서 1869년 조선 회령부는 기아에 허덕이는 조선 난민들을 받아줄 것을 청조 조정에 신청하였다.

1870년 조선 북부지대의 심한 자연재해로 조선 국내에는 보기 드문 흉년이 들었다. 함경북도의 강변6진(무산, 회령, 종성, 온성, 경흥, 경원)의 많은 이재민들은 청조 조정과 조선 조정의 봉금령도 아랑곳하지 않고 두만강을 건너와 훈춘 경내에 와서 생계를 유지하였다.

1870년 10월, 조선 경흥군 한마을에서 19세대 농민들이 밤도와(=밤새워) 경신 땅에 집단 이주하여 왔다. 이로써 두만강 연안의 경신, 삼가자 등지는 조선농민들이 가장 먼저 이주, 정착한 곳으로 되었다. 이때 흑정자 일대와 회룡봉, 삼가자향 사토자 등지에는 이미 조선 이민들이 개척한 마을이 형성되었다.

제일 처음 조선에서 들어온 이민자들은 두만강 연안뿐 아니라 산골짜기를 따라 훈춘 하류 · 상류 지역에도 정착하면서 조선족 마을을 형성하였다. 청조 조정 관리들의 순시를 피하여 온 것이었다.

통계자료에 따르면 1884년에 조선에서 강을 건너와 흑정자 일대에 정착한 조선 이민이 110세대에 달했다고 한다. 같은 시기 훈춘류하자, 금창구, 탑자구, 서북구 등지에 와서 정착한 조선 이민들이 400여 세대로 이미 부락을 형성하고 있었다. 기아에 허덕이며 살길을 찾아 강을 건너온 조선 이재민들을 목격한 그곳의 만족, 한족들이 이런 일을 관가에 상소하지 않고 오히려 농기구며 식량이며 종자, 살림집 등을 제공하여 줌으로써 더 많은 조선 이재민들이 훈춘으로 이주하게 되었다.

1883년에 청조 조정은 조선과 〈길림-조선상민무역지방규약(吉林與朝鮮商民貿易地方章程)〉을 체결하고 서보강(西步江; 지금의 삼가자만족향 고성촌) 일대에 통상국을 설치하고 조선과 무역을 진행하게 하였다.

1885년에는 월간국(越墾局)을 설립하여 두만강 이북지구를 전간구(專墾區)로 획분하고 조선 이민사무를 처리하게 함으로써 더 많은 조선 이민들이 훈춘으로 이주하여 훈춘을 개발하는데 유리한 조건을 제공하였다. 또 조선 이민들의 생산 적극성을 발휘하기 위해 훈춘에 간황사(墾荒社)를 설립하였고 황무지개척을 고무하기 위해 〈훈춘녕고탑고간규약(琿春寧古塔招墾章程)〉을 반포하여 더 많은 조선 이민들이 훈춘 경내에 와서 정착하고 밭을 일구게 하였다.

더욱이 청조 조정이 황무지 개간에서 규정한 5년간 조세를 받지 않는다는 정책으로 말미암아 아무것도 없는 조선 빈농들에게 아주 큰 흡인력이 되어 그들은 분분히 강을 건너 훈춘 경내로 이주해왔다.

1886년의 통계자료에 따르면, 훈춘 일대의 조선 가옥은 2,350세대에 달했고 인구는 1만 2,490명이었다. 1890년 훈춘 흑정자 관할하의 6사로 이주해 온 조선 이주민은 853세대로서 경작지를 2,541상(坰; 중국의 밭 면적을 세는 단위. 지역에 따라 다른데 동북지구에서는 1상이 1만㎡에 해당한다.)을 보유하였고 1893년 훈춘 오도구에 이주해온 조선 이주민은 501세대에 경작지를 2,417상 보유하였다고 한다.

상기 자료에서 보다시피 조선 이주민들이 훈춘 이주에서 가장 먼저 정착하여 밭을 일군 곳이 두만강 연안인 회룡봉, 흑정자, 사토자 등의 지역으로서 개척사가 무려 150년에 달한다.

우리 민족이 중국으로의 이주에서 회룡봉촌을 포함한 경신 일대에 가장 먼저 정착했다는 사실적 근거로는 우리 민족 교육의 요람인 조선족 학교의 설립연도에서도 찾아볼 수 있다.

허청천, 강영덕이 주필을 맡은 〈중국조선민족교육사료집(中國朝鮮民族教育史料集; 연변교육출판사, 2002년)〉에 따르면 1905년에 화룡현에 동신(東新)학교, 덕흥(德興)학교가 설립되었고 1906년 10월에 용정(春精)에 서전서숙이 설립되었다.

그런데 당시 우리 민족이 가장 먼저 중국 땅에 이주하여 마을을 형성한 경신에는 다른 어느 곳보다 일찍 1904년에 회룡봉촌과 15리 거리에 상거해 있는 두만강 연안 마을인 경신 옥천동에 동광(東光)학교가 설립되었다고 기재되어 있다. 동광학교는 중국에서 가장 먼저 설립된 우리 민족학교이다.

많은 조선 이재민들이 살 길을 찾아 두만강을 건너와 훈춘의 각지와 러시아 연해주 오지에 들어가 정착하였건만 유독 그의 선조들은 조선쪽 두만강 하류 연안인 아오지 북쪽의 농경동에서 게바위나루터로 두만강을 건너 다시 중국 쪽 두만강 하류 연안인 경신 땅에 자리를 잡았으니 세세대대로 두만강 연안을 떠나지 못한 것이다. 남권은 선조들이 두만강과 맺은 깊은 인연을 오늘날 이렇게 책으로 엮어가고 있다.

선조들이 경신 땅에서 두만강을 따라 40리 길을 사이 두고 두 개 마을에 나누어 살게 되었던 20년간, 다시 말해 조선에서 중국으로 이주해온 1909년부터 1920년대 말까지의 기간 동안 그곳에서 비교적 부유한 생활을 보내었으니 그들 생애에서 가장 휘황했던 시기라고 할 수 있다. 왜냐하면 그때까지만 해도 일제의 중국 침략이 아직 노골화되기 전이었고 그때 선조들 연세로 볼 때도 20대 후반에서 40대 후반으로 정력이 가장 왕성하던 때였으므로 부지런히 일하고 알뜰하게 살림을 꾸리면서 그만큼 보람이 컸을 것이기 때문이다.

오도포촌 육친들

남권의 증조할아버지, 증조할머니를 모셨던 셋째 할머니가 손자 남룡을 따라 조선 혜산시로 가기 전 그의 집에 몇 달 머물던 1957년 여름이었다.

할머니의 옛날이야기를 통해 선조들이 조선에서 중국으로 이사 온 후의 많은 일들을 듣고 알게 되었다.

"오도포촌에 있을 때는 집간들도 크고 밭도 많았으며 집 앞뒤 터전도 넓어 농사를 맘껏 지으며 살았다. 너의 할아버지 형제들이 그때에는 한창 나이에다 모두 한다하는 힘장사들이어서 살림살이는 몇 년 사이에 많이 펴게 되었지. 큰집 할아버지는 집에서 농사도 짓고 돌을 다듬어 석마(石磨子; 곡식을 가는 데 쓰는 돌로 만든 기구)도 만들고 집 짓기도 하면서 목수일, 야장일(=대장장이)로 손이 놀 사이 없었지. 너의 할아버지와 셋째 할아버지는 회룡봉과 오도포 거리가 40리 떨어져 있었어도 늘 서로 소식을 전하면서 밭의 김을 다 맨 후나 가을 타작이 끝난 후면 형제들이 제각각 네 바퀴 마차를 몰고 러시아 연추며 조선 웅기(지금의 선봉)로 '채세질'을 다니셨단다."

할아버지와 셋째 할아버지는 그때부터 농사를 지으면서 무역도 했다는 것을 알 수 있다. 채세질이란 경신의 지방 사투리로서 '마바리 장사'를 말한다. 말하자면 말을 서너 필을 메운 네 바퀴 마차에 농산물을 싣고 몇 날 며칠씩 타지에 가서 투숙하면서 농산물을 팔고 다른 생활용품을 구입해 들이는 일이었다.

그때로 말하면 이런 상업적인 일을 아무나 할 수 있는 게 아니었다. 당시에 국경을 넘나들며 마차를 몰고 다니던 창일, 창원 형제를 남들은 모두 부러워했으므로 큰 자부심을 느꼈음직하다. 왜 안 그렇겠는가! 농민으로 소와 수레만 있어도 괜찮아할 때에 할아버지 형제들은 벌써 마차에 말 몇 필씩 두고 있었으니 말이다. 요새로 따지자면 벤츠, 아우디와 같은 고급 승용차를 갖춘 셈이다. '창성할 창(昌)'자 돌림항렬에서 창일, 창원 두 형제는 자기들 이름값을 톡톡히 하면서 창성(昌盛)의 시대를 열어간 것이었다.

할머니는 계속하여 말을 이었다.

"연추나 웅기로 '채세(=소나 말 수레로 운송하면서 돈을 버는 행위)'를 떠났다가 며칠 후 집에 돌아오면 수레에 싣고 온 물건과 해산물들로 큰 잔치가 벌어지곤 했지. 그때면 회룡봉에 있는 너의 할머니도 아들 며느리들과 함께 오도포에 오셨는데 너의 증조할아버지, 증조할머니가 우리 집에 계시니 잔치는 당연히 우리 집에서 차리게 되었단다. 경신 땅에서는 함부로 볼 수 없는, 구워놓으면 그 고소한 향기가 온 동네에 퍼지는 청어며 맛 좋은 송어, 연어에다 미역이며 게까지 밥상에 올랐지. 그때면 집안 친척뿐만이 아니었다. 연세 높으신 동네 어른들과 이웃분들을 모두 청해오시었다. 같이 살길을 찾아온 이웃들이니 그 정을 잊을 수 없는 데다 색다른 음식들이 차려졌으니 말이다."

할머니는 당시 가마목(=아랫목)에 앉아 바삐 돌아치던 이야기를 계속 이으셨다. 고기붙이는 더 말할 게 없고 생선 한 점도 입에 넣지 않고 평생을 살아오신 할머니셨지만 그 많은 사람들에게 대접할 서너 상되는 음식을 정성스레 차려놓으셨단다.

할머니는 시부모님을 모시고 있는 형편이라 평소에도 찾아오는 손님들이 그칠 새 없이 많았다고 했다. 집에 어른들이 계시니 수시로 누룩을 만들어 술을 빚고 감주를 만들어야 했다. 그뿐만이 아니었다. 농사를 지으며 자식들을 키우고 삼을 심어 모시베까지 짜느라고 할머니는 잠시도 쉴 새가 없었다고 한다. "그래도 오도포촌에 정착한 첫 20여 년은 여러 친척집들의 생활이 모두 충족하였지." 하고 할머니는 지난날을 회고하셨다.

❋
할아버지 가족

7개 자연마을에 가장 많을 때는 300여 세대까지 들어앉았던 큰 촌인 회룡봉촌은 중국, 북조선, 러시아 3개 나라 국경지대에 자리 잡고 있으며 두만강의 하류가 마을을 말발굽형으로 에돌면서 서남동 삼면을 굽이쳐 흐르고 있다.

할아버지가 집터를 잡고 손수 지으신 팔간집은 바로 촌 중심마을인 '도룡비'에 있었다. 용이 휘돌아 치는 모양과 흡사하다고 지은 도룡비란 마을 이름이 후에는 회룡봉으로 되었다. 넓은 벌 한가운데 우뚝 자리 잡은 용두산은 동쪽으로 머리를 치켜들었고 용두산 동쪽에는 타원형 호수가 있다.

마을 동쪽에 자리 잡은 할아버지 집에서 보는 일출과 일몰 풍경은 장관이었다. 아침 해가 두만강에 뿌리박고 있는 조선의 모때비산 산마루에서 노을을 뿌리면서 둥실 솟아오르고 저녁 해가 마을 서북쪽을 둘러싸고 있는 중국 둥굴쇠산으로 저녁노을을 거두면서 뉘엿뉘엿 넘어간다.

유년과 소학교 시절을 모두 할아버지가 손수 지으신 그 팔간집에서 보낸 남권은 해가 돋아 올라오고 해가 져서 넘어가는 그 공간만큼이 바로 세상의 크기인 줄 알았다.

아버지의 고향이자 그의 고향인 회룡봉은 그의 유년시절 꿈의 터전이었으며 세상을 알게 한 잊을래야 잊을 수 없는 고장이다. 이런 연유로 그에게는 고향에 대한 남다른 애착심이 생기게 된 것이다.

할아버지는 팔간집만 지은 것이 아니라 동서로 두 채의 사랑채도 지으시고 세간살이에 필요한 수레, 석마, 풍구(곡물에 섞인 쭉정이, 겨, 먼지 따위를 날려서 제거하는 데 쓰이는 농기구), 널뒤주(널판자로 만든 뒤주를 말함. 나무판자로 만들었기에 깨끗하면서도 경우에 따라 뜯을 수도 있고 다시 조립할 수도 있는데 크기가 서로 다르다.)며 크고 작은 함지 그릇에다 여러 마리의 소와 말까지 길렀다고 한다. 널찍한 울안은 나무판자 울타리에 둘러싸였고 넓은 대문 밖과 뒤뜰은 광활한 터전이었다고 한다.

남권이 세상 물정을 알게 되었을 때는 할아버지가 손수 지으신 팔간집 원채와 서쪽 켠에 있는 수레 헛간까지 달린 큰 사랑채뿐이었고, 아버지가 말씀하시던 마소를 길렀다는 동쪽 사랑채는 이미 없어진 뒤였다. 하지만 나무판자 울타리는 그때까지도 넓은 울안을 막고 있어 대문을 열고 집 마당에 들어서면 그렇게도 아늑하였다.

그가 소학교 1~2학년 때의 겨울방학이었다. 그해 겨울은 눈이 많이 내렸고 바람이 몹시 세찼다. 아침에 일어나 문을 열고 보니 밤새

내린 눈이 그의 집 마당에도 소복했다. 더욱 신기했던 것은 날려 온 눈들이 그의 집 나무판자 울타리에 막히면서 서쪽 통로에 산처럼 쌓여있는 것이었다. 울타리가 변변치 못한 윗집 울안의 눈들이 광풍에 날려 와 쌓인 것이 틀림없었다.

신이 난 그는 눈산에 기어 올라가 멀리 바라도 보고 미끄럼을 타기도 하다가 문득 눈구덩이를 파 놓을 꾀를 내었다. 집에 들어가 삽을 찾아들고 나온 그는 바로 통로 중심인 눈산에서 딱딱한 위층을 동그랗게 달랑 들어낸 다음 그 밑 부분의 눈을 깊게 파내고 다시 딱딱한 그 눈뚜껑을 살짝 덮어놓았다. 누군가 그 길로 지나가다 감쪽같이 빠질 것을 생각하며 함정을 파놓은 것이었다.

공사를 깨끗이 마무리하고 집에 들어와 놀고 있는데 뒷집 애숙 어머니가 그의 집에 찾아와 하는 말이 동이를 이고 물 길러 가던 길에 눈산을 지나다가 함정에 빠졌다는 것이었다. 그때에야 아차 놀란 그는 황급히 안방으로 도망을 쳤다 한다.

봄이 되면 뜰 안 채마밭에 먹을 채소를 심고도 땅이 많이 남으니 아버지는 아예 뒤뜰의 넓은 채마밭에 마늘 농사를 지어 가을에는 한 접씩 엮어 팔기도 했다. 어머니가 세상 뜨고 새어머니를 맞은 이듬해인 1955년도에 아버지는 할아버지로부터 물려받은 집을 한 마을에 살고 있던 김하규 댁에 팔고 그들은 바로 그 집 앞의 작은 육간집을 사서 이사를 하였다.

그들 집을 산 김하규 댁에는 그때 아들 셋, 딸 하나로 식구가 비교적 많은 집이었다. 그 집에서 김하규 부부가 세상 뜨고 막내아들 김영식이 장가들어 새살림을 하다가 윗마을에 새집을 지으면서 할아버지가 지어놓은 팔간집은 2000년에 허물어져 지금은 빈 집터만 남아

있다.

이제 와서 돌이켜 봐도 옛날 할아버지네 살림살이는 넉넉했던 것 같다. 웅장한 체격에 남다른 근력을 가지신 할아버지는 부지런하신데다 예의범절까지 밝으시다고 동네방네에 소문이 자자했다고 한다.

세월이 흘러 할아버지 창일과 영암 박씨인 할머니 송녀(원명 박금순. 1882-1934)에게는 4남 2녀-맏아들 지영(1902-1945), 큰딸 귀인(1904-1997), 둘째 아들 근영(1906-1984), 셋째 아들 상영(1910-1930), 넷째 아들 우영(1919-1989)과 막내딸 분옥(1922-1994)이 있게 되었다.

할아버지 일가는 회룡봉에 완전히 뿌리를 내리면서 자녀교육에 남다른 관심을 기울이셨다.

할아버지는 밭농사만 짓는 곳에서 논농사도 지으셨으며 부림소(=짐을 운반하거나 밭을 갈기 위해 기르는 소)만 기르는 곳에서 젖소도 기르셨다. 할아버지는 벌써 그때에 시쳇말로 다각경영(多角經營)을 진행한 셈이다. 할아버지가 긴사래 길 옆 산 밑에 손수 일군 논밭에서 난 많지 않은 햅쌀을 누가 먹었는가 하는 데에는 둘째 고모 분옥의 이야기가 깃들어있다.

동갑 나이로 회룡봉과 15리 떨어진 옥천동 우급학교를 함께 다녔던 할아버지의 장손인 남표와 할아버지의 막내딸 분옥의 점심밥이 확연히 달랐다고 한다. 큰손자 남표의 점심밥은 기름기가 도는 햅쌀밥인 반면, 막내딸 분옥의 점심밥은 푸실푸실한 피난밥이어서 고모는 서운했던 적이 한두 번이 아니었다 한다. 하지만 남표는 남자애이자 집안의 장손이고 자기는 여자애인 데다 막내딸이니 그 밥그릇을 넘겨보지 않는 것이 마음 편했다는 것이다.

바로 그 논밭 북쪽 산 밑에 할아버지가 손수 일궈놓은 감자밭이 있고 밭머리에 할아버지가 손수 심으신 백양나무 몇 그루가 있었다. 훗날 어머니를 따라 그 감자밭으로 다녔던 때의 논밭은 지금은 잡초 더미로 변했고 높게 자란 백양나무 가지에는 까치들이 보금자리를 틀고 자기네 동네를 이루고 있다.

그들은 그 밭에 해마다 감자며 열콩(=강낭콩의 북한말)이며 팥을 심었다. 지금도 남권이 고향에 갈 때면 긴 사래를 지나 황폐해진 산 밑 감자밭 터를 찾아가 한참씩 살펴보곤 한다.

젊음을 자랑하던 시절 할아버지는 남달리 말타기를 즐기셨다 한다. 바로 그 시절 할아버지는 조선 웅기(지금의 선봉, 당시 경흥군 소재지)에서 그 시기 벼슬이 없는 남자 어른을 대접하여 점잖게 부르던 주사(主事)라는 호(=테)를 받아왔단다. 아버지의 말씀에 의하면 할아버지는 조선 웅기에서 향교의 으뜸자리인 장의(掌議)를 받으셨는데 고향에 계시는 형님 창증에게 장의 명예를 드리고 자신은 그 아래 존칭인 주사 별호를 받으셨다고 한다.

유년시절에 할아버지 제삿날이면 아버지가 8절지 크기의 두꺼운 백지에 큰 활자로 인쇄된 상장 모양의 종이를 꺼내어 제사상 옆에 놓는 것을 본 적이 있다. 신기하게 여겨 만지작거리니 아버지는 그에게 상장 같은 그 두터운 종이가 바로 할아버지의 '주사 테'라고 알려 주셨다. 유감스러운 것은 여러 차례 이사 과정에서 가정의 유물인 할아버지의 주사 테(=증서)를 잃어버려 찾을 길이 없게 된 것이다.

할아버지가 주사 테를 받아오신 후부터 그들 마을뿐 아니라 인근 마을의 사람들도 모두 할아버지 성함인 박창일 대신 '박주사'라고 불렀고 할아버지의 자식, 후손들과 친척들은 모두 '박주사네 아무개'라고 불리게 되었다. 남권이 고향에 가면 연세 많으신 분들은 "이거, 박주사 손자가 왔구먼."하며 반가이 맞아 주곤 한다.

그는 고향에서 아버지와 마을 어른들이 하는 할아버지에 대한 이야기를 들을 수 있었다.

할아버지는 강인하면서도 인자하고 지혜로우며 또 다른 사람에게 사랑을 베푸는 성품을 가진 분이셨다. 또한 경우가 바르고 예의를 지키는 할아버지는 어른을 공경했고 자기보다 연하인 젊은이들에게도 경어를 쓰면서 존중해 주었으며, 자라나는 새 세대들에게 남다른 관심과 사랑을 베푸셨다고 한다.

남권이 소학교를 다닐 때였다. 그의 집과 이웃이던 박경희 할머니가 그의 집에 와서 방아를 찧으면서 이런 이야기를 하셨다.

"너희 할아버지는 힘도 장사고 식사량도 참 대단했지. 일본놈들에게 쫓겨 떠돌며 고생하고 돌아왔을 때 내가 밥 한 끼 해서 대접했더니 글쎄 너의 할아버지가 한 되(1.6근)나 되는 쌀밥을 다 자시지 않겠냐!" 하시며 혀를 끌끌 차는 것이었다.

원저자의 할아버지 – 박창일
(1885. 3. 24–1944. 1. 4)
50대 초반의 모습을 찍은 유일한 사진

체격이 크고 힘을 많이 쓰면 그만큼 식사를 많이 하는 법이라고 들 한다. 한번은 할아버지가 친척 집 회갑잔치에 갔다가 음식이며 돼지고기가 풍족하다는 말을 듣고 대야에 물을 떠놓고 손을 깨끗이 씻고는 300근 되는 돼지를 갈비뼈 순으로 넓고 길게 베어놓은 것을 열일곱 대나 잡수셨다고 한다. 다른 사람들은 서너 대 먹어도 많다고 하는 것을 열일곱 대나 드신 할아버지의 이야기는 지금도 전설처럼 전해지고 있다. 이처럼 할아버지는 동네방네에서 구척 키에 몸까지 웅장하시다고 '대짜키' 또는 '대식가'로 불렸다.

할아버지가 소 수레에 돼지를 싣고 훈춘길 대팔령을 넘던 이야기가 있다. 지금은 경신으로부터 훈춘으로 가는 도로가 모두 포장도로로 되어 편리하기도 하고 거리도 절반 너머 단축되었지만 그때는 회룡봉에서 훈춘까지 족히 100리가 되는 데다 울퉁불퉁하고 좁은 흙길이었다. 수레로 가자면 이른 새벽에 떠나 해가 넘어간 후에야 도착할 수 있는 길이어서 웬만해서는 나서지 못하였다.

그래도 길러놓은 돼지를 팔아야 돈을 마련할 수 있으니 할아버지와 옆집 주인 한 씨는 이른 새벽에 제각기 소 수레에 돼지를 싣고 훈춘장을 향해 먼 길을 떠났다. 일은 바로 대팔령고개를 넘어 훈춘 쪽 내리막길에서 벌어졌다.

할아버지의 수레에 실은 돼지의 주둥이에 매였던 노끈이 풀려 앞으로 쏠리면서 돼지가 소 엉덩이를 물어 사달을 친 것이다. 내리막길에서 돼지에게 엉덩이를 물린 소가 급기야 놀라면서 수레를 매단 채 줄행랑을 놓는 바람에 아찔한 광경이 눈앞에 벌어진 것이다. 콧김을 씩씩 내뿜으며 내달리는 소 수레가 바로 앞에 가는 옆집 한 씨의 수레를 덮칠 아주 위험한 순간이었다. 한 씨는 갈피를 잡지 못하고 마구 허둥대고만 있었다.

갑자기 "와—이—, 와—이"하는 큰소리와 함께 내달리던 소 수레가 제자리에 멈춰 섰다. 눈이 동그래진 한 씨가 놀라서 쳐다보니 글쎄 할아버지가 내달리는 소 수레를 뒤로 당기며 버티고 서 있더라는 것이었다.

순식간에 벌어진 일로 한 씨는 손에 쥐었던 식은땀도 잦아들게 되었다. 후에 한 씨는 사람을 만나면 박주사의 장사 힘이 아니었더라면 자기는 큰 변을 당했을 것이라고 두고두고 이야기했다고 한다. 그 후 할아버지는 소 수레를 판 후 물건도 많이 실을 수 있고 빠르기도 한 마차를 갖추게 되었다. 다른 사람이 쓰던 마차를 사고 크지 않은 말 몇 필도 헐값으로 사들인 것이었다. 그리고 마차 채에다 큼직한 구리 고리를 달아놓았는데 오르막길에서 할아버지도 말과 함께 수레를 끌기 위해서였다.

또 이런 이야기도 있다.

어느 늦가을, 마차에 식량을 싣고 훈춘으로 가는 길에서였다. 조양촌 뒷산 오르막길에 이르러 서로 피하기도 어려운 좁은 길목에서 할아버지의 마차는 내달려오는 덩실한 말 네 필이 끄는 빈 마차와 마주치게 되었다. 길을 피할 틈도 없이 채찍을 휘두르며 앞으로 달려오는 마차를 보고 할아버지는 자기 마차를 세워놓고 앞으로 다가갔다. 그리고는 눈앞에 벌어진 일을 좋게 처리할 생각으로 내려오는 마차 주인과 따지고 들었다.

빈 마차는 짐을 실은 수레를 피해주고 내려오는 수레는 올라가는 수레를 피해주는 것이 도리가 아니냐고 하면서 말이다. 그런데도 마차 주인은 듣는 둥 마는 둥 대답 대신 계속 채찍을 휘두르며 훤칠한 자기 말에 박차를 가하는 것이었다. 심사가 꼬인 할아버지가 마필이 좋다고 길을 피하지 않다니 말이 되느냐고 다시 따지고 들었다. 그래도 상대는 도리가 다 무어냐는 듯이 아예 마차에서 내리지도 않은 채 채찍으로 사람을 내리칠 듯한 기세로 내리치며 딴전을 피웠다.

그만 화가 난 할아버지가 "우—아악!" 하는 소리와 함께 말이 끌고 있던 그 마차를 번쩍 들어 길옆 나뭇가지에 걸어놓았단다. 그 순간 혼비백산한 마차 주인은 손에 들었던 채찍을 내치고 네발걸음으로 할아버지 앞으로 기어 나와 두 무릎을 꿇었다고 한다. 그리고는 손이야 발이야 빌면서 자기가 천 번 만 번 잘못했으니 마차만은 그대로 내려놓아 달라고 애걸복걸하더란다.

사나이는 싸우지 않으면 친구가 안 된다고 하잖는가. 대팔령 너머 반석마을에 살던 그 왕씨(한족)는 후에 큰 술병에 푸짐한 안주까지 들고 할아버지를 찾아와서 의형제를 맺고 사이좋게 지냈다고 한다.

발 없는 말이 천 리를 간다고 이런저런 소문이 퍼지면서 우리 민족은 물론 한족들도 할아버지가 구 척이나 되는 큰 키에 힘이 장사인데다 마음이 어질다는 것을 알고는 할아버지와 친구로 지내려 하여 할아버지는 친구분들이 많게 되었다고 한다.

할아버지의 지인들을 통하여 회룡봉 박주사가 부리는 말들이 크지는 않아도 짐을 많이 끈다고 소문이 나게 되었다. 그랬더니 아예 얼굴도 모르는 사람들이 할아버지를 찾아와 헐값으로 사들인 그 말들을 비싼 값에 팔라고 청하였다. 말을 사 간 사람들이 말을 수레에 메워 본 후에야 말이 힘이 세어 물건을 많이 실은 것이 아니라 그 말의 주인이었던 박주사가 말과 같이 수레를 끌었기 때문에 그 많은 물건을 실을 수 있었다는 것을 알게 되었다. 할아버지는 성품이 어지셨지만 자녀 교양에는 에누리 없는 분이셨다.

둘째 백부 근영은 큰 백부 지영과는 달리 공부를 싫어했다고 한다. 고집이 센 둘째 백부는 끝내 부모의 권유에도 학교 교육을 받지 아니하였다. 둘째 아들이 장가들 나이가 되니 할아버지는 그를 김씨 집안의 셋째 딸 안나(1904-1980)와 결혼시켜 친척들이 많이 살고 있는 오도 포촌에 세간을 차려주었다.

그런데 총각 때부터 우락부락했던 그는 장가든 후에도 그 성격을 고치기는커녕 점점 더 담대해졌다. 조선 웅기에서 일 년에 한 번씩 열리는 씨름대회에서 늘 1등을 따내어 황소를 타오지 않으면 광목필 을 메고 돌아오는 힘장사였으니 웬만하면 마을 사람들도 그와는 논쟁 이나 말썽을 피하려 하였단다. 또 도박판이나 싸움판에서는 늘 근영 이 빠지지 않았다. 당사자 앞에서 말을 못 하였지만 그 소문은 오도 포 친척들을 통해 회룡봉에 계시는 할아버지에게까지 전해지게 되었 다.

할아버지는 아들의 못된 버릇을 고쳐놓으려고 회룡봉에서 일부러 40리 길이나 되는 오도포촌 자식 집에 찾아가셨다. 때는 추운 겨울이 었는데 집에는 며느리 혼자이고 아들은 어디로 갔는지 없었다. 십중 팔구 도박판에 갔을 것이라고 짐작한 할아버지는 늦은 저녁상을 물리 시고 저녁 늦게까지 아들이 오기만을 기다리고 있었다. 밤이 깊어가 면서 어렴풋이 잠이 들었던 할아버지는 마당에서 가래를 떼는(=기침 하 는) 큰소리에 잠을 깼다. 얼른 자리를 차고 일어난 할아버지는 부엌문 입구에 서서 아들을 붙잡을 태세를 취하고 있었다. 아들이 무심코 자 기 집 출입문을 열고 들어오려는데 난데없이 억센 주먹이 입고 있는 양털 가죽 외투 앞자락을 거머쥐는 것이었다. 순간적으로 '아버지구 나' 하는 생각이 들어 본능적으로 "앗!"소리를 지르며 재빨리 두 손으 로 문틀을 치는 찰나 "투-우욱"하는 소리와 함께 입고 있던 양털 가 죽 외투 앞자락이 뚝 떨어지면서 아버지는 한주먹에 양털 외투 조각 을 거머쥐었고 아들은 외투를 입은 채로 뒤로 물러서면서 억센 아버지 주먹을 피해 대문 밖으로 줄행랑을 놓았단다.

할아버지의 아들 교육은 부자간 힘겨루기로 비화되었다. 부자간 힘 겨루기는 끝내 승부가 나지 않았지만 어쨌든 그 후로는 아들의 싸움 송사가 없었다 하니 할아버지의 교육 방법은 효과를 본 셈이다.

훗날 둘째 백부가 항일운동에 참가하면서 홀로 남게 된 둘째 백모 가 오도포촌에서 회룡봉촌 할아버지 집으로 이사 올 때였다. 이삿짐 속에는 둘째 백부가 도박판에서 가지고 왔다는 홍송 나무로 만들어진 튼튼하게 생긴 책상이 있었다. 백부가 도박판에서 돈 대신 가지고 온 것인지 아니면 완력으로 빼앗아온 것인지는 알 수가 없었다. 앉아서 쓰도록 만들어진 그 책상은 큰 사촌 남표 형님을 필두로 누님, 남권 자신 그리고 동생과 동생의 딸 설원, 아들 준철에게까지 물려져 그들 집안의 교육을 위해 요긴하게 쓰였다.

남권이 소학교와 초·중을 다닐 때 그 책상을 사용하였다. 다른 집 아이들은 책상이 없어 구들에 엎드려 공부하거나 밥상 위에서 숙제하 기가 일쑤였지만 그는 그 책상이 있어 공부하고 생활하는데 한결 편 리하였다. 그는 직접 만든 석유 등잔을 책상 위에 놓고 공부하였다. 다 쓴 잉크병 뚜껑에 자그마한 구멍을 뚫고 젓가락 굵기로 똘똘 만 양철 속에 종이 심지를 해 넣고 병에 석유를 부어 넣어 만든 석유 등 잔이었다. 등경(燈檠)이 있어야 하는 등불과 달리 간단하고 광선도 손 쉽게 조절할 수 있어 퍽 편리하였지만 아침에 깨어나면 코 안이 시커 멓게 그을리곤 하였다. 어쨌든 책상을 갖춰준 둘째 백부께 감사할 따 름이다.

남권의 나이 15살 때라고 기억된다. 마을 엄씨 댁 대문 밖을 지나가는데 마침 마당에 나오신 그 집 할아버지가 자신의 손목을 잡고 이만큼 자랐으면 할아버지 일을 알아둬야 한다며 그에게 이런 이야기를 들려주시는 것이었다.

"너의 할아버지는 구 척 키에 힘도 장사였네라. 네가 크면 너의 할아버지 절반에 절반 힘이나 쓰겠냐? 글쎄 우리 마을의 양식을 마차에 싣고 조선 웅기로, 러시아 연추로 '채세'를 다니면서 200근 짜리 콩 마대를 한 번에 네 개를 들고 다니니 일군들이 일손을 놓고 모여 구경을 하며 혀를 끌끌 차더란다. "

엄 할아버지는 계속해 말씀하셨다.
"그런 힘을 가지고도 너의 할아버지는 너무나 점잖은 분이어서 돈깨나 있는 사람들이 찾아와 의형제를 맺고 모시고 다니며 음식 대접을 해드리고 여관까지 마련해 주었단다. 참 대단한 분이셨다. 너의 할아버지 같은 분은 찾아보기 힘든 분이야. 나는 동네 젊은이들에게는 물론 타향에 가서도 너의 할아버지를 자랑한단다."

할아버지가 힘장사로 소문을 내며 외국으로 다닐 때 조선 웅기 바다에서 이런 일이 벌어졌다고 한다. 할아버지가 웅기 바닷가에 나가 구경을 하고 있을 때였다. 불시에 왁작 떠드는 소리가 나더니 웬 불량배가 바로 할아버지의 등 뒤에서 발로 할아버지의 종아리를 차고 손으로 어깨를 잡으며 "너 이놈 내 손맛을 봐라!"라고 고함을 치며 달려들었다.
바닷가의 풍경에 사로잡혀 아무 준비도 없던 할아버지에게는 그야말로 청천벽력이었다. 그러나 담대하고 민첩하며 소문만큼 큰 힘을 가진 할아버지는 마치 몸 뒤에도 두 눈이 있고 두 팔이 있어 준비가 다 되어있었던 것처럼 "이놈!"하고 소리 지르는 동시에 두 팔을 뒤로 돌려 그놈의 옷이 잡히는 대로 그놈을 힘껏 추켜들어 자기 머리 위로 들었다 내동댕이치니 그놈은 저만치 멀리 바닷물 속으로 나가떨어지더라는 것이었다.

그제야 할아버지는 자기를 아니꼽게 보는 한 패거리 불량배들이 뒤를 쫓고 있었다는 것을 알아차리고 다급히 뒤를 살펴보니 아직도 네댓 놈이 할아버지를 응시하고 있더란다. 화가 난 할아버지가 쫓아가면서 "너 이놈들 덤벼봐라!" 하고 큰소리를 치자 그놈들은 금방 벌어진 그 아찔한 광경에 겁을 집어먹고 '걸음아 날 살려라' 하고 뿔뿔이 골목으로 줄행랑을 쳤더란다.

할아버지는 이런저런 전설과 같은 이야기를 많이 남기면서 1920년대 초부터 삼국 지대인 중국의 경신, 조선의 웅기, 러시아의 연추 등지에서 박주사라면 모르는 사람이 없을 정도로 이름을 날렸다고 한다.

우스운 일은 박주사라고 하면 다들 잘 안다고 하는데 할아버지의 이름을 대면 누구냐고 묻는 것이었다. 할아버지의 별호인 '주사'는 다들 알고 있었지만 실명이 '박창일'이라는 것을 알고 있는 사람은 많지 않았던 모양이다.

할아버지는 자녀교육에 힘을 아끼지 않으셨다. 할아버지는 그곳에서 우급학교를 졸업한 큰 백부 지영을 용정 은진중학교에 보내기로 결정하였다.

일제 강점기 회룡봉촌에서 간도의 서울로 불리던 용정까지 가려면 참말로 웬만한 결심이 아니면 안 되었다. 지금은 포장도로에 터널까지 뚫려 자동차로 3시간 정도면 문제없이 도착할 수 있는 길이지만, 그때는 흙길은 물론 위험한 산굽이도 많은 험난한 300여리 길이라서 홑몸이나 마차로도 사흘은 족히 걸렸다고 한다.

그랬건만 할아버지는 이부자리며 양식 등 필수품을 다 마련해가지고 큰아들을 네 바퀴 마차에 태우고 용정으로 떠났다. 방학이 되면 할아버지는 어김없이 그 먼 길을 역시 마차를 몰고 아들을 모셔(?)오려고 용정까지 다녀오셨다.

정성이 지극하면 돌 위에도 꽃이 핀다고 큰아들 지영은 우수한 성적으로 중학교를 졸업하고 고향 경신에 돌아와서 교편을 잡게 되었다. 할아버지는 자랑스러운 큰아들을 보기만 해도 마음이 뿌듯하였다. 이리하여 큰아들 지영에게 중국도 아닌 외국 러시아 연추에서 당신의 친구 김씨 집안의 꽃다운 딸 김광숙을 맏며느리로 짝을 지어주어 온 동네가 떠들썩하게 국제(?)결혼식을 치러주었다고 한다.

1920년대였다. 중국과 러시아의 국경지대에서 밀수 장사가 흥성했는데 장사꾼들에게 골치 아픈 일은 러시아 땅에서 물건이나 돈을 강제로 빼앗는 '홍후재'라고 하는 악당 무리가 나타나 그들에게 값비싼 물건들을 속수무책으로 빼앗기는 일이었다. 그러니 키꼴도 좋고 힘센 동반자가 있어 짐과 주인의 신변을 보호해주는 것이 필요했던 것이다.

발 없는 말이 천리를 간다고 회룡봉에 있는 박주사가 힘꼴도 세서 상대할 사람이 없는 데다 러시아 땅으로 자주 다니면서 러시아어도 능통하다는 소문이 밀수꾼들에게 알려지면서부터 할아버지는 그들의 요청으로 여러 차례 장사치들의 보호자가 되어 중 · 러 국경을 넘나들면서 위험한 고비들을 순조롭게 넘겨 사람들의 생명과 재산을 보호해 주었다고 한다. 그때 할아버지는 당시로 말하면 값도 비싸고 만병통치약으로 불리던 아편을 좀 얻게 되었는데 행여 요긴할 때 쓰려고 얼마간 건사해 두셨다. 그런데 그 아편이 후에 사고를 칠 줄이야 누가 알았겠는가?

어느 날인가, 갓 장가든 후 세간나지 않은 셋째 백부 상영이 갑자기 배가 아프다고 드러누웠다. 약국도 의원도 없는 회룡봉에서 할아버지의 머리에 먼저 떠오른 것이 바로 그 아편이었다. 몇 번에 나누어 먹으라고 신신당부한 그 아편을 셋째 백부는 처음 먹는 약이라 한꺼번에 다 먹어버렸단다. 그랬더니 낫기는커녕 점점 열이 오르는 것이었다. 며칠 지나 셋째 백부는 자식 하나 남기지 못한 채 세상을 떴다.

셋째 백부네 부부는 비록 양 부모의 주선으로 맺어졌지만 두 분 사이가 그렇게도 끔찍했다고 한다. 셋째 백모는 불시에 세상 뜬 남편으로 해서 하늘이 무너지는 듯한 커다란 충격을 받았다.

아버지의 말씀에 의하면 셋째 백부와 백모는 모두 그렇게 뛰어난 미남미녀였고 또한 서로 간에 마음이 잘 맞아서 원앙새 부부라고 불렸다고 한다. 큰 충격으로 단식하던 셋째 백모는 남편이 세상 뜬 후 한 달도 못돼 끝내 남편을 따라 저세상으로 갔다고 한다. 자식 하나 못 남기고 저세상으로 간 셋째 아들 부부 때문에 할아버지는 아픈 마음을 가까스로 달래며 합장하여 회룡봉 소학교 서쪽 북망산 동쪽 켠에 묻어주었다. 바로 그 산소 언저리가 훗날 이들 가문의 두 번째 산소 자리가 되었다.

가족의 이런 평화로운 생활은 그리 오래가지 않았다.

1931년 9월 18일, 일제는 구실을 만들기 위해 봉천(지금의 심양) 근교의 유조구에서 스스로 철길을 폭파하고 이를 중국 측 소행이라고 트집 잡으면서 만철연선에서 북만주로 일거에 군사 행동을 개시하였다.

일본제국주의자들은 1932년 초까지 만주(지금의 중국 동북) 전역을 거의 다 점령하고 그해 3월 1일에는 일본의 괴뢰국인 만주국 설립을 선포하고 중국 동북 땅을 저들의 중국대륙과 소련에 대한 침략기지로 만들었다.

일제는 일찍이 1905년에 을사보호조약을 맺어 조선의 외교권을 빼앗아가고 1910년에는 강제로 한일합병조약을 맺어 조선 땅을 저들의 식민지로 만든 후 22년 만에 중국 동북의 광활한 땅에 자기들의 위만주국을 세운 것이다. 일본은 이때부터 드넓은 중국 동북의 방방곡곡에서 중국 인민들에 대한 야만적인 착취와 압박, 학살을 감행하였다. 침략의 마수를 러시아에까지 뻗치려 한 일제는 중국과 러시아 국경선에 대한 감시와 관리를 특별히 강화하였다. 오도포촌은 중국의 가장 동쪽에 위치해 있으며 오가자산을 국경으로 하여 소련 땅 연추와 인접되어 있다.

1909년 3월 26일, 민족 영웅 안중근 의사가 하얼빈에서 일본제국주의 원흉인 이토 히로부미를 격살하기 전, 스스로 맹주가 되어 후에 훈춘현에 이사 온 황병길* 등 12명 지사들과 함께 손가락을 끊어 혈

---

*황병길(1885.4.15.–1920.6.1.)은 조선 함경도 출신으로 훈춘 의병대 대장이었으며 한민회 회장도 맡았고 북러군정서의 모연대장으로 군자금 모집에 주력하였다. 1909년 정월 러시아 연해주 연추부근의 카리라는 작은 촌에서 안중근 등 12명과 죽음으로 구국투쟁을 벌일 것을 손가락을 끊어 맹세하고 항일구국투쟁을 진행했다. 1911년에 중국 훈춘 연통라자 서구에 옮겨온 그는 계속 여러 가지 책임을 짊어지고 일제와 완강히 싸우다가 1920년에 풍한병으로 세상을 떴다. 대한민국 국가보훈처는 1993년 3월에 중국 동북지방 훈춘시 '3.1운동 지도자' 공적을 기리어 그에게 '건국훈장 독립장'을 추서하였다.

서를 써 일제의 침략에 항거할 것을 맹세했던, 일명 단지동맹(斷指同盟)을 했던 곳이 바로 오도포촌과 오가자산 하나를 사이에 두고 있는 러시아령 연추의 카리(下里)였다.

오도포촌은 한국독립운동사에 녹둔(鹿屯)으로 기록되어 있고 비교적 일찍 개척된 마을이다. 바로 중·러 국경선에 위치한 특수한 지리적 위치로 해서 오도포촌은 물론 오도포촌을 포함한 경신은 중국 조선족, 나아가서는 우리 민족의 항일무장투쟁의 시발점이 되었다.

오도포촌, 경신동, 경신 등은 곳곳에 항일 의사들이 심어놓은 한 점 항일투쟁의 불꽃이 요원의 불길로 타올랐던 곳이다. 따라서 이 고장은 일찍부터 일제가 중국, 나아가서는 러시아를 침략하기 위한 발판이기도 했지만 항일의사들로서는 이를 저지하기 위한 군사적 요새가 되었다. 일제의 탄압을 피하여 고국을 떠나 왔건만 악독한 일제 놈들은 중국 땅에까지 쫓아와 그들 가족과 민족을 못살게 굴었다. 모조리 빼앗고 죽이고 불사르는 그 혹독한 '3광(光)'정책과 수차례의 토벌에 의하여 오도포촌은 일제가 놓은 불바다 속에서 영영 사라지고 말았다.

오도포촌에 거주하고 있던 큰집 할아버지 창중에게는 조선 농경동에서 태어난 큰아들 관영이 있었다. 그는 어렸을 때 조선에 대한 일제의 침략을 목격하고 그 원한을 품은 채 부모와 함께 두만강을 건너 이국땅 중국에 이주해왔다. 그가 어엿한 젊은이로 성숙될 즈음에 왜놈들의 토벌대가 마을에 들이닥쳐 모조리 죽이고 빼앗고 불질하여 분탕을 치고는 강제로 산재(=흩어진) 마을들을 토성으로 둘러막힌 집단부락에 몰아넣는 야만행위를 벌였다. 그 광경을 직접 목격한 그의 가슴에선 일제에 대한 증오의 불길이 타올랐다.

안중근 의사와 단지동맹을 맺은 황병길(오른쪽 두 번째)과 백규삼(왼쪽 두 번째)
그리고 안중근의 동지였던 엄인섭(오른쪽 첫 번째).
《안중근과 할빈》(김우종, 흑룡강조선민족출판사, 2005)에서 따옴.

그는 일제에 대한 원한을 품고 선뜻이 항일조직에 가담하였다. 그
뿐만 아니라 그의 선동에 의해 형제자매들도 다투어 항일운동에 뛰어
들었다. 큰 집안 장손이며 열여덟 명 사촌 형제자매들의 맏이인 그의
선두적인 역할은 그들 가문과 여러 지방에 커다란 반향을 불러일으켰
다.

그의 친동생 대영은 물론, 한마을에 살고 있던 사촌 동생들인 근영,
춘영, 길영도 차례차례 모두 항일투쟁에 뛰어들었다. 거의 같은 시기
에 용정 은진중학교를 졸업하고 경신 고향에 돌아와 교편을 잡고 학
생들에게 항일구국의 정신을 가르치던 큰 백부 지영도 혁명가로 항일
무장투쟁에 나섰다.

지영과 근영 그리고 시조카들인 관영, 대영, 춘영, 길영까지 모두
발 벗고 줄지어 항일에 나서자 젊은이들에게 뒤질세라 할머니 박송녀

도 일제의 '경신년 학살사건'에서 참살된 오빠의 원수를 갚으려는 마음을 먹고 항일투쟁에 선뜻 나섰다. 그때로부터 할머니는 완전히 집을 떠나 소비에트 구역에 가서 '반일회' 회원으로 맹활약하셨다.

1920년 왜놈들의 야만적인 '경신년 토벌'에서 당시 경신항일 독립군 대본영이었던 금당촌 숭신학교와 함께 불타 처참하게 희생된 7명의 회룡봉촌 항일투사 중 한 사람인 박형규는 할머니의 친오빠이시다.

할머니는 일찍 젊어서부터 항일 독립군 가족의 영향을 깊이 받았고 또 왜놈들에 대한 깊은 원한을 품으신 분이셨다.

제 3 장

—

항일투쟁 시기

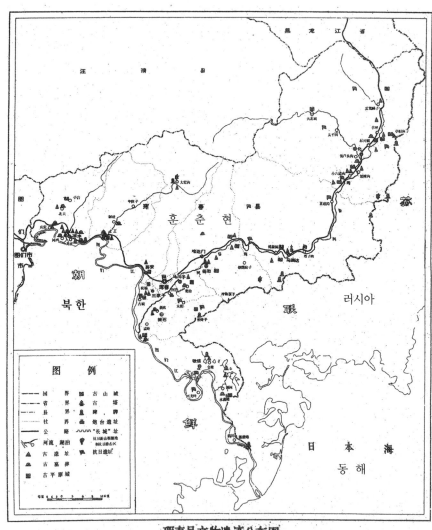

珲春县文物遗迹分布图
훈춘현 문화유물유적 분포도

경신과 러시아 연해주의 연추

1905년에 일본에 외교권을 빼앗기고 1910년에는 한일합병조약으로 나라를 빼앗긴 후 조선 국내에서 활동하던 의병장들과 애국지사들은 분분히 외국을 넘나들면서 나라를 찾기 위한 반일 투쟁을 전개하였다. 바로 조선과 러시아 연해주 사이에 위치한 중국 경신 땅은 우리 민족이 중국, 러시아 연해주로 나가는 길목이었을 뿐만 아니라 반일투쟁에서는 조선과 연해주의 많은 곳을 이어주는 교량이었고 일제 놈들에게는 큰 타격을 준 독립군 근거지이자 교두보였던 곳이다.

그런데 한국에서 펴낸 〈독립군사(윤병석 저, 한국지식산업사, 1990년 10월)〉 등 저서들에서는 경신을 러시아 연해주에 포함시켰고 흑정자, 녹둔, 남석동, 도비허(지금의 회룡봉), 팔포자 등 중국 경신 지명이 러시아 연해주 지명으로 잘못 거론되고 있다.

한국 외국대학교 인문대 사학과 반병률 교수는 '근대독립운동사와 연해주 신한촌' 강연회(1999년 8월 15일 블라디보스토크에서 개최)에서 발표한 논문 '신한촌과 노령 한인사회'에서 이렇게 쓰고 있다.

"신한촌은 1905년 을사조약 후 국운이 기울어지자 국내외 지사들이 이곳에 결집하여 많은 독립운동단체를 결성하고 1919년에는 망명정부 '대한국민의회'를 세워 국권 회복의 결의를 다졌다."

또 노령 한인사회 지역을 연추(포셋트), 소왕령(니꼴스크-우수리스크), 화발

포(하바롭스크), 치타 등지라고 지적하면서

"연추가 의병운동의 중심지가 된 것은 국내로의 진출에 편리한 지리적 인접성과 최재형이라는 한인사회의 걸출한 지도자가 의병운동을 강력히 후원한 때문이었다."라고 지적하였다.

반병률 교수는 상기 논문에서 1911년 전의 해외 의병운동의 중심지는 연추(추풍지역)였고 1911년에 신한촌이 설립되면서 신한촌으로 그 중심이 옮겨졌다고 하면서 다음과 같이 쓰고 있다.

"이종호는 1911년 6월 1일 함경도 출신들이 중심이 된 북파를 배경으로 한인사회의 '주인옹'인 최재형을 비롯하여 의병운동의 영웅인 홍범도와 언론운동의 필봉을 잡고 있던 신채호 등의 지지를 얻어내어 권업회 발기를 조직하였다. 권업회 발기회는 이후 한형권, 김와실리 등 원호인 2세 청년들이 중심이 된 청년근업회와 연합하고 이어 라이벌 세력인 이상설 등의 기호파와 손잡는 데 성공하고 마침내 치타에 있던 서도파의 정재관을 끌어들이고 러시아 당국의 인가를 얻어 1912년 12월 권업회 창설에 성공하였다."

"연추가 의병운동의 중심지가 된 것은 국내로의 진출에 편리한 지리적 인접성"에 있다고 한 반병률 교수의 글은 경신이 가장 주요한 지리적 위치에 있었다는 유력한 증거이다. 왜냐하면 러시아 연해주의 연추 땅 바로 남쪽 오가자산 산등성이를 사이에 두고 중 · 러 국경선에 자리한 중국 경신 땅인 방천, 권하, 팔도포, 륙도포, 오도포, 금당 등 마을들이 있었고 두만강변 중 · 조 국경선에 위치한 방천, 권하, 구사평, 옥천동, 로전, 회룡봉, 벌등, 조양, 서가산 등 마을에서 두만강을 건너면 바로 조선 경흥 땅이기 때문이다.

반병률 교수가 "1863년 13가구의 농가들이 연추의 신지허로 도강한 이래 연해주 남부지역 각지에 한인 촌락들이 형성되었다. 신지허에 이어 추풍(1869), 흑정자(1875), 녹둔, 도비허, 남석동(1884) 등지에 연이어 도강해 온 한인 농민들에 의하여 한인 촌락이 개척되었고..."라고 지적한 것은 연해주의 연추, 추풍에 경신의 촌락들을 이어놓은 또 하나의 유력한 증거이다.

이런 지리적 위치에 처해있는 경신 땅에는 우리 민족 초기 항일투사들의 발자취가 역력히 찍혀있다.

이로 미루어볼 때 러시아 연해주 연추와 조선 경흥, 웅기 사이에 끼어있는 경신 땅이 일찍부터 항일투쟁의 최전선이었음에 틀림이 없다. 유감스러운 것은 지금까지도 이 지역의 빛나는 혁명역사가 주류학계에서 소외되고 있다는 점이다.

조선 국내에서 3.1운동이 일어난 직후인 1919년 3월 28일 경신향 구사평촌에서 이하영, 신우여* 등 항일 투사들의 조직지도 하에 열린 4,000명 집회는 일제를 반대하고 나라를 찾기 위한 동포들의 민족의식을 크게 고취시켰다. 집회에 이어 이하영, 신우여 등 지도자들은 계

---

*신우여(1882.7.28.–1923.3.26.)의 본명은 신대필이다. 중국 경신 금당촌 출신으로서 일찍 안중근 의사가 조직한 독립군에 참가한 후로 줄곧 항일독립군에서 활동하였다. 1919년 3월, 경신 구사평촌에서 리하영 등과 함께 4,000명 민중대회를 소집하여 우리 민족의 반일의지를 크게 높여주었다. 같은 해 김규면이 지도한 훈춘 신민단에 참여하였으며, 문창범, 리동휘 등의 지휘하에 의용병에 가담하여 활동하였다. 1920년 3월부터 10월 사이 조선 국내 온성군 진입 유격전 및 봉오동 전투, 청산리전투에 참가하였다. 1922년 1월 연해주 조선인 대표로 리동휘, 홍범도 등 지도자들을 따라 모스크바에 가서 '소련원동공산주의혁명조직 제1차 대표대회'에 참가하여 레닌의 접견을 받았다. 1921년부터 1922년 3월까지는 연해주에서 한족공산당의 무장부대인 우리동무군의 사령부장으로서 총사령관 최추송, 참모장 최성삼 등과 함께 활동하였다. 1922년에는 고려혁명군 연해주 총지부의 서부 사령관으로 활동하면서 경신 팔도포자에 주재하였다. 한국 정부는 1999년에 신우여에게 독립유공자로 '건국훈장 독립장'을 추서하였다.

속하여 러시아 연해주와 훈춘, 경신 땅을 넘나들면서 일제와의 투쟁을 견지하였다. 홍범도, 김좌진이 이끈 봉오동, 청산리 전투에 참가한 후 독립군 대군단을 따라 러시아 연해주에 들어가 항일무장투쟁의 지도자로 활약하던 신우여는 1922년에 고려혁명군 연해주 총지부의 서부 사령관으로서 그 휘하 부대를 거느리고 경신 팔도포자(지금은 인가가 없음)에 주둔하면서 일제를 연해주에서 최후로 몰아내었다.

이렇듯 경신은 일제 침략자와의 투쟁에서 중요한 요충지였다.

❀

회룡봉 7인 학살사건과 그 영향

〈훈춘 조선족〉의 상편 제2장에는 이렇게 쓰여 있다.

"1919년 음력 2월 21일. 조선 경흥군에 주둔하고 있던 왜놈토벌대는 회룡봉에 대하여 돌연적인 습격을 감행하였는데 반일 투쟁대오 내의 반역자인 오기삼(교원)이란 자의 밀고로 하여 김흥석, 김세일, 한규량, 박인권, 박형구, 김승세, 김룡연이 체포되어 금당 서당방에 압송되어갔다. 놈들은 우리 애국자들에게 갖은 혹형과 형벌을 다한 후 짚을 가득 채워 넣은 서당 안에 휘발유를 치고 불을 달아 7명의 애국지사가 그 안에서 타죽게 한 '7인 학살사건'을 빚어냈다."

〈회룡봉 촌사〉가 발간된 후인 2008년에 회룡봉 열사비 재수건 행사에 참가하였던 박금선(1930년생)은 '7인 학살사건' 희생자 중 한 사람인 박인권의 큰손녀로서 어릴 적에 할머니가 할아버지 제사를 지내던 일을 회상하면서 회룡봉 7인 학살사건의 발생 시기를 봄이 아니라 가을이라고 주장하였다.

　다른 한편, 남권은 이 가족사를 쓰면서 초기 항일독립군장령 신우여의 종손녀 신금순 여사를 통해 아주 귀중하고도 찾아보기 힘든 회룡봉 7인 학살사건 전반 과정을 기록한 수기를 접하였다. 경신 학살사건을 겪은 후 신우여의 가족을 몰살하려는 왜놈들의 눈을 피해 신우여의 가족이 러시아 국경을 넘어간 후 1912년에 금당촌에서 출생한 신우여의 큰아들 신병진이 노트에 기록한 것이 바로 이 수기이다. 신병진은 고향인 중국 땅 금당촌과 그 뒷산 너머 추풍 땅에 피땀으로 개척해 놓은 신금당촌(토벌에 집을 잃은 금당촌 사람들로 이루어진 새마을로서 농평이라고도 함)을 잊지 못하여, 또 독립군 장령으로서 일생을 항일투쟁에 바친 낮도 익히지 못한 부친을 잊지 못하여, 그리고 자신이 어렸을 적부

터 직접 보고 겪고 들은 사연들을 잊을까 봐 적어놓은 노트를 남기고 1989년 5월 8일에 우즈베키스탄 사마르칸트에서 한 많은 세상을 떠났다.

그 중 신병진 선생이 어려서 직접 목격한 회룡봉 7인 학살사건 전반과정을 그대로 옮겨서 야수와 같은 일제 놈들의 만행을 폭로하려 한다.

도룡봉(=회룡봉), 이 조그마한 산골에도 일본 개놈이 있어서 이 일곱 사람을 물었다.

교수질 하는 사람, 의사질 하는 사람, 일본 세재에서 서기질 하는 사람 하나, 기타는 유학하는 학생들이었다. 두 사람은 나이 사십이 넘은 사람이었지만 다섯 사람은 이십 세 조금씩 넘은 청년들이었다. 아깝고도 절통하다, 새파란 애국열사 일곱 사람, 매일 당하는 그 악형. 그 악마들이 살을 뜯어 먹고 뼈를 넣어 먹으려 한다.

요 악귀들아! 아무리 넌다 하여도 고려 사람의 뼈를 다 널 줄 아느냐! 어느 때든지 그 원수는 갚고야 말리라.

일제 놈들이 7명 투사들을 금당 숭신학교에서 사형에 처하는 날 광경을 신병진 선생은 이렇게 썼다.

학교에서는 출근 나팔소리가 울렸다. 기맥이 있는 사람들은 산으로 피하였다. 이른 아침부터 개들이 전 동네를 날뛰며 사람들을 학교로 몰아들이기 시작하였다.

학교 마당에다가 남녀노소를 몰아세우고 일본 대장 놈이 연설하였다. 그리고서 그 일곱 사람을 학교 사무실 칸에다 걸상을 총총 놓고서 그 위에 일곱 사람을 눕혔다.

장교 놈이 무어라고 개소리 치더니 군인 한 놈이 창을 들고 사람들 위로 뛰어오르더니 구령에 맞춰 한 사람씩 한 사람씩 창으로 가슴을 찌르기 시작한다. 사람들을 몰아 유리창 가까이에 다가서게 몰아들인다.

눈을 뜨고 누가 이 광경을 보랴! 눈물이 흘러서 누구나 없이 앞이 어두워 볼 수 없었다. 모두 다 소리높이 울었다.

이렇게 일곱 사람을 창으로 찔러 죽이고 석유를 들이치고 불을 달아놓았다. 하늘이 아는지라 그날 아침부터 광풍이 터지며 천지를 분별하기 어려웠다. 3일 동안 학교가 불붙는데 천지를 진동할 듯한 광풍은 그치지 않고 불었다.

학교가 다 타면서 7명 투사들이 장렬이 희생된 후 일본 토벌대가 지나간 다음의 장면을 신병진 선생은 이렇게 썼다.

놈들은 군대를 거느리고 떠나갔다. 그래서 전 동네가 다모여서 일곱 사람의 뼈라도 한 조각 남았는가 하여 재를 쓸어내기 시작하였다. 그런데 사람 전신에서 골 하나가 다 타지도 않았다. 그날 다섯 사람의 골은 얻었는데 골 둘은 얻지 못하였다. 도롱봉 친척들에게 알렸다.

그 이튿날에는 그들의 친척들까지 모여 마저 찾기 시작하였다. 남의 가슴이 그렇게 아픈데 그 친척이야 어떠하랴! 부모, 동생, 처자들이 하늘에 손뼉 치며 통곡하였다. 누가 눈물을 흘리지 않겠는가!

골 하나는 세 방을 건너가서야 찾았다. 그래서 일곱의 골을 다 얻었다. 그런데 누구의 골인지 알 수 없었다. 친척들은 모두 수의를 갖춰 가지고 왔다. 그러나 할 수 없이 일곱을 한 관에 넣어서 바로 학교 마당에 무덤을 크게 하여 묻었다.

전 동네가 합력하여 그 무덤에 장재를 곱게 하여 막았으며 큰 비석을 만들어 일곱 사람의 성명을 새겨 세웠다. 이듬해 봄부터 학교터에 재를 쓸고 또 학교를 지었다. 그 무덤은 전부 꽃밭으로 만들었다.

토벌대 놈들은 조선의 아들, 혁명열사 일곱 명을 죽이고 큰 대전에서 승리한 듯이 승전가를 울리며 떠나갔다. 금당촌 토벌을 이것으로 끝마쳤다.

신병진 선생은 또 이렇게 썼다.

"그 후로 금당 사람들은 어느 누구나 없이 애국열이 더욱더욱 강하여졌으며 혁명가의 대열에 청년들은 집중되었으며 독립군들을 후원하기에 열중하였다."

일제의 침략으로 수난을 당하고 있는 조선민족의 아들로서, 또 항일투쟁대오 내의 한 지휘관의 아들로서의 신병진은 7-8세의 어린 나이에 일제에 대한 적개심으로 자신이 직접 목격한 회룡봉 7인 학살사건을 사실 그대로 기록했던 것이다. 반일투쟁이 끊임없이 일어나는 경신 땅에서, 특히 1931년 9월 18일 일제가 동북에서 '9.18 사변(=만주사변)*'을 일으킨 후로는 경신 일대의 더욱 많은 민중들이 일제와의 무장투쟁에 일제히 뛰어들었다. 그 가운데는 일제와 목숨을 걸고 용감무쌍하게 싸운 많은 혈육, 친척들도 있다.

한국 국가보훈처 독립유공자 공훈록에는 회룡봉 7인 학살사건에 참가한 항일지사들의 이름도 올라있다. 아래 대한민국 국가 보훈처넷

---

*9.18사변(=만주사변): 일본 관동군이 중국 봉천 외곽의 류조호(柳條湖)에서 자기네 관할이던 만주철도를 스스로 파괴하고, 이를 중국 측 소행이라 트집 잡아 철도보호를 구실로 군사행동을 개시, 이듬해 3월 괴뢰 만주국을 세웠다.

에 오른 그들의 자료를 그대로 싣는다.

성명 : 박형규

생존기간 : ?-1920.11.02

운동계열 : 만주 방면

공적내용 : 중국 길림성 훈춘현에서 독립운동단체에 가입하여 항일활동
을 하던 중 일본군에게 피체되어 탈출을 시도하다가 1920
년 11월 2일 흑정자 금당촌 부근에서 사살당해 순국하였다.
정부에서는 고인의 공훈을 기리어 1991년에 건국훈장 애국
장을 추서하였다.

성명 : 김용연

생존기간 : 1879-1920.11.02.

운동계열 : 만주 방면

성명 : 한규량

생존기간 : 1865-1920.11.02.

운동계열 : 만주 방면

공적내용 : 중국 길림성 훈춘현에서 독립운동단체에 가입하여 항일활동
을 하던 중 일본군에게 피체되어 탈출을 시도하다가 1920
년 11월 2일 흑정자 금당촌 부근에서 사살당해 순국하였다.
정부에서는 고인의 공훈을 기리어 1991년에 건국훈장 애국
장을 추서하였다.

성명 : 김승세

생존기간 : 1892~1920.11.02.

운동계열 : 만주 방면

공적내용 : 중국 길림성 훈춘현에서 교사직에 있으면서 독립운동단체에
　　　　　가입하여 활동을 하던 중 훈춘현 회룡봉 부근에서 일군에
　　　　　피체되어 탈출을 시도하다가 1920년 11월 2일 사살당해 순
　　　　　국하였다. 정부에서는 고인의 공훈을 기리어 1991년에 건
　　　　　국훈장 애국장을 추서하였다.

성명 : 김홍석

생존기간 : 1891~1920.11.02.

운동계열 : 만주 방면

공적내용 : 중국 길림성 훈춘현에서 교사직에 있으면서 독립운동단체에
　　　　　가입하여 항일활동을 하던 중 훈춘현 회룡봉 부근에서 일군
　　　　　에 피체되어 탈출을 시도하다가 1920년 11월 2일 사살당해
　　　　　순국하였다. 정부에서는 고인의 공훈을 기리어 1991년에
　　　　　건국훈장 애국장을 추서하였다.

성명 : 박인권

생존기간 : 1892~1920.11.02.

운동계열 : 만주 방면

공적내용 : 중국 길림성 훈춘현에서 교사로 재직하며 독립운동단체에
　　　　　가입하여 항일활동을 하던 중 훈춘현 회룡봉 부근에서 일군
　　　　　에 피체되어 탈출을 시도하다가 1920년 11월 2일 사살당해

순국하였다. 정부에서는 고인의 공훈을 기리어 1991년에 건국훈장 애국장을 추서하였다.

유감스럽게도 김세길의 자료는 찾지 못하였다.

그들 가문 선조들이 항일투쟁사에 남겨놓은 피눈물의 역사는 지금도 국내외 많은 역사학자와 문필가들의 주목을 끌어 계속 연구되고 재발굴되고 있다. 이 글이 항일투쟁사를 연구하는 여러 역사학자와 문필가들에게 얼마간의 도움이라도 된다면, 또 이 글을 읽는 독자들에게 얼마간의 교육적 가치라도 있었으면 하는 바람이다.

항일에 뛰어든 박관영과 그의 형제들

압박이 있는 곳에는 반항이 있기 마련이고 각성한 인민은 권리를 찾으려 한다. 이야기는 먼저 오도포촌으로부터 시작한다.

1928년에 경신 오도포촌에서 선두적으로 항일투쟁에 참가한 박관영(1898-1941)은 제일 먼저 동북항일연군에 참가하였다. 조직의 배치로 그는 항일연군 목단강연락처에서 일하게 되었다. 그의 책임감과 적극성, 사업능력을 충분히 인정해 준 상급에서는 그에게 항일연군 일로군 목단강연락처 처장직을 맡겼다.

비밀연락처의 책무는 적과 피아간의 무장투쟁에서 가장 위험한 일로서 언제나 신경을 써 가며 자기를 보호하는 전제하에서 적들의 정보를 수집하여 제때에 아군에게 상황을 전달해야 하는 극비리의 일이다. 적군의 입장에서 보면 백방으로 조사해내고 제일 먼저 처단하려는 기구가 바로 아군의 비밀연락처라고 해야겠다.

극비리에 일하는 곳이었으므로 그가 항일투쟁에 참가한 오랜 세월 동안 가족과도 연락을 할 수 없어 연계가 끊어졌으며 그의 신분을 알고 있는 항일대원들도 많지 않았다. 간고한 환경에서 비밀리에 일하던 박관영은 변절자의 밀고로 목단강에서 놈들에게 체포되었다. 왜놈들은 감옥에 갇힌 그를 통해 공산군 항일 대오 내의 많은 비밀을 알아내려고 그에게 갖은 혹형을 가했지만 허사였다. 굳건한 항일 신념으로 튼튼히 무장한 그가 어찌 왜놈들에게 동지와 항일 대오의 비밀을 자백하고 목숨을 구걸할 수 있었겠는가!

목단강경찰서에서는 박관영을 '완고한 항일분자'로 지목하고 가목사에 설치된 일제 감옥으로 이송하였다. 혹형이 심해졌다고 왜놈들에게 투항할 박관영이 아니었다. 많은 비밀을 알고 있는 그에게서 아무 것도 얻어내지 못하게 되자 노발대발한 왜놈들은 최후의 방법으로 그를 사형장으로 끌고 갔다.

1941년 왜놈들의 마지막 처형을 받으면서도 얼굴색 한번 변치 않은 박관영은 피 끓는 청춘과 정력을 민족과 나라를 위해 바쳤다. 그는 가목사의 일제 놈들의 감옥에서 장렬하게 생애를 마쳤다.

박관영의 열사증을 펼쳐보면 그의 희생 연도가 1941년으로 기재되어 있다. 그런데 1927년생인 관영의 차녀이자 남권의 육촌인 수안 누님은 아버지인 박관영이 1932년에 희생되었다고 주장한다. 이로 미루어보면 박관영은 1932년부터 가족과 완전히 연계가 끊어진 상태였다는 것을 알 수 있다.

그때 그에게는 남동, 남순, 남천 세 아들과 순복, 순안 3남 2녀가 있었다.

관영의 친동생 대영은 10대 후반의 어린 나이에 항일 대오에서 맹활약하다가 어느 날 산속에서 상한에 걸려 드러눕게 되었다. 거처도 의료설비도 없는 동북 산속의 강추위 속에서 더는 왜놈들과 싸울 수 없게 된 대영은 집으로 돌아오게 되었다. 집식구들과 친척들이 행여 소문이 밖으로 나갈까 봐 조심스럽게 이모저모로 약을 사들인다, 영양보충을 해준다 하며 간호해주었건만 중병에 걸린 그는 끝내 병석에서 일어나지 못하고 세상을 떴다. 다행히 대영에게는 그때 두 살 난 어린 딸 정한이 있었다.

오도포에서 살고 있던 둘째 백부인 근영, 오촌 백부들인 춘영, 길영 등 한마을 친척 여러 형제들이 너도나도 항일 대오에 뛰어들면서부터

박관영 항일열사증(원저자 큰할아버지의 큰아들)

그들 가족에 대한 일제의 압박과 감시가 더욱 심해졌다. 그때 몇 살 밖에 안 되었던 관영의 차녀인 육촌 누님 순안이 남권에게 들려준 80년 전의 옛이야기는 이러했다.

아들 둘이나 '공산(항일조직을 가리킴)'에 보냈다고 왜놈들이 날마다 집에 와서 할아버지 창증을 감시하며, 아들이 있는 곳을 대라고 협박했다. 왜놈들은 항일운동에 참가한 두 아들이 간 곳을 알아낼 방법이 없게 되자 할아버지와 할머니에게 매질을 해대었다.

아들을 항일운동에 내보낸 죄로 관영의 어머니는 왜놈들에게서 억울하게 타격을 받고 병환으로 누워계시다 끝내 중년 나이에 세상을 뜨고 말았다.

관영의 셋째 삼촌 창원의 외동아들 춘영(1908-1970)은 4대 가족의 가장으로 슬하에 세 살 난 아들 남룡이 있었다. 항일의 신념을 굳힌 그가 가정을 마누라인 김영숙(1907-1981년)에게 맡기고 자기는 항일 대오에 참가하였다.

춘영이 항일 대오에 참가한 초기에는 부친 창원과 모친 김 씨의 적극적인 지지로 밤도와 비밀리에 동지들과 함께 집을 드나들면서 식량과 옷 견지들을 거두어가며 활동하다가 나중에는 집을 영영 떠나 항일부대의 군인이 되었다.

춘영이 소속되었던 항일부대는 여러 차례 왜놈과 치열한 전투를 벌였다. 그러나 피아간 군사력의 현저한 차이로 아군은 열세에 처하게 되어 많은 희생자를 내게 되었다. 이런 긴박한 상황에 상급으로부터 수단·방법을 가리지 말고 혁명역량을 보존하라는 지시가 하달되었다. 이리하여 춘영과 그의 몇몇 전우들은 혁명역량을 보존하기 위해 당시의 사회주의 국가인 소련 땅으로 망명하게 되었다. 춘영은 결국 대오를 찾지 못하였고 다시 중국으로 넘어오지 못하였다.

이렇게 되어 춘영은 사랑하는 부모 처자와 멀리 떨어진 이국 타향에서 가슴 아픈 한 생을 보내게 되었다.

관영의 넷째 삼촌 창수에게는 그때 10세 남짓한 장가도 들지 않은 아들 길영이 있었다. 일제에 대한 복수심으로 가득 찬 그도 여러 형님들을 따라 항일 대오에 참가하였다. 일제와 여러 차례 전투에서 용감히 싸우던 그는 왜놈들의 총탄에 맞아 어느 한차례의 전투에서 장렬하게 희생되었다. 길영이 희생된 후인 1930년 초에 그의 부친 창수와 형님 윤영(1909년생) 일가는 피땀으로 일구어놓은 땅을 버리고 원한을 품은 채 조선 회암동으로 다시 돌아가게 되었다.

이들 가족사를 쓰면서 가장 아쉬운 점이라면 오도포에 살던 관영, 대영, 춘영, 길영 등 네 분이 항일 대오에 참가한 후의 더욱 상세한 자료를 찾아내지 못한 것이다. 이런 중·소 국경 조선족 마을이 일제의 몇 차례의 토벌과 야만적인 3광(光) 정책에 의하여 잿더미가 되었기 때문이다. 오도포촌은 지금 폐허로 되어 사람들이 살았던 흔적조차 찾아볼 수 없게 되었으며 사람들의 기억 속에서 모습마저 잊혀져버렸다.

오도포촌은 지금의 지도에서는 아예 찾아볼 수 없을 뿐만 아니라 1982년에 편찬된 〈훈춘현 문물지(琿春縣文物志)〉에서 항일투쟁 당시 항일 유격구, 항일 근거지, 항일 유격지 등을 밝힌 지도에서도 찾아볼 수 없는 곳이 되었다. 남권은 항일투쟁 시기 경신 오도포촌은 항일투쟁의 주요 거점이었다고 확신한다. 만약 그렇지 않았다면 일제 놈들이 무엇 때문에 1930년대 초에 오도포에 몇 번이나 불을 질러 마을을

완전히 잿더미로 만들고 살아남은 주민들을 몽땅 마을 밖으로 내몰았
겠는가!

역사의 흐름 속에서 무명 영웅도 무명 영웅촌도 생기는가 보다!

❁

항일용사 박근영

오도포촌에 살던 남권의 둘째 백부 박근영(1906–1984년)은 한번 먹은
마음을 굽히지 않는 강직한 성격의 소유자였다.

일제의 침략과 약탈에 더없이 분개했던 그는 끝내 도박과 싸움판
에서 손을 떼고 친척, 혈육들의 영향으로 일제와 싸우는 항일의 길에
들어섰다.

1925년에 태어난 첫딸 영숙이 병으로 죽은 후 남편 근영을 항일부
대에 보내고 슬하에 자식 하나 없이 평생 과부로 살아오신 둘째 백모
김안나는 아래와 같은 이야기를 들려주었다.

백부가 항일조직에 참가한 일은 시간이 지난 후에 알게 되었다고
한다. 어디로 간다는 말씀도 없이 며칠씩 밖에 나가 있던 백부가 문
득 밤중에 들어와서 밥상을 차리라 하고는 친구 몇 분과 함께 안방에
서 무슨 긴요한 이야기들을 나누고는 밖으로 나가더란다.

무슨 일인가 하고 캐물으면 무뚝뚝하게 "당신이 알 일이 아니요."
라고 한마디만 하고 더 말이 없어 다시 더 묻지도 못했단다. 그러던
둘째 백부는 끝내 무슨 일로 어디로 간다는 말씀도 없이 완전히 가정
을 이탈한 후 항일 근거지를 찾아가서 혁명 대오에 참가하여 항일군

인이 되었다는 것이다.

중국 공산당 연변조선족자치주위원회 당사사업위원회 당사연구소에서 편찬한 〈연변역사사건 당사인물록(延邊歷史事件党史人物彔; 한문판)〉 '대황구 13열사'에는 이렇게 쓰여 있다.

뭇 산에 둘러싸인 시냇물이 졸졸 흘러내리는 계곡에 자리 잡고 있는 훈춘현 대황구에는 항일투쟁 시기에 나라를 위해 몸 바친 13명 혁명열사가 고이 잠들고 있다. 그들의 이름은 아래와 같다.

박진흥(朴振興; 당원), 오빈(吳彬; 당원), 김룡학(金龍學; 당원), 박영신(朴永信; 당원), 량태성(梁泰星; 당원), 김시천(金時天; 당원), 주병갑(朱炳甲; 당원), 리흥국(李興國; 당원), 배송림(裵松林; 당원), 고진준(高振俊; 단원), 김장협(金長協; 단원), 김길룡(金吉龍; 단원), 랑XX(郎xx; 단원)

2011년 6월, 훈춘시 당위원회 훈춘시 정부에서 새롭게 건립한 "대황구13열사" 기념비

1933년 10월 7일, 대황구에 이른 훈춘현 유격대가 한 지주 집 빈방에 주둔하게 되었다. 그날 밤 원 중국 공산당 훈춘현 위원회 서기 오빈은 두 초소를 잡고 보초병을 배치하였다.

반일회 회원 이보옥, 최의순을 먼 곳에 있는 청수동 초소에 배치하였고 신입대원 김재근을 가까운 산정초소에 배치하였다.

이튿날 새벽녘, 변절자 배원일이 일본 수비대와 비밀리에 강을 건너 무장자위단 결사 토벌대 60여 명을 거느리고 청수동에 들어섰다. 토벌대를 발견한 이보옥과 최의순은 미처 뒤의 산정초소에 알릴 사이도 없이 토벌대에 붙잡혔고 김재근이 토벌대를 발견했을 때는 토벌대가 이미 그의 근처로 다가오고 있었다. 당황한 김재근은 경보를 울리는 것도 잊은 채 황급히 유격대의 거처로 내달리면서 "토벌대가 왔다!"라고 소리쳤다. 유격대가 놀라 깨었을 때는 적들이 벌써 포위사격하기 시작하였다.

이 위기일발의 긴급 상황에 중대장 박진홍이 대원들에게 반격하면서 뚫고 나가라고 명령하였다. 오빈은 "개새끼들, 내가 쏜 탄알을 맛보아라!" 외치면서 대원들로 하여금 포위를 뚫고 나가도록 적을 향해 집중사격을 가하였다. 맹렬한 사격 중 복부가 적탄에 맞았지만 그는 일체를 불구하고 문을 뚫고 나가 30여 미터 밖의 아가위나무 밑에 가서 쓰러졌다. 그때 그의 나이 29세였다. 중대장 박진홍은 "빨리 밖으로 뚫고 나가라!"라고 소리치면서 창문을 박차고 밖으로 뚫고 나갈 때 불행히도 적탄에 맞아 희생되었고, 소대장 김룡학은 줄곧 집안에서 싸우면서 마지막 피 한 방울마저 깡그리 다 바쳤다. 신입대원 랑XX도 포위를 뚫고 나가면서 적탄에 맞아 희생되었다. 박근영은 적탄 네 발이나 맞았지만 덮쳐드는 적의 총창을 벼락같이 뺏어 들고 적을 쏠어 눕히면서 포위를 뚫고 나왔다. 유격대원 ○균천, 심길만, 강창운 등은 결사전에서 중상을 입고도 용감히 포위를 뚫고 나왔다.

후에 전우들은 아가위나무 밑에서 오빈의 시체를 찾았는데 시체 밑에는 격발기가 없는 보총이 깔려있었고 격발기는 10여 미터 떨어진 풀밭에 있었다. 배송림과 소대장 김룡학은 문 앞에서 희생되었다. 랑XX의 시체는 타버린 빈 방에서 발견되었다.

전투가 끝난 후 포위를 뚫고 요행히 살아남은 유격대원들과 그곳의 반일 군중들은 눈물을 머금고 13명 열사의 유해를 안장하였다. 일본 침략에 항거하여 장렬히 전사한 13명 열사를 기념하기 위하여 훈춘현 인민정부는 1962년 묘지에 '대황구 13열사 기념비'를 세웠다.

백부 박근영은 몸에 네 발의 적탄을 맞고도 적들의 총창을 빼앗아 들고 적들을 여지없이 쓸어 눕혔다. 이런 치열한 전투 속에서 살아남은 용사들은 끝내 적의 포위를 뚫고 나아갔다. 이 사건이 바로 유명한 대황구 13열사 사건이다.

어릴 적에 들은 대황구 13열사에 대한 이야기에 의하면 한밤중에 벌어진 돌발적인 전투가 끝난 후 새벽이 되도록 백부 박근영을 찾지 못하게 되니 모두들 그가 희생된 걸로 여겼다고 한다. 그런데 후에 중상을 입고 풀밭에 누워있는 그를 발견했다고 한다.

지금 중국 공산당 훈춘시 위원회 당사 판공실에 보관되어 있는 자료에서도 대황구 13열사 명단 중 '박근영'이란 이름을 '박영신'으로 고쳐 넣은 흔적을 찾아볼 수 있다.

대황구 전투가 벌어지기 이전에 박근영이 소속되어 있던 훈춘현 유격대는 어디에서 싸웠는가? 북한 주석을 지낸 김일성의 회고록 〈세기와 더불어〉 제3권에서 김일성은 이렇게 쓰고 있다.

"대황구는 훈춘의 중심 유격구로서 국제당 파견원 반성위(반경유 潘慶由, 반은 성씨, 성위는 길림성의 간부라는 뜻)가 박두남에게 피살된 곳이다. 바로 여기에서 동녕현성 전투에 참가했던 훈춘 유격대의 용사들 중 13명이 한꺼번에 무리로 전사하는 사건이 발생하여 전 동만(=위만주국 동부지역) 인민들의 비분을 자아냈다."

또 같은 책 187페이지 '제8장 반일의 기치 높이'에서 김일성은 이렇게 서술하였다.

"우리가 라자구 담판 후 동녕현성을 즉시에 공격하지 않고 두 달 이상의 준비 기간을 설정한 것은 이 전투의 의의를 특별히 중시한 데 있었다. 우리는 이 전투를 항일유격대의 합법화를 완전히 실현하기 위한 돌파구로 보았고 우리와 구국군부대 사이에 맺어진 통일전선에 관한 협약도 이 전투의 승패에 따라 발효를 보게 될 것이라고 생각하였다."

이 자료에 따르면 1933년 9월 6일부터 7일까지 진행된 동녕현성 전투에서 훈춘 중대는 짜작골에서, 왕청 중대는 주공 방향으로 진출하여 적군 수백 명을 소멸했다. 적들은 전투에서 죽은 군인들의 시체를 연 사흘 동안이나 화장하였다 한다.

이것이 바로 항일유격대와 반일부대가 공동으로 승리한 첫 전투였다.

대황구 13열사 사건은 1933년 10월 7일 밤에 일어난 일이니 훈춘현 유격중대가 동녕현성 전투에 참가하여 승리를 거둔 후 한 달 만에 벌어진 것이다. 둘째 백부는 훈춘현 유격대의 한 성원으로 일제와의 전투에 여러 차례 참가하였다.

1935년 가을, 박근영이 홑몸으로 비밀사업 임무를 맡고 외출했다가 근거지로 돌아오는 길이었다. 밥이나 한 끼 얻어먹을 생각으로 하다문 너터자(駱駝子) 마을 어귀의 외딴집에 들어갔다. 안주인이 좀 기다리라 하고 밖으로 나간 사이 그는 극도로 피곤한 나머지 밀려오는 잠을 이길 수가 없었다. 그래도 그는 경각심을 늦추지 않고 신발을 신은 채로 문턱에 걸터앉아 오른손에 쥔 권총을 베고 잠깐 누었는데 그만 잠이 들어버렸다. 왁자지껄 떠드는 소리와 호통치는 소리에 놀라 깨어나니 벌써 왜놈 앞잡이들이 우르르 달려들어 남권의 백부를 밧줄로 묶고 있는 것이었다.

하다문 일본경찰서에 호송된 박근영은 일제 놈들 앞에서 강직하던 성격이 더욱 견강해졌다.

"공산군 근거지가 어디에 있느냐?", "너의 상급이 누구냐?". "말하면 살려준다!", "자백해라!" 왜놈들의 갖은 유인과 모진 매질, 혹형에도 박근영은 "나는 모른다. 죽일테면 죽여라!"는 한마디 대답으로 일관했다.

피투성이가 된 그에게서 한 가닥의 실마리도 못 찾아낸 왜놈들은 분이 상투밑까지 치밀어 올라 근영을 사형에 처하기로 결정하였다. 1933년 가을 대황구 13열사 사건에서 구사일생으로 살아남은 박근영은 바로 2년 후인 1935년 가을에 왜놈들에게 붙잡혀 생을 마감하게 될 지경에 놓이게 된 것이다.

1935년 가을, 하다문 일본경찰서의 왜놈들은 무덤을 파놓은 하다문 서쪽 산기슭 사형장으로 '완고한 항일분자'로 낙인 찍혀 온몸이 피투성이가 된 박근영을 팬티만 입힌 채로 끌고 왔다.

근영은 자기를 끌고 나오는 10여 명 되는 왜놈들 무리에서 별안간

익숙한 얼굴을 발견하게 되었다. 그
가 바로 1933년에 변절하여 일본 놈
의 앞잡이 노릇을 하며 공산당 비밀활
동자와 항일유격대를 팔아먹은 훈춘
현 항일유격대원 대대 정치위원 박두
남*이었다. 적에 대한 적개심과 비굴
한 변절자에 대한 복수심으로 감정이
극도로 북받쳐 오른 박근영은 생명의
마지막 순간에 적들과 결사전을 하려
는 굳은 결심을 더더욱 다지게 되었
다.

박근영의 52세 때의 모습(1957년)
(원저자 둘째 백부)

왜놈들이 생각지도 못했던 일은 바로 박근영에 대한 사형집행 순간
에 돌발적으로 일어나고야 말았다. 무덤 뒤에 꿇어앉은 박근영은 '범
에게 물려가도 정신만 차리면 산다.', '하늘이 무너져도 솟아날 구멍
이 있다.', '최후의 모든 방법과 있는 힘을 다해 끝까지 싸워야 한다!',
'살아야 원수를 갚는다!' 이런 생각들을 떠올리고 있었다.

박근영의 등 뒤에는 사형수 몇 놈이 총을 꼬나들고 그의 뒤통수를
겨누고 있었고 몇몇 졸개들은 상사의 지시를 받고 근영의 좌우에서
그의 팔과 허리에 묶어놓았던 포승줄을 풀려고 어슬렁거리고 있었다.

---

*박두남은 원래 훈춘 항일유격대의 대대 정치위원이었다. 1933년 봄에 노선 전환을 토의하는 훈
춘현 당확대회의에서 박두남은 만주성 당위원회 위원이며 국제당파견원(순시원)인 리기동(당시
에 모두 반성위라 불렀음)에게 가장 엄중한 비판을 받고 정치위원직에서 해임되었다. 원한을 품
은 박두남은 변절자로 변해 반성위 사무실에 뛰어들어가 전리품으로 획득한 3.8식 보총으로 반
성위를 살해하고 일제의 앞잡이가 되었다. 8.15항일전쟁승리 후 신분을 감추고 조선으로 도망갔
던 박두남은 정부에 의해 총살당하였다.

박근영이 노리고 노리던 최후의 시각이 다가왔다. 난데없는 "우왁!" 하는 소리와 함께 근영이 두 팔에 매여 있던 포승줄을 단번에 끊어버리자 그 힘의 여파로 좌우 두 놈이 사정없이 땅바닥에 튕겨 나가 쓰러졌다. 순식간에 사형장은 왜놈들의 의도와는 정반대로 난장판이 되면서 극적인 변화가 일어났다.

박근영은 실로 일반 사람으로는 상상조차 못할 용감성과 대담성, 민첩성에 누구도 당해낼 수 없는 힘으로 사형장을 훌쩍 뒤집어 아수라장으로 만들어놓았다.

박근영을 총살하겠다고 총을 꼬나들고 날뛰던 한 무리의 일본 놈들과 그들의 앞잡이들은 혼비백산하여 총을 쏘자니 자칫하면 자기들 졸개가 맞아 죽을 것 같고 안 쏘자니 '완고한 항일분자 박근영'이 자기들 코밑에서 도망갈 것 같아 어쩔 바를 모르고 마구 덤볐다.

이때였다. 박근영은 자기의 무덤 구멍을 뛰어넘어 산등성이를 타고 뛰기 시작했다. 총을 자주 다루던 경험으로 곧게 아니라 갈지(之)자형으로 뛰었다. 박근영이 한참을 달린 후에야 정신을 차리기 시작한 왜놈들은 총을 쏘아댔지만 눈먼 탄알들은 힘없이 그의 등 뒤와 좌우에 떨어졌다.

하늘이 도운 것인지 아니면 그의 확고한 항일신념이 그를 살려주었는지 모를 일이다. 어쨌든 그는 다시 한번 죽음의 칠성판에서 기적같이 살아나 전설과 같은 이야기를 남겼다. 생사의 고비를 넘긴 근영은 우선 생존할 길을 찾은 다음 혁명 대오를 찾아갈 생각으로 일단은 당시의 사회주의 국가인 소련으로 망명할 것을 결정하고 중소국경을 향해 줄달음쳤다. 기진맥진하여 뛰고 기고 하던 그가 어둠 속 먼 곳에서 비쳐오는 인가의 불빛을 발견하고 안도의 숨을 쉬며 맥없이 땅에 주저앉았을 때였다.

전신의 힘이 빠지면서 발바닥과 발등에 모진 고통이 느껴졌다. 어두운 밤에 손으로 발등을 만져보니 거칠거칠한 것이 손바닥을 찔렀는데 살펴보니 나무 그루터기가 발바닥을 뚫고 발등에 솟아오른 것이었다.

눈에 보이지 않는 가시가 살을 찔러도 모진 아픔을 느끼는데 나무 그루터기가 발을 뚫고 올라오다니, 얼마나 끔찍스러운 일인가! 박근영은 아픔을 가까스로 참고 견디면서 자기 손으로 발바닥에 박힌 나무 그루터기를 하나하나 뽑아냈다. 의지와 용기가 있는 자만이 모진 고통을 이겨내고 자기의 생명을 지킬 수 있는 것이리라.

근영은 배고픔과 추위를 달래며 쩔뚝거리는 걸음으로 불빛이 뿜어

나오는 외딴집을 향해 간신히 걸어갔다. 피투성이가 된 그의 몸에 걸친 것이라고는 속옷밖에 없었다.

집 문을 두드려보니 한족 집이었는데 주인 아주머니는 근영을 보자 겁에 질려있더란다. 사정 이야기를 듣고서야 안도의 숨을 내쉰 주인 아주머니는 부엌에서 저녁 식사를 하고 남은 삶은 감자와 호박을 내놓더라는 것이었다. 집 문을 나서면서 감사하다는 인사를 올린 그는 아무거나 걸칠 것이 있으면 줄 수 없겠는가 하니 주인은 벽에 걸려있던 다부살(만족식 두루마기) 한 견지를 주더라는 것이다. 또 성냥과 옥수수떡도 넣어주더란다.

아주머니가 준 옷을 어깨에 걸치고 갖은 고생을 겪으면서 중소국경에 도착한 그는 큰 시름을 놓은 것만 같았다. 그런데 국경을 넘어간 그에게 생각지도 못했던 난관이 닥칠 줄이야.

1930년대는 소련 변경에서 일본 놈들이 파견하는 특무들 때문에 각별히 예민해 있을 때였다. 그 특무들 가운데는 조선족들도 있었으니 소련 측의 경계심이 국경을 넘어선 근영에게로 쏠린 것은 당연한 일이었다.

신발도 없이 맨발 차림에 작아서 입지도 못하고 어깨에 걸친 다부살, 바지도 없이 달랑 하나뿐인 속옷, 거기에 전혀 통하지 않는 러시아말, 이 모든 것이 소련 국경 경비대원들의 의심을 사 근영은 소련 측 감옥에 갇히게 되었다.

중국 인민과 소련 인민의 공동의 원수인 일제와 싸우던 박근영이 일본특무 혐의로 소련변경부대 감옥에 갇혀 일주일간 문초를 받게 되었으니 그 억울함과 서러움을 어디에다 하소연해야 할까!

가짜와 진짜는 조만간 식별되는 법이고 하늘이 무너져도 솟아날 구멍이 있다고 근영은 기적적으로 소련 심문소에서 한 고향 사람이자 항일동지였던 박일순을 만나게 되었다. 박일순은 그때 소련 측 감옥에서 통역으로 있었는데 혁명 대오 내의 망명자들과 간첩들을 감별해 내는 아주 중요한 역할을 맡고 있었던 것이다.

근영의 성격이며 사람됨을 잘 알고 있는 박일순은 그간에 벌어진 근영의 투쟁과정 이야기를 듣고 자기가 소련 측에 담보하여 그를 감옥에서 석방시켜 주었다. 감옥에서 석방되어 나온 근영은 소련 땅에서 병 치료를 받았지만 심하게 받은 정신적 타격과 몸에 입은 상처가 회복되기 힘들었다. 이런 상황에서 빠른 시간 내에 다시 중국에 돌아와 항일 대오를 찾을 가망도 묘연하게 되었다. 그때부터 그는 소련에 머무를 수밖에 없었다.

백부가 사형장에서 왜놈들을 때려눕히고 자기 무덤을 뛰어넘어 기적적으로 목숨을 구한 이야기는 사건이 발행한 이튿날부터 전설처럼 훈춘 전역에 퍼져 나갔다. 변절하여 왜놈들에게 공산당 신분을 확인해주던 박두남의 입으로부터 퍼져나간 것이었다. "근영이가 힘장사라는 말은 들었지만 다 죽게 된 사형장에서 한판 난리를 치고 뛰쳐나가는 것을 목격하고서야 그 말이 진짜라는 것을 알게 되었다."라고.

1945년 8.15항일전쟁승리 후 목숨을 부지하기 위해 비굴하게 자기 신분을 감추고 조선으로 도망했다가 정부에 의해 총살당한 박두남이 한 말이다.

항일 대오에 참가하여 항일투쟁의 긴긴 세월 속에서 죽을 고비를 여러 차례 겪고 구사일생으로 겨우 살아난 둘째 백부 박근영은 소련으로 망명하였다가 영영 다시 돌아오지 못하게 되었다.

그는 소련 땅에서 새로운 가정을 이루었으며 1937년에는 소련 연

1966년 4월 우즈베키스탄 프라우다 자택에서 회갑상을 받은 박근영(중간)과 친인척들

해주의 고려인 대이주 속의 한 성원이 되어 머나먼 중앙아시아로 강
제이주 당해 고된 삶을 살았다.

많은 전설 같은 이야기를 남긴 호랑이 백부 박근영은 두 딸을 남기
고 78세를 일기로 1984년 11월 7일 우즈베키스탄의 수도 타쉬켄트
교외인 프라우다에서 파란만장한 일생을 마쳤다.

남권 내외가 1993년 3월에 소련을 방문했을 때였다. 소련에서 태
어나 자라 우리 민족의 습관이며 문화, 예절을 알려고 해도 알 수가
없는 곳에서 살아오면서 이름조차 우리 말 이름이 아닌 로짜, 꿀랴로
살고 있는 백부의 두 딸을 만났다. 큰딸 로짜(1958년생)는 모스크바 어
느 병원에 근무하고 있었고 남편 리론냐(1957년생)는 자동차 수리부에
서 근무하고 있었는데 그들은 슬하에 귀엽게 생긴 큰딸 리렌나(1982년
생)와 1986년생인 아들 리따를 두었다. 둘째 딸 꿀랴(1960년생)는 타쉬
켄트 시내에서 아들 리올레그(1982년생)를 데리고 혼자 몸으로 옷 장사

우즈베키스탄 방문시 박근영 백부 묘소를 찾아 참배를 올리고 기념사진을 남긴
원저자 부부(1993년 3월 15일)

를 하고 있었다. 그들은 더듬거리는 우리말로 나에게 물었다. 자기들
아버지의 고향이 중국 땅 동쪽이라는데 어찌하여 여기까지 오게 되었
는가 하고.

남권은 그들에게 어떤 설명도 해줄 수 없었다. 다민족국가인 중국
에서 소수민족으로 살고 있는 자기 자신은 어떠한가? 1945년 8.15
항일전쟁이 승리하고 공화국이 창건된 후 중화민족의 한 성원으로 된
그들은 당과 정부의 올바른 민족정책의 기치 아래 민족 자치, 자주의
권리와 보호 속에서 자기 민족의 언어, 문자와 문화를 그대로 보존,
사용하고 발전시키고 있으니 그나마 얼마나 다행한 일인가!

일제의 침략과 전쟁이 없었더라면 그들 가족 모두는 서로 가까이에
서 우리말 우리글로 서로 간에 소식을 주고받으며 행복하게 살아가고
있을 텐데 말이다!

두 누이동생이 우리글을 알 수만 있다면 남권은 자신이 쓴 책을 보

내주어 그들 대가족의 역사며 선조들의 과거를 알게 해주고 싶었건만
애석하게도 그들은 우리말은 겨우 할 수 있을 뿐 글은 전혀 모르고
있었다.

남권이 그들과 만나서 헤어진 지도 25년이 훌쩍 넘었다. 우리 문화
며 음식 습관까지 다 잊어버리고 우리말도 겨우 건넬 수 있어 손시늉
을 해가며 말하던 그들을 떠올리면 이제 영영 남이 되어가는구나 하
는 생각이 들어 서운하고 허전한 마을을 금할 수 없다.

2014년 양력 설을 앞두고 미국에 계시는 큰사촌 남표 형님과 통화
를 하다가 남권은 기쁜 소식을 접하였다. 바로 꿀랴가 아들 며느리와
함께 한국에 와 있다는 것이었다. 놀라운 사실은 그가 우즈베키스탄
수도 타쉬켄트에 갔을 때 우리말을 전혀 몰랐던 꿀랴의 아들 리올레

모스크바에 있는 로쨔(박근영의 큰딸)네 집앞에서 로쨔 일가족과 함께(1993년)

그가 한국 연세대학교 어학당에서 공부를 마치고 여행사에 근무하고 있다는 반가운 소식을 전해 들은 것이다.

그 후 리올레그와 통화를 하면서 감격의 눈물을 흘리지 않을 수 없었다. 20년 전, 우리말을 몰라 쳐다만 보고 있던 그 애가 지금은 남권과 전화통화를 하면서 아주 능통한 우리말에 존대어까지 쓰고 있었던 것이다. 기쁜 나머지 그가 쓴 가족사를 한국에 보내주었더니 4촌 여동생이자 호랑이 백부 근영의 둘째 딸 꿀랴는 사전을 찾아가며 책을 읽고 있다는 것이었다. 가족과 민족의 역사가 계속 전해지고 있어서 너무나 감개가 무량하다.

교편을 총창으로 바꾼 박지영

큰 백부 박지영은 일찍 용정 은진중학교를 졸업하고 고향 경신에 돌아와 교편을 잡고 새 세대들에게 지식을 전수하면서 항일구국의 신념을 심어주셨다.

일제의 만행 속에서 더 절실한 것이 무장투쟁이라는 것을 뼈저리게 느낀 그는 교편을 총창(銃槍)으로 바꿔 잡고 결연히 항일 대오에 참가하여 직접 일제와 싸우는 항일용사가 되었다.

조선인민군 리봉수 중장의 〈항일빨치산 참가자들의 회상기〉의 서술에 의하면 큰 백부 박지영은 항일 대오에 참가한 후 재빨리 항일유격대 경신중대 중대장으로 임명되어 대오를 거느리고 경신 일대의 친일주구, 토비, 지주들을 처단했다.

지금 중국 공산당 훈춘현 위원회 당사 연구실에 보존되어있는 〈중국공산당 훈춘현 역사대사기 제1권(中國共産黨琿春縣歷史大事記 第1冊 한문판)〉 제4페이지 동북항일전쟁 시기(1931.9.-1945.8.)에는 '12월, 박지영 중국공산당 훈춘현 위원회 군사부 부장'이라고 적혀있다.

이로 미루어볼 때 1932년 3월 초에 백부가 옥천동 일본경찰감옥에서 용사들을 인솔하여 감옥을 부수고 출옥한 사건이 벌어진 당시가 바로 그가 훈춘현 무장부 부장을 책임지고 지하활동을 전개하던 때임을 알 수 있다.

항일 대오에 승리의 신심을 안겨주고 일제 놈들에게 상상조차 못할 큰 타격을 준 '옥천동 파옥사건'은 경신 일대에서는 전설처럼 전해졌다.

옥천동 파옥사건과 관련하여 큰 백부의 이야기를 처음으로 책에 직접 옮겨놓으신 분은 연변 원로작가인 정길운 선생이다. 그때만 해도 신문지상에서 항일 투쟁에 관련된 이야기를 찾아보기 힘들던 시기로 당 조직 부분에서 보관하고 있는 역사자료는 거의 비밀로 부쳐지고 있었으며 많은 역사자료는 조사, 정리하는 과정에 놓여있었다. 아마도 사실의 진위 여부를 고려한 중국 정부의 신중한 태도로 보아야 하겠다.

이런 시기에 정길운 선생은 훈춘에 와서 민간이야기 자료 수집을 하다가 당시 훈춘진 정부에서 일하고 있던 회룡봉촌 벌등 마을 출신인 김승국을 통해 백부에 대해 감명 깊은 이야기를 듣게 되었다.

그 후 정길운 선생은 김승국의 구술을 수정, 정리하여 1960년대에 출판한 〈천지의 맑은 물〉과 1979년에 출판한 〈백일홍〉에 '박지형'이란 제목으로 재차 백부의 이야기를 등재하였다. 아래에 그때 책에 실렸던 내용을 그대로 담는다.

이 이야기는 사십여 년 전 훈춘 땅에서 있은 일이다. 그때 훈춘현 경신 땅에 성은 밀양 박가이고 이름은 지형이라는 젊은 사람이 있었다.

박지형이네 집 살림살이를 놓고 말하면 남이 부러워할 만한 것이라고는 콩짝만 한 것도 없었지만 단 한 가지만은 남달리 동뛰어난(=탁월한) 것이 있었다.

지형이의 기골은 마치 백두산 표범의 다리를 먹은 듯, 힘은 천 년 묵은 산삼을 장복한 듯, 역발산 항우도 감당치 못할 장수였다 한다.

어느 때였던지 손꼽아 세어보면 똑똑히 알 수 있는 일이지만 한번은 왜종자들이 박지형이네 마을까지 기어들었다. 강 건너 바다건너 민물에 젖고 간물에 젖은 놈들이 이곳에 와 발발거리자 그에 따라온 것은 비린 냄새였다. 그 비린내가 어찌 독한지 사람들은 밤에 베개를 베지 못하고 낮에 갈 길을 마음대로 다닐 수 없을뿐더러 숨조차 쉬기 어려웠다.

이때 장수 박지형은 뜻 맞는 송아지 동아리들과 쑥덕공론 함박공론하기를 "조선을 침략하고 이 땅에까지 와서 세잠 잔 누에 뽕 먹듯 하려는 왜종자들을 그저 둘 수는 없다. 강도를 묵과한 죄는 하늘이 안다더라!"라고 하면서 하늘에 사무치는 분을 으리으리 따져 양손에 도끼 쥐고 칼 들고 회룡봉으로 올라갔다.

장수 박지형이 이렇게 떠나간 즉 왜놈들은 똥 뀐 놈이 성낸다더니만 저 놈들이 저라고 왁작벅적 고아대면서 박지형을 잡으려 기를 쓰며 갖은 계교를 꾸밈에 동분서주하였다.

그러나 만병(蠻兵)의 간교는 때마다 단오전 논뚝 밑의 물거품으로 큰소리를 치다가 무리죽음을 당하지 않으면 요진통을 맞아 간이 찌그러지거나 쓸개가 돌아앉아버렸다. 그래도 왜적들은 도정신(=정신을 집중함) 하지 않고 도리어 딴 술책을 꾸미기에 여념이 없었다. 혹은 숱한 앞잡이를 그물 치듯 늘여놓고 이 요행 저 요행 하며 까땍수를 바라는 것이었다. 그러던 차에 어느 날은 추잡한 입을 헐레벌떡하게 되었다.

옛날 옛적 손오공은 천궁에서 천장병들을 일망타진하며 천궁을 휩쓸다 실수하여 천개에게 꼬리를 물렸다 하더니만 박지형은 지상에서 만장병들을 일망타진하다 잘못 실수하여 놈들의 사냥개에게 물리게 되었다.

놈들은 이렇게 되어 헤벌쩍하게 되었지만 박지형의 힘을 모르는 바 아니므로 그를 여느 사람 다루듯 포승줄로만 묶어놓지 않았다. 지형이의 몸에다 스무 발짜리 참바 스무 타래를 이어서 감아놓고 손목과 발목에다는 육중한 족쇄 수쇄를 채웠다.

아름다운 연꽃이 물 깊다고 아니 피고 진흙 속이라 아니 피며 바람 분다 쓰러지랴. 인민을 사랑하고 원수를 증오하는 박지형은 감방 안에서 곰곰이 생각해보아야 놈들이 그저 매나 몇 개 쳐서 내놓을 것 같지 않으므로 이것저것 피신할 궁리를 대다 마침내 묘안을 찾아내었다.

이튿날 아침이었다. 간수 놈이 창문으로 아침인 둥 마는 둥 한 것을 들여보내고 돌아섰다. 밥그릇을 받아든 박지형은 능청스레 그것을 바닥에 내쳤다. 짤그랑하는 소리에 놀란 간수 놈은 총을 꼬나들고 되돌아서며 무슨 일이냐고 소리쳤다. 그때 박지형은 밥그릇을 가리키며 밥 속에 무엇이 들어있다고 하였다. 그러자 간수 놈은 엉겁결에 미처 생각지 못했던지 혹은 박지형의 몸에 참바(=굵은 밧줄) 감아놓은 것으로 안심되었던지 감방문을 삐죽이 열고 들어섰다.

이 순간이었다. 박지형은 맹꽁이자물쇠를 채운 주먹으로 간수 놈의 관자놀이를 내리쳤다. 그러니 어찌됐겠는가! 비호(飛虎)도 따라잡고 산도 밀어놓는다는 힘으로 재치 있게 내리쳤으니 그까짓 주먹포를 먹인 지형은 한쪽발로 놈을 밟고 서서 두 주먹을 맞대고 용을 쓰니 맹꽁이자물쇠는 찌그덕 하고 터져버리는데 그 광경은 사천왕이 악마를 밟아버리는 것 같았다. 족쇄를 내던진 지형은 나가 뻐드러진 간수 놈의 총을 집어 들고 감방 안의 여러 사람들을 데리고 놈들의 사무실로 들어갔다. 사무실에서는 장교 놈들이 모여앉아 박지형의 사진을 보면서 무엇인가 쑥덕공론하고 있었다. 지형이는 분이 상투밑까지 치솟아 총부리를 내대며 "이놈들 꼼짝 말라! 박지형이 내 여기 왔다!"라고 감옥이 터질 듯 큰소리를 쳤다.

산중의 왕인 대호 우는 소리에 만 짐승은 오금이 저려서 떨기만 한다더니 박지형의 노한 소리에 놀란 놈들은 오뉴월 염천에 학질만난 놈 마냥 사지를 떨고 있을 뿐이었다. 놈들은 옆에 세워놓은 총을 들기는 고사하고 오금이 오그라붙어서 일어서지도 못하였다. 지형은 들고 있던 총을 동무에게 맡기고 제 몸에 감겨있던 참바 끝을 찾아 한 토막 끊어서 가장 높은 놈부터 묶었다.

뒤이어 또 한 가닥을 끊어서 한 놈 한 놈 묶어서 네 놈 몽땅 묶어놓았다. 놈들을 죄다 묶어 앉힌 후 벽에 세워놓은 총을 무릎에 대고 마치 땔나무나 분지르듯이 뚝뚝 꺾어 내던지고 문을 차고 나섰다. 그 틈에도 경위대에 들어가서 마구 짓부숴 놓고 총 열아홉 자루를 한쪽 어깨에 메고 대문을 나섰다.

박지형이 있을 때엔 숨도 크게 못 쉬던 놈들이 그가 사라지자 불벼락 맞은 정신을 차츰 수습해가지고 똥 묻은 개 낯짝 세우려 우쭐대면서 앉은뱅

이 용쓰듯 꽥꽥 소리 질렀다.

박지형은 미친개야 짖으려면 짖으라는 듯 돌아보지도 안고 회룡봉으로 사라지는데 그 광경은 실로 장관이었다. 장총 열아홉 자루를 메고도 어지간히 큰 나무는 뜀뛰듯 넘어 뛰어가는 그의 발끝에서는 선풍이 일고 몸에 감아놓았던 참바(=밧줄) 사백 발이 풀려 땅에 끌리지도 않고 공중에 둥둥 떠서 꼬리쳐 날려가는 것이 마치 별찌(=별똥별, 유성)가 흐르는 것 같았다.

이렇게 비호같은 박지형에게서 넋통을 먹고 끄슬린 개 대가리가 된 왜 강도들은 그래도 제 버릇 개 주지 못하고 발광하였다.

그 후 어느 날 지형은 회룡봉에서 집 마을을 내려다보았다. 그때 산 밑 길로 왜병 몇 놈이 백성 한 사람을 묶어가지고 옥천동으로 가고 있었다. 그것을 본 박지형은 이를 깨물고 산이 꺼지라 발을 구르면서 "저 강도 놈들이 또 사람을 잡아간다. 에잇, 이 강도 놈들!"하고 나는 듯 달려 내려가 길목의 언덕 뒤에 숨었다가 바위 돌을 뽑아가지고 장교 놈을 내리쳤다. 장교 놈은 맑은 하늘에서 돌벼락을 맞고 편포(片脯;마른오징어)가 되어버렸다. 졸개들은 어쩔 줄 모르고 급살 맞은 장교 놈을 주무르고 있었다.

그때 박지형은 한 손에 만근짜리 망치 들고 또 한 손에는 천근짜리 대장도를 휘두른 염라대왕의 사자마냥 양손에 도끼와 대장도를 휘두르며 놈들 속으로 뛰어 내려가는데 그 칼과 도끼 우는 소리가 산천을 울리고 돌개바람을 청하여 놈들을 쓰러뜨렸다. 지형은 이리 찍고 저리 찍은 후 이를 갈면서 편포가 된 장교 놈을 질렁질렁 밟아서 냅다 차버렸다. 그래놓고서야 묶인 사람에게 "당신은 뭘 하다 이렇게 붙들렸소? 빨리 달아나오!"라고 퉁명스럽게 말하는 품이 그놈들을 다 죽였지만 그래도 분이 내려가지 않은 것 같았다.

"동무는 누구십니까?" 그는 반가운 어조로 물었다.

"난 왜놈을 잡는 사람이오!"

"그럼 동무는 어느 부대입니까?" 그는 반가운 어조로 물었다.

"부대? 부댄 무슨 부대?" 박지형은 고개를 갸우뚱하고 그를 쳐다보더니만 또다시 물었다.

"그럼 당신도 왜놈 잡는 사람이란 말이여?!"

"그렇습니다!"

"야! 그럼 가서 얘기합시다!" 그는 낙낙치 않은 말을 내지르듯 하더니만 널려있는 놈들의 총을 주섬주섬 주어 메고 그 묶였던 사람까지 업고서 한 길이나 되는 밭뚝을 훌훌 뛰어올라 가는데 마치 심산의 맹호가 바람을 부르는 듯 태풍이 일어나는 속으로 사라졌다.

단숨에 회룡봉으로 올라간 그는 통나무를 찍어서 대충 눈비나 가릴 정도로 의지해놓은 초막 속으로 들어가서야 그를 내려놓는데 안쪽에다가는 왜놈에게서 빼앗은 장총 수십 자루를 한데 묶어서 세워놓았었다. 지형은 그를 내려놓기 바쁘게 또다시 물었다.

"당신은 대체 뭣 하는 사람이요?"

"예. 아까도 말한 바와 같이 일본제국주의 놈들과 싸우는 사람입니다."

"음, 그럼 이 총을 가지고 나와 함께 싸우기요!" 박지형은 이렇게 밑도 끝도 없는 말을 한마디 던지더니 "당신도 혼자서 싸우오?"라고 물었다.

그제야 그 사람은 혁명의 대도리(=원칙적 도리)를 차근차근 이야기해주면서 아무리 난다는 장수라 할지라도 혼자서 우격 쓰고 싸워서는 강한 일본제국주의와 싸워 이길 수 없다는 것과 자기는 중국 공산당이 영도하는 항일유격대라는 것을 낱낱이 이야기해 주었다.

그의 말을 다 듣자 그처럼 우락부락하던 박지형은 다소곳해지면서 "나도 공산군인 항일유격대의 말을 듣긴 들었소. 그래서 그 유격대를 찾으려고 이 산속으로 들어와서 놈들의 총을 빼앗아놓고 여태껏 찾았지만 찾지 못했소. 참으로 잘 만났소. 나를 데리고 가주오. 나는 당신들과 함께 싸우겠소."라고 간청하였다.

이렇게 되어 박지형은 항일유격대에 참가하였다. 박지형이 항일유격대에 참가한 후부터는 새로운 힘과 재주가 생겼다.

용에게는 구름이 따르고 범에게는 바람이 따른다더니 힘은 항우도 당치 못하고 날램은 비호도 따르지 못하는 박지형은 구름을 불러 타고 바람을 일구어 신출귀몰하면서 구시월 낙엽마냥 왜놈들을 쓸어버렸다 한다.

상기 문장이 바로 정길운 선생이 민족과 나라를 사랑하는 마음으로 백부 박지영의 지휘하에 일본 놈들의 감옥을 탈출한 우리 항일 대오의 승리를 신화적으로 그려낸 이야기이다. 박지영의 친조카인 남권으로서는 이 얼마나 감사하고 고마운 일이며 또 자랑스러운 일인지 모를 일이다.

정길운 선생은 주인공의 이름을 원문의 '박지형'으로 쓰고 있다. 한자로 가지 지(枝)자, 영화 영(榮)자로 '박지영'이어야 하는데 작품 속에서는 박지형으로 쓰셨던 것이다.

취재과정에서 벌어진 일이라고도 여겨지고 또 좀 과장된 작품이어서 '영'자를 '형'으로 쓰지 않았을까 하는 생각도 든다. 어쨌든 정길운 선생이 원명 박지영을 박지형으로 쓴 데는 그럴만한 이유가 있었으리라고 여겨진다.

1986년에 출판된 〈중국 소수민족 약사 총서(中國少數民族簡史總書 한문판)〉 〈조선족 약사〉 중 조선족 문화부분에서도 '박지형'으로 되어있다.

이제 와서 이렇게 틀리게 등재된 원인이나 그 과정은 캐낼 수 없지

1988년 10월, 연길시 백산호텔에서 정길운 선생님(왼쪽 두 번째)을 모시고 기념사진을 남긴 박남표(왼쪽 세 번째). 오른쪽 두 번째는 원저자의 고급중학교 은사이자 시인인 김응준 선생님

만 이 글을 구술하는 남권으로서는 백부의 정확한 이름 박지영을 찾아주려 한다. 그가 청소년 시기에 고향 사람들에게서 들은 백부 박지영이 동지들을 인솔하여 탈옥한 이야기는 아래와 같다.

항일 대오에 참가한 박지영이 훈춘 시내에서 호떡 장사꾼으로 분장하고 호떡바구니에 가득 넣은 호떡 밑에 권총을 숨겨가지고 정보 수집을 하던 어느 하루였다. 그가 점심을 먹으려고 어느 자그마한 식당을 찾아가 자리를 잡고 앉으려는 찰나 문을 박차고 들어온 왜놈 앞잡이 네댓 놈이 박지영을 식당 한구석으로 밀어붙이며 거친 소리로 "너 지영이 맞느냐?"라고 묻는 것이었다.

앞잡이의 밀고로 신분이 탄로 나 뒤를 밟던 놈들이 미리 계획 있게 들이닥쳤을 것이라고 짐작한 지영은 침착하게 "내가 지영이다. 무슨 일로 찾는 거냐?"라고 태연히 대답했다. 놈들은 기승을 부리며 "꼼짝 말고 우리를 따라와!" 하고는 지영을 한가운데 세우고 앞뒤, 좌우에서 떠밀면서 밖으로 나갔다. 차까지 미리 준비해두고 있었던 놈들은 으스대면서 지영더러 차에 오르라고 하였다.

"어데로 가자는 것이냐?"는 지영의 물음에 놈들은 "차를 타고 가면 알 것이 아니냐?"라고 아니꼽게 반문하는 것이었다. 차에 오른 지영이 이렇게 포로 된 몸으로 당도한 곳이 흑정자 관할하의 옥천동 경찰서였다.

투옥된 첫 며칠은 왜놈들이 지영을 독방에 가두고 꼼짝도 못하게 감시하다가 자기들의 편리를 위해 어느 날인가 지영을 다른 10여 명이 갇힌 감방으로 옮겨왔다. 지영이 살펴보니 모두 낯익은 금당촌과 그 부근의 항일투사들이었다. 그러나 감옥 안에서는 서로 말을 못한다는 왜놈들의 엄밀한 규정에 의하여 가슴속의 분노를 속으로만 삭혔다.

동지들을 만난 후부터 지영의 가슴속에선 왜놈들에 대한 적개심이 더욱 북받쳐 올랐지만 지영은 맹목적 행동의 후과(=결과)를 충분히 고려하여 집중영에 옮겨온 첫 며칠은 조용히 드나드는 경찰 놈들의 거동이며 교대시간, 인원수 등을 파악하는 한편 감옥내의 고문, 수면, 식사 등 일과 시간을 일일이 파악했다.

그러는 동안 금당촌에서 붙잡혀온 김양업이 지영의 눈치를 알아채고 가까이 오면서 눈길을 보내는 것이었다. 뜻이 맞은 두 사람은 눈길과 손시늉으로 투사들을 인솔하여 감옥을 부수고 뛰쳐나가려는 합의를 보았다. 지영은 뒤이어 옥중의 여러 사람들에게 이렇게 있다가는 왜놈들에게 생죽음을 당할 수밖에 없으니 모두가 힘과 뜻을 합하여 파옥(=탈옥)해야 한다는 마음속 의사를 손짓, 눈짓으로 전달하고 결의를 다졌다.

지영이 투옥된 지 두 주일째 되는 날이었다. 밥을 나르는 동네 아저씨가 그날 경찰 놈들의 출근시간과 인원수를 적은 비밀쪽지를 밥그릇에 담아 들여보냈다.

쪽지를 본 지영은 바로 왜놈들의 출근시간 전인 이 식사시간을 이용하여 파옥하자고 김양업 등 투사들에게 눈짓을 하고는 자기가 받아든 밥그릇을 내동댕이치는 것을 신호로 일제히 일어나도록 짜고 들었다.

이때, 감옥의 간수 놈은 포승으로 결박해놓은 '빨갱이 공산군'들이 무슨 용쓰는 재간이 있으랴 하는 안일한 생각으로 감옥문 밖 벽에 기대어 앉아 총자루를 세워놓고 무심한 상태로 있었다.

지영이 내동댕이친 밥그릇이 쨀랑하는 소리에 놀란 간수 놈이 어찌된 일이냐고 묻는 순간 지영은 있는 힘과 용맹을 다해 바로 문밖에서 엉거주춤 감옥 쪽을 쳐다보는 간수 놈을 향해 벼락같은 소리를 치며 문틀을 "쾅" 소리 나게 치자 그 넘어지는 문틀에 얻어맞은 간수 놈은 당황하여 어쩔 바를 모르고 있었다.

의기양양한 옥중투사들이 서로 포승줄을 풀어주고 끊어주고 하면서 문을 나서는 판에 몇몇 일찍 출근한 놈들이 총질을 해댔다. 총소리에 놀라 부근에 주둔하던 왜놈 경찰들이 모여드는 사이에 항일투사들은 벌써 무기창고에서 무기를 꺼내들었다. 장총에 탄알이 없는 것을 알게 된 용사들은 총창 집을 뺄 사이도 없이 아예 그대로 달려드는 적에게 창질을 하는가 하면 처음부터 아예 총을 거꾸로 쥐고 총가목(총개머리판의 북한말)으로 놈들의 대갈통을 내리쳤다.

이 격투에서 용사들은 왜놈의 앞잡이순사 허길룡을 죽여 버렸고 일본 놈 순사 다까미찌아리(高道有)에게는 심한 타격을 입혔는데 그놈은 땅바닥에서 뒹굴었다.

일본순사 다까미찌아리와 격투를 벌였던 금당촌 항일투사 박창헌은 그

놈의 총에 맞아 현장에서 아깝게 희생되었다. 일제의 감옥과 사무실을 발칵 뒤집어놓은 나머지 항일투사들은 지영이의 지휘하에 가시철망을 뛰어 넘어 뒷산 등성이를 타고 수림 속으로 재빨리 사라졌다. 그때에야 정신을 차린 왜놈들이 헛총질을 하면서 뒤쫓았지만 대오는 벌써 목적지를 향하여 중소국경을 넘은 때였다.

큰 백부 박지영과 그의 항일 동지들의 옥천동 파옥사건은 해방 후 정부의 여러 차례 조사와 인증을 거쳐 완전한 자료가 작성되었다. 일찍 1950년대에 연변 조선족 자치주 문화유물보관처에서는 경신진 옥천동 마을에 '항일전쟁시기 문화유적 옥천동 월옥지(抗日戰爭時期 文物遺跡 玉泉洞越獄址)'란 기념간판을 세웠다.

〈길림성 문화유물지(吉林省文物志)〉 편찬위원회에서 1984년 9월에 편찬한 〈훈춘현 문화유물지(琿春縣文物志)〉의 '제4장 항일전쟁과 해방전쟁시기 문화유물유적(抗日戰爭和解放戰爭時期 文物遺跡)'(한문판, 111페이지)에는 다음과 같은 기록이 있다.

유적지는 경신향 소재지에서 남쪽으로 3리가량 떨어져있는 옥천동촌에 자리 잡고 있다.

30년대에 훈춘주재 일본영사분관은 여기에 옥천동 경찰분주소를 설치했었는데 지금은 농가의 채마전(=채소밭)으로 되었다. 그해 정문 앞에 있던 한 콘크리트 계단이 아직도 비교적 온전하게 제자리에 남아있고 서남각에는 또 비교적 온전한 콘크리트 구조의 지하탄약고 한 채가 남아있다.

1932년 2월에 옥천동 분주소에서는 박지영 등 12명 항일 군중을 체포하였다. 일본 침략자들은 중범으로 간주한 안홍춘에게는 수갑을 채워 수감하고 그 외 사람들은 옷고름, 허리띠, 각반을 풀어내고 수감하였다. 수감자들은 모두 모진 고문과 혹형을 당했다. 열흘 후 금당의 정기선이 혐의가 풀려 석방되었다. 체포된 후 열닷새째 되는 날 밤 박지영과 김양업 두 사람은 파옥 도주 할 결심을 내린 다음 여러 사람들과 탈옥 방법을 토의하였다. 그 이튿날 아침, 성이 허씨인 경찰(당시 순사라고 불렀음)이 그들을 경찰실에 끌고 와서 벽에 붙여 세워놓고는 경찰을 마주보면서 밥을 먹게 하였다. 다른 한 경찰 다까미찌아리는 밖에서 세수하고 있었다. 바로 눈앞에 닥친 이 기회를 놓쳐서는 안 된다고 생각한 박지영이 한순간에 난로를 차 번지자 난로재가 일시에 터져 나와 온 방안을 가득 채웠다. 그 틈에 박지영은 들었던 밥사발로 허 순사 놈의 대갈통을 사납게 냅다 박으면서 벼락같이 벽에 걸린 군도를 벗겨 쥐고 허 순사 놈을 힘껏 내리찍었다.

박창헌은 문밖에 뛰쳐나가 세수하는 다까미찌를 땅바닥에 엎은 다음 꼭 부둥켜안고 뒹굴었다. 그 찰나 다까미찌가 권총을 꺼내어 쏘는 바람에 박창헌 동지는 안타깝게도 희생되었다. 박지영이 여러 사람을 이끌고 뒷산으로 달려가는데 강재명이 그만 가시철망에 걸려 넘어가는 바람에 불행히 체포되었다. 적들의 많은 군경이 도착했을 때는 그들 일행이 벌써 10여 리 밖으로 내달린 때여서 적들은 헛물을 켜고 말았다.

그 파옥투쟁에서 1명이 장렬히 희생되고 7명이 살아남았으며 1명이 체포되었고 2명은 족쇄에 묶인 처지여서 참가하지 못하였다. 탈옥에 성공한 7명은 후에 모두 항일유격대에 참가하였다.

박지영이 동지들을 인솔하여 용감무쌍하게 탈옥한 상기 사건이 일어난 시간이 1932년 3월 2일이니 1932년 3월 1일 동북 땅에 위 만주국을 갓 세운 일제에게는 큰 충격이 아닐 수 없었다.

박지영(1902–1945년)
28세 때의 모습(1930)
(저자 큰 백부)

김광숙(1900–1981년)
45세 때의 모습(1944)
(저자 큰 백모)

왜놈들은 갖은 방법을 다하여 옥천동 파옥사건을 자기들의 입장에서 왜곡하여 신문지상과 자기들 내부 자료에 등재하면서 계속 박지영을 붙잡으려고 애쓰는 한편 그의 가족들에 대한 감시와 탄압을 늦추지 않았다. 당시 조선 국내에서 발간되던 신문 〈조선일보(1932년)〉에는 다음과 같은 기사가 실렸다.

"(間島支局特電) 2일 훈춘현 흑정자영사관 분서에 유치 중의 공산당 피의자 십사명이 폭동을 일으켜 간수경관 세 명에게 중상을 가한 후 다시 경관의 총기를 빼앗아가지고 십일 명이 도망하던 중 한 명은 경관의 총에 맞아 죽었다."

기사 중의 흑정자는 일제시대 왜놈들이 옥천동을 포함한 경신지역을 통제하던 행정기관 소재지인데, 금당촌에서 북쪽으로 2리가량 거리에 상거해있는 작은 한족마을로서 지금의 금당촌 또는 경신진을 말한다. 당시 왜놈들은 대중이 다 볼 수 있는 신문지상에는 간단하게 파옥 사실을 쓰고 말았지만 적들의 내부 자료에는 아주 상세하게 기록되어있다 한다.

왜놈들은 옥천동 감옥 파옥사건 시간과 주요인물을 외무성 내부 문건에 기록하면서 피해를 입은 자기들 직원들의 상세한 진단서와 사건 발생 과정을 기록한 보고문을 29페이지나 써서 일본 본토에 보냈다는 것이다.

새롭게 출판된 〈훈춘 조선족〉에 실린 '옥천동 파옥사건'에는 아래와 같은 새로운 내용이 기재되었다.

박지영은 훈춘 경신 회룡봉 사람이다. 소년시절 회룡봉소학교, 흑정자 고등학교를 다녔고 후에는 용정 은진중학교에서 학습하였는데 학업이 아주 우수하였다. 1929년에 혁명에 참가한 그는 고향인 경신으로 돌아와 선후(=그 후)로 고향인 회룡봉소학교, 구사평소학교, 륙도포소학교, 양관평소학교에서 교편을 잡았다. 낮에는 학생들에게 학업을 전수하고 밤에는 야학을 꾸리여 마르크스–레닌주의를 선전하였다.

1930년 가을, 중국 공산당 훈춘현 위원회에서 김규봉을 경신에 파견하여 금당지부, 회룡봉지부를 건립하고 박지영을 구당위 책임위원회 책임자로 임명하였다. 1931년 가을, 금당 류종국이 박지영의 이런 정황을 옥천동 일본경찰파출소에 고발함으로써 놈들은 박지영을 붙잡으려고 서둘렀다.

여기까지는 백부가 투옥되기 전 활동에서 새롭게 발굴된 자료이다. 투옥된 반일투사들의 명단은 박지영, 박창헌, 서창렬, 안홍춘, 김병

일, 김주익, 김만준, 강재명, 김양엽, 김봉린, 정기선 등으로 밝혀졌다.

탈옥에 성공한 7명 대원들은 박지영의 인솔하에 금당에 들어가 옷을 챙겨 입고 금당촌 당원들인 서태현, 김화익, 김종진 3명과 함께 모두 10여 명이 소련 경내로 들어갔다고 쓰고 있다.

소련으로 망명한 후에도 박지영은 중소변경을 넘나들면서 정보를 수집하는 등 일제와의 투쟁을 견지하였다. 백부님이 마지막으로 고향인 회룡봉에 왔다 간 때는 남권의 할아버지 박창일이 세상 뜨신 몇 달 후인 1944년 여름이었다.

일제 놈이 판치는 시대에 상급의 지시를 받고 중국, 조선, 소련 삼국 땅을 넘나들면서 일제 놈들의 상황을 조사하고 소련으로 넘어가는 길에 큰 백부 박지영은 고향집에 들리지는 못하고 비 내리는 인적이 드문 날을 선택하여 할아버지가 일궈놓은 산 밑 감자밭을 찾아왔다.

기적이라 할까, 우연이라 할까, 바로 거기에서 백부는 감자 파러 온 남권의 어머니와 만나게 되어 한집 식구인 것을 알게 되었고 집까지는 찾아갈 수 없는 처지이니 남권의 어머니더러 자신의 동생을 이곳까지 보내달라고 하였다. 난세 속에서 10여년 만에 두 형제는 이렇게 만나게 되었다. 백부님은 아버지를 만나 다음 해에는 소련과 독일, 소련과 일본이 한판 싸움이 벌어질 것이라고 말씀하셨다고 한다.

그리고 큰 백부 가족과 둘째 백부 가족 그리고 오촌 백부 춘영의 가족은 이주민으로 소련 원동에서 중앙아시아로 가서 자리를 잡았다는 것이었다.

1937년에 시작된 소련 원동 조선인(당시 고려인이라 불렀음) 강제 이주*는 실로 총소리 없는 대자연과의 결투였다고 한다. 소련 원동에서 대를 이어가며 피땀으로 닦아놓은 삶의 터전을 하루아침에 빼앗기고 기차로 몇 날 며칠 서쪽으로 또 서쪽으로 가서 도착한 곳은 막막한 사막의 땅 카자흐스탄이었다.

사막에서 새로운 삶을 시작했던 이주민들은 천막이나 초막집에서 생활하면서 밭을 일구어야 했고 밤에는 늑대와 모기떼들과 싸워야 했으며 고된 노동 속에서도 식량난으로 새(=습지에 자라는 풀 이름)가루까지 먹어가며 극심한 곤란을 겪었다. 거기에서 벼농사를 짓겠다고 새로운 땅인 우즈베키스탄 수도 타쉬켄트시 먼 교외의 벌판까지 찾아가 다시 한번 대자연과 사투를 벌였다는 수많은 우리 민족, 그 속에는 남권의 친척과 고향 사람들도 있었다.

대자연과의 총소리 없는 투쟁 속에서도 가족 중에서 영웅이 나타났다. 오촌 백부 박춘영(1908~1970, 남룡의 부친)은 40대 후반의 나이에 노동 속에서 혁혁한 공을 세웠다. 노력모범이 된 그는 초청을 받아 수도인 모스크바에 가서 국가 최고지도자인 스탈린의 접견도 받았다고 한다.

민족의 대수난 속에서도 일제와의 투쟁을 끝까지 견지한 큰 백부 박지영은 지구의 동반부에서 서반부로 옮겨가신 후에는 소련홍군에 참가하여 파쇼독일과의 전쟁에 뛰어들었다. 소련홍군 후방부대에서

---

*조선인(고려인)강제 이주란 소비에트연방 내의 고려인 이주로 1926년에 고안되어 1930년부터 1937년까지 소련에 의해 시행된 첫 번째 민족이주정책이었다. 제2차 세계대전 전인 1937년, 소련 스탈린정부는 원동 블라디보스토크 부근의 조선인들 모습이 일본인과 비슷해 일본과의 전쟁에서 구분이 안 되고 또 일본의 간첩이 될 가능성이 있다 하여 조선인을 강제로 중앙아시아로 이주시켰다. 자료에 의하면 강제 이주된 조선인 수는 약 16만 8,000명으로 추정되는데 이주 도중과 정착 후의 간고한 환경에서 굶고 병들어 5분의 1이 처참하게 숨졌다 한다.

근무하던 그는 혹독한 추위와 극심한 식량난 속에서 부대를 따라 이동하던 과정에 많은 희생자들과 함께 장렬하게 희생되었다. 조선의 해방을 위하여, 중국의 해방을 위하여, 소련의 해방을 위하여 큰 백부 박지영은 일제와의 싸움, 파쇼독일과의 싸움에 43세의 짧은 일생을 남김없이 바쳤다.

1950년, 박춘영이 노력모범으로 모스크바에 갔을 때 남긴 기념사진(원저자 5촌 백부)

백부 박지영의 파란만장한 투쟁 역사를 돌이켜보면 그는 언제나 동지들과 가족에게 승리의 신심과 용기를 북돋아주었고 많은 사람들을 용감히 앞으로 나아가도록 고무 격려해 주었다. 백부는 영원히 나라와 민족을 사랑하며 자유와 행복을 갈망하는 모든 인류의 마음속에 영생할 것이다.

가열 차고 처절한 전쟁의 소용돌이 속에 세상을 뜨신 큰 백부의 유해는 찾을래야 찾을 수 없게 되었다. 밀양 박씨 가문에서 1929년에 희생된 오촌 백부 박길영, 1934년에 일제 놈들이 연통라자를 토벌했을 당시 장렬히 희생된 할머니 박송녀, 1941년 가목사 일제감옥에서 희생된 오촌 백부 박관영 열사에 이어, 1945년 반파쇼전쟁에서 희생된 큰 백부 박지영도 묘소가 없는 고인이 되고 말았다.

항일 열사가 된 할머니

남권의 할머니는 항일 대오에서 극히 보기 드물게 나이든 여 열사셨다. 할머니는 영암 박씨로 원명은 박금순인데 후에 개명하여 박송녀가 되었다. 가족사를 쓰면서 중점 부분인 '항일투쟁시기'에서 가장 책임감을 느끼면서 신중하게 생각되는 부분 중 하나가 바로 항일 열사인 할머니에 대한 부분이다.

할머니의 열사증을 살펴보면 할머니의 출생연도, 혁명참가연도, 희생연도 이렇게 세 가지 연도가 적혀있는데 할머니의 출생연도가 1898년으로 적혀있다. 할머니의 출생연도가 15년이나 더 늦게 기재된 것이다.

어떻게 해서 할머니의 출생연도가 터무니없이 틀리게 기재되었는지는 알 수 없지만 그들 가족들로서는 꼭 바로잡아 놓아야 할 일이다. 만약 할머니의 출생연도를 열사증에 기재된 1898년으로 친다면 할머니가 네 살 때인 1902년에 당신의 큰아들 지영이가 있게 되는 엉뚱한 계산이 나온다. 이 얼마나 우습고 황당한 일인가!

열사증을 관리하고 있는 민정 부문에 찾아가 이런 문제를 반영하면 "역사자료이니 못 고칩니다."라고 말할 것이지만 가족사를 쓰고 있는 남권으로서는 꼭 바로잡고 넘어가야 할 일이다.

또 할머니의 열사증을 살펴보면 할머니의 혁명참가년도는 1930년으로 기록되어 있다. 그때의 할머니, 할아버지 가정을 살펴보면 이미 그들의 4남 2녀 자식 중 3남 1녀가 가정을 이루어 그들의 슬하에는 친손자들과 외손자들이 다섯이나 있었다. 할머니인들 왜 아들, 며느리, 손자, 손녀들 속에서 천륜지정(天倫之情)을 누리고 싶지 않았겠는가!

그러나 그녀는 일제에 대한 원한을 품고 단호히 가정에서 뛰쳐나와 연세에 아랑곳하지 않고 두 아들과 함께 항일구국의 길을 선택하였던 것이다. 일찍 그곳에서 반일회 조직에 참가했던 할머니는 가정을 떠나 당시 소비에트 구역이었던 연통라자 항일유격 근거지에 찾아가 항일 대오의 한 성원이 되었다.

연통라자 항일 근거지는 훈춘 양포향 소속으로 마적달향의 남쪽에 위치해 있었는데 일찍이 1931년 12월에 소비에트 정부가 들어선 곳이다. 이런 역사적 이유로 연통라자는 '소비에트 구역'으로 불리게 되었다.

남권의 고향인 회룡봉촌에서 연통라자까지는 국도로 150리가 족히 더 되는데 길도 나지 않은 높고 험한 산을 넘어가는 지름길을 택해도 100리 길은 족히 되는 곳이다. 그때 할머니는 신작로가 아니라 험한 산길을 택할 수밖에 없었다. 왜냐하면 일제가 도처에서 항일 대오 내의 지하공작 일꾼들을 수색하였고, 또한 소비에트 구역에 대한 일체 물자공급을 차단하고 있었기 때문이었다.

할머니는 연통라자의 땅굴과 초막집을 근거지로 삼고 총을 들고 일선에서 놈들과 싸우고 있는 항일 대오에 식량, 의복, 소금과 같은 생활필수품을 구입해 공수했다. 필수품의 대부분은 연통라자 부근의 농촌에서 구입했지만 때로는 회룡봉 서산 혁명 석굴로부터 피륙이며 등 사용품들을 밤길에 등짐으로 나르기도 하였다.

'회룡봉 혁명 석굴'은 지금 조선 평양 대성산에 반신상으로 모셔져

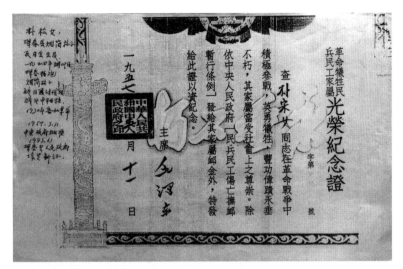

원저자의 할머니 박송녀 열사의 열사증

있는 항일빨치산 선구자들인 안길 대장, 리봉수 중장, 박장춘 중장(원명은 박원철), 박원규(1940년 희생시 團 정치위원을 맡고 있었음)를 포함한 많은 항일투사들이 적들과의 싸움에서 진지로 삼고 항일 대오의 물품창고로도 사용하던 자연석굴인데 그 물품의 대부분은 지하공작원들이 조선에서 운반해온 것들이었다.

　항일 대오에서 사용되는 물품들을 분실 없이 운반하는 것이 후방부대의 임무였다. 젊은이들에게 미더운 어머니로서 혁명 대오에서는 한결같이 그녀를 '박할머니'라고 친절하게 불렀다. 시도 때도 없이 왜놈들의 토벌로 자주 자리를 옮겨야 했던 후근병들에게도 위험은 마찬가지로 컸다. 빈주먹으로 지고 이고 든 것이란 모두 군수품들이니 행동은 불편하기 그지없었다.

　왜놈들의 토벌이 시작되던 어느 날, 누구도 생각지 못했던 일이 벌어졌다. 전우들과 함께 있는 힘을 다해 군수품을 짊어지고 적의 포위망을 뚫고 나가시던 할머니가 적탄에 맞아 쓰러진 것이다.

때는 1934년 5월 20일이었다. 왜놈들의 추격은 계속되고 있는데 항일부대 무장대원들의 행방을 아직 찾지 못하고 있었다. 전우들이 땅에 쓰러진 할머니를 발견했다. 그러나 그녀는 이미 숨을 거둔 뒤였다. 목숨을 걸고 함께 왜놈들과 싸우던 전우들은 그래도 끝까지 할머니를 매장하고 간단하게나마 추도식을 해드렸다. 그 전우들 속에는 이름난 항일의사 황병길의 딸 황정일도 있었다고 한다. 참으로 고마운 분들이다.

무명 영웅도 영웅이지만, 그래도 할머니는 어느 때 어느 전투에서 어떤 신분으로 어떻게 희생되었다는 사적과 이름을 남기고 희생되었으니, 남권은 할머니의 영웅사적이 한결 더 빛나는 것 같아 손자로서 더욱 자랑스럽게 느낀다. 할머니는 일제와의 투쟁에서 용감하게 싸우다가 세상을 뜨셨다. 유감스러운 것은 할머니가 희생된 후 계속되는 항일투쟁의 긴 역사 속에서 할머니의 묘소를 다시 찾지 못한 것이다.

생명을 잃는다는 것은 비통한 일이다. 그러나 할머니의 일생은 영광스러운 일생으로 언제나 귀감이 되어 후손들을 고무격려하고 있다.

〈훈춘 조선족〉하편 제8장 제1부분의 '항일전쟁 중 희생된 열사 명단'을 살펴보면 경신진 항일 열사 51명 중 할머니 박송녀는 유일하게 단 한 분뿐인 여성 열사이다. 훈춘시 항일 열사 명단에는 무려 322명 희생자 명단이 적혀있다. 그 중 여성 열사가 29명 기재되어 있는데 할머니가 가장 연세 많은 여성 열사였다

〈중국 조선족 역사 상식(연변인민출판사, 1998년)〉이란 책에서 남권은 길림성 여 항일 열사 398명 중 397명이 조선족 여성이라는 통계수치를

확인했다. 우리 조선민족은 남녀를 불문하고 모두 일어나 일제와 완강하게 싸워왔던 것이다. 자랑스러운 민족이 아닐 수 없다.

희생될 때 4남 2녀의 어머니로서, 다섯 손자 손녀의 할머니로서 홍색 근거지의 반일회 회원으로 일제와의 싸움에서 맹활약하시다가 52세를 일기로 희생되신 할머니를 남권은 세상에 둘도 없는 할머니 항일 열사로, 진정한 여 항일영웅이라고 주장하고 싶어 한다. 떳떳한 가풍을 갖춘 박씨 가문의 안주인이었던 할머니 박송녀, 그녀는 실로 진정한 영웅기개를 갖춘 여걸이었다.

왜적이 침입한 이상 자유가 있을 수 없고 전쟁이 있는 한 평화와 행복을 바랄 수 없다고 생각한 할머니는 가족보다 민족과 나라를 선두에 놓고 단호히 가정을 떠나 항일유격구에 달려가 수년간의 긴 시간 동안 항일을 위해 분투하였다. 그녀에게는 오직 자유와 평화와 행복을 위해 싸우리라는 혁명의 굳은 신념과 일제와의 싸움에서 꼭 이겨야 한다는 승리의 염원뿐이었다.

여 항일 열사 할머니 - 박송녀 열사여, 영생불멸하시라!

일제에 시달린 가족들

1920년대 말, 연세 많았던 증조할아버지 의도와 증조할머니 고 씨는 차례로 오도포촌에서 세상을 떴다. 자식들이 항일운동에 참가한 후 고생하시던 의도의 큰며느리 창증의 부인도 뒤이어 세상을 떴다.

의도의 넷째 아들 창수 가정은 아들 길영이 항일에 참가하여 영용(英勇)히 희생된 후 1930년대 초에 다섯째 동생 창호의 가정과 함께 다시 조선 아오지로 이사해 갔다. 이제 오도포촌에 남은 혈육들로는 의도의 맏아들 창증의 가정과 그의 셋째 아들 창원의 가정뿐이었다. 창증의 식구들로는 손자, 손녀들인 남순, 순분, 순안, 남천, 정한과 양친을 잃은 증손녀 순자가 있었고, 창원 가정의 식구들로는 그의 부인과 아들이 없는 며느리 그리고 그의 세 딸과 어린 손자 남룡이 있었다.

오도포촌에서 관영, 근영, 춘영, 대영, 길영 등 다섯 사촌 형제들이 항일활동을 하던 초기에는 항일유격대원으로서 가정을 완전히 이탈하지 않은 상태였다. 그들은 마을 부근의 산속, 동굴 같은 은폐할 수 있는 곳을 아지트 삼아 일단 왜놈들이 나타나면 소멸해 버리는 유격전을 벌리곤 하였다. 이 시기 친척들은 최전선에서 싸우는 혈육들에게 남몰래 오래 두고 먹을 수 있는 주먹밥, 누룽지 따위 마른 음식을 공급해 주었다. 간혹 왜놈들이 멀리 가면 그 틈을 타 전우 몇 사람씩을 데리고 집에 와서 한 끼나마 배부르게 먹을 수 있었다.

당시 회룡봉 지하당지부 제2임 서기로 있었고 훗날 조선인민군 중장까지 지냈던 리봉수 장군이 1959년에 회룡봉촌을 방문하였을 때였다. 그는 유격전쟁 시기를 회고하시면서 많은 이야기를 들려주셨다. 오도포촌 오촌 백부 춘영과 함께 일제와 싸우던 나날에 기회만 있으면 그의 집을 찾아가 배고픔을 달랬다고 하면서 "우리 유격대원들이 춘영의 어머니 김 씨의 손등을 얼마나 씻어먹었는지 모른다."고 하며 감개무량해 하셨다. 어찌 춘영의 어머니인 셋째 할머니 한 분뿐이랴! 광범한 군중의 항일에 대한 지지, 지원이 바로 큰 힘이 되어 일제를 무찌를 수 있게 되었던 게 아닌가?

1930년대 초부터는 일제는 야만적인 3광 정책을 실시하였는데 가장 먼저 왜놈들의 감시를 받고 시달림을 받은 대상이 바로 항일 대오 참가자 가족이었다. 왜놈들의 토벌대는 여러 번 오도포촌에 들이닥쳐 토벌을 감행하였다.

1934년에는 왜놈들이 오도포촌에 불을 질러 민가가 다 타버리는 바람에 촌민들은 살길을 찾아 뿔뿔이 흩어지기도 했다. 엄동설한에 집을 잃은 두 할아버지 형제는 두 집의 어린 자식들을 마차에 싣고 이불과 외투로 추위를 간신히 막으며 수십 리 밖에 있는 소련 땅으로 피난을 갔다. 닷새가 지나고나니 먹을 것이 동이 난데다 추위를 이기지 못해 할 수 없이 다시 불탄 집으로 돌아왔다. 그 후로는 형제들이 제각기 이웃마을로 돌아다니면서 곁방살이를 했다. 창중의 둘째 손녀(관영의 둘째 딸)인 육촌 누님 순안이 80여 년 전의 그 비참했던 가정사를 회고하여 들려준 이야기는 이러했다.

불탄 집에는 있을 수 없어 떠돌이생활을 하게 되었는데 아홉 식구가 구사평, 륙도포, 태평촌, 걸치기, 지팡 등 여러 곳을 전전하다보니 4년 동안에 11번 이사를 다녔다. 식량이 없어 왜놈들이 발급하는 곡식 한 되를 가

져오면 가을에는 두 되를 내야 했다. 농사가 잘되지 않아 제때에 빚진 양곡을 갚지 못하면 항일투쟁 참가자 가족의 세대주인 할아버지에게 놈들이 물매를 가했는데 이런 일이 한두 번이 아니었다.

식량에 보태려고 가을에 주운 마름이나 연밥을 뒤주에 넣어 두고 그것으로 끼니를 때우고 지주집 콩밭에 가서 이삭줍기를 하여 얻어온 콩으로 장을 담갔으며 이듬해 나온 봄나물로 겨우 생계를 유지하면서 근 3년을 버텼다.

할아버지 큰사위 김두칠은 손재간이 좋기로 유명한 사람이었다. 그는 항일운동에 참가한 후 나무로 가짜 총을 만들었다. 먹칠까지 해놓은 가짜 총은 진짜 총처럼 보였는데 그는 이 총으로 안길 장군*과 함께 회룡봉촌 벌등 일본해관을 습격하여 가짜 총으로 진짜 총을 빼앗았다. 그리하여 빼앗은 진짜 총으로 왜놈들의 수비대를 습격하여 더 많은 적의 무장을 탈취하였다.

이렇게 항일 대오의 사기를 드높여주던 할아버지의 큰사위 김두칠이 어느 전투에서 영용히 희생되었다는 비보가 전해왔다. 그뿐만이 아니라 9살에 어머니를 잃고 고생하며 자란 둘째 딸 너벙녀(1904-1965년)가 금당촌에 시집가서 자식을 낳고 살다가, 남편 김 씨가 항일운동에 참가한 혐의로 왜놈들에게 강제로 붙잡혀가 집단폭행 당한 후 사살되었다.

---

*안길은 일명 안상길(1907.2.24.-1947.12.13.)이라 부르는데 일찍 회룡봉촌 벌등에 '다주(多柱)학교'를 설립하고 학생들에게 지식과 항일구국의 이념을 가르쳤다. 1933년에 중국 공산당 훈춘현 금구위원회 서기로 임명되었으며 그 후 연통라자, 대황구 항일 근거지로 옮긴 후 동북항일연군에 가입했다. 1939년 8월에 퇀(團; 군부대의 여단) 정치위원으로 안도 대사하전투에 참가했다. 1940년 12월부터 1941년 1월까지 소련 하바롭스크에서 주보중, 김일성 등 11명과 함께 연석회의를 가졌다. 1945년 8.15항일전쟁승리 후 조선인민군대장으로 보안간부훈련대대부 총참모장으로 활약하다가 병으로 세상을 떴다.

큰집 할아버지의 아들들과 사위들은 이렇게 모두 항일투쟁의 길에서 장렬히 희생되었다. 이 얼마나 비통한 일인가! 큰집 할아버지의 큰딸에게는 두 딸이 있었고 둘째 딸에게는 두 아들과 딸 하나가 있었다. 큰집 할아버지 창증의 가정과 마찬가지로 떠돌이 생활을 하고 있었던 셋째 할아버지 창원의 가정상황을 창원의 부인인 셋째 할머니는 아래와 같이 이야기하였다.

　　"오도포의 불탄 집을 떠나 구사평에 와서 곁방살이를 할 때였다. 일년 농사를 짓고 나니 일에 지치고 마음도 지친 셋째 할아버지가 병으로 돌아가셨다. 그래도 산 사람은 밭에 나가 일을 해야 먹을 것이 있지 않겠냐? 친척이며 이웃에서 고맙게도 봄밭갈이를 해 주었지. 여름에 온 집 식구가 김을 매는데 아들이 공산조직에 나가고나니 밭에서 일할 사람이라고는 시어머니인 나와 며느리, 거기에 큰딸, 둘째 딸, 그 밑으로 열 살이 갓 지난 셋째 딸까지 온 밭에 여자들뿐이 아니겠니. 너무도 한심한 세상살이에 눈물이 나와도 며느리가 볼까 봐 또 어린 딸자식들이 볼까 봐 숨어가며 얼마나 울었는지..."

원저자의 큰할아버지 맏사위
– 김두칠 항일열사증

원저자의 큰할아버지 둘째 사위
– 김성준 항일열사증

할머니의 더욱 큰 고통은 마음의 상처였다.

그것은 바로 손자가 아버지 얼굴도 알까 말까 할 때 항일운동에 참가하면서 홀로 남게 된 며느리 때문이었다. 20대 초반의 젊은 나이에 남편이 간 곳도 모르고 시어머니를 모시고 어린 자식과 세 시누이를 거느리는 그 며느리 처지가 애처로워 늘 마음이 송구스러웠다고 하시면서 할머니는 몹시 슬퍼하였다. 그런 중에도 온 집안에서 가장 어리고 또 유일한 남자로서 사랑을 독차지한 손자 남룡은 난세 속에서도 공부를 잘하여 우급학교를 졸업하였다.

❦

항일유격구로 떠난 창일가족

일제의 만행은 도처에서 진행되었다. 항일 참가자의 가족에 대한 만행은 더 말할 나위가 없었다. 통계자료에 의하면 일제는 1932년 4월부터 1933년 3월까지 1년 사이에 연변 지구에서 381차례 토벌을 감행하였으며, 모조리 빼앗고 모조리 불사르고 모조리 죽이는 3광(光) 정책으로 무고한 백성 4,000여 명을 살해하였다고 한다.

1932년 말의 어느 추운 겨울밤이었다. 할아버지가 살고 있는 회룡봉촌 본마을(회룡봉촌은 그때 7개 자연마을로 형성되었음)에 갑작스레 일본 놈 토벌대가 들이닥쳤다. 수많은 항일투사들이 항일 대오에 뛰어들던 1930년대 초부터 항일 근거지가 되었던 회룡봉(도룡봉, 도룡비)은 물론 할머니가 반일회 회원인 데다 큰아들이 항일 부대의 지도자였고 둘째 아들이 항일투사였던 그들 집은 벌써부터 왜놈들이 주목하고 있던 최

우선 토벌 대상이었다.

할아버지는 밤도와(=밤새워) 안전한 곳인 연구(烟區)로 떠날 준비를 서둘렀다. 두 어른에 어린 식구 넷, 한밤중에 100여리 넘는 산길을 택해야만 했던 피난길은 고생스럽기 그지없었다. 추운 겨울 산속에서 고생하던 한집 식구는 논의 끝에 두 갈래로 갈라지기로 하였다.

큰며느리와 둘째 손자는 소련 연추로, 할아버지와 어린 세 식구는 다시 회룡봉 집으로 돌아와야 했다. 이 일로 큰사촌 남표 형님은 동생과 함께 소련 연추로 떠난 어머니를 끝끝내 다시 만나지 못하고 생이별하게 되었다. 60년이 지나 어머니 묘소를 찾은 그는 비통한 마음으로 대성통곡을 하였다.

큰며느리가 둘째 손자를 업고 소련으로 떠난 후 회룡봉 집으로 돌아온 할아버지는 남들이 세간살림을 다 들어내 간 어수선하고 아무것도 없는 집에서 어린 자식 셋을 거느리고 아버지, 어머니가 할 일을 한 몸에 떠안고 친척들과 마음씨 좋은 이웃들의 도움을 받아가며 어렵게 살아갔다.

할아버지의 새 가정

고통 속에서도 세월은 흘러간다.

1937년에는 할아버지의 주선으로 아버지가 혜대(로전촌)에 살던 기계 유씨 유형권 가문의 큰딸 유오복(1919~1952년)과 결혼하여 한마을에 세간(世間)나게 되었다.

그 이듬해에는 옥천동 우급학교를 가장 우수한 성적으로 졸업한 큰 사촌 남표 형님이 조선 회령으로 고학을 떠났다.

둘째 백모는 시댁 조카를 따라 회령에 가서 학교 식모로 일하게 되었고, 둘째 고모 분옥은 조선 청진에서 버스 차장 일자리를 찾게 되었다.

10년이면 강산이 변한다는 옛말은 그른 데가 없었다. 1920년대 말부터 1930년대 말까지의 10년 사이에 할아버지 가족의 풍족했던 살림살이는 풍비박산 나고 집식구들은 여럿이 세상을 떴고 산 사람들도 여기저기 뿔뿔이 흩어져 옛날의 다복했던 가족이 이제는 할아버지만 홀로 남게 되었다.

그때 할아버지는 50대 초반의 나이였다. 홀몸으로 가솔이 된 할아버지는 생활해 나가기 위해 새로운 가정을 꾸리지 않으면 안 되었다.

1938년 할아버지는 친척들과 마을 사람들의 권고에 의하여 한마을 윗동네에서 과부로 어린 딸과 함께 살고 있던 리봉련(1882~1954)을 아내로 맞아들여 새로운 가정을 꾸렸다. 그리하여 리봉련이 데리고 온 딸 김금복(1932년생)까지 세 식구가 되었다.

할아버지의 의붓딸이었던 김금복 고모는 어머니를 따라 할아버지 집에 온 후 할아버지에게서 그렇게도 많은 사랑과 관심을 받았다고 한다. 그 세월에 웬만한 집 아이들이 아니고서는 학교 문에 들어가기 힘들었지만 금복 고모는 계부의 보살핌과 사랑 속에서 본마을에 설립된 초급소학교를 졸업하고 옥천동 우급학교까지 졸업하였다.

지금 80세가 넘은 김금복 고모는 아들과 함께 훈춘 시내에 사는데 남권이 고향에 갈 때마다 찾아가면 그렇게도 반가워하며 옛날이야기를 재미나게 말씀하곤 한다.

✻

회룡봉촌에 정착한 3형제 가족

난세 속에서 혈육들은 그래도 서로 의지하고 뭉치는 것만이 살 길이었다. 회룡봉촌과 30리 떨어져있는 태평촌(지금의 륙도포촌)에 계시던 큰집 할아버지는 1938년 초에 회룡봉촌 할아버지 집 아랫간에 구들돌을 놓고 이사 왔다.

그때의 큰집 할아버지 집식구들로는 항일 열사 유가족으로 홀로 남게 된 두 며느리와 손자, 손녀들까지 아홉 식구였다. 큰집 할아버지의 목표는 회룡봉촌 본마을에서 4,5리 떨어진 중벌등 마을에 영원한 살림집을 짓는 것이었다.

집터가 결정되고 집 짓는 일이 본격적으로 시작된 후였다. 우선 기초돌이 필요했다. 돌 채집에 나선 할아버지 형제들은 일단 쓸 만하고 필요하면 돌 크기에 관계없이 수레에 싣고 집터까지 와서 부려놓았다.

이때면 구경하던 마을사람들이 혀를 끌끌 차면서 "다른 사람들은 엄두도 못 낼 저렇게 큰 돌들을 힘장사 형제들이니 옮겨왔다."며 감탄을 금하지 못했다고 한다.

새로 지은 집에 초벽(初壁)까지 해놓은 1938년 여름이었다. 집을 짓느라 고생하던 큰집 할아버지의 큰며느리가 돌연 병으로 드러눕게 되었다. 항일 열사 가족으로 늙으신 시아버님을 모시고 슬하에 어린자식까지 돌보며 집을 짓느라 고생이 막심했던 것이다. 전쟁의 위험과 고된 생활고는 박씨 가문의 큰며느리를 다시는 병상에서 일어나지 못하게 하였다.

1938년 7월에 일어난 '장고봉사건*'의 포 소리는 지칠 대로 지친 큰집 할아버지의 큰며느리 김 씨에게 완전한 전쟁 공포증을 더해줌으로써 그는 갓 지어놓은 벌등 집에서 한 많은 세상을 떠났다.

그 후 얼마 안 돼 큰집 할아버지는 젊은 나이에 남편을 잃고 어린 딸 정한을 데리고 있던 넷째 며느리 채분선을 적극 권고하여 한마을에 살고 있던 김일순에게 재가를 보내었다. 그때의 사정으로 볼 때 이는 아주 현명한 처사였다.

이때로부터 큰집 할아버지는 완전히 고아가 된 여섯 손자, 손녀의 가장이 되어 아버지, 어머니 역할까지 담당하시며 집 안팎 일로 분주

---

* '장고봉사건' 중의 장고봉은 두만강하구를 거슬러 올라와 약 40리 되는 곳에 위치해 있는데 해발 155m로 산꼭대기 분수령이 중·러국경선이다. 일제는 중국을 침략한 후 소련을 점령할 야심으로 1938년 7월 하순에 조선에 주둔하고 있던 일군 제19사단을 출동시켜 장고봉에서부터 소련에 대한 무장간섭을 진행했다. 이것이 바로 '장고봉사건'이다 그 다음 달인 8월 2일부터 소련군이 대량 병력으로 일군에 맹공격을 가하자 막대한 희생을 내게 된 일군은 정전을 요구했다. 장고봉사건은 일제의 참패로 종말을 고했다.

히 보냈다.

할아버지는 농번기에는 농사를 짓느라 바빴고 농한기에는 돌을 운반해 놓고 큰 돌로는 석마(=연자방아)를 쪼아 만들고 작은 돌로는 맷돌을 만드는 석공으로, 또 야장간을 차려놓고 철붙이 물건을 만드는 야장으로, 집을 짓는 목수로 쉴 새가 없었다.

남권이 어렸을 때 누님 순화와 함께 큰집에 놀러 가면 큰집 할아버지는 높은 연세에도 긴 수염을 날리시며 손에서 일손을 놓지 않으셨다.

큰집 할아버지는 살림살이가 줄지 못하게 하였을 뿐만 아니라 음식 만드는 솜씨도 좋아 동네 아주머니들이 찾아와 김장재간을 배워가는 정도였다고 한다.

어느 해 초가을이었다. 힘겹게 살아오시던 큰집 할아버지가 참고 견뎌오던 정신적 압박을 이기지 못하고 끝내 폭발하고야 말았다. 큰집 할아버지는 갑작스레 고함을 지르면서 보잘것없는 살림살이를 마구 부숴댔다. 화병이 난 것이다. 사연을 알게 된 할아버지가 달려가 보니 기가 막힐 노릇이었다. 모든 방법을 다해 화병을 눌러놓는 것이 급선무였다.

조급해진 할아버지는 "형님, 노여워하지 마시오." 하며 재빨리 형님을 깔고 앉아 참바로 묶은 다음 나무에 매어 놓았단다. 이것이 바로 화병에 걸린 큰집 할아버지 병을 치료하는 할아버지의 유일한 방법이었던 것이다.

이 방법도 할아버지가 아니고 다른 사람이었다면 엄두도 못 냈을 것이었다. 다른 누구도 아닌 석마 판을 메고 산에서 내려왔다는 힘장수인 큰집 할아버지였으니 말이다.

약 반 시간쯤 지난 뒤였다. 정신을 차리신 큰집 할아버지가 "동생, 이제는 참을만하니 밧줄을 풀어주게."라고 말씀하시더란다. 얼마나 마음의 상처가 컸으면 멀쩡하던 사람이 이 지경이 되었을까! 전쟁이 인간에 대해 입힌 타격은 육체적인 것만이 아니었다. 정신적인 타격이 더욱 컸던 것이다.

1939년 봄 셋째 할아버지 집 식구들이 구사평에서 벌등으로 이사 오기로 결정했다. 집터는 큰집 할아버지네 집 바로 남쪽 한집 건너 집이었다. 그때는 셋째 할아버지가 구사평에서 세상 뜨신 후였으니 집 식구들로는 셋째 할머니 김 씨, 며느리 김영숙, 하나뿐인 손자 남룡, 셋째 딸 옥인 네 식구뿐이었다.

온 집안의 기둥인 남룡은 13살 어린 나이라 학교를 다니고 있었으니 집 안팎 모든 일은 고부간이 맡아 해야 했다.

큰집 할아버지와 할아버지는 그 전 해인 1938년에는 큰집을 짓느라 고생하였고 그 다음해인 1939년에는 셋째 동생 집을 짓느라 많은 공을 들였다.

이렇게 되어 회룡봉촌 본마을인 도룡봉에 있는 우리 집은 1939년부터 5리쯤 되는 중벌등 마을에 큰집, 작은 큰집 두 집이 들어서게 되었다. 어찌하여 남권의 할아버지가 항렬로 둘째인데 셋째인 창원네가 '작은 큰집'으로 불렸는가?

그것은 바로 셋째 할아버지가 일찍부터 증조할아버지와 증조할머니를 모셨고 또 증조할아버지 내외가 바로 셋째 아들 집에서 세상을 뜨셨기 때문이다.

이때로부터 회룡봉촌은 친척 삼 형제가 벌등 큰집, 벌등 작은 큰집과 도룡비 작은집 혹은 도룡비집으로 불리면서 살아가는 보금자리로,

우리 박씨 가문의 새로운 삶의 터전으로, 또 잊을 수 없는 고향으로 탈바꿈 하였다.

벌등에 집 두 채까지 다 지어놓은 후였다. 삼 형제는 큰집 할아버지 집에서 새집들이 축하연을 차리게 되었다. 마을에서 연세 높은 어른들과 집을 지을 때 수고하신 분들이 참석하셨다.

술상이 들어오자 동생인 할아버지가 당신의 형님과 가족을 대표하여 술을 따르게 되었다. 웃어른들로부터 술을 따르던 할아버지가 형님에게 술을 부은 다음이었다. 평소에도 콧물을 많이 흘린다고 박씨네 '코풀레기'라는 별명을 갖고 있던 큰집 할아버지의 코밑수염을 타고 흘러내린 콧물이 할아버지가 금방 부어놓은 술잔에 굴러떨어졌다. 좌석에 둘러앉은 분들이 이 광경을 보고 난감하여 어찌할 바를 모르고 있을 때였다.

"형님, 그 술잔을 내게 주시오."하며 할아버지가 손에 들었던 차관(茶罐)을 방바닥에 내려놓고 두 손을 내밀어 형님의 콧물이 떨어진 술잔을 받아들었다. 모두들 박주사가 형님의 콧물이 떨어진 그 술잔의 술을 쏟아버리겠지 하고 생각하고 있는데 나의 할아버지가 "실례하겠습니다. 내가 형님 먼저 이 술을 마시겠습니다." 하고는 아무 거리낌 없이 그 술을 다 마셨다고 한다.

"형제지간에 아무리 화목하다 해도 박 주사네 집안만 한 집이 어디 있겠소!"

"박주사는 누구도 당할 수 없는 힘장사건만 집안어른이나 동네어른, 아이들에 대해서는 존경심과 사랑이 극진한 사람이라니까."

"그러니 인근 삼국에서 박 주사를 모르는 사람이 없지 않소!"

술상이 끝나고 삼삼오오 짝을 지어 나가시는 동네어른들이 주고받는 말씀이었다. 밀양 박씨 집안에 대한 이런 이야기는 지금까지도 미담으로 전해지고 있다. 그때로부터 창증 삼 형제의 집안에다 또 그들 육촌 형제들인 창후, 창래와 그들의 자녀 여러 집이 대가족을 형성하고 회룡봉촌에서 살아갔다. 세월이 흐름에 따라 회룡봉촌에서는 밀양 박씨인 그들 집안이 점차 사회적으로 두각을 드러내게 되었는데 박식한 지식인인 창후가 있는가 하면 힘꼴도 쓰고 예절바른 창증, 창일 형제가 있었다. 아주 문무가 겸비한 집안이라고 할 수 있었다.

회룡봉에 살림집까지 지으신 큰집 할아버지는 선조들의 묘소를 마을도 없어진 오도포촌과 친척도 없는 구사평촌에 두어서는 안 되겠다면서 회룡봉으로 옮기려 하였다. 말하자면 면례(緬禮)를 하자는 것이었다.

1940년대 초, 할아버지 형제분들은 많은 친척들의 도움으로 증조할아버지, 증조할머니, 큰집할머니, 셋째 할아버지의 유골을 이장하여 회룡봉촌 중벌등 마을 뒷산 동쪽 켠에 비교적 넓은 자리를 찾아 새롭게 무덤들을 만들었다. 그곳이 바로 지금의 의도 가족의 중국에서의 첫 선산이 된 곳이다. 그들 가족은 예나 지금이나 변함없이 청명, 추석이 오면 선조 분들의 묘소를 찾아가 성묘를 한다.

'백마사건'으로 인한 할아버지의 최후

남권의 할아버지는 새 가정을 이룬 데다 형제들까지 한곳에 모이게 되니 그나마 마음에 의탁할 곳이 있어 살아갈 수 있게 되었다.

한편 밤낮으로 할아버지에게 그 어떤 죄명이라도 들씌우려고 갖은 애를 써오던 옥천동 일본경찰서의 경관 놈들은 끝끝내 억지 방법을 꾸며내고야 말았다.

1943년 이른 봄, 왜놈들은 할아버지더러 백색군마를 기르라고 강요하였다. 늙고 병들고 살릴 가망이 없는 말을 기르라고 하였는데 그 놈들이 할아버지에게 죄명 아닌 죄명을 들씌우기 위한 한낱 계책임은 불 보듯 뻔한 일이었다. 왜놈들의 고약한 심사를 알고도 남음이 있는 할아버지였건만 울며 겨자 먹기로 기를 수밖에 없었다. 그런데 생각지도 못했던 일로 할아버지에게는 큰 화근이 떨어졌다. 글쎄, 밭 언덕에서 봄풀을 뜯고 있던 그 백마가 다른 사람이 놓은 여우잡이 사냥 폭약을 물어 그만 말의 아래턱이 심한 상처를 입게 된 것이다. 이것이 바로 할아버지가 겪은 '백마사건'의 발단이다. 사건의 심각성을 느낀 할아버지는 즉시 민간요법으로 상처 입은 군마의 병을 치료해 주는 한편, 사실의 진상을 제때에 옥천동 헌병대에 보고했다. 아니나 다를까 왜놈들은 군마가 입은 상처는 바로 할아버지가 일제에 대한 원한으로 고의적으로 빚어낸 일이라는 죄명을 들씌웠다.

사건 발생 후 놈들은 할아버지에게 보고용 소책자를 주면서 할아버지더러 일주일에 한 번씩 그 소책자를 가지고 옥천동 헌병대에 와서 그동안 활동내용을 보고해야 한다고 하였다. 그리고 또 할아버지에게 옥천동과 회룡봉 외 어떤 곳도 못 나간다는 연금령을 내렸다.

당시 옥천동 일본헌병대에는 큰 백부 박지영이 동료들과 함께 감옥을 탈출할 때 박지영과 항일용사들에게 맞아죽은 허길룡 순경의 동생 허정일이 형의 순경 자리에 앉아 있었다. 허정일 순경 놈은 제 놈들이 꾸며놓은 백마사건이 뜻대로 벌어지자 때가 왔다며 할아버지에 대해 보복할 심산이었다.

일주일에 한 번씩 꼭 가야 하는 경찰서에 들어서면 왜놈들은 할아버지에게 일주일간 무슨 나쁜 일을 했고 '공산(=항일투쟁)'에 참가한 자식들과의 연계는 없는지 등등으로 심문을 진행하고는 형벌을 가하였다. 60세의 노인에게 있어서 일주일에 한 번씩 당하는 왜놈들의 혹독한 고문과 모진 매질은 육체적, 정신적으로 커다란 타격이 아닐 수 없었다. 할아버지의 의붓딸로 그때 옥천동 우급학교(=소학교 고급반)를 다니고 있었던 김금복 고모는 그때의 정경을 아래와 같이 말하였다.

"너희 할아버지가 옥천동 헌병대에 가서 고문을 당하고 매 맞은 후 고통스럽게 15리 길을 걷다, 기다 하시며 집까지 오시던 일이 지금도 눈에 선하다. 놈들에게 얻어맞은 상처가 약질하여도 채 낫지 않았는데 또다시 매를 맞고 오시면 상처는 점점 심해지고 약은 없고 참 집사람들 보기에도 기가 막혔지, 몇 달 동안 왜놈들에게 시달리던 너의 할아버지가 1943년 초겨울부터는 놈들에게 얻어맞은 상처의 어혈로 중병에 걸리셨다.

야만적인 폭행에 일찍 마음의 자유를 잃어버린 할아버지는 육체적인 상처로 행동의 자유마저 잃게 되었다. 키가 구 척이나 되고 동네방네에서 힘장사로 불렸던 할아버지는 60이 다 되는 연세에 왜놈들에게 몇 달 동안이나 고문을 당하다가 모진 상처를 입고 중병에 걸려 자리에 드러눕게 되었다. 모진 고통과 설음 속에서 신음하던 할아버지는 이른바 백마사건이 있은 후 10개월 만인 1944년 1월에 59세를 일기로 한 많은 일생을 마치셨다.

할아버지의 장례식에는 자식들 중 유일하게 고향에 있던 넷째 아들인 아버지 혼자만이 죽장을 짚고 수의를 입었다. 3일 장례식이 끝난 후에도 할아버지의 사망 소식을 늦게 접한 망인의 생전 친우들, 의형제를 맺은 친구들이 국내의 여러 곳과 조선에서까지 찾아와서 연 7일 동안 장례손님이 그치지 않았다고 한다. 올해는 남권이 가장 존경하고 가장 자랑스러워하는 할아버지가 돌아가신지 75주년이 되는 해이다.

세 살 때의 일로 기억된다. 남권이 부엌간 구들에서 뒹굴며 놀고 있는데 중병으로 누워계시던 할아버지가 잠시 밖에 나갔다가 들어오시면서 허리를 구부리고 수척한 얼굴로 그를 내려다보면서 말씀하시던 모습이 그에게는 유일하게 남아있는 할아버지에 대한 기억이다. 그때 그는 아주 놀란 눈으로 할아버지를 쳐다보았는데 그 후 얼마 지나지 않아 할아버지가 세상을 뜨셨다.

남권은 할아버지가 손수 짓고 또 장기간 거주하셨던 회룡봉촌 그 집에서 유년시절과 청소년 시절을 보냈다. 이런 생활환경은 할아버지의 다른 손자, 손녀들이 누릴 수 없었던 것으로 그는 할아버지가 남겨놓은 많은 유물들을 직접 접촉하고 지켜보면서 아버지와 마을 어른들이 들려준 할아버지에 대한 많은 이야기도 들을 수 있었다.

갓 철들어 그가 아버지, 어머니를 따라 처음으로 할아버지 묘소를 찾아갔을 때였다. 할아버지 묘소는 마을과도 3, 4리 떨어진 회룡봉촌

산기슭에 따로 모셔져 있었는데 아버지와 어머니가 제사음식을 차려 놓은 것을 보고 어린 마음에 누구에게 음식을 차려 놓는가 하고 물으니 아버지는 "너의 세상 뜨신 할아버지에게 바치는 음식과 술을 차려 놓는 거란다."라고 말씀해주는 것이었다. 천진난만했던 그가 할아버지가 어느 때 오셔서 음식을 잡수시느냐고 물으니 어머니는 그를 향해 "우리가 인사를 하고 자리를 떠난 다음 할아버지가 오셔서 상을 받는단다."라고 말씀하셨다.

할아버지 산소에서 좀 내려오면 폭우에 골짜기가 패이고 한복판에 큰 흙무더기가 무너져있는 곳이 보인다. 남권은 어머니를 보고 할아버지의 집은 묘소이고 저 흙무더기는 변소냐고 캐물었다. 그랬더니 어머니는 "아이들이 너무 그렇게 캐물으면 못쓴다. 어서 길이나 빨리 걸어라."라고 하시며 그의 걸음을 재촉하는 것이었다.

산간에 널려져있는 돌덩이며 잔풀을 되는대로 밟으면서 그는 이상스럽기만 하였다. 할아버지가 어떻게 그 속에 계실까 하는 어처구니없는 생각에 빠졌다. 그 후 몇 년이 지나서였다.

그가 소학교 3학년 때인데 아버지는 많은 친척들과 마을 어른들의 도움으로 할아버지의 유골을 회룡봉촌 긴 사래로부터 벌등촌 증조할아버지, 증조할머니 산소가 있는 곳으로 이장해 갔다. 그는

원저자의 할아버지 고 박주사 창일 묘비
(2010년 4월 5일 청명 건립)

기어코 아버지를 따라 할아버지 면례 이장식에 참가했다.

모여든 많은 사람들 중 할아버지의 육촌동생이신 창래 할아버지가 칠성판에 모셔져있는 할아버지의 유골을 확인하시고 "이 형님이 생전에 어찌되어 그렇게도 장사인가 했더니 이번에 면례하면서 보니 글쎄 팔이 통뼈더라오!"라고 소리 높게 하던 말씀이 어린 그에게는 아주 신기하게 여겨졌다. 할아버지에 대한 이야기는 지금까지도 민간에서 전설처럼 전해 내려오고 있다.

손자인 남권은 언제나 할아버지에 대해 자랑과 긍지를 느낀다.

그가 소학교 4학년 때인데 초가을 구정부 소재지인 이도포촌에서 체육운동회가 열렸다. 이런 행사는 그들 코흘리개들로 말하면 큰 명절과 다름없었다. 대회에 참가했던 그가 여기저기 다니며 운동 구경도 하고 장사꾼들의 물건도 구경할 때였다. 할아버지 한 분이 담배를 사고 깜박하셨던지 보기에도 너무 멋진 지팡이를 그만 놓아둔 채로 가시는 것이었다.

"할아버지, 지팡이를 가지고 가세요."하며 남권이 그 지팡이를 들고 뒤쫓아 갔더니 돌아선 그 할아버지가 "야, 고맙구나, 너 누구 집 자식이냐?"하고 물으시는 것이었다. 자랑스럽게 "회룡봉촌 박주사 손자입니다."라고 대답했더니 "박주사! 아니 내가 너의 할아버지와 의형제를 맺었던 금당촌 김 씨다. 너의 할아버지는 생전에 나를 많이 생각해 주셨다. 오늘 이렇게 너를 알게 되어 대단히 기쁘구나."라며 반색을 하셨다. 김 할아버지는 품속에 손을 넣어 무언가를 찾으시더니 "가만 있자, 내 주머니에 이것밖에 없구나."하면서 돈 20전을 꺼내 그에게 주면서 장하다는 듯이 그의 어깨를 어루만져주는 것이었다.

할아버지와 의형제를 맺고 지낸 마을의 한족 류 할아버지도 남권을 매우 사랑해 주셨다.

훤칠한 키에 보기 좋은 수염을 기르신 류 할아버지는 남권만 보면 조선말 절반에 한족말 절반으로 "빠따거 쑨즈 라이러(박주사 손자가 왔구나)."라고 하시면서 자기 집 부엌에서 옥수숫가루와 콩가루를 반죽하여 가마에 구운 그 맛있는 "궈테(鍋貼)"를 꺼내주기도 하고 삶은 달걀을 주는가 하면 여름철에는 채소밭에 들어가 먹음직한 오이도 따다 주곤 하였다. 류 할아버지가 고향에서 세상 뜨신 다음해인 1964년이었다. 외지에서 사업하시던 류 할아버지의 셋째 아들 류길청이 회룡봉촌에 돌아와 살림을 꾸리던 때였다.

대학 2학년 겨울방학 때 집에 왔던 남권이 마을 골목길에서 우연하게 류 아저씨를 만나게 되었다. 아저씨는 그를 보고 그렇게 반가워하시며 자기 집에 놀러 가자고 잡아끄는 것이었다. 우리말, 우리 민족의 습관까지 흠잡을 데 없이 잘 알고 있는 류 아저씨였건만 남권이 대학을 다니며 한언(漢言)을 많이 배웠다면서 아저씨는 그렇게도 그를 칭찬하시는 것이었다.

그날 류 아저씨는 닭까지 잡아 상을 차렸는데 달걀 반찬만 올라도 대단하게 여기던 1960년대의 농촌에서 통닭 대접을 한다는 것은 실로 웃어른들이나 오시면 차려놓는 상이어서 남권은 마치 설 명절을 보내는 기분이 들었다고 한다.

남권보다 한 살 많은, 한마을에서 나고 자란 류 할아버지의 큰손녀 류옥매는 경신 권하촌에 시집갔는데 경신진 본마을에 사는 순화 누님을 만나면 언니라고 부르면서 집식구 안부를 곧잘 묻는다고 한다. 지금 모두 자식들을 따라 훈춘 시내에 올라와 계시는 누님 류옥매는 전화통화뿐만 아니라 종종 만나기도 하는데 고향의 끈끈한 정과 윗세대 어른들이 남겨놓은 의형제의 정을 계속 나누고 있다.

2013년 가을, 선조분들 산소에 성묘 차 훈춘에 갔을 때였다. 남권이 훈춘 시내에 계시는 순화 누님네 집에까지 왔다는 소식을 듣고 류옥매 누님이 친히 그를 찾아주셨다. 우리는 한 자리에 앉아 시간가는 것도 잊은 채 할아버지 세대로부터 이어온 한 세기도 더 되는 의형제의 끈끈한 정과 고향 이야기를 나누었다.

수백 세대나 되는 대촌(大村)에서 불과 네댓 집밖에 안 되는 한족들과 그들 집 사이에는 뜻깊은 사연들이 또 있다.

남권이 집을 떠나 백 리 밖 훈춘 시내에 가서 하숙하며 고급 중학교를 다니던 첫 겨울방학 때였다. 음력 설을 며칠 앞둔 어느 날이었는

회룡봉 한고향 젖줄기를 타고나서 3대째 정을 이어가고 있는 민족형제자매들.
(2013년 9월, 훈춘에서) 좌로부터 류옥매(73세), 박순화(76세), 원저자

데 한마을에 살고 있는 한족 류진청의 큰아들 류문빈(1943년생)이 통배추를 한 자루 메고 그들 집에 찾아왔다. 생배추나 무를 저장할 움막이 없던 그때로 말하면 한겨울 통배추는 실로 무엇보다 귀중한 채소였다. 그가 무슨 일이냐고 묻자 류문빈이 자초지종을 이야기하였다.

지난 여름, 마을 상점 뒤 우물가에서 홀로 놀던 그의 셋째 동생 류문룽이 부주의로 우물에 빠졌다고 한다. 바로 그때 그 우물가를 지나시던 아버지가 우물 안에서 울부짖는 소리를 듣고 달려가 지체할세라 위험을 무릅쓰고 웃옷과 신발을 벗어 던지고 손으로 우물벽돌 틈을 더듬어가며 깊이가 5, 6m나 되는 수면까지 내려가 그 애를 업고 간신히 우물 위로 올라왔다고 한다. 아버지에 의해 자기 동생이 큰 상처 없이 목숨을 구했다면서 감사의 선물을 가져온 것이다.

지금 훈춘시 하다문에서 채소업으로 부유하게 생활하고 있는 류문룽은 지금도 조선족 아저씨의 헌신적인 행동이 없었더라면 자기는 이런 좋은 세상을 보지 못했을 거라며 아버지를 생명의 은인으로 여기고 있다 한다. 그 옛날 회룡봉 한마을에 살던 조·한 두 민족 간의 우의를 보여주는 따뜻한 이야기이다.

1958년생인 남권의 동생 남헌이 고등학교를 다닐 때인데 타지에서 온 한 동창생이 할아버지 이야기를 꺼내면서 "경신에서는 남헌이 양반집 자식이다."라고 칭찬하며 전교 학생들로부터 인기가 높다고 전하기도 했다.

차려진 복을 다 누리면 몸이 빈궁해지고 차려진 권세를 다 부리면 원수와 만나게 되지만 어진 덕은 쌓은 대로 간다는 옛말이 있다. 할아버지는 후손들에게 많은 재산을 남겨준 것도 아니고 벼슬은커녕 산간마을의 농부로 평생을 지내셨지만 살면서 쌓아온 미덕만은 세대를 이어가며 항간에 전해지고 있다.

인생에서 죽음을 새로운 시작이라고 하고 사후의 평가야말로 가장 공정한 것이라고 말하기도 한다. 세상을 뜨신 지 근 80년이 되는 한 평범한 농부에 대한 덕담이 지금까지 많은 사람들 속에서 이어져 오는 것은 그의 덕행이 많은 사람들의 마음속에 살아있기 때문이리라. 할아버지가 세상 뜨신 다음해인 1945년 8월 15일에 일제는 투항을 선포하였다. 밀양 박씨 가족사의 핵심부분인 항일투쟁 시기를 끝내는 남권의 마음은 자긍심으로 차고 넘친다.

중국 땅으로 이주해온 증조할아버지 의도와 그의 후손들은 중국의 수많은 여러 민족 인민 대중과 굳게 뭉쳐 일제의 침략에 용감하게 항거하여 싸워왔다.

이들 밀양 박씨 일가 중 총을 들고 일제와 직접 싸우거나 후근 사업을 하였던 수십 명 항일용사들 말고도 왜놈들의 위협, 유인, 협박, 고문, 형벌에 머리 숙인 사람은 단 한 명도 없었다.

항일의 신념을 굳게 지키면서 적과의 싸움에서 자기의 고귀한 생명을 바친 선열들과 왜놈들의 감옥에서도 끝까지 투쟁했던 불요불굴의 정신이며 사형장에서도 적들에게 불벼락을 퍼붓고 탈출했던 선조들이 항일투쟁에서 쌓은 빛나는 업적은 영원히 전해져갈 것이며 이 땅에 살고 있는 자손들을 고무 격려해줄 것이다!

그들의 혈육과 함께 항일투쟁에 참가한 수천수만의 조선 민족의 우수한 아들딸들은 중화의 형제민족들과 함께 민족의 권리와 자유를 위해 수십 년간의 항일 투쟁을 전개하여 종국에는 일제 침략자를 물리치고 승리를 맞이하였다. 이 또한 일제의 침략으로 수난을 겪으며 세계 방방곡곡에 흩어져 살고 있는 그들의 혈육들과 우리 겨레들의 기뽐이고 자랑이 아니겠는가! 또 조선족들은 다른 형제 민족들과 함께 조국건설의 각개 분야에서 각자의 재능과 있는 힘을 아낌없이 발휘하였다.

이것이 바로 그 옛날 살길을 찾아 중국 땅으로 이주해왔던 조선족이 중화의 기타 민족 아들딸들과 함께 이 땅의 떳떳한 소수민족이 되기에 손색이 없는 노력, 분투, 희생의 과정이 아니겠는가! 선열들의 붉은 피로 저 땅의 주인으로 우뚝 선 그들은 오늘날의 행복을 더없이 소중히 여기고 있다! 그럼으로써 그들은 조국건설과 국가보위에 각자의 힘과 재능, 지혜를 아낌없이 다 바치고 있다.

제 4 장

—

8.15 항일전쟁승리 이후

항일전쟁승리를 맞이한 의도의 후손들

항일전쟁에서 드디어 승리하였다. 1945년 8월 15일(=광복절), 일본 제국주의는 끝내 투항을 선포하였다.

고향 회룡봉촌에서 이 기꺼운 승리를 맞이하게 된 증조할아버지의 후손들로는 그의 5형제 6남매 자식 중 큰집 할아버지 한 분, 그 아랫 대에 와서는 아버지 한 분(사촌 형제 14명 중)뿐이었다. 또 다시 두만강 건너 하류 지역인 조선 경흥군에서 또다시 두만강 하류지역인 중국 경신 땅에 이주해온 의도와 그의 후손들 속에는 36년간 일제의 만행에 항거하여 적극 항일투쟁에 참가하여 희생된 분들도 있고 소련으로 망명간 분도 있으며 조선으로 다시 돌아간 분, 생사를 알 수 없는 분들도 있다.

간난신고(艱難辛苦) 끝에 살아남은 의도의 후손들은 마침내 승리를 맞이한 것이다. 승리를 맞이한 회룡봉에는 할아버지 육촌 형제들인 창후, 창래와 아버지 팔촌 형제들인 승영의 가족, 하영의 가족, 권영의 가족이 있었다.

8.15항일승리 후 우리 가족에서 문벌이 가장 높으신 분들 중 연세가 제일 많으신 큰집 할아버지 창증이 69세를 일기로 1950년 7월에 회룡봉촌 벌등 마을 자택에서 세상을 뜨셨다.

큰집 할아버지의 큰손자 남동(1915년생)은 딸 순자(1933-1995년)를 남기고 조선에서 세상을 뜨셨다. 남동의 둘째 동생 남순(1920-1974년)은 벌등에서 김 씨와 결혼하여 7남 3녀를 남기고 54세인 1974년 8월에 벌등 자택에서 세상을 떴다.

남순 형님의 큰아들 승춘(1945-1989년)과 둘째 아들 승일(1950년생), 둘째 딸 신옥(1948-2005년)은 1962년에 조선 평양에 나가 만경대학원에서 학습한 후 모두 인민군에서 복무했다.

승춘의 넷째 동생 승필(1956년생)은 30대이던 1987년에 슬하에 딸 향단(1985년생)을 남기고 사고로 사망하였다. 승춘의 여섯째 동생 승규(1963년생)는 훈춘시 문화관에서 일하다가 정년퇴직하고 슬하에 아들 우(1993년생)를 두었는데 현재 훈춘 시내에서 살고 있다.

승춘의 누님 신자(1943년생)와 누이동생 신금(1961년생)은 모두 훈춘에서 살고 있다. 승춘의 누님 신자는 열 남매 중 장녀로 부모님들을 도와 여러 동생들을 보살피며 겨우 소학교를 졸업하고 농업에 종사하였

김명숙 회갑때 평양에서(1984년). 왼쪽으로부터 김명숙, 박승춘, 박신옥

다. 그 후 그녀는 한마을 총각 전 씨와 결혼하여 슬하에 딸 다섯을 낳았다. 남편을 일찍 잃은 그녀는 연로하신 시어머니를 모시고 딸자식들 뒷바라지를 하느라 중년에는 고생이 막심하였다. 지금은 딸, 사위와 함께 훈춘 시내에서 만년을 보내고 있다.

승춘의 둘째 누이동생 신옥은 딸 량성옥과 아들 량성찬을 남겼고, 승춘의 셋째 누이동생 신금은 슬하에 아들 채영룡(1989년생)을 두었다. 승춘의 셋째 동생 승권(1952년생)에게는 아들 철우(1983년생)와 딸 향옥(1979년생)이 있고 다섯째 동생 승학(1958년생)에게는 아들 철주(1990년생)가 있는데 이들은 모두 회룡봉촌에서 살고 있다. 승춘의 일곱째 동생 승협(1931년) 가족은 한국에 나가 살다가 지금은 고향에 살고 있다.

남동의 셋째 동생 남천(1931-1979년)은 고향 회룡봉에서 우급소학교를 졸업하고 농업에 종사하였다. 그 후 그는 참군하여 무한군관학교에 입학하였다. 군관학교를 졸업한 그는 산서성 대동에서 다년간 인민해방군 군관으로 복무하였다. 제대 후 훈춘에 돌아와서 훈춘현 방산관리소에서 일하였다. 병으로 일찍 퇴직한 그는 1979년 48세의 나이에 훈춘 시내 자택에서 세상을 떴다.

중국으로 이주한 후 밀양 박씨 가문에서나 고향인 회룡봉촌에서나 유일하게 자식 열 남매를 남기신 분은 남순 형님 내외분이다. 다자다복(多子多福) 보다는 가지 많은 나무에 바람 잘 날 없다고 그들 내외는 일생을 그야말로 분망하게 보내셨다.

남천 형님은 첫 부인 최 씨에게서 딸 신란(1962년생)을 보고 둘째 부인 리분옥(1935-1972)에게서 아들 승군(1966년생)과 딸 신숙(1968년생)을 보았다.

승군은 가난한 가정환경에서 자라면서 꾸준한 노력으로 우수한 성적으로 심양화공학원을 졸업하고 몇 년간 길림화학 공장에서 근무했다. 지금은 한국에서 무역업을 하고 있다. 승군의 누나와 여동생은 모두 한국에서 근무하고 있다. 승군의 누나 신란은 첫 남편에게서 아들 리군위(1991년생)을 두고 지금은 한국에서 강 씨와 재혼하여 가정을 꾸리고 있으며, 승군의 누이동생 신숙은 첫 남편과 사별하고 아들 김청(1997년생)을 두었는데 지금은 황 씨와 결혼하여 한국에서 살고 있다.

남동의 큰 여동생 순복(1924년생)은 조선 전쟁에 참가하였다가 함께 참군한 남편이 희생된 후 그녀는 금당촌의 류씨에게 재가하여 2남 2녀를 두었다. 어려서 일제에 쫓겨 다니며 자라고 그 후로는 조선전쟁에 참가하여 상처까지 입은 순복 누님은 90세를 일기로 2013년 10월 13일 훈춘에서 세상을 떴다.

남동의 둘째 동생 순안(1927년생)은 벌등 김씨 가문에 시집가 큰 아들을 본 후 남편을 조선전쟁에 보내고 고생을 많이 겪었다. 육촌 누님은 바로 이 시기에 남권 어머니의 병간호에 수고를 아끼지 않고 극진히 돌봐주었다. 일제시대에 당신이 친히 겪은 고난의 역사를 호소하며 오늘의 행복을 소중히 여기라고 늘 동생들을 타이르던 순안 누님은 87세를 일기로 2013년 10월 11일에 훈춘에서 세상을 떴다.

남동의 사촌 여동생 정한(1933-2009년)은 구사평 김 씨에게 시집가 얼마간 편안한 생활을 누리다가 갑작스러운 사고로 남편을 잃고 고생 속에서 두 아들마저 병으로 잃게 되었다. 그 후 딸과 사위들의 관심 속에서 살아오다가 2009년 76세의 연세에 경신 이도포촌 자택에서 세상을 떴다.

다섯째 할아버지 창호는 길림성 안도현 영경에서 8.15 항일전쟁승리를 맞이하였다.

1932년에 조선으로 되돌아갔던 창호 할아버지는 조선에서 부인이 병으로 세상 뜨자 큰아들 태영(1916년생), 둘째 아들 인영(1918년생)을 조선에 두고 홀몸으로 중국 안도에 오셨다. 평생 사냥을 즐기면서 그것을 업으로 생계를 유지해온 창호 할아버지는 장백산 기슭인 안도현 영경 부근에서 사냥을 주로 하였는데 소련에서 넘어온 부잣집 '네 눈이네 삼 형제'와 만나게 되면서 거기에 합류하였다.

제2차 세계대전 때 소련 원동 블라디보스토크에 살고 있던 큰 부자가 자기의 아들들을 징병에서 모면시키려고 나라에 비행기를 헌납하고 세 자식들을 중국 동북에 보냈는데 이 삼 형제를 네 눈이네 삼 형제라고 하였다.

이들은 사냥을 즐겨 산속에 있는 시간이 많았다. 한번은 지역 싸움으로 목숨을 건 싸움이 벌어졌는데, 총을 잡은 맏이가 뒤를 쫓아오고 있는 적수를 돌아보지도 않은 채 총부리를 어깨에 걸고 방아쇠를 당겨서 뒤따라오던 적수를 곧바로 쓰러뜨렸다 한다. 마치 뒤통수에도 두 눈이 있는 것 같다고 그에게 '네 눈'이라는 별명을 달아주고 그 삼형제를 네 눈이네 삼 형제라고 했다고 한다.

이 시기에 창호 할아버지는 안도에서 새로 맞이한 부인 전정숙(1925–1984년)과 새 가정을 이루었다. 사냥을 업으로 삼아 변변치 못한 생활을 하였는데 중국에 온 후로 슬하에 2남 4녀를 남기고 1965년에 72세의 나이로 안도 영경향 고성촌 자택에서 세상을 뜨셨다.

중국에 와서 낳은 창호 할아버지의 맏아들 도영(1943년생)은 안도 시내에 거주하고 있으며 슬하에 3남 1녀를 두었다. 큰아들 남희(1972년생)는 연변대학 의학원을 졸업하고 지금 안도현 중의원에서 근무하고 있으며 슬하에 딸 민정(2003년생)이 있다. 남희의 둘째 동생 남걸(1975년생)에게는 딸 민군(2010년생)이 있고, 남희의 셋째 동생인 남국(1978년생)에게는 딸 민연(2012년생)이 있다. 동생들은 모두 산동 위해에서 회사 직원으로 근무하고 있다.

도영의 동생 경영(1946-1995년)이 농사를 짓다가 일찍 세상을 뜨고 슬하에 두 아들을 남겼다. 큰아들 남철(1971년생)에게는 아들 지양(2002년생)이 있는데 산동 위해에서 회사 직원으로 근무하고 있고, 둘째 아들 남길(1974년생)도 위해에서 회사에 근무하고 있다. 도영의 여동생들인 영신(1949년생), 영춘(1951년생), 영월(1954년생), 영해(1958년생)는 모두 안도, 연길 등지에서 살고 있다.

1961년 가을, 안도현 영경향 고성촌 자택 앞마당에서 찍은 박창호(저자 다섯째 할아버지)의 가족사진. 앞줄(왼쪽부터): 박영월, 박영춘, 전정숙, 안긴 아기는 박영해, 사냥총을 잡고 있는 박창호, 뒷줄(왼쪽부터): 박영신, 박경영, 박도영.

항일전쟁승리 전야의 다가족 성원들

항일전쟁승리 후 중·조 두 나라 국경선인 두만강과 압록강으로 서로 통하던 길이 막혔고 산맥으로 이루어진 중소국경선이 점차 통행금지가 되었다. 이렇게 되어 중국 경내에 남게 된 그들 친척들은 모두 박지신의 아들들인 인겸과 문겸의 후손들이다. 1790년(?)에 출생한 것으로 알고 있는 지신의 묘소는 조선 경흥군(현재의 은덕군) 상하면 농경동에 모셔져있다.

1933년에 농경동을 떠나 중국으로 이사 온 남선 형님의 말씀에 의하면 그곳에 거주하고 있는 지신의 후손들은 매년 청명, 추석이 오면 그의 묘소를 찾아 성묘한다고 한다.

1945년 8.15 항전승리와 함께 중국 인민과 조선 인민은 일제에게 빼앗겼던 자유와 권리를 되찾게 되었다. 그 속에서 조선으로부터 중국으로 이주해온 그들 박씨 가문의 대가족은 더욱 밀접한 관계를 유지하며 살아가고 있다. 지금 12촌, 14촌으로 뻗어나간 친척들이 계속하여 가까운 사촌마냥 사이좋게 지내는 모습을 보고 남들은 이상해하기도 한다. 먼 옛날 우리 선조로부터 물려받은 가문의 예절을 아직까지 지켜오며 무한한 가족 사랑을 변함없이 이어가고 있다.

새 중국 창건 이후의 회룡봉촌 사업

고향에서 항일전쟁승리를 맞이한 남권의 아버지 박우영은 유년시절에 일제의 만행을 몸소 겪으셨다. 밤중에 왜놈들의 토벌로 가족을 따라 소비에트 구역에 가시기도 하였다. 소비에트 구역에서의 간고한 생활 속에서도 아동단원 신분으로 동료들과 함께 '일본제국주의를 타도하자!'는 표어도 붙이고 항일선전을 했던 그에게 항일전쟁 승리는 더없이 기쁜 일이고 감회도 남달랐을 터였다.

일제와의 투쟁 속에서 부모와 형제들을 다 잃은 아버지는 이제 인민의 땅 주인이 된 회룡봉에서 가만히 앉아있을 수 없었다. 아버지는 1946년에 중국 공산당에 가입하고 회룡봉촌 농회 주임으로서 역사상 처음으로 벌어진 농촌 토지개혁 운동에 뛰어 들었다. 또한 당의 요청에 따라 해방전쟁 시기에는 담가대(=위생병)의 책임자로 대원들을 인솔하여 길림 지구와 연변 지구에서 맹활약하셨다. 담가대에서 임무를 무사히 완수하고 고향에 돌아온 아버지는 또 촌농민협회 주석으로 일하셨다.

1949년 10월 1일, 중화인민공화국의 창건은 중화민족이 나라를 찾아 위대하고 뜻깊은 날이었다. 수천 년 동안 압박과 착취를 받아오던 근로인민이 나라의 주인이 된 것이다. 8.15 항전승리 후 회룡봉촌 제1기 당지부 서기였던 최윤홍(1916-1962년)이 당 조직의 발령으로 회룡봉촌을 떠나게 되자, 아버지가 1950년 7월부터 7개 자연마을에 300세대나 되는 회룡봉촌의 제2기 당지부 서기를 맡게 되었다. 아버지는 당원들을 이끌고 촌민들과 함께 농촌사업에 온 정력을 다 기울이셨다.

　바로 이때 학교 교원 일을 그만두고 농사를 지으시던 아버지의 팔촌 형님 승영의 둘째 아들로 남권과는 10촌이 되는 남선 형님이 군중선거를 통해 회룡봉촌 촌장으로 당선되면서 회룡봉촌의 주요한 책임자 당지부 서기, 촌장은 모두 밀양 박씨 가문의 인재들이 맡게 되었다.

　남선 형님은 일찍 조선에서 중국 훈춘 대황구로 들어와 소학교 교원으로 있다가 항일전쟁에서 승리한 후 부모형제들이 살고 있는 회룡봉에 와서 소학교에서 다시 교편을 잡았던 것이다. 숙부인 우영과 조카인 남선의 지도 하에 회룡봉촌 사업은 여러 면에서 큰 성과를 거두게 되었다.

훈춘현 제3구 음력설 문예경연 참가 기념사진(1951년 1월)
앞줄 왼쪽 세 번째 저자부친 박우영

천지개벽의 연대에 진행된 토지개혁, 호조조 성립, 농업생산 고조, 조선전쟁(=한국동란)으로 인한 참군 동원, 농촌도로 수리, 애국위생운 동, 문화체육활동 조직 등 이 모든 일들은 다 새롭고도 힘든 일들이 었다.

항일전쟁 시기부터 우수한 혁명전통을 가지고 있는 회룡봉의 피 끓 는 젊은이들은 정부의 호소에 적극 향응하여 너도나도 참군하여 항미 원조전쟁(=한국동란)에 나갔다. 촌민들 또한 전선에 나간 군인들에 뒤질 세라 적극적으로 농촌의 제반 사업과 활동에 참가하였다.

간부들의 노력과 동원으로 일떠선(=바빠진) 회룡봉촌 촌민들은 구 와 현의 모든 사업에서 우수한 성적을 거두었다. 회룡봉촌 소학교의 1956-1957학년도 졸업생들이 주체가 되어 자료를 수집하고 양봉송 선생이 주필을 맡은 〈항일촌, 혁명촌, 인재촌 회룡봉(1862-2006)〉 촌사 (村史) 앞부분의 적지 않은 사진들은 바로 새 중국이 창건된 후인 1950 년대 초 회룡봉촌의 각종 사업에서의 성과를 유력하게 보여주고 있 다. 1951년 1월에는 경신구 음력설 문예경연대회에 참가하여 여러 면에서 호평을 받고 온 대원들이 촌당지부 서기인 아버지를 모시고 기념사진을 남겼다.

촌사에 등재된 사진들을 살펴보기로 하자.

1950년에 8.15 항일전쟁승리를 경축하기 위한 경신구 체육운동대 회에서 회룡봉촌 축구대원들은 우승을 따냈다. 선수들은 기쁜 나머지 촌당지부 서기인 아버지 박우영과 촌장인 박남선 형님을 모시고 기념 사진도 남겼다. 단합된 회룡봉촌의 간부들은 1953년에 훈춘현 농촌 간부회의에 참가한 후 촌장인 남선 형님의 인솔하에 단지부서기 고승복, 회룡봉소학교 교장 리양원, 지부위원 박술련, 부녀주임 김분선, 위원 박금선 등이 함께 뜻있는 기념사진을 남겼다.

1954년 8월 15일에는 회룡봉소학교의 학생극이 훈춘현을 대표하여 연변 조선족 자치주 소재지인 연길에서 공연을 마치고 기념사진을 남겼다. 이런 사진들은 당시 각 분야에서 활발히 전개되었던 회룡봉촌 사업의 성과를 잘 보여주고 있다.

촌 간부들의 단합은 촌민들에게 크나큰 힘이 되었다. 우수한 혁명전통을 가지고 있는 회룡봉촌은 항일전쟁과 해방전쟁에 이어 항미원조전쟁에서까지 많은 젊은이들이 용감히 참군, 참전하게 되면서 마을은 거의 집집마다 '영광스러운 군속', '영광스러운 열사'라는 패쪽을 달았다. 농업생산은 새 중국 창건 후 해마다 풍년이 들어 당시 경신

1950년 8월 15일 경신구 축구대회에서 우승한 회룡봉 선수들
왼쪽 깃발을 들고 계신 원저자의 부친 박우영

1953년 훈춘현 농촌 간부회의에 참가한 화룡봉촌 간부들

땅에서는 화룡봉촌을 가리켜 곡창이라고 불렀다. 해방 전부터 화룡봉촌에서 '문무가 겸비한 집안'이라고 불리던 밀양 박씨 가문은 해방 후 촌의 당정 사업에서까지 주요 책임을 맡고 큰 성과를 올리게 되니 경신 일대에서는 '화룡봉촌은 박씨네 정권이다'라는 소문까지 떠돌았다.

남선 형님은 촌장 직에 이어 1956년부터 1958년까지 화룡봉 고급 농업사 부주임으로 일하셨다. 남선 형님은 일로서만 군중의 신임과 긍정을 받은 것이 아니라 그의 예의범절 또한 남들이 탄복할 정도였다.

남선 형님은 인물 체격이 출중하신 데다 그 천성적인 옹글진 목소리로 우리 집안에서 종종 벌어지는 아이들 돌잔치로부터 어른들 생일잔치, 결혼식, 환갑잔치, 회혼례식, 장례식, 면례 등 각종 예법에 대

박남선(1922-1996년), 58세 때의 모습(1980년)

해 막힘이 없이 다 꿰고 있어 전 경신에 소문이 자자하였다. 남선 형님이 자신이 직접 도표식으로 만든 밀양 박씨 가문의 족보를 남권에게 주었을 때 그는 형님에게 우리 민족 예의범절을 책으로 적어달라고 부탁까지 하였다. 남권은 남선 형님이 그에게 준 족보 자료를 고이 간직하였다가 자신이 쓴 그들 가문의 족보 책 앞머리에 남선 형님의 친필을 그대로 실었다.

남선 형님은 1996년 7월, 74세의 연세에 병환으로 고향 회룡봉촌 자택에서 세상을 떴다. 남선 형님 내외분의 묘소는 바로 아버지, 어머니 묘소 북쪽에 자리를 잡고 있다. 마치 생전에 한마을에서 가깝게 지냈던 것처럼 세상 뜨신 후에도 아주 가깝게 모셔져 있다. 만약에 진정 천당이 있다면 그들은 하늘나라에서 매일매일 함께 모여 즐겁게 보낼 것이다.

남선 형님은 생전에 3남 4녀를 두었다. 큰아들 가양(1943년생)은 훈춘고중을 졸업하고 회룡봉소학교에서 대과 교원으로 있다가 발탁되어 연변공산주의 노동대학에 가서 공부하였다. 대학 졸업 후 그는 훈춘 국영탄광, 훈춘 영안향공급판매합작사, 반석, 남진맹, 맹령 등지의 공급판매합작사와 훈춘 황산록장에서 일하였는데 훈춘 건설은행에서 회계경제사 직함으로 과장을 지내다가 정년퇴직하였다.

지금 그는 훈춘 시내에서 살고 있는데 슬하에 두 아들을 두고 있다. 큰아들 정길(1970년생)은 훈춘직업고중을 졸업하고 훈춘건설은행에 배치받아 일하고 있고, 둘째 아들 문길(1972년생) 역시 장춘 길림재무학원 계획통계학과를 졸업하고 훈춘건설은행에 배치받아 일하고 있다.

가양의 둘째 동생 한양(1948-1983년)은 젊은 나이에 병으로 세상을 뜨고 슬하에 아들 영길(1974년생)과 딸 향자(1979년생)를 남겼다. 가양의 셋째 동생 윤양(1953년생)은 슬하에 아들 상길(1980년생)을 두었는데 현재 회룡봉에서 농업에 종사하고 있다. 가양의 누님 금순(1937년생), 량순(1940-2012년)과 누이동생 경순(1945년생), 영자(1957년생)는 모두 회룡봉과 훈춘에서 살고 있다.

❁

농촌의 수재 박남성

밀양 박씨 가문의 예의범절을 빛냄에 있어서 남선 형님에 이어 '농촌 수재'로 불리던 십촌 형님 남성이 그 직무를 맡게 되었다.

일가친척 중에 누군가가 통계 낸 자료에 의하면 남성 형님이 70세가 될 때까지 그들 집안의 각종 대소사를 주관한 횟수가 무려 80여 차례에 달한다고 한다. 남성 형님은 예법에서뿐만 아니라 농촌사업에서도 많은 성과를 이룬 분이다. 집체화 시기였던 1963년부터 연 10년 동안 남성 형님은 부기원, 회계 사업을 담당하였으며 1967~1968년에는 소대장 일을 맡아 하였다.

회룡봉촌에 전기가 들어오기 전에 정미소일과 두만강 물을 끌어 올려 논밭에 대는 작업은 모두 발전기를 사용하였다. 이런 기계들은 웬만한 사람이 아니고는 사용할 수 없었지만 남성 형님은 대장 책임을 훌륭히 완수하면서 과감하게 기계연구에 몰두하였다.

발전기, 정미기, 양수기 등은 제대로 조작하지 못하면 큰 사고를 빚기 쉬운 기계들로서 조작이 수월치 않다. 남성 형님은 아버지가 일찍 세상 뜨시면서 가정형편 때문에 소학교를 겨우 졸업했지만 그는 끈질긴 노력으로 이런 각종 기계의 설명서를 학습하고 그 기계들의 성능과 사용법을 습득하게 되었다. 남성 형님의 이런 노력은 결실을 맺어 회룡봉촌에는 유사 이래 처음으로 기계로 쌀을 찧는 정미소가 생기게 되었다.

농업에서의 관건은 수리(水利)사업이라고들 한다. 밭농사도 물론 그러하겠지만 논농사는 더구나 물을 떠날 수 없다. 남성 형님은 발전기를 돌려 양수기로 두만강 물을 끌어 올리는데 성공하였다. 이리하여 회룡봉이란 마을이 그때부터 100여 년 동안 세세대대로 밭농사만 짓던 회룡봉 벌에 전답이 생기게 되었다.

논농사를 짓게 되면서부터 회룡봉 사람들은 피낟밥(=돌피밥)과 조밥을 먹던 역사에 종지부를 찍고 쌀밥을 먹게 되었다.

남성 형님은 1967년부터 근 20년 동안 봄과 여름에는 양수기 방에서, 가을과 겨울에는 정미소 방에서 농촌 공정사로 일해 왔다. 이런 이유로 해서 남권은 그들 가문의 족보에 남성 형님의 약력에 남다르

벌등 자택 앞마당에서 회갑상을 받은 박남성, 김선옥 부부(중간)와 일가친척들(1995년 9월 28일)

게 '농촌 수재'라는 네 글자를 써넣었던 것이다.

노년기에 들어선 남성 형님은 여전히 활기차게 사회활동에 참가하였다. 남성 형님은 마을의 노인들을 모아 노인협회를 조직해 다양한 활동을 벌려 나감으로써 농촌문화생활에 큰 기여를 하였다.

그가 노인협회 회장 자리를 맡고 있던 1993년부터 8년 동안 벌등 노인협회는 수차례 경신진 모범노인협회로 선정되어 표창을 받았으며 또 훈춘시 모범노인협회로 표창을 받기까지 하였다.

사회를 위한 남성 형님의 헌신적인 노력과 성과는 그의 훌륭한 내조자 김선옥 형수님의 지지와 갈라놓을 수 없다. 형수님은 모범 아내답게 남편이 하는 모든 일들을 적극 지지해 주었으며 또한 모범 며느리답게 시어머니를 친정어머니처럼 90세까지 잘 모셨던 것이다. 또한 형수님은 자식들을 올바르게 인도해준 모범 어머니이기도 하였다.

형수님이 병환에 계셔서 남권 부부가 병문안을 갔을 때였다. 형수님은 그를 보고 저세상에 계시는 박씨 가문의 어른들이 자기를 부르는 모양이라고 하시며 생명의 가장 고통스러운 고비에서도 시집 식구들을 잊지 못하였다. 심장병으로 고생하던 형수님은 그들 부부가 병문안을 갔다 온 일주일 만인 2010년 10월에 75세를 일기로 훈춘시 병원에서 세상을 떴다.

아내를 먼저 저세상에 보낸 남성 형님은 지금 훈춘 시내 아들 집에 계신다. 형님의 슬하에는 3남 2녀가 있는데 큰아들인 5대 장손 득룡(1957년생)은 고중을 졸업하고 몇 년간 회룡봉에서 농업에 종사하다가 연변대학 조문학부에 입학하였다. 대학 졸업 후 그는 곧바로 연변일보사 기자로 일하게 되었다.

득룡과 그의 아내 전미자(1961년생) 사이에는 박씨 가문의 6대 장손인 그들의 외동아들 준우(1985년생)가 있다. 준우는 가문의 6대 장손이면서 또 조선에서 중국으로 이주해온 우리 큰 가문의 6세대를 대표하기도 한다. 준우는 연변대학 의학원을 졸업하고 한국으로 유학을 가서 석사학위를 딴 후 현재 길림시 중심병원 화상정형외과 의사로 근무하고 있다. 할아버지인 남성 형님으로선 큰 자랑이 아닐 수 없다.

둘째 기룡(1960년생)은 중학교를 졸업하고 농업에 종사하였다. 사업능력과 책임감이 강한 그는 농촌 간부로부터 향토지 관리소로 발탁되어 일하게 되었다. 기룡은 지금 훈춘시 국토자원국에서 근무하고 있는데 슬하에 딸 영미(1989년생)를 두고 있다. 셋째 아들 강룡(1969년생)은 고중을 졸업하고 농업에 종사하다가 지금은 부부가 모두 한국에 가 있다.

큰딸 은숙(1964년생)은 훈춘 시내에서 요식업에 종사하고 있으며, 작은딸 은자(1967년생)는 출중한 외모로 박씨 가문의 춘향으로 불리는데 지금 훈춘시 방송국에서 일하고 있다.

2013년 3월 20일, 밀양 박씨 가문의 6대 장손인 준우가 길림시 조선족 문화관에 근무하고 있는 조선족 처녀 류향련(1990년생)과 결혼하였는데, 부득이한 사정으로 결혼식에 참석하지 못하게 된 남권은 준우의 할아버지이자 십촌인 남성 형님에게 축하편지를 보냈다. 그 편지내용을 아래에 첨부한다.

존경하는 남성 형님 앞:

준우의 결혼식을 축하합니다. 또 형님께서 손부를 맞이하게 된 것에 대해 매우 기쁘게 생각합니다. 나 역시 감격스러운 마음으로 형님께 축하와 축복의 인사를 드립니다.

응당 직접 준우의 결혼식에 참가하여 형님을 만나 뵙고 신랑, 신부가 손잡고 혼례식장에 들어가는 그 기쁨의 순간을 형님 일가와 또 여러 친척, 내빈들과 함께 나눠야 하는데 집을 떠날 수 없는 부득이한 상황으로 이렇게 편지로 마음을 전합니다.

준우는 또래 친구들 가운데서도 뛰어나게 자기 재능을 소유한 우수한 청년입니다. 더욱 찬양하고 싶은 것은 훈춘의 우리 가문에서 처음으로 의학 분야에서 두각을 내밀고 있는 아이라는 점입니다.

준우가 대학 입학시험을 준비하고 있던 해로 기억되는데 연길에서 자기 부모와 함께 나를 만났을 때 그의 성숙한 모습을 보고 매우 자랑스러웠습니다. 그러니 형님이야 더 말할 게 없겠지요. 얼마나 자랑스럽고 사랑스럽겠습니까.

그러던 준우가 뛰어난 인물에 의학석사 학위까지 딴 우수한 청년으로

신랑 박준우와 신부 류향련 결혼 사진, 신랑 옆에 앉은 분이 박남성 형님

바르게 성장하여 또 우수한 제 짝을 찾아 결혼식을 올리고 가정을 이루니 실로 우리 가문의 경사라고 하지 않을 수 없습니다.

준우의 훌륭한 사람됨은 분명 그의 선조들의 올바른 덕행과 훌륭한 교육 덕분이 아닐까 생각합니다.

생전 형수께서는 고향 초가에서 몇십 년을 연로하신 어머님에 대한 효도로 우리 가문과 사회에 아주 고귀한 모범을 보여주었는가 하면 형님 내외는 가족의 안녕과 화목, 단결을 위해 수시로 친척들을 청하여 정성이 넘치는 가정연회를 열었습니다. 또 형님은 예법에 따라 우리 대가족의 모든 경조사를 도맡아 시종 주관해오시어 가문의 사회적 지위를 높이셨습니다.

이런 형님의 보살핌과 노력으로 다른 집 같았으며 진작 남이 될 법한 촌수임에도 우리는 계속 사촌 형제처럼 가깝게 지내고 있으니 이것은 어떠한 값비싼 물질에도 비할 수 없는 보귀한 우리 가족 가문의 정신적 재부(財

富)라고 생각합니다. 이런 정신적 재부가 있기에 우리는 가족의 중국 이주 후의 발상지로서 백여 년 동안 끈끈한 혈육의 정이 묻혀있고 선조들의 영혼이 지키고 있는 고향 회룡봉을 오매불망 잊지 못하고 있는가 봅니다.

이뿐만 아니라 형님께서는 고향의 수리 건설, 정미소 운영, 노인협회 조직 등 사회사업과 활동에서 공헌을 하셨고 공덕을 쌓았습니다.

나는 기억하고 있습니다. 14자리나 되는 선조들의 묘소에 비석을 세울 때 형님께서는 76세 고령에도 산소마다 찾아주시며 우리에게 일일이 예법을 가르쳐 주었습니다. 이런 선대의 올바른 정신을 이어받은 준우의 부모들 또한 자기 자식에 대해 올바르게 이끌어 준우로 하여금 우리 가문의 참된 젊은이로 성장하도록 하였습니다.

선인들이 '積善之家, 必有餘慶(적선지가 필유여경)'이라고 한 말이 바로 이를 말해주는 것이 아니겠습니까? 준우는 꼭 훌륭한 의덕을 갖춘 의사로 성장할 것입니다.

희망컨대 형님 생전에 준우의 아이를 안아보시고 행복한 '四世同堂(사세동당)'의 집안으로 되었으면 하는 바람입니다. 다시 한번 준우의 결혼을 축하하면서 형님께서 매일매일 유쾌한 심정으로 보내시고 건강한 몸으로 장수하시기를 바라며 이만 필을 놓습니다.

2013년 3월 5일 북경에서
동생 박남권 올림

부모님을 그리는 남권의 마음

남권에게는 그를 세상에 태어나게 했고 유년 시절까지 보살펴 주셨던 어머니 한 분과 그가 소학교에 다니며 세상 물정을 알게 될 때부터 장성하기까지 사랑으로 키워주신 또 한 분의 어머니, 이렇게 두 분 어머니가 계신다.

그의 생모 유오복(1919-1952년)은 1937년에 아버지와 결혼한 후 위로 1938년생인 딸 순화와 그 아래로 1942년생인 큰아들인 남권을 낳았다.

어머니는 1949년부터 골결핵병으로 고생하셨다. 나중에는 지팡이도 쓰지 못하게 되면서 자리에 드러눕게 되었는데 장장 3년 동안 누운 채로 병마에 시달리셨다. 이리하여 아버지는 물론 그들 오누이도 어머니 병시중으로 많은 고생을 하였다.

치료를 위해서는 많은 돈이 필요했는데 병원도, 약국도 없는 시골 회룡봉에서는 속수무책이었다. 중병으로 고생하시던 어머니는 끝내 1952년 33세의 젊은 나이로 일생을 마치셨다.

이때 누님은 14살이었고 남권

1950년 여름, 회룡봉 소학교 마당에서 남긴 원저자의 어릴 때 가족사진

은 10살이었다. 어리광을 부리며 한창 어머니의 사랑을 받아야 할 나이에 사랑하는 어머니와 영영 이별하였던 것이다.

어머니가 이른 새벽 운명하실 때였다. 어머니를 종명(終命)시켜주신 아버지와 외할머니, 고모의 울음소리가 들렸다. 부엌방에서 자던 남권은 놀라 깨어나 문틈에 귀를 대고 들었다. "다리를 펴고 산으로 가오!"라고 하는 아버지의 말소리가 들리더니 어머니의 다리를 힘껏 눌러 펴는 힘겨운 소리가 들렸다. 그와 동시에 몇 년 동안 누워계시며 꺾어져 있던 어머니의 다리가 "투둑-투둑" 소리를 내며 펴졌다. 장기간 다리를 접지 못해 완전히 굳어져 있던 다리 인대가 끊기면서 나는 소리였다. 그 소리는 그의 가슴을 아프게 찔렀다.

어린 남권은 어머니가 얼마나 아프실까 하는 생각에 문을 사이에 두고 흐느껴 울었다. 울음소리를 들은 아버지가 문을 열고 나오시며 어머니가 세상을 뜨셨다고 하시고는 그더러 아직까지는 방으로 들어가지 말라는 것이었다. 그는 하늘이 무너지는 설움에 싸이면서 어쩔 바를 몰라 했다.

어머니의 장례가 끝나고 고모가 훈춘에 있는 집으로 돌아가는 날이었다. 고모까지 가면 우리는 어떻게 살아갈까 하는 생각이 들어 마음이 허전해진 남권은 계속 흐느껴 울면서 고모를 따라갔다. 더는 따라갈 수 없는 학교 뒤까지 따라가서 멀리 가는 고모를 바라보며 "아재 가면 나는 어쩌나!" 하며 통곡하던 생각이 난단다.

어머니는 세상 뜨시기 2년 전인 남권이 여덟 살 나던 해부터 병마의 시달림으로 옛날 그 고우시던 모습을 완전히 잃어버리고 온몸은 앙상한 뼈뿐이었다. 이때부터 그는 중병으로 자리에 누우신 어머니의 대소변과 옆구리와 등에서 흘러나오는 피고름을 받아내는 간호를 해

드려야 했다. 그뿐만이 아니었다. 그는 또 어머니가 드시고 싶다는
음식을 구하기 위해 동네는 물론 6, 7리 떨어진 마을에까지 잔칫집만
있다면 쫓아다녔다.

낮이면 집 마당에서 서성거리다가 밤이 되면 그 집 부엌방 구들 문
턱에 걸터앉아 기다리기가 일쑤였다. 그렇게 있다가 마침내 사람들의
시선을 끌어 누군가 그를 보고 "저 애가 제 엄마 때문에 음식 얻으러
온 것 같소." 또는 "저 애에게 음식을 좀 보내주었으면 좋겠구만."이
라고 하면 어머니에게 떡이며 고기를 대접할 수 있게 되었구나 하는
생각에 너무 기뻤다고 한다.

한번은 자신의 동네도 아닌 상벌등 마을, 그러니까 그의 집에서 7리
도 더 되는 김씨 집안에서 회갑 잔치를 한다는 소문을 듣게 되었다.
그와는 아무런 혈연관계도, 일면
식도 없는 집이었지만 그는 마치
꼭 오라고 부탁받은 모양으로 그
집으로 찾아갔다. 마당에서 서성
거리는 그를 목격한 한 아주머니
가 "저 애가 제 엄마 때문에 왔겠
구만."하며 부엌에서 자그마한 음
식 보따리를 들고나와 그의 손에
쥐여주며 "애야, 이 음식을 가지
고 얼른 집으로 가거라."라고 타
이르셨다. 그리고는 남권이 기특
해서였는지 안타까워서였는지 혀
를 끌끌 차면서 바래다주었다.

남권의 생모 고 유오복 묘비.
2010년 4월 5일 청명 경립

그는 음식을 집에 가지고 가면 어머니가 얼마나 즐거워하실까 하는 마음으로 정신없이 집으로 뛰어왔다. 집 문을 열기 바쁘게 "엄마, 떡이랑 고기랑 가져왔어."하고 외치며 방에 뛰어 들어가 누워 계시는 어머니 머리맡에 음식 보따리를 풀어놓고는 어머니 입에 고기며 떡을 한입씩 넣어드렸다. 어머니는 맛있게 잡수시고는 아들을 보고 "네 덕분에 먹고 싶었던 고기를 잘 먹었다."라고 하셨

1960년 7월 1일 저자 가족사진

다. 중병으로 자리에 누운 어머니에게는 어쩌다가 드시는 고기며 떡이 그렇게도 맛있었던 모양이다. 마음을 다해 보살펴드렸던 어머니와 영영 이별하면서 그는 인생 3대 불행 가운데 첫 번째인 어머니를 잃는 불행을 어린 나이에 겪고 말할 수 없는 마음속 고통을 느꼈다. 60년이 지난 오늘에도 세상 뜨시기 전 고통 속에서 신음하시던 어머니의 모습이 수시로 떠올라 눈물을 흘릴 때가 많다 한다.

어머니는 이른 봄에 세상을 뜨셨는데 장례가 끝나 며칠이 지난 뒤였다. 그날은 눈비가 섞여 내리는 을씨년스러운 날씨였는데 고생스럽게 일생을 보낸 어머니가 하도 그립고 불쌍하여 남권은 누님을 보고 어머니가 젖으면 어쩌냐면서 이불을 가져다 어머니의 묘소를 덮어주자고 제안하였다. 어처구니없는 그의 말에 누님은 애처로운 눈길로 나를 바라보면서 그건 안 된다고 하며 울먹였다.

그 후 아버지는 동네 사람의 소개로 훈춘 마천자에 있는 전애순(1919-1975년)을 후처로 맞으셨다.

때는 남권이 소학교 4학년이었던 1954년이었다. 그에게는 새어머니가 생기게 되었다. 옛날부터 '계모 심술은 하늘에서 떨어진다.'고들 말한다. 그런데 그들 집에 오신 새어머니는 천성적으로 심술을 타고 나지 않았던지 그를 실로 친자식처럼 사랑해주셨다.

몇십 년이 지난 지금에 와서 이모저모로 생각해보면 그가 어머니에게 감사드려야 할 일들이 많고도 많다. 어머니, 아버지는 얼마 안 되는 농사 수입으로 소학교를 졸업한 그를 중학교에 보내주셨다.

마을에서 20리 떨어진 향정부 마을에 있는 경신초급중학교를 3년간 통학할 때였다. 학교가 하도 멀어 지름길인 두만강 여울을 따라 위험한 오솔길로 간다 해도 2시간은 걸어야 했는데 어머니는 매일 새벽같이 일어나 밥을 지어주셨다. 해가 짧은 가을과 겨울에는 등불*을 켜서 새벽밥을 짓고, 저녁이면 등 한 자루가 다 타들어 갈 때까지 남권이 오기를 기다려서 그에게 따로 저녁상을 차려주셨다.

그가 초·중을 졸업하고 훈춘 조선족 고중에 입학한 때는 1960년으로 식량난으로 온 나라가 배를 곯으며 고생하던 시기였다. 고중 첫 학기말에 그가 병으로 휴학하여 집에 와서 휴식할 때였는데 어머니는 집체식당에서 조금씩 나눠주는 음식을 자신은 잡수나 마나 하시고 모두 그에게 주었다.

---

*전기가 없던 당시 인공으로 만든 조명용 등을 말함. 제작 방법은 가라앉힌 쌀뜨물 앙금과 보드라운 쌀겨를 반죽하여 겨릅대(껍질을 벗긴 삼대)에 살을 골고루 붙여 건조한 후 등경에 꽂아 사용함. 한 자루의 등은 30분 내지 40분간 조명으로 쓸 수 있는데 타고 있는 불 속에서 피어나는 흰 연기는 냄새가 구수하다)

남권이 다시 복학하여 고중에서 기숙사 생활을 할 때였다. 집체화 시기인 당시 농촌에서 노동력이 많은 집들은 가정 수입이 좀 나은 편이었지만 그의 집처럼 노동력이 달랑 둘 뿐인 집은 수입이 보잘것없었다. 그러나 어머니, 아버지는 학교 기숙사에 있는 그에게 회식비며 용돈을 꼭꼭 제때에 보내주셨다. 고중을 졸업하고 그가 대학 입학 시험에 응시한 때였다. 기다리고 기다리던 대학 입학 통지서를 받아 쥐고 집에 들어오니 어머니는 그와 함께 그렇게도 기뻐하셨다.

 길림사범학원에 입학한 남권에게 부모님들은 있는 힘껏 차비며 생활비며 용돈을 대주셨다. 농업 수입 외에 1년에 한 마리씩 기른 돼지를 팔고 달걀을 모아 판 돈으로 그의 대학 공부 뒷바라지를 해준 것이다. 그때 농촌 농민으로서 공부 뒷바라지를 한다는 것은 실로 힘든 일이 아닐 수 없었다.

 남권이 훈춘 조선족 고중을 졸업한 해인 1963년에 전 경신향 22명 조선족, 한족 고중 졸업생 중 그 혼자만이 받아 쥐게 된 대학 입학통지서였지만 가령 어머니나 아버지가 자신더러 "가정형편이 곤란하여 대학교에 보낼 수 없으니 너도 집에서 농사질이나 해라."라고 했더라면 그는 공부할 기회를 놓쳐버려 영영 대학 교문에도 가보지 못했을 것이다.

 지금 그의 기억에 의하면 그때 그와 함께 경신초중을 졸업한 회룡봉 동창생들 가운데서 농업중등전문학교 입학통지서를 받고도 이런저런 이유로 진학하지 못

대학 2학년 때(22세)의 원저자
남권의 모습(1964년)

하게 된 친구들도 여럿 있었으니 말이다.

남권이 길림에서 방학 때 집에 왔다 갈 때면 어머니는 그에게 오래 두고 먹을 수 있는 미숫가루를 만들어 주셨다. 미숫가루를 방아에 찧으시면서 "원체 입쌀과 찹쌀로 만들면 좋은 데, 없으니 찰옥수수와 메옥수수로 만든다"면서 미숫가루 사용법을 알려주셨다. 1960년대의 회룡봉촌에는 전부 한전(閑田)뿐이고 제대로 된 논밭이 없었던 것이다.

할아버지와 아버지를 닮아서였던지 청소년 시절 그의 식사량은 남달리 많았다. 그러니 한때에 석 냥이나 석 냥 반인 학교식당 밥으로는 반나절을 참기도 힘들었다. 그런 때에 어머니가 손수 정성스레 만들어주신 그 미숫가루는 그에게 큰 힘이 되어 주었다.

이렇듯 남권은 어머니의 극진한 사랑과 보살핌 속에서 끝내 1966년에 길림사범학원을 졸업하고 길림성 교하현 조선족 중학교로 배치받아 교편을 잡게 되었다. 그 후 그는 고향 경신에서 다른 사람의 소개로 교편을 잡고 있는 김 씨 처녀와 사귀게 되어 결혼하게 되었다.

1년 후였다. 몸매나 얼굴 생김새와 같이 깨끗한 정조를 가진 당당한 처녀라고 굳게 믿었던 그녀가 그를 만나기 전에 벌써 유부남 애인이 있었다는 놀라운 사실을 알게 되었다. 티 없이 깨끗한 사랑, 순결한 사랑, 진실한 사랑을 꿈꾸어오던 그로서는 도저히 받아들일 수 없는 놀랍고도 기막힌 일이었다.

처녀가 아닌 여자와 속임수에 걸려 결혼한 사실을 알게 된 후 남권은 생각하면 생각할수록 자존심이 꺾였다. 따라서 모진 감정의 타격을 받아 실망한 나머지 우울증에까지 걸려 교직 일에서도 큰 지장을 받게 되었다.

이때 어머니는 어떻게 이런 일이 우리 집에서 벌어질 수 있느냐고 안타까워하시면서 아들을 위안해주시고 다독여주셨다.

첫사랑에 실패한 남권은 교하에서 1969년 국경절에 명천 려씨 집안 려창민과 김생금의 6남매 중 고명딸인 려선옥(1946년생)과 결혼하였다.

그 후 1970년에 큰딸 용매를 보고, 1972년에는 둘째 딸 봉매를 보았으며, 1976년에는 셋째 딸 은매를 보았

1969년 봄 연변 조양천에서 찍은 약혼 사진

다. 큰딸이 세 살도 되기 전에 둘째 딸이 있게 되니 그들 부부는 논의 끝에 큰딸 용매를 어머니, 아버지, 동생 세 식구가 살고 있는 고향 회룡봉에 보내기로 하였다.

용매가 세 살 때이니 말귀를 다 알아듣고 막 돌아다닐 때였다. 어머니는 손녀가 왔다고 매우 기뻐하시며 손수 상점에 나가 천감을 사다가 아기 포대기까지 만드셨다. 손목을 잡고 얼마든지 동네돌이를 할 수 있는 손녀를 어머니는 힘든 줄도 모르시고 늘 업고 다니셨다. 그 후 1년 2개월 뒤에 그는 고향에 가서 할머니, 할아버지 집에서 자라던 큰딸 용매를 데려왔다. 어머니는 남권은 물론 손녀에게까지 이토록 모든 사랑과 관심을 기울여주셨건만 그는 어머니에게 그 사랑의 십분의 일도 못 해 드렸다. 이것이 그의 가장 큰 유감이다.

1975년에 어머니가 자궁암에 걸렸다는 소식을 듣고 그는 학교에서 돈을 꿔가지고 어머니를 장춘종양병원에 모셔다 입원시키고 몇 달 동

안 치료해 드렸다. 그러나 이미 자궁암 말기여서 병원에서의 치료도 더 이상 곤란하게 되었다. 그는 하는 수 없이 어머니를 다시 집까지 모셔다드렸다. 정말로 속수무책이었다.

얼마 지난 후 어머니의 병환이 위급하다는 전보를 받고 남권은 재차 집에 가게 되었다. 그가 급히 문을 열고 방에 누워계시는 어머니 곁에 가서 앉았을 때였다. 암말기로 기진맥진하여 운신조차 하지 못하게 된 어머니는 마지막 힘을 모아 그에게로 눈길을 돌리신 후 숨을 거두셨다. 어머니의 마지막 눈길은 그에 대한 믿음과 기대로 충만하여 있었다. 어머니의 병시중을 마지막까지 들어주셨던 분옥 고모가 어머니의 생전 옷 견지들을 정리하였는데 입을만한 내복 한 견지도 없더라고 하셨다. 그 말이 지금도 남권의 가슴에 한으로 맺혀있다. 고모의 말씀에 그는 스스로 죄책감을 느꼈다. 자신 때문인 것만 같아서였다. 어머니의 사랑과 관심으로 공부를 무사히 마치고 사회에 발을 디딘 그는 결혼하고 자식을 기르며 제 생활을 하느라고 부모님에 대한 관심에선 늘 부족했던 것만은 사실이었으니 말이다.

남권의 계모 고 전애순 묘비
2010년 4월 5일 청명 경립

할머니, 할아버지, 삼촌의 정과 사랑을 한 몸에 지니고 자란 큰딸 용매는 교하에서 학교를 다니면서 길림성 우수학생으로 소학교를 졸업하였다. 중학교 시절에는 또 줄곧 반장 직무를 맡았다. 대학 입학

시험에서는 높은 성적으로 북경 우전대학에 입학하여 모교인 교하조선족중학교를 위해 영예를 빛냈다.

대학시절에 용매는 어린 나이에 벌써 영광스럽게도 중국 공산당에 가입하였고 학급의 단지부서기로 활약하였으며 우수한 성적으로 대학을 졸업한 후 북경에 배치받았다. 지금의 용매는 '중국이동통신 북경설계원'에서 고급 공정사(엔지니어)로 일하고 있다. 용매는 지금도 웃어른들의 사랑을 못 잊어 가끔 친척들의 모임에서 어린 시절 할머니, 할아버지, 삼촌 세 식구가 계시던 회룡봉에서 그분들의 사랑을 듬뿍 받으며 재미나게 놀던 이야기를 꺼내곤 한다.

용매는 1993년 7월에 북경 정법대학에서 연구생 공부를 마친 흑룡강 해림 출신의 김철(1964년생)과 결혼하였고 지금 슬하에 아들 김호영(2000년생)과 딸 김시연(2011년생)을 두고 있다.

둘째 딸 봉매는 길림 조선족 사범학교를 졸업하고 몇 년간 교하 오림향에서 중학교 교원으로 근무하였다. 지금은 한국인 선영규와 가정을 이루고 한국 울산 시내에서 음식점을 경영하고 있다.

1976년생인 셋째 딸 은매는 교하 조선족중학교를 졸업하고 1995년에 대련민족학원에 입학하였다. 대학을 졸업한 후 은매는 지금까지 대련의 한 미국 회사에서 업무 담당 책임자로 근무하고 있다.

은매는 2003년 11월에 기술전문학교를 졸업한 대련 출신의 손가우(1980년생)와 결혼하였고 2009년에 아들 손지진(2009년생)을 낳았다.

둘째 어머니는 남권의 몸을 낳으시지는 않았지만 그녀는 그를 길러주시고 사랑해주셨으며 공부 뒷바라지에 온갖 정력을 다 쏟으셨다.

'낳은 정보다 기른 정이 더 깊다.'는 말을 그는 어머니를 통해 몸소 체험했던 것이다. 어머니는 또 그에게 사랑하는 동생을 낳아주셨다.

1989년 1월 원저자의 가족사진. 앞줄 왼쪽부터 려선옥, 저자
뒷줄 왼쪽부터 셋째 딸 은매, 둘째 딸 봉매, 큰딸 용매

남권은 어려서부터 할아버지, 할머니가 계시는 또래 친구들이나 또 형제가 많은 집안을 아주 부러워했다. 위로 누님 하나뿐인 그로선 남동생이 없었더라면 무척 외로워했을 것이다. 그 밑으로 10여 년 동안 동생이 없었으니 그는 늘 고독하였다. 집에 들어오면 동무가 없어 저녁때가 되어도 집에 올 생각을 안 해 아버지는 늘 창문을 열고 큰소리로 그를 부르시곤 했다.

항일전쟁이 끝난 후 늘 먹을거리 걱정을 하며 살던 시절이었다. 한 동네에서 집과 떨어진 곳에서 동네 아이들이 함께 놀다가 집식구가 13명이나 되는 장업이는 뉘엿뉘엿 넘어가는 저녁 해를 쳐다보고는 놀던 장난감을 뿌리치고 "늦게 가면 밥이 없다."라며 집으로 뛰어갈 때가 많았다. 남권은 무심히 그 애의 뒷모습을 바라보며 마음속으로 식구가 많은 집에는 저런 일도 있나 하면서도, 저녁상을 차려놓고 그를 기다릴 어머니를 생각하고 놀 친구가 없는 집으로 돌아가곤 했다.

이리하여 그는 소학 시절까지 공일만 되면 식구가 많은 외갓집이나 벌등 큰집에 달려가 잠을 자면서 그 마을에 있는 같은 또래들과 어울려 놀았다. 벌등 큰집에 가서는 큰집 조카들, 마을 친구들과 함께 강가와 늪에 가서 고기와 게를 잡고 달팽이도 잡아 우리들끼리 어설픈 요리도 해 먹었다. 서산에 가서 새 둥지를 쫓아 다니며 나무 위에까지 올라가기도 했다. 그의 외갓집이 있는 혜대 마을 서북쪽 두만강 기슭 목도고개에서였다.

크고 고운 연분홍 장미꽃들이 지고 난 늦여름, 초가을이면 작은 감자알만 한 장미 열매가 익어서 온 산이 빨갛게 물든다. 그때면 남권

회룡봉 한마을 송아지 친구들이 훈춘 하다문 엄승철(오른쪽으로부터 첫 번째) 집에 모여 술잔을 나누며 끈끈한 옛정을 되새기고 있다(1990년 1월). 왼쪽으로부터 원저자, 안해룡, 박장업

은 친구들과 함께 맨발 차림으로 장미 가시를 피해 디디며 크고 잘 익은 열매를 따서 손가락으로 후벼내 실컷 먹곤 했다. 그러고도 성차지 않아 잘 익은 장미 열매를 주머니마다 가득 채워가지고는 외할머니댁에 가서 외할머니에게서 베실을 얻어 길게 뀀(=목걸이)을 만들어서는 큰 자랑거리나 되는 듯이 목에 걸고 다니기도 했다.

장미 열매를 파먹던 그 손으로는 몸을 긁기도 했다. 정신없이 놀 때는 몰랐지만 그 보드라운 장미꽃 씨밥이 목이나 허리에 묻어 저녁이 되면 어찌나 가렵던지 외할머니가 그의 옷을 벗기고 젖은 수건으로 온몸을 닦아주어서야 잠이 들 수 있었다.

한여름에는 용두산 아래 반달형 호수에서 개구쟁이 친구들과 헤엄을 치며 물장난을 실컷 하고는 누군가의 구령에 따라 용두산 마루에 먼저 오르기 경쟁을 벌리며 마음껏 산놀이도 하였다. 그리고는 산마루 잔디밭에 시름없이 번듯하게 누어 푸른 하늘에 두둥실 떠가는 흰 구름을 바라보며 꿈을 키워갔다. 이렇듯 남권은 유년시절 추억이 고스란히 묻어있는 회룡봉의 산과 들, 강을 칠십 고개를 넘은 지금까지도 잊지 못하고 그리워하고 있다. 그리고 그가 늘 꿈에 그리는 고향에는 어머니의 모습도 함께 있다.

남권의 정다운 고향

지금의 로전촌은 1972년에 회룡봉촌에서 갈라져 나갔고 벌등촌은 1982년에 다시 회룡봉촌에서 분리돼 나갔다.

회룡봉촌이 밀양 박씨들의 고향인 것은 분명한 사실이지만 남권이 대학교에 입학한 1963년부터는 회룡봉에 그의 호적이 없어지게 된 것이다. 그가 서운한 것은 원래의 한 집이 세 집으로 갈라진 것인데 갈라진 후의 촌 이름이 너무 낯설기 때문이다. '벌'은 순우리말로서 넓은 들을 말하고, '등' 역시 순우리말로서 산등성이의 줄임말로 주변의 다른 곳보다 좀 더 높은 곳을 가리킨다. 따라서 '벌등'하면 평지 주변에 언덕이 있는 마을의 모습이 생생하게 떠오르지 않는가. 일찍 그들 선조들은 그 벌에다가는 농사를 짓고, 그 등에다가는 두만강물이 범람하여도 아무 근심·걱정이 없도록 집을 짓고 세세대대로 살아왔다. 벌등은 그곳 지리, 지형에 걸맞게 선조들이 지은 고장 이름이다.

그런데 1982년에 벌등 마을이 회룡봉에서 분리돼 나가면서 누구의 주장이었던지 모르나 坡璃登(파이등)도 아닌 坡璃洞(파리동) 석 자로 촌 이름을 정하였다. 坡璃洞을 중국말로 읽으면 "버리둥"이 되는데 얼핏 들으면 "벌둥"으로 들린다. 坡璃洞을 우리말로 읽으면 "파리동"이 된다. 또 坡璃는 '유리'를 가리킨다. 옛날 우리 선조들이 지은 정겨운 벌등이 어떻게 원래의 뜻과 완전히 다르고 아무런 관련이 없는 우스꽝스러운 이름으로 변하였는지 그는 무척 서운하다.

2010년 봄에 남권이 여러 친척과 함께 선조들 산소에 묘비를 세운

적이 있다. 훈춘 시내에서 나서 자랐고 지금은 한국에서 무역회사를 경영하고 있는 조카 승군이 자신에게 묻는 것이었다. 벌등이 어찌하여 파리동이 되었는가 하고, 지금 얼마 남지 않은 그곳 촌민들은 지금도 자기들 촌 이름을 파리동, 버리둥이라 부르지 않고 그냥 원래대로 벌등으로 부르고 있다.

또 어린 시절 놀러 다니던 외가 마을 '헤대'는 한족들이 지은 이름으로 한자음으로서 '헤이땐(黑甸)'이라고 한다.

어떻게 되어 이런 지명이 나오게 되었는가? 그가 생각건대 지금의 로전촌 남쪽, 도룡비 둥굴쇠산 북쪽 기슭에는 습지가 있는데 그 풀밭에는 지붕도 일 수 있고 다로기(털가죽의 털이 안으로 가게 만든 겨울 신의 한 가지)를 만들 수도 있는 새 풀(鳥拉草)과 갈대가 무성하다. 이런 풀들은 대개 습지에서 왕성한 뿌리들이 억세게 뭉쳐 자그마한 봉우리를 형성하면서 자라는데 그 봉우리 부분이 검은빛을 띠며 특히 가을과 겨울에는 더욱 진하여 그 습지를 "검정 풀밭"으로 부르기도 한다.

아마도 이때부터 '黑甸(흑전)'이라는 이름을 우리말과 비슷한 음을 따서 부른 것이 '헤대'가 된 것 같다.

그런데 회룡봉촌에서 갈라지면서 헤대가 흑전(黑甸)도 로전(芦田)도 아닌 '로전(魯田)'으로 변하게 되었다. 흑전과 로전은 마지막 한자가 우리말로 모두 '전'으로 번역되어 조금 관련이 있는 것 같지만 앞의 두 글자는 아무런 관련이 없다.

지금의 로전을 '갈대 호(芦)' 자를 따다 로전이라고 표기했다면 이해가 간다. 그것은 바로 위에서 설명한 흑전 부근에 갈대밭이 무성했으니 말이다.

그러나 '우둔하다'라는 뜻을 가진 로(魯) 자는 어떻게 왔는지 전혀 알 수 없다. 芦가 魯로 잘못 쓰인 것은 아닐까? 어쨌든 버리둥이나 유리 동, 파리둥, 로전. 이런 이름은 어린 시절 들어보지도 못했고 의미에 도 부합되지 않아서 지명으로 부르기도 어색하고 듣기에도 거북해 정 겨운 맛이 뚝 떨어지면서 고향에 대한 정이 싹 없어진다. 그는 여전 히 회룡봉(도룡비, 도룡봉), 벌등, 헤대 라고 정겹게 부르고 싶다.

***

남권의 형제자매들

남권보다 네 살 위인 순화(1938년생) 누님은 1957년도에 경신 향 정부 마을에 살고 있는 류룡덕(1935-2013년)과 결혼하여 슬하에 2남 2녀를 두고 지금은 훈춘 시내에 있는 큰아들 집에서 지내고 있 다. 큰아들 송범(1964년생), 둘째 아들 송무(1967년생)와 둘째 딸 정희(1971

원저자의 누님 박순화(앞좌) 가족사진. 앞줄 오른쪽 남편 류룡덕
뒷줄 왼쪽부터 류정희, 류송범, 류송무

원저자의 동생 박남헌(앞줄 오른쪽)의 가족사진(2005년)
앞줄 왼쪽 아내 류춘희, 뒷줄 왼쪽부터 박설원, 박준철

년생)는 모두 한국에 가 있고 큰딸 정옥(1958년생)은 훈춘 시내에서 함께 살고 있다.

남권보다 16살 아래인 동생 남헌은 고중을 졸업하고 농업에 종사하다가 1981년 2월 22일 금당촌 문화 류씨 가문 류봉현의 큰딸 류춘희(1958년생)와 결혼하였다. 지금 딸 설원(1983년생)과 아들 준철(1987년생), 이렇게 1남 1녀가 있다. 동생 내외는 모두 한국에 나가 있다.

딸 설원은 길림 북화대학을 졸업하고 한국으로 유학을 갔는데 2009년 12월 한국 숭실대학교 대학원 무역학과를 마치고 석사 학위를 취득하였다. 그 애는 '큰아버지, 큰어머니, 2010년 건강하시고 늘 행복하세요.'라고 적은 졸업논문집을 그들 부부에게 보내왔다.

설원은 2012년 2월 19일에 화룡현 출신인 김광호(1982년생)와 결혼식을 올리고 지금은 한국 울산시에서 살고 있는데 결혼한 그해 2012년에는 귀여운 아들 윤우를 얻었다.

아들 준철은 지금 북경 영어 금융학원에서 공부를 마치고 북경 모회사에서 근무하고 있다.

준철은 아버지가 세상 뜨기 2년 전인 1987년에 태어났는데 아버지는 살아생전에 자신에게 손자가 있게 되었다고 하며 그렇게도 즐거워하셨다. 중국 경내에 있는 할아버지의 4대 후손으로는 준철뿐이라는 생각에 더욱 그러했을 것이다. 남권 역시 조카 준철이 당당한 사나이로 자라나서 가족, 나아가서는 사회에 아주 유용한 인재가 되기를 바라마지않는다.

파란만장한 아버지의 일생

누구나 세상을 살면서 희로애락을 겪게 된다. 인생지사 새옹지마라고 좋은 일로만 여겨졌던 일이 어느 땐가부터 근심거리가 되고 고통스러운 일이 되기도 한다.

남권의 아버지의 유년 시절은 아주 기구하였다. 세상 물정을 알게 되면서 세계관이 형성되는 시기로 한창 어머니의 따뜻한 보살핌이 필요했던 어린 나이에 그는 어머니의 사랑을 못 받았던 것이다. 왜냐하면 할머니가 1930년부터 가정을 완전히 떠나 고향에서 150리도 더 되는 소비에트 구역인 연통라자에 가서 항일유격대의 후근 사업을 하셨기 때문이었다. 그때 아버지는 11살 어린 나이였다.

그 후로 아버지는 당신의 어머니를 다시는 만나 뵙지 못하였는데 1934년에 어머니가 희생되셨다는 비보를 접하게 되었다. 설상가상으로 항일전쟁이 승리로 끝나기 바로 전해에 일제 놈들의 구타로 할아

버지까지 세상을 뜨셔서 부모를 잃고 6
남매 중 홀로 고향에 남게 되었던 것이
다.

그런가 하면 자식 여섯 중 셋은 병마
로 걸음마를 배우기도 전에 저세상으로
떠나보낸 아버지이시다. 소년 시절에 어
머니를 잃은 가슴 아픈 사연, 어린 자식
들을 먼저 보낸 애타는 마음, 30대 초반
에 척추결핵으로 3년 동안이나 자리에
누워있던 첫 마누라 병시중을 들고 50

원저자의 아버지 박우영, 66세 때
의 모습(1985년)

대에는 2년 동안이나 자궁암으로 고통에 시달리던 둘째 마누라의 병
시중을 들다 그들을 차례로 저세상으로 보내며 인생 3대 불행을 하나
도 빼놓지 않고 고스란히 겪으실 대로 겪으시며 일생을 살아온 아버
지를 생각하면 가슴이 미어터진다.

아버지가 세상을 뜨시고 남권이 점차 나이가 들면서 생각해보니 그
때 아버지의 생활난과 마음고생이 더욱 마음에 와닿으면서 아버지에
대해 더욱 동정하게 되고 그에 대한 그리움이 더 간절해지고 더욱 깊
어만 간다.

아버지는 가정적으로 닥쳐온 곤란뿐만 아니라 로당원(=고참당원)의 신
분과 해방 초기 촌지도 간부의 신분으로 정치적, 사회적으로 닥쳐오
는 각종 압력까지 이겨내느라 더 힘들었다.

항일전쟁에서 승리한 이듬해인 1946년, 15살의 나이에 고학의 길
을 찾아 조선 회령으로 떠나갔던 큰조카 남표가 문득 고향에 찾아와
삼촌인 아버지 집에서 며칠 묵게 되어 숙질간에 그리웠던 회포를 풀

회룡봉촌 청년들이 1930년대에 남긴 사진. 당시 조선족 젊은이들의 옷차림이 눈길을 끈다.
(앞줄 중간분이 원저자 부친)

게 되었다. 그때까지만 해도 학생 신분이었으므로 남표의 고향행을 고향 사람들은 별다르게 생각하지 않았다.

며칠 후 고향을 떠나면서 남표는 삼촌에게 일자리를 찾으면 고향에 계시는 삼촌에게 편지를 보내겠다고 말하고 조선으로 떠났다. 아버지는 남표 조카의 소식을 기다리고 기다렸다. 1950년대 초, 할머니의 항일 열사증 신청을 정부에 제출할 때였다. 정부의 규정에 의하면 부모의 열사증 신청은 여러 형제 중 큰아들에게 신청 권리가 있다는 것이었기 때문이다.

그런데 소련과의 관계가 꽉 막혀서 두 형님의 생사를 전혀 모르고 있는 상황에서 형제 중 넷째이신 아버지가 하는 수 없이 할머니의 맏아들로 열사증 등록 신청을 하게 되었다. 그러했기에 아버지에게 있어서 형제나 조카들의 편지 소식은 그렇게도 기대되는 일이었던 것이다.

청소년 시절에 소비에트 구역에서 아동 단원이 되었고 일본이 무조건 항복을 선포한 이듬해인 1946년에는 27세의 젊은 나이에 중국 공산당에 가입하신 아버지는 일심전력으로 농촌사업에 정력을 기울이셨다.

그 후 아버지는 전례 없던 농촌 토지개혁 운동 시기 회룡봉촌 농민협회 주임, 주석을 맡았고 또 촌당지부 서기로 일하셨다. 또 그 후 1960년부터 1965년까지 농촌 행정제도가 촌정부로부터 생산 대대로 바뀌면서 회룡봉 대대 대대장으로 열심히 일하셨다. 이러는 사이에 기다리고 기다리던 혈육들 소식들이 이런저런 줄을 타고 아버지에게 전해오게 되었다.

1957년에는 소련에 계시던 둘째 백부, 큰 백모, 오촌 백부가 아버지에게 문안 편지와 사진들을 보내왔다. 대약진 시기였던 1958년에는 소련에 계시는 친척들이 보내온 편지와 함께 옷 견지며 옷감, 밀가루 같은 물품도 받게 되었다. 이 얼마나 기쁜 일인가! 그런데 친척 간의 이런 편지 내왕이 몇 년 후에는 아버지에게 큰 우환이 될 줄이야!

1950년대 말부터 중소 두 나라 관계가 악화되면서 소련이 수정주의로 변했기 때문이었다. 소련에 있는 형제들과의 편지 내왕은 수시로 진행되는 계급투쟁에서 큰 문제로 번졌다.

"로당원인 박우영이 수정주의 국가인 소련에 편지로 중국의 정보를 보낸 것이 아닌가?"

"중국이 곤란하다고 했기 때문에 소련에서 물건들이 온 것이 아닌가?"

"친조카 남표는 자본주의 국가로 간 것이 아닌가?"

아버지는 조직회의 때마다 이런 질문과 비평을 받게 되었다. 1966년부터 시작된 문화대혁명에서 그들 가정과 소련 친척들 간의 편지 내왕이 다시 거론되면서 문제가 되었다.

아버지는 문화대혁명 초기에 벌써 소련 친척들에게서 온 몇 통의 편지를 봉투째로 깡그리 없애버리면서 소련 수정주의 국가의 친척들과는 완전히 연락을 끊어버렸다.

문화대혁명 후기인 1973년에는 수십 년간 소식이 없던 남표 형님에게서 미국으로부터 편지가 날아왔다. 고향을 떠난 지 근 30년이나 되는 남표 형님은 중국의 정세에 대해 잘 알 수 없었던 것 같았고 더욱이 친척들 현황을 모르고 있었으니 두툼한 편지 봉투에 고향 주소는 그대로 쓰고 수신인은 '박우영, 박남권, 모두 없으면 가까운 친척'이란 별도 내용을 편지 봉투에 적어놓았던 것이다. 조카 남표의 편지를 받고 아버지는 기쁜 한편 깊은 고민에 빠지셨다.

문화대혁명 전에는 소련 친척들에게서 온 편지가 문제로 되었고 한때는 '조선 특무'라고 외치며 조선 평양에 가 계신 큰고모까지 문제가 되었는데 이번에는 중국 인민들이 가장 높게 외치는 타도 대상국인 미국에서 편지가 온 것이다.

이 편지를 어떻게 처리해야 하는가? 자아 투쟁을 거친 후 아버지는 미국에서 온 편지를 훈춘현 당위원회 조직부에 바쳤다. 현당위 조직부 책임자는 그 편지를 "편지는 개인적으로 처리되는 사생활에 속하니 당신은 도로 가지고 가시오."하고 돌려보낸 것이 아니라 "편지는 현 당위원회 조직부에 남겨놓고 사람만 돌아가시오."라고 하면서 편지를 남겨놓았다.

이로 인해 아버지에게는 또 하나의 부담이 생기게 되었다. 2006년에 양봉송 선생이 주필을 맡은 회룡봉 촌사 〈항일촌, 혁명촌, 인재촌 회룡봉〉에는 이렇게 쓰여 있다.

1939년 여름, 조선 청진에서 삼촌 박우영 (오른쪽)과 조카 박남표

..... (생략)

1973년 겨울, 평생 고향을 지켜온 박남표의 숙부 박우영은 뜻밖에 미국에서 보내온 조카 박남표의 편지를 우편으로 받았다.

기차와 자동차도 구경 못 하고 소 수레가 유일한 교통수단이었던 두만강 기슭 궁벽한 도룡비촌은 이 편지로 하여 들썩했다.

미국은 가장 무서운 적대계급의 나라이다. 남표가 미국에 가서 살고 있다니!...

..... (중략)

1976년 설이 지나 회룡봉 대대 당 지부는 상급 당 조직에서 보내온 박우영의 미국에서 온 편지를 놓고 박우영의 사상을 비판하라는 지시를 받았다.

......

미국과의 관계가 열리고 있는 시국에도 훈춘 상급조직에서는 그냥 계급투쟁을 앞세워야 했던 형편이었던 것이다. 마을 사람들은 미국의

1988년 10월 7일, 50년 만에 고향에서 다시 만난 삼촌과 조카

박남표를 마음속에 두고 있으면서도 다시는 말을 꺼내지 못하고 있었다. 15년이 지난 뒤인 1988년에 박남표가 고향 방문을 오게 되었다.

1988년 가을에 남표 형님이 고향에 오기 전에 중국 친척들의 소식과 소련 친척들의 소식을 알린 사람이 바로 사촌 동생인 자신이었기 때문에 남권도 교하현 공안국에서 요주의 인물인 '해외관계 인원'으로 낙인찍혔다.

개혁개방 10년 후인 1988년 가을에 남표 형님은 중국 어느 친척의 초청서도 없이 혼자서 모든 입국, 출국 수속을 다 마치고 미국에서 북경을 거쳐 고향 회룡봉에 왔다. 남표 형님의 금의환향은 그들 가정, 나아가서는 여러 친척들로 말하면 정말 열광할 정도로 기쁜 일이었다.

1946년에 학생 신분으로 잠깐 고향을 방문한 후로 그가 고향을 떠나 고학길에 나선 1938년부터 계산하면 장장 40여 년 만에 고향에 다시 돌아온 것이었다. 10년이면 강산도 변한다고 하였거늘 그로 말하면 몇 번이나 바뀐 고향의 강산인가!

숙부인 아버지로 말하면 조카인 남표의 고향 방문은 더 말할 데 없이 즐거운 일이었고 자랑할 만한 일이었다. 그렇지만 아버지는 남표 형님이 미국으로 돌아간 후부터 또 근심·걱정에 싸이셨다. '미국 조카의 고향 행으로 무슨 문제가 생기지 않을까?'

아버지를 괴롭히는 새로운 고민이 또 생긴 것이다. 그런 아버지를 보면 아들 남권의 머리에는 셋째 할머니가 떠올랐다.

1957년, 항일전쟁이 승리한 지 12년이 되고 중화인민공화국이 창건된 지도 8년이 되는 해였다. 이런 평화 시기에 그들 가족의 항일투쟁사는 응당 큰 자랑거리가 되어야 마땅했건만 셋째 할머니는 그때까지도 행여 일제와 싸우던 밀양 박씨 가족의 옛 투쟁사의 비밀이야기를 다른 사람이 엿들을까 봐 언제나 남권에게 귓속말로 "어디에 나가 깜짝 이런 말을 하지 말라."라고 당부하였다. 틀림없는 항일전쟁 공포증이었다. 아버지는 40년 만에 찾아온 미국 조카의 고향행으로 해서 또 해외관계 공포증을 가지게 된 것이다.

남표 형님이 미국으로 돌아간 후 아버지는 늘 긴 한숨을 쉬시고는 혼잣말로 그립던 친척을 만나고 나니 생각지 않던 새로운 근심 걱정이 생겼다며 하소연을 하였던 것이다. 답답한 심정을 달래보려고 술 한 잔 드시고는 당신 스스로 세월 속에서 거칠 대로 거칠어진 주먹으로 가슴을 두드리시며 그놈의 일제에게 한이 맺힌다며 고통을 호소하시기도 하였다.

해외에 거주하는 친척들의 사회관계는 기실 나에게도 커다란 타격

을 주었다. 문화대혁명 이후 제1
차로 입당 신청서를 냈지만 역시
해외관계 문제로 승인이 나지 않
았다.

중국 공산당 당원이 아니라도
조국과 인민을 위하고 사랑하는
마음만 있다면 모든 일을 잘할 수
있다. 하지만 당 조직이 '해외 관
계자'라는 큰 모자를 씌우고 자신
을 신임해주지 않는 것이 안타까

문화대혁명 시기 원저자가 홍위병 완장을
차고 대학동창인 한족 장국지와 천안문광장
에서 찍은 사진(1966년 10월)

울 뿐이었다. 중국 고향에까지 오셨던 남표 형님도 중국의 정세와 친
척들의 근심과 우려를 모르는 것이 아니었다.

그는 1993년에 한국에서 펴낸 자기의 저서 〈국경의 벽 넘고 넘어
(박남표 저, 미리내, 1994년)〉에서 고향에 와서 보고 들은 일들을 쓰면서 관
련되는 인물들의 이름을 정확하게 쓰지 않고 비슷한 이름으로 썼는가
하면 그때 한창 행정 부문에서 일하고 있던 남권의 이름은 아예 쓰지
도 않고 그저 '사촌 동생'으로만 적어 놓았다.

평생을 농촌에서 보냈고 또 가장 간고하던 시기에 농촌사업에 자기
의 있는 힘과 능력을 다 바침으로써 지칠 대로 지친 아버지는 70세를
일기로 1989년 1월 28일(음력 1988년 12월 21일)에 회룡봉촌 자택에서 심
장병으로 세상을 뜨셨다. 연로한 아버지가 병환에 계실 때 동생과 제
수는 갓 30대의 젊은 나이에 슬하에 어린 자식들을 키우면서 아버지
의 병시중까지 드느라 많은 고생을 하였다. 어머니의 뒤를 이어 아버
지까지 우리와 영영 이별한 것은 가장 비통하고 슬픈 일이었다.

원저자의 아버지 고 박우영 묘비
2010년 4월 5일 청명 경립

아버지의 장례 날이었다. 추운 겨울날이었지만 집 마당에는 고인을 추모하는 친척과 촌민들로 가득 찼다. 당시 회룡봉촌 당 지부 서기였던 김충선은 당 지부와 촌민들을 대표하여 아버지의 추도식을 사회하고 추도문을 낭독하였다.

전통예법으로 치르지 않고 추도식으로 장례식을 치른 것은 회룡봉촌 유사 이래 처음 있는 일로 촌민들은 지금도 두고두고 이야기를 한다. 아버지 묘소는 회룡봉소학교 서쪽 북망산 동남쪽 기슭에 모셔져 있다. 이곳은 1930년 셋째 백부 부부가 차례로 세상을 뜨신 후 할아버지가 손수 정한 묘소 자리로서 지금은 두 어머니 묘소와 둘째 백모 묘소까지 모셔져 있는 의도 후손들의 두 번째 산소로 되어있는 곳이다.

2013년 가을, 남권이 선조분들 산소에 성묘하러 고향으로 찾아갔을 때였다. 회룡봉촌 태생으로 80세이신 김룡철(1939년생) 노인은 고향사람들이 모인 술좌석에서 이런 이야기를 하셨다.

집체화 시기인 1962년 봄인데 회룡봉촌에서 여섯 개 소대에서 모두 노력 3명이 소 2마리, 수레 2대에 연장과 콩 종자를 싣고 40리 길인 경신 팔도포에 가 단체로 황무지를 개간하여 대대 경제 수입을 올리는 부업에 나섰는데 그 가운데는 아버지와 20대 초반인 자기도 있었다 한다.

숙소와 소 마구간을 마련하고 밭갈이를 시작한 지 3일 만인데 5소대에서 밭갈이를 하다가 보습에 걸려 나온 탄알 상자를 발견하였다고 한다. 사람들이 모여와 구경하면서 의논한 결과 일제가 중국을 침략했을 때 쓰던 탄알 상자로 잠정 결론을 내리고 일꾼들이 합숙하는 방에 가져다 보관하기로 했다고 한다.

그 후 며칠이 지난 때인데 저녁 무렵 밭에서 돌아오던 사람들이 숙소에 불이 붙은 것을 발견하고 모두들 놀라서 숙소 쪽으로 달려갔는데 불은 소 마구간 짚 무더기에서 일어나 삽시간에 숙소까지 번졌다. 엎친 데 덮친 격으로 숙소에 놓여있던 탄알 상자가 열 받아 탄알들이 폭발하며 튕겨 나왔다.

사람들은 불 속에서 타고 있던 수레나 종자, 개인 소지품들을 꺼내고 싶었지만 탄알 터지는 소리에 감히 접근하지 못하고 모두 벽 뒤에 쭈그리고 앉아있었다고 한다. 바로 이때 밭머리에서 남겨진 일을 마치고 좀 늦게 현장에 도착한 아버지가 주위 사람들의 만류에도 아랑곳하지 않고 위험을 무릅쓰고 불 속에 뛰어 들어가 단체 재산인 수레를 꺼내었다. 심한 연기로 모진 재채기를 하면서도 아버지는 다시 불 속에 뛰어 들어가 두 번째 수레를 꺼내었다고 한다. 그제서야 사람들이 달려와 불을 끄느라 난리를 피웠다는 것이다.

아버지가 세상 뜨신 지 25년이 되는 해에 김룡철 노인은 50년 전 본인이 사회에 발을 갓 내디뎠던 시절 직접 목격한 사실로 토지개혁 때 당원, 로지부서기(고참)의 귀감을 보았다며 그 광경이 잊히지 않는다고 감개무량해 말씀하셨다. 이렇듯 아버지의 영혼이 고향에 영존(永存)하고 있는 것으로도 자식인 그로서는 무척 자랑스러운 일이다.

아버지도 어머니도 다 세상을 뜨셨다. 이제는 숙부도 백부도 없는 남권 형제자매에게 믿음과 힘을 주실 분은 오직 분옥 고모 한 분뿐이

1993년 9월 7일, 훈춘시 중의원에서 중병치료 중인 분옥 고모를 찾은 원저자

시다. 분옥 고모는 아버지, 두 어머니의 병환이 가장 위급할 때마다 고향에 오셔서 끝까지 그들의 병시중을 들어주었고 종명(終命)까지 지켜봐 주신 고마운 분이다.

'어머니가 세상을 뜨면 고모가 어머니 맞잡이'라는 옛말을 그는 그 어린 시절 병으로 세상 뜨신 어머니를 보내면서부터 절절히 체험하였던 것이다. 이런저런 일들로 우리 세 형제자매는 분옥 고모를 어머니 맞잡이로 믿어왔고 또 따라왔다.

분옥 고모는 일찍 옥천동 우급학교를 졸업하고 처녀 시절에 조선 청진시내에서 버스차장으로 일하기도 하였다. 그 후 그녀는 훈춘 오가자 출신 김봉렬(1918-1993)과 결혼하여 슬하에 세 아들을 두고 훈춘 시내에서 가두 책임자, 조산원 등으로 일하다가 72세를 일기로 1994년 1월에 병으로 세상을 뜨셨다.

분옥 고모의 큰아들 김영광(1945년생)은 지금 조선 평양에 거주하고 있고, 훈춘시 검찰원에서 퇴직한 둘째 아들 김영환(1954년생)과 셋째 아들 김영록(1959년생)은 모두 훈춘 시내에서 살고 있다.

남권의 큰고모 귀인(2904-2997년)은 일찍 1920년대에 조선 남양철도에서 근무하던 채문묵과 결혼하였다. 내가 한 번도 만나 뵙지 못한 큰고모는 1997년에 90여 세의 연세로 조선 평양에서 세상을 뜨시면서 슬하에 세 아들과 딸 하나를 남겼다.

예술에 특별한 장기를 가지고 있었던 큰고모의 아들, 며느리들은 모두 조선 평양 모란봉극단 악단의 단원, 지휘자로 일했다고 한다.

❁

가문의 특별한 며느리들

전쟁의 피해는 여러 가지 형식으로 도처에서 사람들에게 고통과 상처를 남긴다. 전선에서 희생자가 속출함으로 해서 어린 자식들은 부모를 잃고 나이 든 부모들은 자식을 잃게 되었다. 그런가 하면 또 가정을 이룬 여인들이 남편을 잃어 과부가 되었다.

자식을 잃은 부모의 마음이나 부모를 잃은 자식의 마음이나 다 같이 쓰라리련만 남편을 잃은 아내들 마음 역시 그에 못지않게 고통스러운 것이다.

항일투쟁으로 인해 남편을 잃은 밀양 박씨 가문의 과부 며느리들은 한결같이 절개를 지킨 자랑스러운 특별한 며느리들이었다.

그녀들의 처지는 서로 달랐다. 어떤 이는 남편이 희생되어 과부가 되었고, 어떤 이는 남편이 해외로 망명하여 내왕이 끊기면서 생과부로 되었으며, 또 어떤 이는 슬하에 자식 하나 없이 평생 동안 남편 없는 시댁을 지켰다.

할아버지 3형제의 과부 며느리들 중 먼저 맏이인 창증 할아버지 가족부터 살펴보면 창증 할아버지 큰며느리 김 씨는 남편인 관영이 항일 대오에 가입한 후 동북항일연군 목단강 비밀연락처 처장으로 일하면서 외부와 완전히 연락이 끊긴 근 10여 년 동안 남편의 생사를 모르고 지냈다.

박관영의 열사 증에는 그의 희생 연대를 1941년으로 밝히고 있다. 그러나 집 식구들과 친척들은 그이와 소식이 완전히 끊어진 1932년을 그의 희생 연대로 알고 있었던 것이다.

그래도 그녀는 절개를 지키고 연로하신 시아버님을 모시고 슬하의 2남 2녀 자식과 부모 없는 손녀, 시동생 딸을 돌보았다.

몸과 마음이 모두 지쳐버려 병환으로 자리에 눕게 된 그녀는 1938년 7월에 장고봉사건의 포 소리와 전쟁 공포증까지 가해지면서 새로 지어놓은 회룡봉촌 벌등 마을 자택에서 40대 중반의 젊은 나이에 한 많은 일생을 마쳤다.

다음은 항렬에서 둘째이신 할아버지 창일네 집 며느리들이다.

큰며느리 김광숙은 1932년 겨울에 두 살 난 둘째 아들 남주를 등에 업고 훈춘 유격대 소비에트 구역인 연통라자에서 산줄기를 타고 소련 국경을 넘어 연추에 있는 본가로 찾아갔다.

그 후 그녀는 소련 땅에서 옥천동 감옥을 부수고 소련으로 망명한 큰 백부 지영과 기적적으로 만나게 되었다. 그러나 남편이 지하 당조직의 지령으로 수시로 외출하였고 한번 떠나기만 하면 어디에 가서 무엇을 하는지 언제 돌아올지 알 수 없어 안타깝게 기다리고 기다려야만 했다.

1945년 초, 제2차 세계대전으로 유럽 전역이 거의 초토화될 무렵 가장 치열했던 독 · 소 전쟁에 참전했던 남편 지영이 불행히 희생된 소식을 접하게 되었다. 그때 그녀에게는 일본에 유학 가 있는 큰아들 남표와 그 아래로 2남 2녀의 자식이 있었다.

그때로부터 그녀는 온전히 한 가정의 가장이 되어 가정의 모든 일을 자기 두 어깨에 짊어지고 힘겨운 생활을 영위해 나갔다.

큰 백모는 남편이 희생된 후 36년 만인 1981년에 당신의 큰아들 남표를 다시 만나보지도 못한 채 81세의 연세로 둘째 아들 남주의 집에서 한 많은 세상을 떠났다.

둘째 며느리 김안나는 어린 딸 영숙이 네 살 때 병으로 죽은 후 남편이 항일전쟁에 참가하면서 오도포의 집에 홀로 남게 되었다. 그 후로 1932년부터 그는 회룡봉에 있는 시댁에 옮겨와서 시아버지와 시동생, 시누이, 시조카들과 함께 생활하였다.

3년 후인 1935년 가을에는 기다리던 남편 근영이 하다문 일본놈 사형장에서 한판 난리를 치고 구사일생으로 소련으로 망명하였다는 소식을 접하게 되었고, 또 그 후로는 남편이 소련 땅에서 새 가정을 이루었다는 소식까지 듣게 되었다. 새장가 든 할아버지는 둘째 며느리 처지가 안타까워 다시 만날 것 같지 못할 남편을 더는 기다리지 말고 재가를 하라고 권고하였다.

그랬건만 둘째 백모는 슬하에 자식 하나 없이 박씨 가문을 떠나지 않으셨다. 할아버지가 세상을 뜨신 후에는 시동생인 아버지 집에 계시다가 1950년부터는 시집 오촌조카, 육촌 남천 형님네 집에 계셨다.

박씨 집안에 시집왔으니 살아서는 박씨 가문의 며느리로, 죽어서는 박씨 가문의 귀신이 되겠다고 한 그 맹세를 끝까지 지키면서 60년이나 생과부로 살아오시던 둘째 백모는 마지막에는 회룡봉촌 아버지 집에서 1980년 77세를 일기로 곡절 많은 일생을 마치셨다.

모진 풍파를 겪고 돌아가신 둘째 백모 산소에 비석을 세울 때였다. 남권의 주장으로 비석 뒷면 묘주의 자식 이름을 적는 자리에 '시댁질(媤宅姪)'이란 석 자를 새기고 다섯 사촌 형제의 이름을 모두 새겨놓았다. 자식이 없다고 누가 만들어 세운 비석인지도 밝히지 않는다면 저세상에 가신 둘째 백모님이 얼마나 서운해하시겠는가?!

셋째 할아버지 창원의 하나밖에 없는 며느리인 김영숙(1907-1981)은 남권의 오촌 백모이다.

창원의 외동아들 춘영이 김영숙에게 장가들 때는 3대가 한집에서 살고 있었다. 춘영이 항일에 참가할 때에는 1926년생인 아들 남룡이 있어서 4대가 한집에서 살게 되었다.

남편인 춘영이 소련으로 망명한 후부터 김영숙은 생과부로 집안일을 도맡아 하는 큰 집안의 주인이 되었다. 이런 그녀에게 남편 춘영이 소련에서 새로운 살림을 차렸다는 소식이 전해왔다. 이 소식은 오촌백모로 말하면 더없이 서운한 일이었지만 그녀는 모든 곤란을 이겨내면서 하나뿐인 아들 남룡을 출중한 인재로 키워내셨다.

오촌 백모 김영숙은 50여 년을 생과부로 살다가 75세를 일기로 1981년 1월에 조선 혜산에 있는 당신의 아들 남룡의 집에서 세상을 뜨셨다.

세상에 '나의 남편은 오직 하나뿐이다', '나의 시집은 오직 한 집안

뿐이다'를 신조로 여기고 과부가 되어서도 여자로서의 절개를 굳게 지킨 밀양 박씨 가문의 자랑스럽고 특별한 네 며느리, 그들의 마음이야말로 가장 아름답고 가장 숭고하다고 해야겠다.

박씨 가문의 이런 영향을 받아서인지 조선전쟁 시기 회룡봉에는 평생을 과부로 보낸 열사 가족 아내들이 8명이나 되었다. 여자로서의 절개를 지키고 깨끗하게 한평생을 살아온 그들에게 우리 후세 사람들은 가장 숭고한 경의를 표하고 있다.

셋째 할머니 김 씨

셋째 할머니 김 씨는 증조할아버지 의도의 셋째 며느리로서 시부모를 모신 박씨 가문의 맏며느리 아닌 맏며느리였다. '셋째 아매'로만 불려왔기에 지금까지 후손들은 셋째 할머니의 이름을 모르고 있다.

슬하에 1남 3녀를 두셨던 셋째 할머니는 1930년에 아들 춘영이 항일에 참가한 후부터 항일 대오를 도와 후근 사업에 나섰다. 일제 놈들의 야만적인 3광 정책에 의하여 삶의 터전이었던 경신 오도포촌과 집을 잃고 떠돌이 생활을 하던 중 1936년에는 남편 창원까지 병으로 세상을 뜨면서 가사는 고스란히 셋째 할머니의 몫이 되었다.

남편 없는 며느리에 그에 따른 손자 남룡과 세 딸을 거느리고 난세 속에서 억척스레 살아오시며 남들에게 뒤질세라 있는 힘껏 손자의 공부 뒷바라지를 해주셨던 그들 고부간이었다. 1939년부터 할머니 일가는 회룡봉 벌등에 집을 짓고 살림살이를 하기 시작하였다. 그러다가 기다리고 기다리던 항일전쟁승리를 맞게 되었다. 이때 손자 남룡은 출중한 인물로 공안 부문에서 일하는 의젓한 젊은이로 자라났다. 1950년 조선전쟁에 참가하였던 남룡이 조선인민군 고급군관으로 조선 국적을 가지고 조선에 남게 됨으로써 1957년에 집안 식구 모두는 조선으로 이주하게 되었다.

남룡 형님은 연초에 벌등에 있던 집 식구들 중 먼저 어머니, 아내와 당시 소학생이었던 아들 상철(1946년생)을 조선으로 데리고 가서 완전히 자리를 잡은 후 다시 할머니를 모셔가려는 생각을 아버지와 편지

1993년 3월 15일, 원저자내외(뒷줄 왼쪽끝)가 우즈베키스탄 방문시
4촌 형님 내외와 6촌 동생 가족과 함께 남긴 기념사진

로 상의하게 되었다. 그리하여 할머니는 몇 달 동안 그들 집에 계시게 되었다. 그때 70세가 넘으신 할머니는 자그마한 체구에 허리 자세가 곧았는데 얼굴에는 마치 그녀의 고생스러웠던 과거를 말해주는 것처럼 온통 주름살이 패어 있었다.

할머니는 늘 깨끗한 옷차림에 머리에 흰 수건을 두르시고 조용조용한 말투로 가문의 항일투쟁사를 이야기하였는데 언제나 "어디 나가서 이런 말을 절대 하지 말고 너만 알고 있어야 해!"라는 당부를 잊지 않으셨다.

그렇게도 혹독하게 우리 민족을 못살게 굴던 왜놈들이 지금도 어디에서 정보 수집을 하는 것만 같고 일단 일이 탄로 나기만 하면 큰 변을 당할 수 있다는 의구심에서였다. 조선전쟁에 참가했던 셋째 사위가 희생되면서 홀로 남게 된 셋째 딸 옥인(1923년생)은 마천자 공사마을 허기욱 씨에게 재가하게 되었다.

그런데 생각지도 않은 일은, 허씨 집안에서 소련에 거주하고 있는 맏이의 노력과 초청으로 형제 여럿이 소련으로 이주하는 수속을 하고 있다는 것이었다. 이런 뜻밖의 소식은 셋째 할머니에게 그간 엄두도 내지 못했던 것에 한 가닥 희망을 심어 주었다. 그것은 바로 소련에 가 있어서 30년 가까이 보지 못한 아들을 만나볼 수 있지 않을까 하는 생각에서였다.

삼촌 댁의 마음을 알아차린 아버지는 장춘에 있는 소련 영사관에 몇 번 찾아다니면서 수속 절차를 밟았다. 아버지의 노력은 헛되지 않아 조금만 더 기다리면 소련 정부의 비준이 내려와 할머니가 소련에 있는 아들 집에 갈 수 있다는 소련 영사관 책임자의 답변을 받아왔다.

바로 그때 할머니의 며느리가 북조선에서 할머니를 모셔가려고 남권의 집에 오게 되었다.

할머니는 소련에 있는 아들 춘영의 집에 가느냐, 아니면 조선에 있는 손자 남룡의 집에 가느냐 하는 갈림길에서 아주 난처하게 되었다. 그러나 언제나 인내심 있고 집안을 먼저 생각하시는 할머니는 며느리 앞에서 "나는 소련 아들 집으로 가겠소."라는 말씀을 차마 못하고 망설이고만 있었다.

근 30년이나 생과부로 시부모를 모시고 살던 며느리가 선선히 "소련에서 새살림을 차린 아들 집에 가십시오."라고 할 수는 없었으므로 할머니는 자연스레 며느리를 따라 북조선으로 떠나셨다. 때는 1957년 초가을이었다. 며느리의 과단성 있는 결정으로 셋째 할머니는 북조선

1993년 3월 원저자 내외가 우즈베키스탄 방문 시 5촌 고모
박옥인(중간)과 남긴 사진

으로 나가셨지만 기실 할머니는 마음속으로 아들을 몹시 그리워하셨다.

할머니는 이렇게 하나밖에 없는 아들을 만날 수 있는 절호의 기회를 놓치시고 북조선으로 갔는데 그 후로 다시는 아들을 만나지 못하고 1962년 11월에 77세를 일기로 자강도 혜산시에 있는 손자 남룡의 집에서 마음고생 많으셨던 한생을 마치셨다. 후에 들은 바로는 조선인민군 리봉수 중장과 자강도 그곳 지도자들의 참석하에 셋째 할머니의 장례식은 장엄하게 치러졌다고 한다. 셋째 할머니는 항일 빨치산 가족 대우를 받으셨다고 한다. 셋째 할머니와 셋째 할아버지의 하나뿐인 아들 춘영은 소련으로 망명한 후 새로운 가정을 이루고 농업에 종사하면서 거기에서 1남 1녀를 남기고 1970년 7월에 사고로 세상을 떴다.

원저자의 오촌고모 박귀복과 남편 김봉윤의 50대 모습

춘영의 아들 오싸(1952년생)와 딸 쓰베따(1958년생)는 모두 우즈베키스
탄 수도 타쉬켄트시 교외에서 농업에 종사하고 있다.

셋째 할머니가 북조선에 나가실 때 세 딸 중 큰딸 귀복과 그녀의 남
편 김봉윤(1914-1983)은 아들 삼 형제를 두고 경신 육도포촌에서 농사
를 짓고, 할머니의 둘째 딸 영숙과 그녀의 남편 김광욱(1919-1994)은 슬
하에 4남 3녀를 두고 경신 권하촌에서 농사를 짓고 있었다.

영숙 고모의 큰아들 길송(1942-2009)은 고중을 졸업하고 교원으로 근
무하였고, 둘째 아들 영송은 젊은 나이에 병으로 죽었으며, 셋째 아
들 죽송(1949년생)은 훈춘시 검찰원에서 일하다가 정년퇴직하였고, 넷
째 아들 진송은 경신 신용사(=은행의 일종)에 근무하고 있다.

길송의 큰 여동생 숙자(1951년생), 둘째 여동생 수옥(1956년생), 셋째 여
동생 귀금(1961년생)은 모두 훈춘에서 살고 있다. 셋째 할머니의 셋째
딸 옥인(1923년생)은 훈춘 마천자로 재가한 후 시댁을 따라 소련으로 이
주하여 오빠 춘영과 30리 떨어진 마을에 살면서 슬하에 1남 1녀를 남
겼다.

남권은 가족사를 쓰면서 박씨 가문의 며느리들뿐만 아니라 박씨 가문의 딸들에 대해서도 자랑하고 싶어 한다. 그가 바로 셋째 할머니, 셋째 할아버지의 큰딸이자 오촌 고모 귀복이다. 그가 귀복 고모를 특별히 자랑하고자 하는 것은 그녀가 인물이 출중해서도 아니고 또 지식이 많아서도 아니며 재산이 많아서도 아니다.

귀복 고모의 영원한 큰 자랑은 바로 세 아들에 대한 올바른 교육이다. 큰아들 성훈(1944년생), 둘째 아들 성룡(1947년생), 셋째 아들 성춘(1949년생) 삼 형제는 이미 모두 정년퇴직하였다. 그러나 올바른 가정교육을 받고 자란 그들은 부모님들이 세상 뜨신 지 오래된 지금까지도 삼 형제가 그렇게도 예의범절을 갖추고 사이좋게 살고 있어서 주위 사람들의 감탄을 자아내고 있다.

서로 사랑하여 만난 부부간에도 옥신각신할 때가 있기 마련인데 성훈이네 삼 형제는 이제는 모두 노년기에 들어서 아들, 며느리에 딸, 사위, 손자, 손녀들까지 다 있는 큰 집안이건만 형제간에나 동서 간에 말다툼 한 번 없이 그토록 사이좋게 지내고 있으니 본보기가 되기에 손색이 없다고 생각한다.

남권이 이렇게 그의 오촌 고모의 세 아들을 자랑하고 싶은 데는 또 다른 이유가 있다.

지금 사회에서 자매들끼리 화목하고 재미있게 지내는 일은 종종 볼 수 있지만 남자 형제들 간에 아주 화목하게 지내는 집안은 흔치 않으며 또 우리 민족의 미덕인 예의범절이 많이 바래져가고 있기 때문이다.

어쨌든 그는 귀복 고모가 키운 아들 삼 형제가 꾸려나가는 화목한 집안을 본보기로 내세워 여러 사람들에게 자랑하고 싶은 마음이다.

제 5 장

—

항일투쟁 유적지와 항일투사들을 찾아

첫벌등에서 동북쪽으로 바라본 회룡봉촌 전경
오른쪽 용두산 위의 혁명열사비와 북쪽으로 회룡봉촌 마을이 보인다.
그 뒤로 조선 경흥 지역의 큰모때비산과 작은 모때비산이 보이고,
그 사이로 두만강이 흐른다.

다시 찾은 고향

밀양 박씨 가문의 이주사는 두만강에 완전히 둘러싸여 있는 회룡봉이라는 그 자그마한 땅과 갈라놓을 수 없는 것으로 남권은 그의 고향 회룡봉촌을 오매불망 잊지 못하고 있다.

작가이며 연변대학 교수였던 고 류연산 선생은 생전에 회룡봉촌을 답사하고 그의 고향을 그리스신화에 나오는 '신기한 궤'에 비유하면서 기네스북에 오르고도 남음이 있는 기적의 촌이라고 했다.

"회룡봉촌은 훈춘에서 가장 동쪽에 위치한 마을로서 두만강이 서, 남, 동 삼면 완곡하게 흐르면서 남긴 말발굽형 마을이다.

2009년 6월 회룡봉에 답사하러 오신 류연산 교수(위)와 함께. 왼쪽부터 양봉송 선생, 한국에서 오신 김재홍 선생, 원저자 남권, 류연산 교수

회룡봉은 조선 말기 함경북도 경흥 방면의 사람들이 이주하면서 생긴 마을로서 이들이 찾아들 무렵에는 도롱비, 첫벌등, 중벌등, 상벌등, 헤대 (지금의 로전), **사간방**(스장판이라고도 함), 넉덕미 등 일곱 개 자연촌이 어우러져서 회룡봉촌으로 통칭되었다."

이것은 소설가 최국철 선생의 회룡봉에 대한 설명과 묘사이다. 남권의 고향 회룡봉은 서북으로 둥굴쇠산을 등지고 있고 남으로 무연하게 펼쳐진 비옥한 벌판을 안고 있으며 바로 그 벌판을 둘러싸고 두만강이 유유히 흐르고 있어 지리적으로 산, 강, 벌판을 모두 갖춘 곳이라 쌀밥에 생선국을 먹을 수 있는 살기 좋은 고장이다.

내 고향엔 자랑도 많아
살기가 참말 좋구 좋네
봄이면 송어잡이
가을이면 연어잡이
늪에선 붕어잡이
강에선 황어잡이
살기 좋은 내 고향!

얼마나 감칠맛이 나는 노래 가사인가! 누가 작사, 작곡한 노래인지는 모르겠지만 지난 세기 60년대에 훈춘 문공단의 청년 가수가 경신 순회공연 무대에서 불렀던 노래인 것만은 틀림없다.

봄·가을에 바다로부터 두만강을 거슬러 올라오는 고급 어종들인 연어, 송어, 황어, 숭어 등 물고기는 회룡봉에서 잡은 것이 진짜 제맛이다. 몸뚱이의 살코기도 맛이 좋지만 어두일미(魚頭一味)라고 송어나 연어의 대가리는 그 맛이 참으로 기가 막혀 군침이 절로 난다.

그로 하여 회룡봉에서는 옛날부터 사위가 오면 송어 대가리를 대접한다고 하였다.

회룡봉의 황어회는 봄, 가을철의 아주 특색 있는 별미이다. 대가리와 지느러미를 자르고 깨끗이 손질한 황어를 큰 놈들은 등치를 따라 드러내고 썰어놓은 다음 초고추장에 생마늘이나 풋마늘, 고수풀, 생강, 파를 넣어 갖은 양념으로 맛을 내면 술안주로는 으뜸이다. 어른들은 황어회를 올려놓은 상에 빙 둘러앉아 이야기꽃을 피우며 술잔을 기울인다. 그런가 하면 황어회는 또한 아이들에게도 좋은 반찬이다. 회룡봉을 떠난 사람들에게는 황어회와 송어 요리가 고향 음식의 상징으로 되고 있다.

그것은 두만강 바다 입구와 회룡봉촌 사이 근 70리 되는 구간에서 생겨난 대자연이 하사한 특별한 선물이다. 바다에서 풍부한 먹이를 먹고 살던 고기들이 회룡봉을 더 지나 올라가면 힘이 빠지면서 살이 빠지고 육질이 덜해져 제맛이 나지 않기 때문이다.

경신에서 초중을 다니던 1957년 가을의 어느 날이었다. 학교에서 돌아온 남권이 밥상에 마주 앉으니 아버지가 미소를 띠며 "오늘 저녁에는 특별한 음식을 해놓았다."라고 말씀하시고는 화로 위에 올려놓은 냄비를 가리켰다. 매일 저녁 독상을 받는 그에게 아버지가 반찬을 알려준 적은 거의 없던 일로 그는 호기심에 가득한 마음으로 뚜껑을 열었다. 열어보니 몽땅 황어 내장이다. 이렇게도 많은 황어를 어떻게 사 오셨는가 하고 아버지에게 물어보았더니 아버지는 이런 재미있는 이야기를 들려주시는 것이었다.

저녁 무렵 망태를 메고 도룡비 동쪽 조선 모매비산 맞은편에 자리 잡은 후리풍(打魚柵; 어장의 간이막)에 고기 사러 갔던 아버지는 그곳에서 아주 희한한 일을 목격했다고 한다. 그때 도룡비 동쪽 어장에는 경신 각 촌에서 모여온 어업대가 강가에 막을 치고 밤낮으로 먹고 자면서 순번으로 배를 타고 두만강에 들어가 그물로 고기를 잡았다. 남권의 아버지가 강가에 도착했을 때는 구사평촌 어선 차례였단다. 배의 위치와 속도를 지휘하는 바톨(把頭; 책임자 혹은 우두머리를 말함)이 그물을 다 늘이고 빈 밧줄만 늘이며 강가에 나온 후 일꾼들이 밧줄을 당기며 그물을 걷어 올릴 때였다. 여느 때와는 달리 일꾼들이 안간힘을 쓰는 데도 그물이 움직이지 않더라는 것이다. 대단히 많은 고기가 그물에 걸린 것이다. 어두워지는 저녁 해에 조급해진 바톨은 다른 촌의 배와 그물을 빌려가지고 구사평촌 그물 안에 들어있는 많은 물고기들을 따로따로 꺼내는 작업을 시작하였다. 하도 희한한 일이어서 그 막 안에 있던 다른 촌 일꾼들이 너도나도 나와서 일손을 돕고 있을 때 아버지도 한몫 끼여 그들과 함께 강 속의 그 많은 황어를 끝내 다 잡아냈다고 한다.

일을 끝내고 보니 황어가 이쪽에서 저쪽 사람이 보이지 않을 정도로 '고기 산'을 이루었더라는 것이다. 누군가는 만근이 넘는 고기라고 소리를 질렀다고 한다. 대박이 터진 구사평촌 바톨은 일손을 도와준 분들에게 가지고 온 그릇들에 황어를 그득그득 담아가라고 하더란다. 이런 희한한 일도 있나 하시며 아버지는 메고 간 망태에 서너 근이나 되는 황어를 30여 마리나 담아왔다. 그때 그들 세 식구는 절여놓은 그 황어를 온 겨울 내내 맛있게 먹었다.

남권과 고향 어부들 사이에는 특별한 사연이 깃들어있다. 초중을 다닐 때였다. 고기잡이 철이 되면 또래 친구들 중에서는 저 혼자만 후리풍을 찾곤 했다.

집 문을 나서 동쪽으로 반 시간쯤 걸어가면 두만강 둔덕에 이르게 된다. 그곳에 서면 바로 두만강 옆에 줄지어 자리 잡은 흰색 천으로 만들어진 후리질꾼들의 쉼터인 풍막이 한눈에 안겨온다. 그곳에서 그는 어른들이 주고받는 옛날이야기를 들을 수 있었는가 하면 간혹 그들의 입에서 나오는 걸쭉한 육담을 들을 때도 있었다. 순번이 돌아오면 휴식을 끝낸 일꾼들이 서둘러 고기잡이를 시작할라치면 우선 그 준비로 그물을 실은 배를 강 안쪽으로 50~60m 위로 올리는 일을 해야 한다. 이때면 그는 혼자서 콧노래에 노를 맞추어 저어가며 배를 위로 몰고 올라갈 즈음 두만강 양안의 풍경에 정신을 팔곤 했다.

고기잡이가 본격적으로 시작되면 뱃머리에 앉은 선장과 뒤에 앉은 조수는 잽싼 솜씨로 배를 몰아 강심을 향해 노를 저으며 그물을 늘이고 강안의 일꾼들은 그물과 연결된 밧줄을 서서히 당기면서 물결을 따라 아래로 내려간다. 배는 강심(江心)을 가로질러 간 후 얼마간 정지해 있으면서 강줄기를 따라 오르고 있는 고기들을 그물에 가두어 넣고 그물에 달린 긴 밧줄을 늘이며 쏜살같이 강안 아래 기슭으로 빠져나온다.

그때면 밧줄을 넘겨받은 일꾼들이 구령에 맞추어 다급히 밧줄을 당겨 고기 그물을 강안으로 거두어낸다. 이때면 남권은 햇빛에 유난히 반짝이는 강가의 개(=가짜) 금모래톱 위에 발자국을 남기며 그물에 걸려 퍼덕이는 바다 어종들인 황어, 연어, 송어, 숭어들을 하나 둘 셋 하며 기분 좋게 세다가 결국 야—하고 탄성을 터트리고 만다. 잡혀 나오는 고기가 언제나 그렇게 많아서 다 셀 수가 없을 정도였으니 말이다. 그 희한한 결과물을 마치 자신이 다 이루어낸 것만 같아 정말 기분이 최고였다. 지금은 두만강이 오염되어 철 따라 오르던 바닷물고기들이 많이 적어진 데다 야생 어종 보호로 고기를 잡지 못하게 하여 고향으로 갈 때면 비어있는 옛날 후리풍 자리를 바라만 볼 뿐이다.

어미지향(魚米之鄕; 고기와 쌀의 고향)이라 불리는 회룡봉촌은 옛적부터 농군들이 모여드는 곳으로 인가가 많아서 내가 회룡봉소학교에 갓 입학했던 때에는 1학년을 갑, 을 두 개 반으로 나누기까지 하였다.

지도에서 두만강 줄기를 따라 내려가면서 보노라면 바다 입구에서 멀지 않은 곳에 거의 사면이 두만강에 둘러싸여 호를 이룬 회룡봉을 발견할 수 있는데 그 크기는 꼭 작은 콩알만 하다.

회룡봉은 남북으로 13리, 동서로 10리 되는데 로전촌 어구에서 두만강까지의 동서 거리는 약 3리밖에 안 된다. 면적은 약 33㎢ 이다.

지도를 유심히 보면 마치 두만강에 떨어지려는 한 방울의 구슬 같다. 회룡봉촌 본 마을 남쪽 벌판 한복판에는 동쪽을 향해 치켜든 용대가리 모양인 용두산이 있으며 두만강은 바로 그 용두산 밖의 벌판을 감싸고 흘러내려 간다.

마을 밖으로 흐르는 두만강이 용이 돌아오는 모습과 비슷하다고 하여 고향의 선조들이 처음에는 도룡비, 도룡봉, 도비허라고 불렀는데 후에는 회룡봉으로 되었다. 지명은 변했지만 여전히 용이 돌아치는 듯하는 그 모습은 여전하다.

백두산에서 발원하여 중·조 두 나라 변경 700리를 굽이굽이 흘러내리는 두만강이 바다 입구로부터 70리 떨어진 곳에 앉혀놓은 회룡봉은 그야말로 자연이 만들어놓은 걸작임이 틀림없다.

회룡봉에서는 수많은 인재들이 배출되었다.

항일전쟁, 해방전쟁, 조선전쟁을 통해 안길, 리봉수, 박장춘(원명 박원
철), 박남표, 박남룡 등 11명의 장군이 배출되었다.

그리고 회룡봉 7인 학살사건 중 한규량의 맏아들인 한형권은 일찍
러시아에서 유학을 마치고 연해주 신한촌에서 대한독립운동에 투신
하였던바 연해주 한인사회 청년근업회 주요 인물로 활약하였으며, 연
해주에 건립되었던 한국임시국민의회가 1919년 8월 해산을 선포하자
상해에 있는 대한민국임시정부로 가 계속 독립활동에 참가하였다.

연변대학 조문학부 교수였던 고 류연산의 편저로 한국 충주시 예성
문화연구회에서 출판한 〈행동하는 지식인 류자명 평전〉 95페이지에
는 작품의 주인공인 류자명 선생의 이런 말씀이 적혀있다.

이동휘는 국무회의의 동의를 거쳐서 한형권을 모스크바로 파견하였다.
한형권이 모스크바에 도착하자 레닌이 그를 접견하고 독립운동 자금이 얼
마나 필요한가 물었다. 한형권이 2백만 루블을 요구하자 레닌은 2백만 루
블을 주기로 하고 제1차분으로 40만 루블을 주었다.

김립이 한형권이 넘겨준 40만 루블을 유용한 것으로 하여 오면식, 노종
균의 총에 죽고 말았다. 그 후 한형권은 재차 모스크바로 가서 독립운동의
자금으로 또 2백만 루블을 얻어 가지고 와서 1923년 3월 상해에서 국민
대표대회를 열었으나 통일을 보지 못하였다.

같은 책 165페이지 네 번째 단락에서는 또 이렇게 쓰고 있다.

이 무렵 의열단에서는 활동자금도 해결을 보았다. 이른바 '레닌자금'이
라는 것이었다. 한인 사회 당수 이동휘가 한형권을 밀사로 파견하여 레닌

으로부터 지원받아 온 돈을 말하는 것이다. 1922년 가을 한형권이 가져온 돈 200만 루블에서 상해의 독립운동가 중 이시영을 빼고는 다 썼다고 하며 의열단에서 4만 6천7백 원을 지원받았다.

예나 지금이나 무슨 일을 하려면 돈이 있어야 하는데 한형권이 레닌으로부터 얻어온 돈은 대한민국임시정부에 젖줄기가 되어 그는 1920년대 초에 대한민국임시정부 재정경제장관이란 요직에 있으면서 항일사업에 커다란 기여를 하였다.

이들뿐이 아니다. 중국 공산당 훈춘시 위원회 당사연구실에서 편찬한 〈중국 공산당 훈춘현 역사대사기(한문판)〉 제1책 2~4페이지를 살펴보면 1930년 1월 1일부터 1932년 2월까지 훈춘현 공산당 주요 지도자들 중 고학준과 박지영은 모두 회룡봉촌 출신들이다. 그리고 고학준이 서기로 임명된 금구가 바로 지금의 경신을 가리키는 지명으로 당시 금구의 당의 영도소조는 바로 회룡봉촌에 있었다.

❀

세속 속의 회룡봉

회룡봉의 모든 것이 영광스럽고 빛나고 좋은 것만은 아니었다. 남권이 어린 시절에 들었던 회룡봉의 항일투쟁사에는 이런 이야기도 있었다.

오형제 최씨 집안에서 성인이 된 삼 형제가 항일에 참가하였다. 맏이와 둘째가 일제와의 투쟁에서 영용히 희생된 뒤였다. 셋째가 중국,

소련, 조선 삼국 국경을 넘나들면서 정보 수집을 하는 중임을 맡았다. 그가 상급의 지시를 받고 소련에서 출발하여 조선에 나가 정보 수집을 끝마치고 두만강을 건너 소련으로 들어가는 길에 중국 회룡봉을 지나가게 되었다. 일제의 만행으로 그는 직접 자기 집에 찾아가지 못하고 행여나 집식구를 만날 수 있지 않을까 하는 생각으로 뒷산 자기 집 뙈기밭을 찾아갔다.

때는 가을이어서 콩 수확이 막 시작되고 있었다. 밭머리에서 인기척을 기다리던 그가 맞은편 밭머리에 나타난 사람을 발견하게 되었다. 집을 떠나 항일운동에 참가한 지 몇 년이나 되는 그였으니 자라나고 있는 자기 동생들의 면목을 잘 알아볼 수도 없는 데다 가을날 아침 안개가 유난히 자욱하여 더구나 가려보기 힘들었다. 그렇다고 너무 가까이에 갔다가 만약 자기 집 식구가 아니어서 신분이 노출되면 위험하다고 생각한 그는 나무숲에 숨어서 얼굴만 내밀고 "여보, 여보!"라는 소리로 상대방에게 신호를 보냈다. 식전 이른 새벽에 콩걷이를 할 수 있을까 하여 밭을 돌아보러 갔던 그의 동생은 난데없는 인기척에 깜짝 놀라면서 신경을 바짝 도사렸다. 그는 재차 "여보, 여보!"하는 소리를 들었다.

때는 일제가 동북에 위만주국을 세우고 자기들의 기반을 튼튼히 다지기 위해 수상한 일이 있으면 제때에 경찰에 보고해야 한다고 강조하고 있던 1940년대 초였다.

놀랍기도 하고 미심쩍기도 한 동생은 소리 나는 쪽으로 감히 접근하지 못하고 집으로 내려가면서 이 일을 동네 책임자에게 알리기로 마음먹었다. 일은 재빨리 옥천동 일본경찰서 산하 회룡봉촌 경찰분주소에 전해졌다. 놈들은 꼭 항일연군과 관련된 일이라고 단정하고 즉

각 주둔군과 경찰, 앞잡이들을 동원하여 회룡봉촌 서쪽의 둥굴쇠산을 포위, 수색하였다.

놈들의 포위망에 든 형은 사태의 엄중성을 느끼고도 남음이 있었다. 홑몸이지만 끝까지 놈들과 싸울 태세로 그는 유리한 지형을 찾아 굳은 마음으로 몸에 지니고 있던 권총으로 사면으로 습격해오는 적들과 완강히 싸웠다.

가을날 서산의 총소리는 바람을 타고 조용하던 마을에 전해왔다. 촌민들은 어수선한 마음으로 서로 소식을 전하고 있었다. 항일유격대 참가자 가족들은 혹시나 자기 집 일이 아닐까 하고 더욱 마음을 졸였다. 총소리가 멎은 뒤였다. 뒤늦게 현장으로 쫓아간 마을 사람들은 총에 맞아 바위 밑에 쓰러져있는 용사를 발견하였다. 용사의 머리는 총에 맞아 거의 얼굴 모습을 찾아볼 수 없게 된 상태였다. 모여 간 사람들은 감히 현장에서 누구라고 말을 못 하고 긴장한 시간을 보냈다. 누군가가 용사의 시체와 멀지 않은 곳 돌 틈에서 그가 사용했던 탄알이 다 떨어진 권총과 권총집을 발견하였다.

사건이 끝난 뒤의 소식은 사람들을 깜짝 놀라게 하였다. 아무개네는 동생이 밀고하여 항일에 참가했던 형님을 죽였다는 것이었다. 온 동네는 놀라움과 울분, 비통에 잠겼다.

이로 하여 동생은 자기의 경솔했던 행동을 한탄한 나머지 몇 번이고 두만강에 빠져 자살하려고 시도했다 한다.

훗날 소련과 조선으로부터 온 소식에 의하면 최씨네 셋째는 소련으로부터 마지막 탐정 임무를 맡아 조선에 나갔다가 일본 놈들의 현황에 대한 탐정 임무를 원만히 마치고 두만강을 건너 중국을 거쳐 소련으로 들어가던 길이었다고 한다.

이제 김씨 집안의 이야기를 들어보기로 하자.

양친이 계시는 김씨 집안에서는 두 형제가 항일에 참가했다. 큰아들은 일제와의 투쟁에서 완강히 싸우다가 놈들의 총에 맞아 장렬히 희생되어 열사가 되었다. 그런데 우리 군의 역량이 열세에 처했던 가장 간고한 투쟁 시기에 둘째 아들은 항일 대오에서 일본 놈들에게 투항하였다. 그런데 놈들은 그를 이용할 수 있는 데까지 다 이용하고는 그가 자기들의 정보를 항일유격대에 전달할 위험이 있다고 생각하여 마지막에는 그를 살해했다.

항일전쟁승리 후 토지개혁을 전개하며 열사 명단을 조사, 결정할 때였다. 김씨 집안의 늙은 부모는 아주 난처하게 되었다. 항일투쟁에 참가하여 일제와의 싸움에서 장렬히 희생된 열사 아들이 있는가 하면 항일에 참가하였다가 놈들에게 투항하고 놈들에게 총살당한 다른 아들이 있었으니 말이다.

또 이런 이야기도 있다.

1930년대 초, 회룡봉에서 자발적으로 일어난 항일 대오가 중국 공산당 훈춘현위원회가 설립되어 있던 연통라자로 옮기기 전이었다. 비밀리에 항일에 참가한 김씨 집안의 맏이가 항일유격대원들에게 필요한 물자 공급을 하기 위해 중국과 조선의 국경선인 두만강을 넘나들어야 했다. 김 씨는 감시가 심한 일본 놈들의 세관과 경찰서 놈들의 의심을 피하기 위하여 놈들과 아주 친한 척하면서 놈들의 신임을 얻은 덕분에 항일 대오가 무사히 연통라자 소비에트 구역으로 옮겨가게 되었다. 고향에 남게 된 그가 훗날 그곳에서 일본 놈의 앞잡이 노릇을 한 사람이라고 오해를 받아 푸대접을 받았다. 몇 년이 지난 후에야 항일 참가자들의 증언으로 항일투쟁 초기 가장 간고했던 시기 김

씨가 항일 대오 내의 한 성원으로 비밀사업을 하였다는 사실이 제대로 밝혀졌다.

❀

회룡봉 인민들의 본색

사람들은 회룡봉이 많은 영웅과 장군들을 배출했다고 감탄해 마지 않는다. 장군이나 영웅은 위대하다. 그렇다면 이런 위대한 인물들은 어떤 토대에서 나타나게 되었는가?

〈훈춘 조선족〉(한문판)의 '회룡봉 인민의 혁명투쟁' 장절에는 이렇게 쓰여 있다.

1931년 여름, 최재명은 회룡봉 북산에서 20여 명을 용납할 수 있는 천연 석굴을 발견하였다. 이로부터 그들은 이 석굴을 이용하여 경상적으로(=자 주) 이곳에서 비밀회의를 진행하고 선전물을 찍으며 항일활동을 전개하였 으며 아주 교묘하게 적들의 여러 차례 토벌을 피했다.

1933년 봄, 중국 공산당 금구위원회 주요 지도자의 한 사람이었던 안 상길(=안길) 동지가 이미 파괴된 회룡봉 지부를 다시 건립하기 위해 이곳에 온 후 전염병에 걸리며 석굴에 있게 되었다. 낮에는 석굴에 피해있으며 병 치료를 하고 밤이면 김두암, 김규섭, 등 간부들과 비밀회의를 열고 당지부 조직 건설에 관련된 일들을 논의하였다. 놈들에 의해 파괴되었던 회룡봉 지부는 구당위원회의 영도하에 적극적인 항일활동을 전개하였다.

그들은 생명 위험도 무릅쓰고 강을 건너 조선에 가 김덕순 동지와 연계를 가지고 류형근, 류승근이 경영하는 상점에서 피륙, 신발, 종이 등 물품을 구입하고 또 김인수 의원에게서 약품을 구입하여 항일유격대에 공급하여 항일투쟁을 유력하게 지원하였다.

위의 문장에서 제기된 김두암은 어떤 사람인가?

안길 동지가 상한병으로 회룡봉 서산 석굴에 누워있을 때였다. 김두암은 그의 안전과 병 치료를 위해 밤이면 남모르게 안길을 석굴로부터 자기 집으로 업고 와서는 따뜻한 온돌방에 모시고 음식과 약을 대접해드리며 향일투쟁에 관련된 토론을 진행하였고 낮이면 일본 놈들의 눈을 피해 이른 아침 다시 안길을 석굴로 업고 가서 간호해주었다. 이런 극진한 관심과 간호를 받은 안길은 끝내 사선에서 헤어 나와 다시 건강을 회복하였으며 항일 대오 성원들을 거느리고 회룡봉으로부터 연통라자 소비에트 구역으로 옮겨 갈 수 있었다.

여러 차례 일제와의 전투에서 지휘관으로서 혁혁한 공을 세운 안길은 조선민주주의인민공화국이 창건될 시기에는 조선인민군 대장 직위로 조선인민군 총참모장 요직에 앉게 되었다.

직위가 높아졌다고 하여 항일투쟁 초기 극히 곤란하고 위험한 환경 속에서 상한병에 걸려 죽음과 싸우던 자기를 끝까지 보살펴 주었던 은인이자 고향 사람인 김두암을 잊을 리가 없었다.

김두암은 고향인 회룡봉에서 몇 번이나 안길 장군의 초청을 받게 되었다. 그 시기에 김두암은 또 고향에서 항일 참가자 가족이며 항일 연군과 관련이 있던 사람들이 적지 않게 중국에서 북조선으로 나가는 것을 직접 보았다.

그랬지만 그는 항일전쟁으로 간고했던 연대에 민족의 일원으로 자기가 응당 해야 했던 일을 한 것인데 그것이 무슨 대단한 일인가 하면서 끝내 때 묻은 고향 회룡봉을 떠나지 않았다. 더없이 겸허한 김두암 씨였다.

회룡봉에는 아직 남권이 잘 모르고 있는 무명 영웅들이 많다. 어두운 밤에 밥 함지를 머리에 이고 석굴로 달려간 할머니, 남몰래 항일 대오에 두 어깨가 묵직하게 필수품들을 메고 간 할아버지...

이것이 회룡봉 사람들의 본색이다. 그렇지 않았더라면 어떻게 조그마한 벽촌마을 회룡봉에서 항일 대오가 형성되고 또 그 속에서 그렇게 많은 장군과 영웅들이 배출되었겠는가!

안길 장군이 세상 뜨신 후였다.

항일투쟁 초기인 1932년에 회룡봉 지하당 지부(당시 금구지부로 경신일대를 영도한 당 조직) 서기로 사업했던 조선인민군 리봉수 중장이 1959년 여름에 회룡봉을 방문하였는데 그는 친히 김두암을 만나 뵙고 그와 진지한 대화도 나누고 또 그를 모시고 과거 안길 장군이 병환에 계실 때 묵었던 김두암의 옛집에 찾아가 기념사진도 남겼다.

마을에서는 모두들 연세가 높으셔서 이제는 농촌에서 노동력도 상실한 김두암이 이번에는 꼭 식솔을 거느리고 후한 대접을 받으러 조선으로 갈 것이라는 말들이 분분하였다. 그랬지만 김두암은 아무런 내색도 없이 여전히 고향에 남아있었다. 실로 명예도 사리도 따지지 않는 백성 영웅 김두암이다. 고향에서 세상을 뜬 김두암 노인은 마침내 생전에 그토록 사랑하고 잊지 못했던 고향 회룡봉 땅에 묻히셨다.

김두암 노인의 큰아들 김광욱은 조선전쟁(6.25전쟁)에 참가하고 1953년에 고향으로 돌아왔다. 그 역시 자기 아버지와 같은 분이었다. 마을에서는 모두들 그를 보고 아버지 배경도 있고 하니 젊은 나이에 조선에 나가면 편안한 생활을 할 수 있을 것이라고 입을 모았다. 그랬지만 그는 아버지의 공로는 아버지의 것이지 자기의 것이 아니라며 언제 한번 자기 아버지의 항일 업적을 자랑하거나 자기가 조선전쟁에서 어떻게 고생하였다는 이야기 한마디 없이 고향에서 평생을 보냈다.

실로 그들 부자는 진정 나라와 민족을 위해 자기 몸을 헌신한 가장 평범하면서도 평범하지 않은 사람들로서 평생을 시골마을에서 말없이 주위 사람들에게 감동을 주어 행동으로 교육을 시킨 살아있는 모범이다.

남권의 고향에는 이런 일 말고도 사람을 감동시킨 일들이 많기도 했다.

회룡봉이라는 항일혁명 근거지 형성과 또 그곳에서 일어선 항일 대오, 걸출한 항일 장령들이 배출된 것도 회룡봉이라는 비옥한 토양이 있었기 때문이 아닐까 생각한다. 남권은 이런 그의 고향 회룡봉을 한시라도 잊어버릴까 봐 2005년 6월 20일에 고향의 용두산 마루 '혁명 열사 기념비' 바로 남쪽 산기슭에서 주먹만 한 돌을 고향의 상징으로 채집하여 왔다. 고향석은 그의 책장 바로 중심에 정중히 놓여있다.

지금의 회룡봉은 가는 길도 흙길인 데다가 두만강을 거슬러 올라가면서 보노라면 로전 마을에 집 몇 채 보이고 본 부락은 물론 벌등에도 골짜기마다에 집이 두세 채밖에 보이지 않는다. 앞을 내다보면 전답뿐이고 두만강 건너 조선 경흥 쪽 산들에 빙 둘러싸여 있다. 삼면이 꽉 막혀 더 나갈래야 나갈 길도 없어 꼭 되돌아와야만 한다. 누군가는 남권을 보고 당신이 자랑했던 그 회룡봉이 아니라고 할 수도 있을 것이다. 그러나 그에게 회룡봉은 남다른 곳이다.

매번 그가 고향에 갈 때마다 그 옛날 회룡봉촌의 어귀인 지금의 로

전 촌에 들어서면서부터 그의 눈은 확 밝아진다.

"아! 두만강 강골이 저렇게 변했구나! 집들도 달라졌구나! 두만강변의 전답들도 새로워졌구나!"

이렇게 연이어 감탄사를 연발하며 길옆 산 밑 황폐해진 옛날 감자밭을 빨리 지나 빈터만 남은 그가 나서 자란 집 마당에 달려가 선다. 그러면 다른 사람들에게 보이지 않는 옛날의 집이 그의 눈앞에 훤히 나타나면서 부모님들의 모습이 떠오른다. 그리고 그는 마을을 거닐면서 지금은 찾아볼 수 없는 옛날의 집터들을 마음속으로 그려본다. "여기는 우리 옆집이었고 저기는 친척 집이었고 또 저쪽은 친구 집이었지…"

다른 사람에게는 크게 보이지 않을 용두산이 그에게는 유난히 뚜렷해 보이면서 그 꼭대기에 자리 잡은 혁명열사 기념비는 그렇게도 장엄해 보인다. 잇달아 그의 마음은 서산 혁명 석굴로 쫓아간다. 석굴 바로 입구에 똑바로 서 있는 돌바닥에는 2006년 9월에 자신의 필

원저자 남권의 책상 앞에 놓여있는 '고향석'

체로 새겨진 '혁명동(革命洞)' 석 자가 새겨져 있다. 오랜 세월 속에서도 석굴은 여전히 자리를 잘 지키고 있을 것이다.

누군가 남권을 보고 지나친 고향사랑주의자라고 할지 모른다. 남들이야 뭐라고 하든지 간에 그는 탁구대만큼 큰 중국 지도에서도 찾기 힘든 작은 좁쌀만 한 자신의 고향을 무척이나 사랑하고 있다. 또 영원히 사랑하고 싶어 한다.

잊을래야 잊어버릴 수 없는 자신의 고향임에랴!

남권의 현주소

그렇다면 남권 자신의 현주소는 어디인가?

지금 남권이 살고 있는 곳은 중국 동북 땅 요녕성의 최남단인 대련시 여순구이다. 삼면이 바다에 둘러싸여 있는 여순의 지리적 위치와 그 아름다움은 모두 알고도 남음이 있을 것이다.

여순은 두 차례의 중요한 전쟁이 벌어졌던 곳이다.

1894년 7월부터 1895년 4월까지 진행된 중일갑오전쟁의 주요한 전쟁터였던 여순은 일제 침략자들이 중국 인민을 잔혹하게 약탈하고 잔인하게 학살한 곳이다.

1894년 11월 21일부터 일본 침략군은 여순시구에서 3박 4일 사이에 근 2만여 명 현지 중국 동포들을 무참하게 살해하고 그들의 시체를 불태운 후 지금의 "만충묘(萬忠墓)"에 매장하였다. 이 비참한 만충묘는 여순 백옥산 동쪽 산맥에 있는데 지금의 여순 버스정류장 바로 북

1894년 11월. 일제가 중국 여순에서 대학살을 감행한 만충묘를 찾은 원저자 남권

쪽, 9.3로 23호(九三路二十三號)에 있다.

일제가 중국 대륙 침략의 첫 관문으로 여순에서 감행한 '모조리 죽이는' 대학살 사건 속에서 간신히 목숨을 건지고 죽음의 불바다 속을 헤가르고 나온 사람이 겨우 36명뿐이었다니, 이 얼마나 혹독하고 잔인한가!

일제는 아예 여순 땅덩어리를 완전히 저들의 땅덩어리로 만들 작정으로 여순시구 중국 동포들을 거의 깡그리 살해한 셈이었다. 만충묘 입구 큰 벽에는 "사람을 깜짝 놀라게 한 도시(一座駭人聽聞的城)", "선혈이 엉켜 굳어진 도시(一座鮮血凝固的城)", "주검이 산더미처럼 쌓인 도시(一座死積如山的城)", "결사적으로 항쟁한 도시(一座碌死抗爭的城)"라고 새겨져 있다.

역사적으로 청나라 때부터 시작하여 네 차례나 재건된 만충묘는 1994년 11월 21일에 중일갑오전쟁 100주년을 맞으며 중국 정부와 국내외 많은 애국인사들의 물심양면 도움으로 지금의 기념관을 세웠다.

건물 계단을 올라가 참관대청으로 들어가는 큰 문 위에는 당시 중앙정부 국무총리였던 리붕 총리가 제사(題辭)를 쓴 '旅順萬忠墓紀念館(여순 만충묘 기념관)' 편액이 걸려있다. 또 중국 공산당 중앙선전부는 1997년 6월 이곳 만충묘 기념관을 애국주의 교육기지로 선정한바 이는 전국에서 처음으로 비준한 애국주의 교육기지라고 한다.

중일갑오전쟁이 끝난 10년 후인 1904년 2월부터 1905년 9월까지 일본과 짜르 러시아는 자기들의 땅도 아닌 중국 여순에서 러일전쟁을 일으킴으로써 또다시 여순 지구의 중국 인민들을 전쟁의 불바다 속에 몰아넣었다.

지금까지 보존되어 있는 "203고지(산 이름이 전쟁시 '你것山(이령산)' 비슷한 한 어음으로 변했음)"가 바로 당시의 전쟁터이다. 당시 일제는 이른바 전승국으로서 여순 지구의 지배권을 계속 차지하고 있으면서 백옥산 꼭대기에 전쟁에서 죽은 자국 군인들을 위해 불타고 있는 촛불 모양의 거대한 탑을 세워놓았다. 말하자면 여순 백옥산 꼭대기에 있는 탑은 일본 제국주의가 러일전쟁에서 죽은 자국 전사들을 위해 세워놓은 위령탑인 것이다.

1902년에 짜르 러시아에 의해 건립되었고 그 후 일제에 의해 재건된 일러 여순감옥(뤼순감옥)과 일본 여순법정은 우리 민족의 영웅 안중근 의사를 포함한 수많은 애국지사를 참혹하게 심문하고 학살했던 곳으로 지금까지도 원래의 건물과 원래의 내부시설이 그대로 보존되어 있는데 우리에게 지난날의 역사를 낱낱이 보여주고 있다.

1932년 3월 1일, 일제가 동북에 위만주국을 건립한 후 쫓겨난 청나라 말대 황제 부의를 여순으로부터 장춘에 모셔 가 위만주국 황제 자리에 앉히고 장춘을 새 수도로 정하기 전까지 일제 놈들의 중국 침략의 첫 발판이자 대 후방으로 삼았던 여순에는 지금도 도처에서 일제 놈들이 저질러놓은 중국 침략의 흔적들을 찾아볼 수 있다.

자료에 의하면 지금의 여순구구(旅順口區) 태양구 신화거리 18호 건물은 1906년부터 일본 관동군 도독부 육군부로 쓰였고 1919년 4월에는 일본 관동군 사령부가 있던 곳이다.

바로 이곳에서 일제는 이후로 관동군 사령관을 9번이나 바꾸면서 중국 인민에 대한 갖은 침략과 학살 계획을 획책했던바 그중에는 1931년 9월 18일에 일으킨 9.18사변도 들어있는데 왜놈들은 사변 이튿날에야 저들의 사령부를 여순 태양구에서 심양으로 옮겨 갔다.

그러니 여순은 26년 동안이나 일제가 중국 침략 발판지로 삼았던 곳이다. 역사학자들은 "하나의 여순구에 절반의 중국 근대사가 쓰여 있다(一個旅順口 半個中國近代史)."라고 말하기도 한다.

중화인민공화국이 창건된 후에도 인민정부는 중국 인민들로 하여금 일본제국주의의 중국에 대한 지난날의 만행을 영원히 기억하도록 하기 위해 당시의 많은 건물들을 원래의 모양대로 보존, 관리하고 있다.

러일전쟁 이후 장장 40년이나 일본 침략자의 식민통치를 받아왔던 여순시는 제2차 세계대전 말기에는 소련홍군과 일본 침략군 간에 치열한 전투를 벌였던 전쟁터로 종국에는 소련홍군의 승리로 일제는 이곳에서 투항을 선포하지 않으면 안 되었다.

해방 후 소련홍군은 여순에서의 일본 침략자와의 투쟁 승리를 기념하기 위해 자기들의 경비로 여순 백옥산 아래에 높이 45m에 달하는 '승리탑'을 세우고 중국과 러시아 두 나라 문자로 된 설명문을 적어놓았다. 여순구 수사영 3리교 서쪽에는 소련 열사능원이 있다. 이곳은 현재 중국 내에서 가장 큰 외국 국적 공동묘지로 그 면적이 4만 8천여 제곱미터에 달한다. 묘지에는 2,030명의 소련홍군과 그들의 가족 사망자가 매장되어 있다.

어린 시절을 누구보다 먼저 항일의 봉화를 추켜들었던 회룡봉에서 보냈던 남권은 정년퇴직 후에 일본제국주의가 중국을 침략하는 첫 발판으로 삼았던 여순을 그의 마지막 여생을 보낼 삶의 터전으로 선택하였다.

회룡봉 '혁명 석굴'과 남권의 가족

회룡봉촌 첫벌등 서남쪽 산속에는 1930년대 초 항일지하공작원들이 발견하고 근거지로 사용했던 천연석굴이 있다.

해방 후 1950년대 연변 조선족자치주 역사문화유물관리 부문에서는 항일유적지인 회룡봉촌 본 마을 남쪽에 시멘트 판에 페인트로 '회룡봉 혁명동(回龍峰革命洞)'이라고 쓴 간판을 세워놓았다. 이 간판이 세워지기 전에 남권이 소학교에 갓 입학하여 서산으로 원족(遠足)을 갔을 때였다. 당시 촌당지부 서기였던 아버지가 그곳 정부를 대표하여 혁명 석굴 앞에 모인 학생들에게 석굴과 그와 관련된 역사 이야기를 해주신 일이 있다.

항일 지하공작원들의 근거지였던 이 석굴은 용사들이 총을 든 일제와 싸우던 비밀근거지였을 뿐만 아니라 항일 대오의 창고로도 쓰였다. 반일회 회원이었던 할머니가 조선에서 구입해 온 등사용품이며 소금 같은 항일유격대원들의 필수품을 이곳에 숨겼다가 산줄기를 타고 150리나 떨어진 홍색근거지 연통라자로 수송하였다.

이렇듯 유서 깊은 회룡봉 서산의 혁명 석굴은 그에게 깊은 인상을 주었으며 특히 연변 조선족 자치주 정부에서 '혁명 석굴' 표지 간판을 세워놓은 다음부터 석굴은 언제나 그의 마음속에 큰

1985년 초겨울 66세에 기자들을 동반하여 '회룡봉 혁명 석굴'을 찾은 원저자의 아버지 박우영(서있는 돌 아래 검은 곳이 바로 석굴 입구임)

자랑이 되었던 것이다. 그가 고향을 떠난 지 오랜 후에도 아버지는 장기간 그곳 정부를 대표하여 학교 학생들과 수시로 찾아오는 역사 학도들에게 혁명 석굴과 그에 관한 항일역사를 소개해 주셨다. 이런 의의 있는 혁명 석굴 간판이 세월이 흐르면서 페인트로 칠해놓은 글자가 지워지고 나중에는 시멘트 판도 다 무너지게 되었다.

남권이 대학을 졸업하고 길림성 교하시 조선족중학교에서 교편을 잡고 있을 때였다. 방학에 고향에 찾아갔던 그는 기둥 하나만 남은 혁명석굴 간판을 가슴 아픈 심정으로 바라보면서 기회가 있으면 어떤 방법을 강구해서라도 영구한 혁명석굴 기념비를 세우려고 마음먹었다.

옥천동 파옥지를 찾아

남권이 관심 갖는 것은 회룡봉 '혁명 석굴' 기념비만이 아니다. 큰 백부 박지영이 동료들을 지휘하여 파옥에 성공한 옥천동 마을은 경신진 본 마을 남쪽에 위치해 있는 고장으로 바로 그의 고향 회룡봉을 드나드는 길목이다.

어릴 때 이야기로만 듣고 지나다니던 '옥천동 파옥지(玉泉洞破獄址)'가 세월과 더불어 점차 자신과 가깝게 느껴진 시기는 그가 교원 일에 참가하면서부터였다. 특별히 교사 출신인 그가 1983년에 교하시 조선족 중학교에서 교하시 정부 민정국으로 전근된 후부터였다. 혁명역사 사건, 열사와 그 가족, 군인 가족, 열사증 발급과 같은 무휼사업을 처리하는 과정에서 그는 자신의 가족과 관련되는 고향의 투쟁 역사에 더욱 관심을 돌리게 되었다.

1988년 가을 남표 형님이 고향을 방문했던 때였다. 밀양 박씨 일가족이 밀접히 관련되어 있는 옥천동 파옥지 참관 일정에 따라서 파옥지를 찾아 아버지로부터 감명 깊은 이야기를 듣게 되었다. 남표 형님은 누구보다 감격해 하셨다. 형님은 자치주 중점문화유물 보호 단위인 '옥천동 파옥지' 간판 앞에서 뜻깊은 기념사진도 남기셨다.

정년퇴직 후인 2006년, 9.18 사변 75주년 기념일에 남권은 길림성 용정시 3.13 운동학술회 회장이신 최근감 선생과 학술회 해외 고문으로 계시는 한국 서울에서 모처럼 오신 김근화 선생 그리고 용정시 문화관에서 일하고 있던 이광평 선생을 모시고 옥천동 파옥지 옛터를

1988년 10월 1일, '옥천동 파옥지' 옛터를 찾은 박남표

찾아가 설명을 해드렸다.

2009년 6월에는 류연산 선생님과 한국에서 오신 손님을 모시고 재차 옥천동 파옥지를 찾아 관련 설명을 해드렸다.

아주 애석한 것은 큰 글자로 쓴 옥천동 파옥지란 간판과 같은 크기로 되어있던 설명문 판이 다 무너지면서 보기에 아주 흉한 데다 간판의 글자가 없어진 것이다. 남권이 류연산 교수를 모시고 '옥천동 파옥지' 간판을 찾아갔을 때였다. 류 교수가 호주머니에서 휴지와 손수건을 꺼내어 큰 글자 간판을 여러 번 닦아서야 겨우 글자의 윤곽이 드러났다. 애국 교육기지로서의 옥천동 파옥지는 관리가 따라가지 못해 이렇게 된 것이다. 옥천동 파옥사건을 주도했던 박지영의 친조카인 남권으로서는 아주 가슴 아프고 유감스러운 일이 아닐 수 없었다.

그로부터 1년여 지난 후였다. 고향 가는 길에 훈춘시 문화유물 보호 단위를 찾아 자신의 마음 아픈 사연을 호소하였더니 담당 책임자가 '옥천동 탈옥 유적지' 비석을 이미 2010년 7월 28일에 새롭게 설치했다고 알려주었다. 다시 찾은 파옥지는 그동안 큰 변화가 있었다. 우선 마을과 마을을 연결하는 구간의 시멘트 포장도로에서 파옥지까지 별도로 포장도로를 깔아 찾아가기 아주 편리하게 만들어 두었다. 또한 가까이에 다가가니 원래의 비석과는 확연히 대비되는 새로운 화강암 비석 간판이 눈에 들어왔다.

새로 세워진 비석 간판은 원래 간판 위쪽에 조·한 두 문자로 적혀 있었고 유백색 화강암 재료로 되어 있었다.

며칠 후 남권 내외는 관광차로 국가중점 풍경 명승지로 선정된 경신진 방천을 참관하였는데 풍경구의 표지로 되어있는 '용호각(龍虎閣)' 건축물이 아주 먼 곳으로부터 여행객들의 눈길을 끌었다. 소개에 따

9.18사변 75주년 기념일인 2006년 9월 18일, 용정 3·13운동 학술회 회장 최근갑(중간), 한국 고문 김근화(왼쪽) 선생과 저자(오른쪽)가 항일투쟁사를 담론하는 장면

르면 2013년 5월에 준공된 12층 현대식 건물은 높이가 무려 6m가 넘는다고 한다. 건물의 가장 위쪽에 설치되어 있는 전망대 출입문을 열고 난간에 나서면 두만강 최하류에 위치한 중, 조, 러 3국의 땅과 그 너머로 푸르른 동해가 한눈에 굽어 보였다.

바로 이 건물 1층 대청에 두만강의 역사 문화를 설명해주는 각종 문물과 도편 자료들을 진열해놓은 박물관이 있는데 우리는 그 많은 진열품들 속에서 놀랍게도 눈에 익은 2010년 7월에 훈춘시 인민 정부에서 새롭게 세워놓은 '옥천동 탈옥 유적지' 비석 사진과 그에 따른 설명문을 찾아보게 되었다. 중국 정부의 관심과 배려에 고마움을 금할 수 없었다. 일제의 감옥에서 거사를 치렀던 영웅들이 새롭게 세워진 비석, 비문과 함께 한결 더 빛나는 것만 같았다.

역사는 영원히 살아있으면서 후세 사람들을 깨우쳐주고 고무해 주

2013년 9월. 새로 세운 '옥천동 탈옥 유적지'를 찾은 원저자 박남권

는 것이다. 영웅들이여, 영생불멸하시라!

❀

항일투사 리봉수 장군을 만나 뵙다

남권은 항일 유적지를 찾는 데만 그친 것이 아니라 그 당시의 항일
투사들을 찾아 자신의 고향과 가족들의 항일투쟁사를 직접 듣기도 하
였다.

1959년 여름, 조선인민군 리봉수 중장이 항일투쟁을 하였던 회룡
봉촌에 방문하셨을 때였다. 해방 후 처음으로 외국인 신분으로, 또
직위가 높은 분이 두만강 기슭의 깊은 산골마을인 회룡봉을 방문한
것으로 해서 정부는 그와 그의 일행의 안전과 편리를 위해 일반 촌
민, 특히 학생들은 방문단 성원들과 접촉을 하지 못하게 하였다. 그
랬지만 리봉수 장군이 항일투쟁 시기 백부들과 함께 적과 싸운 분이
라는 사실을 알게 된 남권은 꼭 그이를 찾아뵙기로 마음먹었다. 더욱
이 아버지가 타지에 나가 노동하시느라 집에 없는 때여서 더더욱 스
스로 가정을 대표해야 한다는 마음을 가졌다. 그때 17살이었던 그는
끝내 용기를 내어 리봉수 장군 앞에 찾아가서 큰소리로 "내가 박주사
의 손자"라는 것을 알리면서 인사를 올렸다. 리봉수 장군은 그를 보
더니 이렇게 말씀하셨다.

"너의 할아버지는 참 어른다운 분이셨다. 너의 할머니는 연통라자에서
희생되었지. 소련으로 망명 갔던 너의 큰아버지 지영은 소련 땅에서 희생
되었고 너의 둘째 백부 근영은 지금 소련에서 살고 있다는 소식을 알고 있

다. 일제시대 때 너의 가족은 참 희생도 고생도 많이 겪은 혁명 가족이었다."

　이리하여 그는 리봉수 장군을 통해 할아버지, 할머니와 백부들의 항일투쟁 이야기를 직접 들을 수 있게 되었다. 리봉수 장군은 공동식당으로 쓰고 있던 넓은 방에서 휴식을 취하신 후 당시 책임자들과 조선에서 동행한 사람들의 안내하에 항일투쟁 시기 회룡봉촌 부녀사업을 책임지고 항일 대오 후근 사업을 하셨던 김창길의 모친을 찾으셨다.

　조선 전쟁에 참가하여 희생된 큰아들 집에 계시던 그녀는 그해 여름에 학질에 걸려 집을 떠나지 못하고 있었던 것이다. 하나뿐인 딸자

1959년 여름, 중국 훈춘을 방문하여 로(老)혁명 전우들과 상봉한
조선인민군 리봉수 중장(앞줄 왼쪽에서 세 번째)

식에 열사 유가족으로 시어머니를 모시고 있던 할머니의 큰며느리는 소식을 듣고 없는 살림에도 술상을 차려 장군을 맞이하였다.

상에 놓인 술이 무슨 술이었던지는 모르겠으나 여러 사람들의 권고로 옛 혁명동지의 초가집에서 리봉수 장군이 감명 깊은 한 잔의 술을 드시던 기억이 난다.

그리고는 항일 대오에서 후근 사업을 진행할 때 당시 회룡봉 당지부 서기를 맡았던 안길 장군이 전염병에 걸리자 자기 집과 회룡봉 혁명석굴 두 곳을 번갈아가며 병 치료를 해드렸던 김두암 노인의 벌등 옛집(당시 빈집으로 아주 허름하였음)을 찾아 기념사진도 남기셨다. 리봉수 장군이 김두암 노인과 함께 항일 지하 공작을 하셨던 회룡봉 벌등 김규섭 노인의 집을 찾아가셨던 이야기와 회룡봉을 떠나 훈춘 시내에 도착하신 후 옛 전우인 항일유격대 대황구 부대장으로 싸우셨던 김한구(김영) 동지와 항일투사 박원규 부인 김한숙, 항일투사 박장춘의 부인 전봉녀를 찾으셨던 일은 이야기로만 들었다.

할머니의 전우 황정일

황정일은 유명한 항일 의병장 황병길 의사의 셋째 딸로 연통라자 항일 유격대의 한 성원이었다.

연변 조선족 자치주 창립 60주년을 기념하여 새롭게 출판된 〈훈춘 조선족〉 하편 '훈춘 조선족 영웅모범인물' 부분 '제4장 견정불굴하게 일제와 끝까지 싸운 황병길과 그의 아들딸' 편에 보면 황병길의 셋째 딸 황정일에 대해 이렇게 소개하고 있다.

황정일은 1912년 훈춘 연통라자에서 아버지 황병길과 어머니 김숙경의 셋째 딸로 태어났다.

부모와 형제자매들의 영향으로 그는 일찍 16세에 항일혁명 활동에 참가하였다. 1930년 그는 중국 공청단에 가입하고 단지부 선전위원, 조직위원으로 일하였으며 1932년 10월에는 영광스럽게 중국 공산당에 가입하였다. 혁명 활동 중 그는 연구(烟區) 공청단 서기였던 김원익과 결혼하여 혁명동지가 되었다. 1933년 12월, 황정일의 남편 김원익이 군중을 조직하여 일제 놈들의 토벌에 항거하는 투쟁에 장렬히 희생되었다. 놈들의 3광 정책으로 근거지가 거의 폐허로 변하자 황정일은 동지들과 함께 흑룡강성 동녕현 로흑산(老黑山) 일대로 옮겨갔다.

1935년 10월, 황정일이 로흑산 일대에서 유격대를 위해 식량을 장만하고 있을 때 변절자의 밀고로 그는 불행하게 놈들에게 체포되었다.

두 달 동안의 감옥생활에 그는 놈들의 핍박에 자수하고 귀순하였다. 당시 조직에서는 산속에서의 공작의 간고성을 감안하여 귀순할 수는 있으나 내부 비밀을 절대 누설해서는 안 된다고 하였다. 출옥한 후 한 위만경찰이 그를 따로 감시하였다. 1938년에는 그는 기회를 타 도망쳐 나와 하얼빈에 가서 생계를 유지하다가 1942년에야 훈춘으로 돌아왔다.

1945년, 소련홍군에 의해 동북이 해방되자 그는 격동된 심정으로 훈춘 인민을 대표하여 연길에 주둔한 소련홍군 사령부를 찾아가 훈춘 전황을 반영한 후 자기가 감옥에서 귀순한 역사사실을 자백하고 조직의 비평과 교육을 받았다. 새로운 사업임무를 접수한 그는 훈춘에 돌아와 민주대동맹책임자 김경도(김원익의 부친)와 함께 군중을 발동하여 한간들과 싸우며 혁명역량을 발전시켰다. 그해 10월에 황정일은 새롭게 입당신청서를 제출하였는데 소련홍군 사령부에 있던 최대위와 강신태 두 동지가 소개인을 맡고 1946년 1월에 다시 중국 공산당에 가입하게 되었다.

1946년 7월, 훈춘 보안정치처 부정치위원 초여(肖茹)의 임명으로 황정일은 보안정치처 간부가 되었다. 그 후 그는 1948년 3월까지 민주대동맹 부녀주임, 훈춘현 당위원회 부녀주임 겸 당위원회 위원, 길동군구 후근부 중대장 등 중임을 맡아 일하였다.

1948년 3월, 길동군구가 돈화에서 정돈 훈련할 때 황정일은 역사 문제로 당적, 군적을 모두 빼앗겼다. 그러나 혁명에 대한 그의 충성심은 변하지 않았으며 또 그런 충성으로 자기의 아들을 혁명에 충성하도록 교육 시켰다.

1946년 11월에 아들 김일권이 16살이 되었을 때 그는 아버지의 뜻을 이어 참군할 것을 요구했다. 당시 부대 책임자는 그가 아직 어리므로 참군할 수 없다고 했으나 그는 끝내 각종 방법을 다하여 부대 책임자의 동의를 받고 참군시켰다. 동북민주연군에 참가한 그는 길림시교전쟁, 평진전역, 강서 남창비적토벌 등 전역에서 적들과 영용히 싸웠다. 그 후 중국 인민해방군 독립 제15사에 편입되어 조선전쟁에 참가하였던 그는 불행히 한 차례의 전역에서 희생되었다.

황정일의 이런 정황에 근거하여 조직에서는 그녀를 훈춘현 열군속 피복공장에 배치하였다. 남편과 아들을 다 잃어버린 비통은 그녀의 의지를 꺾지 못했다. 그녀는 비통을 힘으로 바꾸어 공장에서 열심히 일하여 여러 차례 선진사업 일꾼으로 선정되었다. 그뿐만 아니라 그녀는 자기의 경력에 근거하여 주동적으로 훈춘현 당사, 현지 편찬과 국내외 동지들의 역사문제를 밝혀내는 사업에 많은 일을 하였다.

1961년, 남권이 훈춘에서 고중을 다니던 시절 황 할머니를 찾아갔을 때가 바로 이때였다. 그가 회룡봉 박주사 손자라고 말씀드리자 할머니는 그에게 그의 할머니와 함께 연통라자에서 일제와 싸우던 이야기를 들려주셨다.

"내가 너의 할머니와 함께 연통 라자 항일유격구에 있을 때였다. 너의 할머니는 그 연세에도 젊은이들 못지않게 밤낮을 가리지 않고 항일 후근 사업을 하시었지. 연통라자가 항일유격 근거지로 알려진 후부터는 왜놈들이 시도 때도 없이 돌연 습격을 감행했단다. 그뿐만이 아니었다. 왜놈들은 근거지로 들어가는 일체 물자를 차단하여 항일 근거지가 극심한 물자 곤란에 빠지게 되었지. 살아야 싸울 수 있는데 살자면 식량이 있어야 되지 않겠냐! 그러니 항일 후근부대의 임무는 실로 중요하고도 간고하였다. 목표가 드러나지 않도록 두셋씩 짝을 지어 왜놈들의 눈을 피해가면서 민가에 가서 식량을 구입해서는 무거운 줄도 모르고 진지까지 날라 오는 것이 우리 후근부대의 주요한 임무였단다. 어느 대원이 부상을 입거나 또 어느 대원의 옷이 해어지거나 하면 보살펴주어야 하는 것이 후근부대의 일이었단다.

연통라자 산골에서 몇 년을 일제와 싸우시던 너의 할머니가 왜놈들 대토벌 때 총에 맞아 희생된 것은 1934년 5월이었지. 그 기막힌 장면을 목격한 내가 왜놈들의 총알을 무릅쓰고 다른 전우들과 함께 너의 할머니의 시체에 흙을 덮어주었단다."

침통한 어조로 말씀하시던 황 할머니는 더는 말씀을 이어나가지 못하였다. 왜놈들과 투쟁하던 때를 회고하시던 황 할머니의 얼굴은 혁명 전우의 희생으로 인한 슬픔과 적에 대한 적개심으로 더욱 엄숙해지셨다.

황 할머니는 얼마간 끊었던 이야기를 계속하셨다.

"너의 할머니는 아들을 둘씩이나 항일에 내세우고 당신까지 발 벗고 나서서 일제와 끈질기게 투쟁하시다가 희생되었다."

1987년 12월, 현당위원회 조직부와 래신래방(來信來訪)판공실에서는 황정일의 역사 문제를 전면적으로 재검토하였다. 조직 부문의 상세한 조사를 거친 후 최종결론은 이러하였다.

"황정일 동지는 체포되었을 때 혁명동지와 조직에 해를 끼친 일이 없으며 다시 혁명 대오에 돌아온 후 노력하여 사업에서 우수한 성과를 올린 것으로 하여 당의 우수한 간부로 인정한다. 실사구시의 원칙에 입각하여 그의 간부 명의를 회복하기로 결정한다."

황정일 할머니의 역사 문제는 40여 년간의 파란곡절을 거쳐 노년 시절에야 공정한 해결을 얻었다. 그녀는 1992년에 병으로 세상에 뜨셨다. 여기까지 내용은 남권이 잘 모르고 있었던 황 할머니의 역사이다. 한 번밖에 만나 뵙지 못한, 고생도 많으셨고 곡절도 많으셨던 황정일 할머니! 이제 와서 그는 뵙지도 못한 자신의 항일 열사 할머니를 사모하면서 묵묵하게 할머니의 전우이신 황정일 할머니의 명복을 빌 뿐이다.

고향의 항일용사 부부를 찾아

남권은 또 고향의 항일용사 부부들을 찾아뵌 적이 있다.

1990년 11월, 그와 분옥 고모는 일찍 회룡봉에서 항일투쟁에 참가했던 김한응 노인과 고기준 할머니(당시 부부였음)를 찾아뵈었다.

때는 그가 아버지의 3년 제사로 고향 회룡봉에 갔다가 교하로 돌아오는 길이었다. 그가 훈춘 시내에 계시는 분옥 고모네 집에 들어서니 고모의 첫 말씀이 소련에서 김한응 노인이 중국에 나오셨는데 지금 바로 훈춘진 고기준 할머니네 집에 계신다는 것이었다. 고모는 그때 연세도 많으신 데다 다리가 불편하여 먼 길을 떠날 수 없어 아버지 제사에도 참석 못 하고 집에 계시게 되었는데 바로 이틀 전에 회룡봉의 한 고향 사람인 항일 장령 박원규의 큰딸 계분에게서 이런 소식을 들었다는 것이었다.

우연하면서도 더없이 소중한 기회인지라 남권과 고모는 훈춘진 신안가(거리이름)에 계시는 고기준 할머니 댁을 찾았다. 그때 김한응 노인은 훗날 소련에서 만난 부인이 세상을 뜬 후였고 고기준 할머니 역시

1990년 1월 18일, 김한응 · 고기준 두 노인을 찾아서(왼쪽으로부터 원저자의 고모, 김한응, 고기준 노인, 저자 촬영)

중국에서 훗날 만나 함께 살던 남편이 병으로 세상을 뜬 후였다. 투쟁에서 맺어진 60년 전의 그 정을 잊지 못해 만 리 길도 마다않고 80여세 고령에 김한응 노인이 우즈베키스탄 타쉬켄트시에서 모처럼 중국 훈춘에 계시는 첫 부인인 고기준 할머니를 찾아오신 것이다.

우리의 이야기는 자연히 항일투쟁 시기로부터 시작되었다. 김한응 노인이 회고하였다.

"60년 전 일이었단다. 우리는 항일의 길에 나서면서 회룡봉에서 먹을 식량을 지고 산골짜기를 따라 100리 길도 퍽 넘는 소비에트 구역인 연통라자를 향해 떠났지. 그때 일본 놈들의 토벌을 피해 너의 할아버지도 어린 식구들을 거느리고 집에서 기르던 젖소에 식량을 싣고 우리와 함께 떠나 길도 없는 산속을 오르내리셨다."

이것이 바로 아버지가 고난의 유년시절을 회고하면서 그에게 이야기해 주시던 그 장면이었다. 마치 그 자신이 깊은 산속에서 허우적거리며 헤매는 것 같았다. 노인은 계속 말씀을 이었다.

얼마나 걸었던지, 사람이나 소나 다 지칠 대로 지쳤단다. 너의 할아버지가 앞에 서 있는 팔뚝만 한 참나무를 뽑아 들고 소를 때렸건만 소는 눈만 희뜩희뜩할 뿐 움직이지를 않았다. 결단을 내린 너의 할아버지가 우리를 보고 아예 소는 잡아먹고 식량만 사람이 지고 산길을 가자고 하지 않겠냐!

기진맥진했던 우리는 산중에서 소고기를 배불리 먹고 푹 쉬고 난 뒤 다시 길을 재촉하게 되었다. 그런데 50이 다 되신 너의 할아버지가 당신은 쌀 한 마대를 지고 우리 젊은이들을 보고 절반씩만 지라고 하지 않겠냐. 쌀이 있어야 살 수 있고 살아야만 왜놈들과 싸울 수 있었으니 말이다.

너의 할아버지는 항일을 위해서라면 그까짓 소 한 마리쯤은 아무것도 아니라는 듯이 아쉬움 하나 없이 뒤도 돌아보시지 않은 채 소비에트 구역인 연통라자를 향해 길을 걷기 시작했는데 우리 젊은이들에게는 큰 기둥이 되었단다.

김한응 노인의 말씀을 이어 고모가 말씀하셨다.

"그렇게 애써 지고 간 쌀도 다 떨어져 우리 집 식구들이 연통라자에서 배고픈 고생을 얼마나 했는지 모른다."라고 고모가 남권을 향해 말씀하셨다.

연통라자에 도착한 할아버지네 식구들로는 큰며느리 김광숙과 그에 딸린 9살 난 큰손자 남표, 그 아래 두 살 먹은 둘째 손자 남주, 큰손자와 동갑 나이인 당신의 막내딸 분옥 그리고 그보다 세 살 위인 넷째 아들 아버지 우영 등이었다.

할아버지가 풀단으로 비바람을 막은 어수선한 초막집에서 살림을 차린 그들 가족들은 지고 간 식량이 떨어져 몇십 리 떨어진 농가에 가서 얻어온 통옥수수 알을 물에 삶아 알알이 세어 먹으며 굶주림을 달래야 했고 소금이 없어 재를 움켜 먹으며 눈 덮인 산골짜기에서 추위에 떨어야 했다. 그 고통과 쓰라렸던 마음을 무엇으로 형용하랴!

"너의 할아버지가 어린 식구들을 업고 소비에트 구역에서 **회룡봉**으로 돌아가는데 '공산'을 하고 산에서 내려온다고 하다문 일본경찰서 놈들이 붙잡다가 모질게 구타를 한 일도 있었지. 너의 할아버지는 참 고생이 많으셨단다." 고기준 할머니의 말씀은 착잡했던 남권의 생각을 깨뜨렸다.

왜놈들에게 혹형을 당하고 나오시는 할아버지의 육체적 고통도 고통이었겠지만 그 엄동설한에 추위와 배고픔에 떨고 있는 어린 자식들을 보셨을 때 할아버지의 마음은 또 얼마나 쓰라렸으랴! 일제의 침략과 토벌로 혈육들은 산산이 흩어졌고 남들이 부러워했던 당시의 풍요롭던 살림살이는 하루아침에 풍비박산이 났다.

그래도 마음씨 좋은 이웃들이 쌀이며 간장, 소금 같은 것들을 들고 와서 도와준 덕에 할아버지 일가는 어렵게나마 1932년 말과 1933년 초봄을 지나게 되었단다.

김한응 노인의 말씀은 소련에서 겪은 이야기로 넘어갔다.

"어디에 가서나 앞장서는 분이 너의 큰아버지였다. 옥천동 감옥을 치고 소련 땅에 망명한 다음에도 계속해서 중소 국경을 넘나들면서 왜놈들과 싸웠지. 제2차 세계대전이 가장 치열했던 시기에 너의 큰아버지는 소련홍군에 참가하여 독일 놈들과 싸웠단다."

그이는 비통한 표정으로 남권과 고모를 바라보시며 큰 백부가 희생된 소식을 듣던 이야기를 해주시었다. 김한응 노인은 1937년 고려인 대이주에 이어 1949년부터는 우즈베키스탄 타쉬켄트시 교외 프라우다에서 한 고향 항일 전우로서 형님, 동생 하며 한마을에 살았던 둘째 백부 박근영에 대한 이야기도 하셨다.

둘째 백부는 몇십 년이 지나서도 소련에 망명하기 직전 외딴집에 찾아 들어가 감자 조각과 호박으로 허기진 배를 달래던 옛이야기를 하시며 "세상에 산해진미가 따로 없더라."라고 하셨는가 하면, 그 집 주인이 준 다부살(風衣; 재킷이나 코트)은 작아서 몸에 맞지는 않았지만 가을 한기를 막아주는데 큰 보탬이 되었다는 이야기를 감명 깊게 하셨다고 한다.

그 외딴집 한족 아주머니의 마음은 바로 그때 광범한 군중들이 정의를 위해 일제와 싸웠던 항일투사들에 대한 동정과 관심 그리고 지지였던 것이다.

항일용사 부부의 사랑 송가

항일 용사들인 두 분과 오래 이야기하는 가운데 김한응 노인과 고기준 할머니의 옛사랑에 깊은 감동도 받게 되었다.

그때 그분들의 이야기를 듣고 크게 감동을 받은 남권은 그들의 사랑 이야기를 '사랑이 넘치는 세계'라는 제목으로 글을 썼는데 1990년 11월 22일 자 〈길림신문〉 조선어판 제2면 '내 고장 일화'란에 실렸다. 아래에 그 글을 싣는다.

김한응과 고기준 두 노인은 60년이란 긴 세월을 두고 곡절 많은 애정의 길에서 세 번 만나 세 번 갈라져야 했던 애틋하고 마음 쓰린 사연을 묻어두고 있다.

배필을 무은대로(=結婚後直到; 결혼해서 쭉) 계속 살았으면 회혼례도 치렀을 그들이 같이 지낸 시간은 실로 너무나도 짧아 만 2년도 되나마나 하다.

그들이 사연을 알고 있는 이들치고 그 누구든 땅이 꺼지게 탄식하지 않으며 그 누군들 끈질긴 그들의 사랑에 눈물을 흘리지 않으랴.

고기준은 남편의 생사 여부도 알지 못한 채 눈물을 뿌리며 국경을 넘어섰다.

인근 마을에 살던 김한응과 고기준은 동갑 나이 18세에 부모들의 주선으로 소박하고도 보잘것없는 혼례식을 올렸다. 비록 부모들이 주장한 혼사였지만 타고난 연분이 있었던지 결혼 후 그들의 생활은 아기자기했다.

20세가 되었을 때에는 둥실둥실한 아들애까지 있게 되어 김씨 가문에 자손이 늘어났다고 입을 다물지 못했다. 그런데 고이 자라던 어린애가 일곱 달 만에 급병에 걸릴 줄이야. 그때의 궁핍한 살림에 돈이 없는 건 둘째 치고 의원마저 두만강 건너 몇십 리를 가야 모셔올 수 있는 사정이었다.

망설이던 며칠 사이에 어린 것은 "엄마", "아빠"하는 소리도 못 해보고 영영 저세상으로 가버리고 말았다.

1930년대는 일제의 세상으로 된 간도 땅덩어리, 더군다나 두만강을 사이에 두고 조선과 마주 보고 있는 회룡봉에 일본 놈들은 분주소까지 앉히고 도처에서 살판 쳤으니 15~16리 떨어진 옥천동에는 영사관까지 설치하였다.

피비린내 나는 '3광' 정책의 탄압에 맞서 우리 민족은 일제를 반대하는 싸움에 떨쳐나섰다. 김한응, 고기준도 일본 놈들과 싸우려고 1933년 정월에 당시 소비에트 구역인 연통라자에 들어갔다. 산속의 초막생활은 더없이 간고하였건만 항일의 열화는 그들에게 더없는 힘과 용기를 주었다. 김한응은 유격대에 편입되고 고기준은 선전원 책임을 맡고 시베거우, 난거우 일대에 내려가 의복이며 식량 등을 구입해 들였다.

어느 하루, 왕버스 산골에 내려가 선전활동을 하고 돌아온 고기준은 전우들의 입에서 김한응이 머저리병(상한병)에 걸려 지금 상난거우 초막에 누워있다는 놀라운 소식을 듣게 되었다. 이때 본부에서는 이튿날 적의 토벌대가 쳐들어온다는 정보를 받고 한창 부랴부랴 철거하는 판이었다.

고기준의 가슴은 바질바질 타들어갔다. 아무리 상한병이라 해도 어찌 남편을 두고 자기만 안전한 곳으로 피해 가랴. 시간은 긴박하고 사태는 위험했다. 연 며칠 산판을 돌며 사흘이나 밥 한 끼 먹지 못한 그녀였지만 남편에 대한 변함없는 애정으로 꼭 김한응을 구해내리라 마음먹었다.

하루 종일 손에 땀을 쥐고 해 떨어지기를 기다리던 그녀는 땅거미가 깃들자 길을 떠났다.

굶주린 배를 끌어안고 지척도 분간키 어려운 어둠을 헤가르며 고기준이 김한응이 홀로 누워있는 초막에 당도하니 이미 말조차 할 수 없게 된 남편은 병마의 시달림 속에서 몸부림치고 있었다. 상한병에 걸린 사람 곁에는 얼씬거리지 말라던 어른들의 이야기도 있었지만 기준은 남편의 몸에 와락 엎드려 흐느껴 울었다.

시간이 얼마나 흘렀을까, 문득 울고만 있을 것이 아니라 사람을 구해야 한다는 생각이 그녀의 뇌리를 쳤다. 무엇보다 먼저 이곳을 떠나야 했다. 누워있는 남편을 업자고 하니 여자의 가냘픈 몸인 데다 며칠 굶기까지 해서 어림도 없었다. 궁리 끝에 그녀는 담요를 땅에 깔아놓고 남편을 그 위에 눕힌 후 끌기 시작하였다. 소련 국경선 쪽으로 가서 남들의 도움을 받으려는 심사에서였다. 기고 당기고, 당기고 기어서 그들 부부는 끝내 상난거우를 떠나 산 중턱에 이르렀다. 겨울밤은 살을 에는 듯이 맵짜고 추웠다. 고기준은 근처에서 마른 나무를 주어다 불을 피워놓고 남편의 언 몸을 녹여주었다. 그리고는 눈 속을 헤집으면서 도토리를 닥치는 대로 주웠다. 이 시각 도토리는 그처럼 귀중한 식량이었다. 그러나 그 몇 알로 주릴 대로 주린 배를 달랠 수는 없었다. 나중에 기준은 나무 밑 마른풀 무더기에서 꿩 똥을 주어다 요기하는 수밖에 없었다.

한밤중에 계속 정처 없이 나가니 소련 경내의 임업막이 나타났다. 그들 부부는 거기에서 고향 사람들을 만나 약도 좀 얻고 먹을 것도 해결하였다.

남편을 끌고 소련 병원으로 찾아가니 소련 사람들과 말이 통하지 않아 손시늉으로 의사를 나누어야 했다. 책임자인 듯한 사람이 환자만 남고 다른 사람은 다 중국 쪽으로 돌아가라고 하였다.

삶의 갈림길에서 그들 부부는 더없는 고통을 겪어야 했다. 기준은 남편을 홀로 소련에 남겨둔 채 미어지는 가슴을 붙들고 국경선을 되넘어왔다. 며칠이 지난 후 남편의 생사여부가 걱정되어 마음을 졸이던 그녀는 단신으로 또다시 소련국경을 넘어 이곳저곳으로 찾아 헤맸다. 알아보니 환자의 병이 위중하여 툰랜미 병원으로 호송해 갔다는 것이었다. 기막힌 일이었다. 툰랜미는 또 어딘가, 그곳에 가면 자기 남편을 찾을 수는 있을까? 기준이 하도 사정하니 소련 측에서는 차로 그녀를 툰랜미까지 실어다주었다. 그런데 툰랜미 병원에 가보니 남편은 이곳에서 치료를 할 수 없어 블라디보스토크 병원으로 이송되었다는 것이었다.

기준은 눈앞이 캄캄해졌다. 십중팔구 사람이 잘못된 것이라고 생각하였다.

국경을 넘어가라는 한 여인의 손시늉에 기준은 마지막 미련까지 털어버리고 다시 국경선을 넘는 수밖에 없었다.

고기준은 남편 김한응과 생이별한 뒤 사처로 다니며 혁명조직을 찾았다. 당시 유격대 중대장이었던 강재순, 박두남이 마적달에 있다는 소식을 들은 후 찾아가려다가 그는 그만 헌병대에게 붙잡혔다. 마적달 헌병대에서는 기준을 훈춘 헌병대로 보냈다. 훈춘 헌병대의 한 헌병이 기준의 예쁜 얼굴에 반했던지 아니면 얼려서 팔아넘길 심사였던지 훈춘에다 기준의 거처를 정해주고 끼니마다 풍성하게 대접하였다.

기준이 그 거처에서 나흘째 머물던 날, 헌병 놈이 서양식 옷차림을 한 순사 한 놈을 데리고 와 수작을 부렸다.

"이 신사 나으리가 어때?"

"전 남편이 있어요." 깜짝 놀란 기준이 바삐 밀막았다.

헌병 놈은 또 기준을 한 술집에 팔아버리려 하였다. 이놈의 손아귀에서 벗어나지 못하면 일생을 망치겠다고 생각한 고기준은 그날 밤으로 그 집을 도망쳐 나왔다.

후에 기준은 문전걸식하다가 한 아주머니의 소개로 훈춘시에서 이발 일을 하는 김하룡을 알게 되었다. 그때 그의 머릿속은 복잡하였다. 부부의 연을 맺고 같이 살던 김한응이 이 세상에 있는지 없는지도 모르고 가정을 이루자니 마음이 착잡하였다. 허나 그는 삶을 위해, 앞으로의 생계를 위해 새로운 가정을 꾸리지 않으면 안 되었다.

이런 소식을 전해들은 김한응의 어머니는 항일전쟁에 참가한 둘째 아들 한응이 꼭 놈들과 싸우다 상한병으로 저세상으로 갔을 것이라고 여겼다. 소식을 들은 첫날 김한응의 어머니는 성복 제사상을 차려놓고 일제에 대한 원한과 아들에 대한 안타까움으로 목 놓아 울었다. 그 다음해부터는 아들의 생일 날짜를 택하여 해마다 두만강에서 잡히는 황어를 초가집 처마 밑에 말렸다가 그것으로 제사를 지냈다고 한다.

고기준이 말없이 그러고 있는 사이 김한응은 어떻게 되었을까?

김한응은 자기가 언제 어느 때 기준과 갈라졌는지도 몰랐다. 그는 소련의 이 병원에서 저 병원으로 옮겨가며 치료를 받던 중 간신히 사선에서 벗어나 운 좋게 목숨을 건질 수 있게 되었다.

건강이 회복된 그가 중국에 넘어오려니 대오가 어디에 있는지 알 바 없었고 또한 일본 놈들의 피비린내 나는 '3광' 정책에 아내며 혈육들이 몰살을 당한 것만 같이 눈앞이 캄캄해졌다.

결국 그 역시 환경에 순응하는 수밖에 없었다. 김한응은 소련 측의 배려로 한 국영농장에서 3년간 일하다가 1937년부터 기계수리공으로 일했다. 1939년 봄에 그는 소련 처녀 수라와 결혼하였다. 1940년에 그들은 고려인 대이주정책에 따라 블라디보스토크에서부터 우즈베키스탄으로 강제이주를 당했다. 이어 아들 둘, 딸 하나를 보았다.

고기준도 훈춘시에서 살면서 아들 하나, 딸 셋을 가진 가정주부가 되었다.

30년 후 김한응은 중국에 기술지원 일꾼으로 오게 되었다.

1955년 가을, 김한응은 중국의 사회주의건설을 지원하는 농업기술일군으로 머나먼 소련으로부터 온 가족을 데리고 연변에서 이름 높던 김시룡농장에 3년간 머물게 되었다.

물론 김한응이 중국에 와서 처음 찾은 곳은 자기 어머니 계시는 고향 훈춘 경신향 회룡봉촌이었다. 이때 제일 기뻐한 사람은 바로 김한응의 노모였다. 아들이 목숨을 잃었다고 생각하고 20년이나 제사를 지내온 어머니가 그 시각 아들이 만 리 밖 소련 땅에서 가솔을 거느리고 고향 회룡봉 집에 찾아왔다니 실로 꿈인지 생시인지 분간이 안 갈 정도였다.

고향에 온 김한응은 그래도 옛사랑을 못 잊어 친구들이며 친척들을 통해 기준의 형편을 알아보았다.

고기준 역시 김한응이 살아서 고향 땅에 왔다 하니 일희일비의 감정 속에서 맴돌아쳤다. 그녀는 지척에 옛 남편을 두고도 만나지 못하는 가슴을 쥐어뜯었다. 그도 그럴 것이 우리 민족의 속담에 부부 하룻밤 정이 천 날 간다는 말이 있지 않은가.

허나 수십 년이 지난 지금 서로의 신변에 일어난 변화는 보이지 않는 벽을 만들어 놓았다.

어느 사람인들 자기 남편이나 아내를 보고 옛정을 나누라고 허락하겠는가. 애정은 워낙 배타성을 띠고 있지 않은가.

그래도 김한응은 기준을 못 보고서는 발길이 떨어질 것 같지 않았다. 김한응은 끝내 친한 친구의 도움으로 훈춘 시내에서 고기준을 만났다. 그야 말로 꿈같은 일이었다.

그들은 하고 싶은 많고 많은 말을 다 하지 못하고 많고 많은 사연도 다 묻지 못한 채 귀중한 시간을 그저 덤덤히 보내고 말았다. 그들은 몇 날 며칠, 아니 몇 년, 몇십 년을 두고 한자리에 앉아 그 영원한 사랑을 추억해야 하지 않을까.

그러나 무정한 현실 앞에서 그들은 필경 갈라지지 않을 수 없었다. 그 뒤 김한응은 지원사업을 마친 뒤 소련으로 돌아갔다.

세월은 속절없이 흘러 자식을 공부시키고 시집·장가보내고 하는 사이에 그들의 머리에도 어느덧 백발이 내려앉았다.

1980년대에 들어서니 그들도 어느덧 칠순 노인이 되었다. 이때 수년 전에 아내를 잃은 김한응은 홀로 고독하게 살고 있었다. 그는 아들을 따라 중국과 더 멀리 떨어진 깝까즈로 이사해갔다. 비록 가까이에 자식은 있지만 늘 옛 생각에 잠겨들곤 하였다.

고기준도 아들딸들을 다 출가시키고 마음씨 착한 며느리까지 맞아들였다. 그런데 80이 넘은 바깥양반이 병으로 먼저 세상을 뜰 줄이야... 고기준 역시 고독감에서 하루하루를 보냈다.

어느덧 칠순이 지난 뒤 그들은 다른 사람을 통해 둘 다 이국땅에서 아직 살아있다는 반가운 소식을 접하게 되었다. 그러던 어느 날 김한응은 소련 깝까즈로 친척방문을 온 용정시의 한 여성을 만나게 되었다.

그는 이 여성에게 생전에 고기준을 다시 한번 만나려는 숙원을 털어놓으면서 한번 찾아달라는 부탁을 남겼다. 이 여성은 중국에 들어온 후 여러모로 수소문하여 끝내 기준이 아직 살아있고 훈춘시 정화가에서 만년을 보내고 있다는 소식을 알아내고는 즉시 김한응에게 기별해주었다. 김한응은 당장 기준에게 편지를 띄웠다. 고기준 역시 그것이 생전의 염원이라면서 쾌히 초청장을 보냈다.

지난해 12월 말에 김한응은 둘째 아들과 함께 길림으로부터 도문에 이르렀다. 이곳에서 그는 모처럼 승용차까지 운전해 모시러 온 기준의 아들과 사위, 조카를 만났다. 그들의 따뜻한 인품에 행여 찬 눈으로 자기를 보지 않을까 저어하던 한응 노인의 근심은 가뭇없이 사라져버렸다.

12월 27일, 기준 노인은 자기 집 마당에서 한응 노인을 초조히 기다렸다. 차가 멈춰 서자 며느리며 딸들은 빨리 나가 맞으라고 그녀를 떠밀었다. 그녀도 한시라도 급히 한응 노인의 손을 잡고 싶었지만 젊은이들의 눈이 어려워 망설였다. 이때 김한응이 차에서 내렸다. 모두들 고기준을 에워싸고 바깥으로 미는 바람에 신도 못 신은 맨발 바람으로 김한응의 손을 덥석 잡았다.

눈물겨운 감격의 상봉이었다.

김한응도 주위 모든 것을 감감 잊은 듯 후더운 애정이 넘치는 따뜻한 손길로 고기준의 손을 쓰다듬어 주었다. 인간이란 이런 정을 안고 사는 모양이다.

그야말로 맞댄 두 산은 서로 닿을 수 없어도 사람은 인연만 있으면 국경만리 밖에서라도 만나는 법인가보다.

자식들은 이 두 노인을 위해 잔치를 열어주었다. 넥타이를 맨 한응 노인과 치마저고리를 입은 기준 할머니는 그들과 어울려 덩실덩실 춤을 추었다. 또 기념사진도 남겼다.

감격적인 상봉을 했지만 그들은 또 장래를 두고 걱정에 싸였다. 마음씨 고운 친척들이 한곳에 모여 살라는 권유에 김한응은 머리를 절레절레 저었다.

"우리 둘 다 팔순이 내일 모렌 데다 자식까지 있지 않소. 만약에 내가 여기 있다 먼저 죽거나 소련에 간 다음 기준이 먼저 죽으면 별 문제이지만 그걸 누가 담보하겠소. 이렇게 늘그막에라도 한번 만난 것도 천륜지락이 란 말이요."

이듬해 10월 25일, 기준 노인은 아들, 며느리와 함께 한응 노인의 안내를 받으며 소련 땅으로 떠났다. 그 역시 소련에 가서 한동안 머무르면서 유감을 다소나마 풀 심산이었다. 그곳 환경과 음식 습관에 전연 적응할 수 없었던 고기준 할머니는 할 수 없이 세 번째로 김한응 노인과 눈물겨운 이별을 하고 중국으로 돌아와야 했다. 무정한 세월은 다시는 그들 옛 항일용사 부부들을 만나지 못하게 하였다.

신문사의 편집 선생은 남권이 쓴 '사랑이 넘치는 세계'라는 제목 아래에 '국경 넘어 숨겨진 로맨스'라는 부제목을 달아주어 문장의 이채를 더욱 돋우어주었다. 한 독자는 그를 찾아와 당신이 쓴 '사랑이 넘치는 세계'는 영화로 제작할 만하다고까지 찬양하는 것이었다. 그러나 남권은 자신이 글을 잘 써서가 아니라 워낙 그 두 항일투사의 사랑이야기가 사람들을 감동시켰기 때문이라고 생각한다.

지금은 모두 고인이 된 김한응 노인과 고기준 할머니는 저세상에서 다시 새롭게 만나 즐겁게 보내시리라고 그는 굳게 믿고 있다.

제 6 장

—

영원한 기념

'회룡봉 혁명 석굴' 기념비 재건

돈이 없으면 하고 싶은 일도 할 수 없는 세상이니 이야기는 한국 돈 벌이로부터 시작해야겠다.

1996년 6월 23일, 남권 내외는 한국으로 노무를 가게 되었다. 한국에서의 고된 노동으로 인한 육체적 고통은 이루다 형언할 수 없었다. 하루에 16시간이라는 긴긴 노동시간에다 두 주일에 하루만 쉴 수 있는 기계처럼 고정된 노동을 계속했으니 말이다.

그보다도 더 괴로운 것은 3개월 후부터는 불법체류라는 딱지를 붙이고 모든 한국인들의 눈치를 보며 돈벌이를 하는 그것이었다. 육체적 고통과 정신적으로 누적되는 스트레스를 해소하기 위해 그는 비교적 간단하면서도 신체의 어느 부위나 다 움직일 수 있는 체조를 만들어 틈나는 대로 매일 견지하였다. 16년 전의 일이지만 그는 지금도 그때의 체조를 매일같이 하고 있으며 또 계속하려 한다.

어쨌든 그들 내외는 3년 7개월간이란 한국 노무 생활을 끝내고 2000년 1월에 귀국하게 되었는데 거처는 북경에 있는 큰딸 용매네 집이었다.

남들은 외국 돈벌이를 갔다 오면 자식들에게 푸짐하게 돈을 안겨주기도 하고 또 불필요한 일들에 돈을 흥청망청 써버린다고들 하지만 이들 내외는 상의 끝에 세 딸들에게 공평하게 봉투마다 천 원씩만 넣어주었다. 그 의미인즉 모두 대학, 중등전문학교를 졸업하였고 또 한창 일하고 있는 나이에 부모의 힘을 바라지 말라는 경종이었다. 자식들에게는 그렇게도 각박했던 그였지만 한국에서 돌아온 후 처음 든 생각이 바로 사회공익사업으로서 '회룡봉 혁명 석굴' 기념비를 재건하는 일이었다.

그는 북경에서 머나먼 훈춘, 연길에 있는 고향의 소학교 동창들인 박가양, 양봉송, 전관영, 유봉상 등과 전화, 편지로 여러모로 토론하여 혁명 석굴 비문을 새롭게 만들어 세울 것에 대해 합의를 보았다.

일은 시작되었는데 처음부터 자금이 필요했다. 자신의 서슴없는 경제적 후원이 많은 동창들에게 영향을 주어 그들이 계획한 공익사업은 현실화되었다.

2000년 9월 11일에 있게 될 '혁명 석굴' 기념비 재건행사에 참가하기 위해 남권 부부는 북경에서 고향 회룡봉으로 향하였다.

그런데 공교롭게도 폭우가 쏟아져 찻길이 끊기면서 훈춘 영안석장에 만들어놓은 기념비를 백 리도 더 되는 회룡봉까지 운반하지 못하게 됨으로써 예정되었던 행사는 애석하게도 그 다음해인 2001년 여름으로 미뤄지게 되었다.

고향의 혁명 석굴에 영원한 기념비를 세우기 위한 공익사업을 발기했고 경제적 후원까지 적잖게 하고 북경에서 몇천 리나 되는 고향 회룡봉까지 찾아갔던 그들 내외로 말하면 애타고 섭섭한 일이 아닐 수 없었다.

행사는 미루어졌지만 그는 몇몇 동창들과 훈춘시 문화유물관리소 관련 인원들과 함께 영안 석장으로 가서 조·한 두 문자로 된 비석을 돌아보았다.

미뤄졌던 회룡봉 혁명 석굴 기념비 재건행사는 2001년 여름에 진행되었는데 애석하게도 발기인이었던 그는 끝내 참가하지 못하게 되었다.

　그러나 남권은 서면 발언 자료를 보내었고 또 행사의 주최를 맡은 동창들이 보내온 비디오테이프며 사진으로 성황리에 열린 혁명 석굴 기념비 재건 낙성식 전반 과정을 보고 많은 감회를 느낄 수 있었다. 이러한 그들의 행동은 회룡봉촌을 포함한 주변 사회에 커다란 반향을 일으켰다.

　이로 하여 그는 고향을 위한 공익사업에 대해 더 큰 신심과 용기를 가지게 되었다.

2009년 여름. 빗속에서 연변대학 류연상 교수와 한국 손님에게 새롭게 세운 '회룡봉 혁명 석굴' 기념비에 대해 설명을 하고 있는 원저자

여행으로 맞은 회갑상

  남권 내외가 한국에서 중국으로 돌아온 두 번째 해인 2002년은 그의 회갑 년이었다. 누구에게나 찾아오는 회갑을 가족사의 한 부분으로 쓰는 데는 좀 다른 의미가 있어서이다. 남들과 달리 그는 회갑 날 집에 앉아서 상을 받은 것이 아니라 여행길에 회갑을 맞았던 것이다.

  어린 시절 고향에서 회갑 잔칫집을 쫓아다니면서 구경도 하고 또 회갑 잔치 떡도 얻어먹었던 일들이 기억에 새롭다.

  그가 교하시 민정국에서 일할 때였던 1980년대 말부터는 한국으로 가는 문이 점차 열리면서 한국에 다녀왔던 가정들에서는 가정집이 아닌 식당에서 버젓하게 회갑 잔치를 차리는 형식이 유행하였다.

  고향의 선배들로부터 보고 듣고 배운 예법으로 남권은 수연자와 그들 자녀들의 요청으로 교하시, 길림시 등지에서 회갑상을 받는 노인들에게 30여 차례나 사회를 해드리며 수연자와 그들 일가친척들에게 기쁨을 선사했다. 지금은 사회자가 아예 시간당 보수를 정해놓고 회사 형태로 정당한 보수를 받고 있지만, 남권이 수연자들에게 회갑 사회를 해드릴 때에는 사례금은커녕 도리어 사회자인 자신이 어른들 회갑 날이라고 술병을 들고 찾아갔던 것이다.

  우리 민족의 전통으로 60주세가 되면 장수했다고, 또 장수하라고 자식들이 일가친척들이 먼 곳에서 찾아와 몇 날 며칠 묵어가며 북적북적하게 보낸다. 회갑 날에는 새 옷 단장을 하고 크게 차린 수연상을 마주하고 축하 술잔을 받는다. 이때 빼놓을 수 없는 것이 수연자

2002년 2월 22일, 오문 마카오 쌍빠울로교
당 옛터 앞에서 원저자

의 상 밑에 놓는 빈 그릇이다. 축하 술잔이 하도 많아 다 마시지 못한 술을 거기에 부어놓으라는 것이다.

수연식이 끝나고 점심 식사 때면 수연자는 물론 자식들과 가까운 친척들이 상마다 돌아다니며 술을 붓는데 난처한 일들이 발생할 만큼 술은 언제나 도를 넘기기 일쑤였다.

이런 일들을 자주 처리해주었던 남권이 자신의 회갑 년이 돌아오니 다른 형태로 바꿀 생각이 들었다. 그는 아내와 자식들과 충분한 상의를 거쳐, '앉아서 받는 회갑상'을 완전히 형식을 달리하여 '다니는 여행 회갑'으로 바꿨다.

그들 내외는 나의 60주세 생일인 2002년 2월 13일(설날)을 앞두고 자식들이 마련한 여행권과 풍족한 노잣돈을 손에 쥐고 자식들의 환송을 받으며 북경비행장을 떠나 싱가포르, 말레이시아, 태국 등 동남아 나라와 향항, 오문 등지로 15일간의 여행을 떠났다. 개운한 마음으로 잡념을 다 털어버리고 안내원들이 배치한 일정에 따라다니는 해외여행은 즐거웠으며 많은 것을 보고 듣고 배울 수 있었다.

회갑 여행은 언어도 통하지 않는 소련에 가서 차 사고로 상처를 입으며 친척을 찾아다녔던 예전과는 달랐다. 특히 고된 한국 노무에서 갓 돌아온 그로서는 감회가 완전히 달랐다. 마음만 그런 것이 아니라

2002년 2월 15일, 그림같이 아름다운 싱가포르의 건물 앞에 선 원저자 부부

주변 환경도 상상하지 못할 지경이었다. 북경이나 교하였더라면 어떻게 추운 설 무렵에 아름다운 열대 풍경 속에서 반바지, 반소매 차림을 하고 다닐 수 있었겠는가? 10년이 지난 일이건만 아름다웠던 그 동남아의 경치는 아직도 그의 머릿속에 생생히 남아있다.

여행길에서 몇 마디 외국어도 배워두었는데 10년이 지나 다 잊어버리고 태국 아가씨들이 여행객을 만나기만 하면 두 손을 가슴 앞에 모으고 열성스럽게 "싸와디캅"하며 반기던 그 말만은 생생히 남아있다.

그들 여행단 일행이 싱가포르에 도착한 날 그곳 안내원이 그들에게 싱가포르의 자연풍경을 설명할 때였다. 그는 싱가포르의 아름다운 자연풍경에 도취되어 "당신들은 매일 공원에서 살고 있구만요!"하고 한어로 말했다.

남권은 회갑날을 태국에서 보냈다.

2002년 3월. 저자의 회갑 년 기념사진
부인 려선옥과 함께

화교들이 많이 모여 사는 동남아인지라 음력설 전후로는 중국 국내와 꼭 마찬가지였다. 그믐날에는 파타야 해변가에 위치한 50층 건물 꼭대기 회전루의 음식점에서 같이 여행간 사람들과 함께 산해진미로 기분 좋게 술잔을 나누었다.

그믐날부터 생일잔치를 치른 그는 한족들의 습관에 따라 수성(壽星)으로 불리면서 36명 여행단 모두의 축하를 받으며 멋진 회갑생일을 지냈다. 생일날에는 아름답기로 이름난 파타야의 금모래사장 해변가에서 마음껏 헤엄치며 즐겼다. 북경에서나 고향에서는 생각지도 못할 호사를 실컷 누린 것이다.

북경에 돌아온 후에 남권과 아내는 결혼식 때도 써보지 못했던 너울(=면사포)을 쓰고 손에 꽃다발을 들고 회갑 기념사진을 찍었다. 옛 풍속을 없애는 문화대혁명 시기에 결혼했던지라 너울은커녕 결혼식도 올리지 못했던 것이다. 10년이 지났지만 큰 사진틀에 넣어 집안 침실 벽에 걸어놓은 회갑 기념사진을 볼 때마다 멋지게 보름간 보낸 회갑 생일 여행이 필름마냥 그들 머리를 스치고 지나면서 잊히지 않는다고 한다.

그가 회갑 여행 자랑을 이렇게 길게 늘어놓는 것은 조선족들도 재래식 습관이나 관념을 조금씩 바꾸었으면 하는 생각에서다. 그들 부부도 이젠 고희의 나이가 되면서 "다리가 성할 때 다니고 싶은 데를 다니라."라고 하시던 옛날 노인들의 말씀이 피부에 와 닿는다. 지금까지 초보적인 합의로 그들 부부는 지금 큰딸 용매의 두 살밖에 안 된 딸 손녀 시연이가 좀 크면 유럽여행을 떠나려고 한다. 가보지 못했던 곳을 다니며 더 많은 것을 배우고 즐기며 황혼을 더욱 아름답게 장식하고 싶어서다.

'회룡봉 촌사'와 남권

회룡봉 혁명 석굴 기념비의 낙성을 사회공익사업, 특별히 고향을 위한 공익사업의 시작이라고 간주한 남권은 계속하여 회룡봉의 역사를 쓰기 위해 이모저모로 생각을 굴렸다. 한 개인의 역사를 쓴다고 해도 간단한 일이 아닌데 한 촌의 역사를 쓴다면 어디에서부터 어떻게 시작해야 할지 선뜻 엄두가 나지 않았다.

혁명 석굴 기념비를 세우고 나서 큰 힘을 얻은 그는 재차 고향에 있는 회룡봉소학교 동창들에게 '촌사(村史)'를 쓸 큰 의견을 제기하였다. 그러면서 그는 마음속으로 회룡봉소학교 1년 후배인 양봉송이 주필을 맡게 하고 그에게 중임을 맡기기로 생각하고 있었다.

〈항일촌, 혁명촌, 인재촌 회룡봉〉이라고 제목을 단 회룡봉 촌사가 책으로 나온 후이니 말이지 그가 양봉송에게 주필을 맡기는 데만 해도 2년이란 시간이 걸렸다. 그도 그럴 것이 누군들 선뜻 나서서 맡으려 하겠는가?! 그가 고집스럽게 양봉송에게 주필을 맡기고 같이 하면 이 일을 꼭 해낼 수 있다고 자신하게 된 데는 그럴만한 이유가 있었다.

첫째로 양봉송 등 그들 모두는 회룡봉 출신으로 고향을 사랑하고 있다는 공통점이 있다. 다음으로 그들은 이미 자신들의 노력으로 회룡봉 혁명 석굴 기념비 재건에 성공함으로써 사회적인 인정과 호평, 지지를 받고 있다는 점이다. 그 다음으로 양봉송은 몇 년간 회룡봉촌 당지부 서기로 일했으므로 더욱 더 신뢰가 갔다. 마지막으로 양봉송은 자신의 꾸준한 노력으로 연변대학 조문학부를 통신 수료하고 차례로 회룡봉소학교, 경신중학교, 훈춘5중에서 다년간 조선어문 과목을 가르치면서 신문잡지에 여러 차례 작품을 발표한 바 있어 글재간을 검증받았던 것이다.

촌사는 써야 한다고 했지만 주필을 맡는 데는 고려가 많았다. 그랬지만 주필을 맡고 나서자 촌사의 집필이 본격적으로 시작되었다.

훈춘 시내에 거주하고 있는 박가양과 유봉삼, 연길 시내에 거주하고 있는 전관영, 경신진에 거주하고 있는 김경원, 장춘에 거주하고 있는 김정금 등 고향 소학교 선후배들의 아낌없는 노력으로 촌사를 쓸 수 있는 많은 문자자료와 사진자료들이 수집되었다.

양봉송 선생이 주필을 맡은 후 2년 만인 2006년 여름 그들이 바라던 '촌사'-〈항일촌, 혁명촌, 인재촌 화룡봉〉이 발간되었다. 남권이 구상해서 4년 만에 결실을 거둔 고향 촌사였다. 촌사 집필소조(=집필팀)의 핵심성원들인 그들 다섯(박남권, 양봉송, 박가양, 전관영, 유봉삼)으로 말하면 일대 경사가 아닐 수 없었다.

촌사가 책으로 나오기까지 비록 그가 발기하고 총 설계를 맡았다고는 하지만 밤낮을 가리지 않고 그 많은 자료들을 찾고 검토하고 고증했을 뿐만 아니라 또 회룡봉을 떠난 노인들을 일일이 찾아뵙는 등 양봉송 선생의 투철하고 끈질긴 노력이 없었더라면 촌사가 이렇게 성공적으로 빠른 시간 내에 나올 수 없었을 것이다.

촌사의 발간, 발행을 계기로 그들은 또 다그쳐서 회룡봉 건촌 경축행사를 준비하였다. 촌사의 집필과정도 힘들었지만 국내외에 흩어져있는 회룡봉촌 출신들에게 일일이 이 소식을 전하는 것도 엄청난 일이었다.

준비사업이 진척되어 감에 따라 회룡봉촌 지도부는 촌사 발행과 동시에 '회룡봉 건촌 경축대회'를 진행하기로 결정하였다.

성황리에 마친 회룡봉 건촌 경축대회

2006년 10월 2일, 구름 한 점 없는 가을날에 오곡이 무르익어 향기가 그윽한 가운데 그들은 회룡봉촌 유사 이래 처음인 회룡봉 건촌을 경축하는 기념행사를 고향 회룡봉에서 가졌다.

회룡봉촌 남쪽, 용두산 북쪽에 자리 잡고 있는 촌사무실 건물에는 붉은색 바탕에 흰 글자로 쓰인 '회룡봉 건촌 144주년 및 〈촌사〉 출판 발행 경축대회'라는 플래카드가 대회주석단 정중앙에 걸려있었다. 그 왼쪽과 오른쪽에는 '회룡봉의 영광스러운 혁명전통을 발앙하여 새 농촌건설의 새로운 고조를 맞이하자!'란 구호가 드리워져 있었다.

이날 이른 아침부터 회룡봉은 새 단장을 하고 먼 곳에서 모여오는 고향의 아들딸들을 맞이하는 잔치 준비에 총동원되었고, 고향을 떠났던 고향의 자식들과 시내 학교를 졸업하고 회룡봉에 내려가 몇 년간

고락을 함께 했던 많은 젊은이들이 속속 대회장에 모여들었다. 조용하던 회룡봉은 명절 분위기로 북적거렸다. 각종 차량들이 경적을 울리면서 달려왔고 골목마다 차량들이 줄지어 섰다.

회룡봉촌에서 태어나 칠십 평생을 고향에서 살아오신 유봉춘 노인은 감격에 겨워 "회룡봉이 오늘은 촌티를 쭉 벗고 하루아침에 큰 시내로 된 것 같구만. 아마 지금까지 오늘 회룡봉에 자동차가 제일 많이 온 것 같고 사람이 가장 많이 모여온 것 같소."라고 말씀하시며 먼 곳에서 오신 고향 사람들을 반가이 맞아주셨다.

잔치는 그야말로 굉장하였다. 국내외의 고향 친척, 친우 400여 명이 모여왔고 그곳 당정 지도자들과 많은 역사학자, 시인, 작가, 기자들도 참여함으로써 대회는 광란(?)의 분위기 속에서 진행되었다.

고향의 아들로서 머나먼 미국 땅에서 이번 행사를 위해 부부 동반으로 고향을 찾은 큰사촌 남표 형님과 리송자 형수님의 참석은 밀양 박씨 가문을 한결 빛내줬는가 하면 대회에 더 깊은 의의를 부여하였다. 경축대회 후 시작된 오찬은 온 촌민이 동원되어 몇 날 며칠을 준비한 그야말로 고향의 맛이 듬뿍 담긴 밥상이었다.

2006년 10월, 회룡봉 건촌 144주년 및 〈촌사〉 출판 발행 경축대회 기념사진

여러 외빈들과 먼 곳에서 오신 고향의 친척, 친우들이 한자리에 앉아 고향의 두만강에서 잡은 연어고기와 고향의 토종 달걀 안주로 술을 나누고 있는 그 장면을 감개무량하게 바라보는 남권의 마음은 행복감과 긍지감으로 가득 찼다. 촌사의 발간, 건촌 경축대회, 오찬 준비, 이 모든 것을 발기하고 기획한 그로서는 더없는 기쁨이었다.

경축대회가 끝난 며칠 후였다.

2006년 10월 17일 자 〈길림신문〉(연변 25시) 제 3면에는 '144년 역사의 회룡봉 가 보다'라는 큰 제목 아래에 '첫 조선족 촌사 〈회룡봉〉 발간'이란 소제목을 달고 회룡봉의 지리적 위치와 역사를 소개한 다음 성황리에 열린 건촌 기념행사 이모저모를 보란 듯이 써놓은 기사가 실렸다.

남권은 무엇 때문에 그토록 회룡봉 촌사와 건촌 기념행사에 집착해 왔던 것일까? 회룡봉에서 나서 자란 그와 동창생들은 그들의 친척, 친우들과 많은 혁명 선배들의 피땀과 목숨으로 바꾸어온 저들 땅의 역사를 쓰지 않는다면 가족과 사회에 무책임한 죄인이 되는 것만 같았고 더없이 부끄러운 일이라고 생각했기 때문이다.

〈길림신문〉(연변 25시)에 실린 그 글에서는 그들의 심정을 이

1957년에 촌민들이 등짐으로 돌과 시멘트를 날라 용두산 마루에 세워놓은 9미터 높이의 회룡봉 '혁명열사기념비'는 마을의 상징으로 '촌사' 겉표지에 올랐다.

2009년 6월, 열사 및 항일투사 명단을 새긴 기념비문
저자(오른쪽)와 〈회룡봉 촌사〉 집필 양봉송(왼쪽)

렇게 쓰고 있다.

"이제 몇 분뿐인 우리 선배들마저 이 세상을 떠나면 피눈물의 〈회룡봉〉
촌사를 비롯한 고향의 역사는 땅속에 묻혀버리게 된다. 선조들의 땀과 피
눈물의 개척사와 항일투쟁, 해방전쟁사와 고향건설사를 정리하여 세상과
후대들에게 남기고 고향의 새 농촌 건설에 일익하는 것이 우리 세대가 지
닌 성스러운 사명이 아니겠는가..."

회룡봉촌 건촌 경축대회 총결회의에서는 남권의 제의를 받아들여
경축대회 후 남은 경비로 회룡봉 용두산 마루에 우뚝 솟아있는 '혁명
열사기념비'를 보수하기로 결정하였다.

2008년, 혁명열사기념비 보수작업이 시작된 후 열사비에 꼭 있어
야 할 열사 명단을 새롭게 올리기로 논의하였다. 건촌 기념잔치를 치

른 2년 후인 2008년 10월 10일에는 회룡봉촌에 또 다른 행사가 열렸다. 그것은 바로 '회룡봉 열사비 보수 제막의식'이었다.

당지 정부 지도자들에게 열사 가족, 촌민들이 참가한 이 행사는 다시 한번 회룡봉의 빛나는 역사를 세인들에게 알려주었다. 촌사 주필을 맡았던 양봉송 선생과 박가양을 비롯한 고향 동창들의 노력으로 1975년 7월에 다시 세웠던 혁명열사 기념비는 반세기가 지난 후 보수를 거쳐 새롭게 몸단장을 하였다. 바로 그 서쪽 편에 항일전쟁 시기, 해방전쟁 시기, 조선전쟁 시기를 나누어 열사, 항일투사들의 이름을 새긴 검은색 화강암 돌비석을 따로 세웠다.

열사와 항일투사들에 대한 존경심과 애대(愛待)의 마음에서 남권은 고향에 갈 때마다 친척들과 함께 열사기념비를 찾아 묵념을 드리곤 한다. 2008년 말 그는 회룡봉 '촌사' 발행과 동시에 진행된 '회룡봉 건촌 144주년 기념행사' 개최 2주년을 기념하여 〈길림신문〉에 '고향의 봄'이라는 제목으로 글을 발표했다.

나의 살던 고향은
꽃피는 산골
복숭아꽃 살구꽃 아기진달래
울긋불긋 꽃대궐 차리인 동네
그 속에서 놀던 때가
그립습니다
……

얼마나 다정다감한 노래인가!

2009년 6월, 용두산에서 북으로 바라본 회룡봉촌 마을

내가 고향인 훈춘 회룡봉을 떠난 지도 50년 세월이 흘러갔다. 타향에서 공부하고 사업했고 타향에서 퇴직생활을 하면서도 오매에도 잊지 못하고 있는 곳이 유년이 발자국이 찍혀있는 고향이다.

나는 고향의 동창생들을 동원하여 몇 년 동안의 끈질긴 노력으로 고향에 푸짐한 잔치를 베풀어주었다.

......

대회가 시작되면서 서곡으로 '고향의 봄' 노래가 울려 퍼졌다.

유년을 회억하게 하는 '고향의 봄', 인생이 걸어온 길을 추억하게 하는 '고향의 봄', 언제 들어도 고향이 그리워지는 '고향의 봄', 이 노래 소리와 함께 얼마나 많은 세월이 흘러갔던가! 80여 년 전의 고향에서의 그 유년 시절을 못 잊어 눈시울을 붉히며 뜨거운 눈물을 흘리시던 나의 형님,

어찌 나의 형님뿐이랴, 머리에 흰서리가 내리고 얼굴에 주름이 잡힌 고향의 친척, 친우들, 고향을 떠나 출세하고 이직·퇴직까지 한 고향의 아들딸들도 팔소매로 눈꼽을 찍어낸다!

마음속의 꽃동산인 고향이지만 고향에 와보니 한산함이 느껴지는 곳이 한두 군데가 아니다.

… 고향을 지키고 있는 촌민들의 지혜와 분투, 노력이 수요되며 또한 고향을 떠난 친척, 친우들의 후원과 방조도 아주 필요하다. 선조들의 피와 땀으로 이루어놓은 고향땅을 우리가 열심히 가꿔야만 '꽃동네 새 동네'인 고향이 될 것이다.

고향에 대한 그의 애절한 사랑을 담은 한 편의 주옥같은 글이다.

남룡 형님의 고향행

남룡 형님은 남권과 육촌간이다. 그들은 증조할아버지 의도의 증손자들이다.

조선전쟁이 끝난 후 조선에서 일하시다가 퇴직한 남룡 형님이 아내 김은옥과 함께 마지막으로 중국 훈춘 경신에 다녀갔던 때는 1993년 여름이었다.

남룡 형님은 1926년에 중국 경신 오도포촌에서 박춘영과 김영숙의 아들로 태어나서 철들기도 전에 일제의 박해를 받으신 분이다.

1930년부터 남룡 형님은 일제의 야만적인 약탈과 살인에 못 이겨

어른들을 따라 국경을 넘어 소련 땅
으로 피난 가서 추위와 굶주림에 시
달리며 유년시절을 보냈고 다시 중
국 땅에 와서는 학교 다닐 나이에 집
도 없이 떠돌이생활을 하였다.

바로 그때 7살도 안 된 남룡 형님
은 항일투쟁에 참가한 아버지와 생
이별한 후 할아버지까지 병환으로
세상을 뜨셔서 너무 이른 나이에 가
족의 세대주가 되었다.

가난한 집 아이들이 일찍 시근(=철)

1950년대, 20대에 고급군관으로 승진한
저자의 6촌 형님 박남룡

이 든다고 남룡 형님은 할머니, 어머니 밑에서 힘들게 자라면서 어른
들의 기대를 저버리지 않았다. 난세 속에서는 우급학교를 우수한 성
적으로 졸업하고 그 후에는 훈춘 상업학교까지 졸업하게 되었다. 그
후 연길에서 보위간부 양성반을 졸업한 그는 항일전쟁에서 승리한
1945년에는 출중한 인물체격을 가진 의젓한 젊은이로 자라나 훈춘현
공안부문에서 일하게 되었다. 가정과 가족의 빛나는 항일투쟁사는 젊
디젊은 그의 마음에 버팀목이 되어주어 그에게 혁명과 사업에서 힘과
용기를 내도록 고무해 주었다.

공안 부문에서 열심히 일한 그는 새로 설립된 훈춘현 공안국 초대
국장으로 임명되었다. 바로 이 시기 애송이였던 남권이 자기 집에 찾
아온 남룡 형님을 만나본 기억이 난다.

1950년에 조선전쟁이 발발하자 그는 용약 중국 인민지원군에 참가
하여 조선전쟁에 뛰어들었다. 조선전쟁에서 그는 적들과 용감하고도

슬기롭게 싸웠고 따라서 여러 차례 공을 세웠다.

특출한 지휘능력을 가진 그는 재빨리 군에서 주요 직무를 맡게 되었다. 중국 인민지원군에서 조선인민군으로 개편된 그는 조선전쟁(=한국동란)이 끝날 무렵에는 조선인민군 소장으로 승진하였다.

군에서 퇴역한 후로는 조선 자강도 신문업계에서 사업하면서 혜산시에 거주하고 있었다.

남룡 형님은 조선전쟁이 정전된 후인 1957년 봄과 가을, 두 차례에 걸쳐 중국 회룡봉 벌등 마을에 거주하고 있던 집식구들을 모두 조선 자강도 소재시인 혜산시로 모셔갔다. 이런 중대한 일에도 그는 일이 바쁜 탓이었던지 당신이 직접 중국에 오지 못하고 모든 일은 남권의 아버지와 편지로 소식을 주고받으며 논의했다.

남룡 형님은 2005년에 80세의 나이로 슬하에 3남 2녀를 남기고 조선 혜산시에서 세상을 떴다. 매우 유감스러운 일은 남권이 성년이 된 후 한 번도 형님을 만나 뜻깊은 회포를 나누지 못한 것이다. 이로 해서 그는 남룡 형님 생전에 겪으셨던 많은 이야기며 이루어놓은 업적들을 잘 모르고 있다.

의도의 많은 후손들 중 남표 형님과 함께 군대의 장성이 되어 밀양 박씨 가문을 빛내주었던 남룡 형님은 이미 세상을 떠났다. 남룡 형님의 큰아들 상철, 둘째 아들 명철, 셋째 아들 동철, 큰딸 순희, 둘째 딸 옥희는 모두 북조선에 거주하고 있는데 근황을 알 수 없다.

혈육을 찾으신 남표 형님

남권의 큰사촌 남표 형님은 1922년 양력 3월 19일(음력 2월 3일)에 러시아 블라디보스토크 당신의 외가에서 태어났다. 그 후로는 회룡봉촌에서 유년시절과 소학시절을 보냈다.

책에 기록되어 있는 그의 출생연도 1923년은 어느 등기원의 불찰로 잘못 표기된 것이다.

남표 형님은 고향을 떠난 지 반세기 만인 1988년 가을에 회룡봉에 찾아오셔서 많은 혈육들과 뜻깊은 만남을 가졌고 형님을 그토록 사랑해 주시고 관심가져 주셨던 할아버지 묘소를 찾아 참배도 올렸다.

바로 이날 저녁 아버지가 계시는 동생 남헌의 집에서 큰 잔치상이 벌어졌다. 동생 내외가 정성껏 준비한 저녁상에는 때마침 대낮에 바다에서 두만강을 따라 오르다 잡힌 18근도 더 되는 보기 드물게 큰 연어 요리까지 올랐다. 그것은 지난날 고향의 많은 이야기까지 듬뿍 안고 오른 것으로서 한결 그들의 기분과 음식 맛을 북돋워주었다.

그의 혈육들, 친척과 박씨 가문의 사위, 외손, 사돈들로 온 집안은 시끌벅적 들끓었다. 뜻깊은 한 잔 술과 더불어 벌어진 옛이야기에 이은 오락야회는 잃어버렸던 반세기를 되찾는 노인들의 노래 가락이 주제가 되어 밤늦도록 흥이 고조되었다.

준비가 없다가 뒤늦게야 틀어놓은 녹음기에는 그날의 뜻깊은 한 토막의 이야기가 실려 있었다. 그들은 26년 전의 녹음테이프를 꺼내어 다시는 들을 수 없게 된 석쉼한(=굵은) 목소리로 부르시던 아버지의 노래 '고향의 봄'과 고모, 형님께서 지난 세기 20년대, 어린 시절 배웠다는 우리 민족의 가슴 아픈 이별사를 담은 "아니 떨어지는 나의 걸음은 단숨에 내 고향을 이별하고 한줄기 두만강을 저버리고…"를 따라 부르며 깊은 감명에 젖기도 했다.

1992년 8월에는 소련 모스크바와 우즈베키스탄 타쉬켄트 등지를 방문하여 동생들과 여러 친척들을 찾아보았다.

두 살 때 갈라졌던 친동생 남주가 60이 넘어 백발을 날리며 달려나와 포옹을 하며 맞아주었다. 남표 형님은 동생의 안내로 생이별한 지 61년 만에 어머니의 묘소를 찾아 통곡을 하였다.

일제의 침략과 만행으로 어린 나이에 부모와 생이별하고 고향에서 우급학교를 졸업한 남표 형님은 배움의 욕망으로 가득 찼던 청소년 시절부터 고향인 회룡봉을 떠나 조선 회령과 청진, 일본 도쿄 등지에서 고학으로 대학교까지 졸업하였다.

1988년 10월 9일, 남표 형님의 고향방문으로 할아버지 박창일 묘소를 참배하는 일가 친척들

그 후 다시 고향인 중국 회룡봉, 조선 회령, 한국 서울로 방랑하면서 한국 육군군관학교를 거친 후부터는 한국군에 몸을 담았고 또 조선전쟁에 직접 참가하면서 동족상잔의 비참한 일들을 겪으며 완전한 군인이 되었다. 조선전쟁이 끝날 무렵 그들 가문에서 의도의 둘째 아들 창일의 장손 박남표는 대한민국 군대의 장군이 되었고, 의도의 셋째 아들 창원의 장손 박남룡은 조선민주주의인민공화국 인민군의 장군이 되었다.

지금 남표 형님이 거주하고 있는 미국 타코마시에서 격월간으로 나오는 〈코리언드림〉 잡지 2004년 4월호에는 남표 형님의 사진을 표지에 싣고 잡지의 첫 글로 '박남표, 그는'이란 문장이 실렸다. 그 글에서는 박남표를

"민족수난의 20세기를 증언하는 산 역사 박남표 장군은 우리 한국 역사상 가장 험난한 수난기를 통해서 일찍이 부모를 잃고 6개국의 벽을 넘으면서 짓밟힐 만큼 짓밟혔으나 오뚝이처럼, 일어난 강인한 대한 남아다.

어떠한 역경에도 모질고 끈질기게 살아남는 생존 비법을 찾아낸 생활 철학자라 할 만하다..."라고 소개하면서 8페이지에 달하는 분량으로 그 본인과 가정에 대해 썼다.

남표 형님은 밀양 박씨 가문의 자랑으로 90세의 고령에도 민족과 사회를 위해 미국 타코마시 한인회 초대회장, 미국 타코마 한인신문 장학 회장, 해외평화통일위원회 미주자문위원 등 직무를 맡고 한국의 여러 가지 행사에는 물론 미국, 중국, 러시아 등지를 넘나들고 있다. 중국에서나 한국에서나 기회만 있으면 그리운 혈육들을 찾아주시는 남표 형님이 고맙기만 하다. 지금도 남표 형님은 편지, 전화로 자신

1995년 5월 4일 북경국제호텔에서 4촌 남표 형님 부부를 만난 원저자 부부

에게 늘 소식을 전한다. 남표 형님은 실로 남권 인생의 스승이시다.

인생은 분투하는 자에게만 그 가치와 영광을 주는 법이다.

남표 형님의 네 아들 중 맏이인 인철과 둘째 아들 홍철은 모두 대학을 졸업하고 한국 서울에서 회사직원으로 윤택한 생활을 보내고 있으며, 셋째 아들 도철과 넷째 아들 문철은 현재 미국에서 생활하고 있다.

남표 형님의 둘째 동생 남주 일가는 우즈베키스탄 수도 타쉬켄트 서남쪽인 크리쓰야음까라이온에 거주하고 있는데 큰아들 쓰라바와 둘째 아들 쎄르게이는 회사원으로 일하고 있고 큰딸 나타샤는 키르기즈스탄에 살고 있으며, 둘째 딸 마리나는 한국으로 시집왔으며, 셋째 딸 위까는 우즈베키스탄의 고향에서 살고 있다.

남표 형님의 셋째 동생 남식 일가도 우즈베키스탄 크리쓰야음까라이온에 살고 있는데, 큰아들 안드레는 고향에서 함께 살고 있으며 둘째 아들 꼴랴는 차 사고로 젊은 나이에 세상을 떴다. 남표 형님의 큰

여동생 왈랴는 병으로 세상을 뜨고, 둘째 여동생 그론냐는 우즈베키
스탄 수도 타쉬켄트 시내에 살고 있다.

※

남표 형님의 회고록

중국, 소련 등지를 방문하며 혈육들을 찾아다니던 남표 형님은 72
세이던 1994년 11월에 〈국경의 벽 넘고 넘어〉라는 제목의 회고록을
한국에서 출판하여 출간회를 가졌다.

회고록은 표지제목 아래에

'내 어린 시절은 두만강가에서 보내게 되었고 나의 추억 속에는 그것이
살아있다. 지금도 두만강의 은물결이 일렁거리고 있다.'

라고 적고 있다. 회고록 첫 부분인 '잡초인생으로 태어나서'에서는 이렇
게 쓰고 있다.

나의 인생 역정은 단순하지 않다. 변경 밖 외진 곳에서 나라 없는 백성
의 설움받이로 태어나서 온갖 세상의 풍상을 겪으며 고희에 이른 것이다.

돌아보면 험난한 가시밭길이요. 통분과 고독의 물길이었다. 독립운동
으로 조부모와 부친을 겨레에 바친 자손으로 나의 가슴은 언제나 뜨거웠
고 아팠다. 그래서일까. 나의 세월은 창망한 가운데서 한이 서려 있었고,
외로운 가운데서 긍지를 지녀 왔었다. 이것이 피치 못할 숙명이라 하더라
도 내 피 속에는 진하고 뜨겁게 요동치고 있음을 늘 느껴왔고, 나를 일깨
워 주고 다짐케 했다. 그야말로 변경의 민들레 꽃씨처럼 형제들끼리도 뿔
뿔이 흩어져 살아온 것일 게다. 그러나 세월이 가면 벽도 허물 수 있고 느

지막에라도 봄볕을 맞이할 수 있는 것이다. 내가 지금 이런 심경으로 필을 들었다. 그 감회는 이루 형언할 수 없다.

70년 전 나는 산 넘고 물 건너 국경 밖 머나먼 이역 땅에서 태어났다. 두만강 연안 국경 밖에서 자라며 철이 들었다. 국경을 넘나들며 고향의 품에서 배움의 길을 닦으며 소년시절을 보냈으며, 다시 청운의 뜻을 품고 국경 밖 낯선 이역으로 유학의 길에 올랐다. 나의 꿈은 무지개처럼 화려했으나 늘 외톨이였고, 그 외로움을 달래며 배움의 갈증을 풀어야 했다.

1945년 8월 15일 조국 광복의 감격을 일본의 수도에서 맞이하였지만 그 기쁨도 잠시뿐이었다. 그때 나는 만주, 러시아 등지에서 뿔뿔이 흩어져 사는 가족을 찾으려 했지만 드높은 장벽을 넘지 못하는 아픔을 맛보아야 했다. 국경을 넘어 선대의 고향을 찾아 어른대었지만 나의 분방한 기질로서는 버틸 수가 없었다.

그리하여 서둘러 38선을 넘어왔는데 그것이 나의 삶의 전환점이었다.

육군 사관으로 국군에 입문하여, 구국 전선에 투신한 나는 30대 말에 소장에 올라 4반세기 가까이 국방의 간성으로 의무를 수행한 후, 한 자연인으로 돌아왔고, 나의 역마살은 끝나지 않아서 머나먼 미주에 떠돌게 되었다.

두만강 연변의 이름 없던 한 떨기 민들레 잡초로서 사고무친해진 상태의 반생을 되새김질하는 가운데 국경 안에서는 더 이상 뿌리내릴 자리를 찾지 못하던 중, 국경 밖 머나먼 미주에 정착하게 되기까지에는 한 세기의 자오선을 이미 넘어선 뒤였다.

그로부터 만 20년의 세월이 흐른 오늘에야, 내 핏줄들이 민들레 꽃씨처럼 뿔뿔이 흩어져 사는 6개국의 국경을 여기저기 거침없이 넘나들 수 있게 되었다.

돌이켜 보면, 나의 70년 삶은 국경의 벽을 넘고 넘어온 끈질긴 잡초의 삶이었다. 짓밟힌 만큼 짓밟혀 왔으나 나름대로 일어선 나는 이제 혼자가 아니다. 모든 국경의 벽을 헐고 헐어 뜨거운 혈육끼리 만나 회포를 풀 수 있는 나의 후반생은 값지고 감사한 하루하루이며, 또한 함께 혈육의 끈끈한 정을 나눌 수 있는 보람되고 뜨거운 계절이다.

1923년 3월 19일, 음력으로는 2월 3일 나는 연해주 해삼위 곧 '동양의 미'를 뜻하는 블라디보스토크에서 밀양 박씨 가문 박지영 공과 김광숙 여사 사이의 장남으로 출생하였다.

두만강에서 3백리 길인 해삼위는 본래 중국 땅으로 아주 추운 국경 밖 외지이면서도 흔히 극동에서는 얼지 않는 항구 도시로 널리 알려져 있는 데다 한인들이 모여 살고 있어 독립운동의 거점이기도 했다.

할아버지 박창일 공과 할머니 박금순 부부는 슬하에 4남 2녀를 두었다. 장남인 아버지 지영을 비롯한 근영. 상영. 우영 세 분 작은 아버지들과 고모 두 분이 있었다.

아래는 형님께서 당신의 어머니를 기리면서 쓰신 '회고록' 제 56페이지의 내용이다.

지금도 어디엔가 살아 계실 나의 어머님은 올해 연세가 예순 일곱이시다.

이제 나의 장성한 모습을 보시면 얼마나 흐뭇하시고 대견해 하실까? 환갑도 훨씬 지나셨으니 몸도 무척이나 수척해 지셨겠지...... 남들처럼 생일이나 환갑상을 차려 보기는커녕 따뜻한 밥 한 그릇도 대접해 보지 못한 나는 민족적인 비극을 탓하기에 앞서 무거운 죄책감을 느낀다.

그래서 나는 상가에 문상 가서도 슬픔을 당한 유가족에게 늘 이런 위로의 말을 한다.

"당신은 행복해요, 왜냐하면 돌아가셨을 때 울 수 있는 부모님이 계시니 얼마나 행복한 일입니까……"

남표 형님은 생이별한 어머니에 대한 애틋한 심정을 이렇게 쓰고 있다.

인생길에서 자신의 생명이 위급하였던 순간을 회고하며 쓴 '아홉 차례 죽을 고비'에서는 또 이렇게 쓰고 있다.

나는 40여 년에 걸쳐 아홉 번 죽을 고비를 넘겼다. 참으로 아슬아슬한 순간들이었다.

첫 번째 위기를 맞은 것은 내 나이 여덟 살 때였다.

우리 선대가 만주에서 항일 민족운동을 하다보니까 왜경들이나 일본 헌병대에게는 우리 집이 요시찰 대상이었다.

북간도 훈춘현 촌락에도 일본 영사관이 설치되어 독립운동가 집을 모두 멸종하려 했는데 우리 가정도 그 대상이 된 것은 당연한 일이었다. 1937년 4월에 멸가지화(滅家之禍)를 당할 뻔하였다. 그때는 아버지의 옥천동 감옥 탈출 결행으로 위기가 점점 다가오는 듯하였는데 당시 경찰서에서 일하는 아주머니 한 분이 밤중에 우리 집으로 달려왔다.

"내일 새벽에 일본 경찰이 이 댁에 습격해 온답니다. 빨리 피하세요."

이 비밀 제보로 한밤중 한 시경 우리 집 식구들은 쥐도 새도 모르게 집을 비우고 안전한 곳으로 옮겨가 숨었다.

아니나 다를까, 새벽 다섯 시쯤 해서 경찰이 몰려와 기관총 사격을 하며 습격을 감행했다. 빈집이어서 아무도 없었기에 죽을 고비를 모면하였다. 가족 몰살의 잔학한 기습은 물거품으로 돌아가 우리 가족은 무사할 수 있었다.

두 번째 위기를 맞은 것은 또한 소·만 국경지대에서였다. 국경이 인접해 있는 훈춘에서 한 백 리 떨어진 연통라자라고 하는 곳에 가서 은신 중 가져간 식량은 다 떨어져 농사일을 시키던 소까지 잡아먹으며 겨우 연명한 적이 있었다.

그런 피난 생활 속에서 우리 가족은 일본군과 소련군 양면으로부터 시달림을 받는 가운데 살아남을 슬기를 짜내야 했다. 일본군이 오게 되면 재빨리 국경을 넘어 소련 영역으로 넘어가야 하고, 거기 머물다가 소련군이 오면 만주 쪽 국경지대로 걸음아 나 살려라 하고 탈출해서 목숨을 부지하곤 했다.

1937년 12월의 일이었다. 만주 영역에 와서 숨을 죽이고 있는데 일본군 수비대와 헌병들이 번개같이 습격해 와서 우리 조모와 삼촌이 피살당하게 되었다. 그 무시무시한 기습을 피하여 나머지 가족들은 숨이 턱에 닿도록 쫓기며 소련 국경을 넘어가 겨우 목숨을 건질 수 있었다. 비극 가운데 치른 아슬아슬한 곡예처럼 생각된다.

그 후에 만주국이 건립되면서 허수아비 정부가 피신 중에 있는 주민들의 생명과 재산을 보호해 준다며 민심을 수습하고자 했는데 이때 조부와 고모를 비롯한 살아남은 가족들이 다시 만주 고향으로 돌아와 죽음의 고비를 넘기게 되었다.

세 번째는 일본 동경에서였다. 여름 방학을 맞이하여 귀향을 하는 케히마루(氣比丸) 연락선을 이용하려 했지만 배삯이 모자라 다음의 선편으로 귀향하게 되었다.

그런데 먼저 타려던 케히마루는 향해하던 중 소련함의 공격을 받아 그만 침몰하게 되었다. 승객은 전멸하고 말았다. 문부성 대신이며 경도제대 학장을 위시해, 학생들 역시 무사할 리 없었다. 정말 아슬아슬하게 죽음을 피한 셈이었다. 식량난이 극심했던 때라 감자나 옥수수, 보리밥이라도 실컷 먹어보려던 귀향길이었는데 콩구마루(金剛丸) 편으로 나중에 부산까지 오기를 얼마나 잘했는지 운명의 신 앞에 거듭 감사하지 않을 수 없었다.

네 번째 위기는 1945년 3월 10일 일본 육군 기념일에 있었다. B29가 한 5백 대쯤 동경에 몰려와 폭격을 퍼붓는데 그날따라 나는 2킬로 떨어진 조선 YMCA 칸다쿠의 친구를 만나러 간 때였다. 뒤늦게 하숙집에 돌아왔을 때는 그 일대가 폭격으로 초토가 되었고 나의 하숙집 식구들도 몰살하였다.

다섯 번째 위기는 일본의 항복 직전에 있었다. 원자탄을 일본 본토 어디에 투하하느냐 하는 문제로 미군은 애당초 동경과 경토를 겨냥하였다. 이들 큰 도시에 원자탄 투하설이 나와 전전긍긍하던 차 나가사키와 히로시마로 바뀌어간 것은 동경에 체류 중인 나로서는 행운이었다.

여섯 번째 위기는 공산군 남침으로 의정부가 적의 수중에 떨어져 절수 작전을 할 즈음이었다......

일곱 번째 위기는......

여덟 번째 위기......

아홉 번째 위기는......

원수는 외나무다리에서 만난다고 했다.

1932년 봄, 옥천동 일본경찰서 감옥에서 항일투사인 큰 백부와 그의 동료들에게 맞아죽은 순사 허길룡의 동생 허정일은 형의 자리에 오른 후 밀양 박씨 가족을 못살게 굴었다. 이른바 '백마사건'을 조작하여 할아버지를 못살게 굴면서 치명타를 가하여 치사케 한 놈이 바로 그놈이었다. 이런 일본 놈들 앞잡이이자 밀양 박씨 가문의 철천지원수인 허정일이 8.15항전승리 후 목숨을 부지하기 위해 한국으로 도망간 후 큰사촌 남표 형님과 조우하게 되었는데 그놈의 최후를 형님은 회고록에서 이렇게 쓰셨다.

만주 시절부터 우리 가족들을 괴롭히고 내 육사 재학 때나 군 복무 중 집요하게 나를 괴롭히며 제거하려던 음모꾼 허정일(전 일본 관동군 헌병보좌관)이 있다.

허는 함경도 출신으로 일본 헌병이 되어 우리 조부모와 아버지를 추적하며 치명타를 가해 온 일제 앞잡이였다.

해방이 되어 우리 일가 친족들이 관동군 소속의 그의 형 허일룡과 그를 다 잡아 족치려 할 때 큰할아버지께서 잡힌 그들을 다 놓아주도록 관용을 베풀게 하여 무사할 수 있었다.

그런데 우리 집안의 몰살을 꾀했던 악명 높은 장본인 허정일 또한 친일파들에 섞여 월남한 뒤 특무대에 들어가 어느새 반공투사로 맹활약을 해 나갔다.

육사 2기 동문인 박종철은 나와 친분이 두터운 영민한 군인이었다. [독립신문] 주필을 한 적이 있는 그의 매부가 해방 후 월북한 것을 트집 잡아 군에서 파면당하기에 이르도록 하였다.

박종철 대위는 특무대에 있는 허정일 문관의 음모 공작에 의해 불명예 제대로 군문을 떠나야 했다. 지금 안양에서 사는 그 자신의 그 무렵에 있었던 일을 나에게 귀띔하기를 허정일은 호시탐탐 "박남표도 빨갱이 집안인데……"라며 나를 지목했다지만, 그의 뜻대로 되지는 않았다.

피해자인 우리의 지위도 자연 높아져 김창룡 부대의 문관인 허정일을 추방할 수 있었는데 그는 전투경찰대에 있으면서 대령에 오른 나에게 악의적인 모략을 일삼던 중 뒷날 대전에 가서 열차 사고로 참담한 최후를 마쳤다. 실로 사필귀정이었다.

허정일은 훈춘 일본 헌병대에서 근무하면서 민족과 조국을 배반한 자였다. 특히 그는 나의 조부님을 고문하여 치사시킨 사람이어서 그 후환이 두려워 후손인 나를 좌익으로 몰아야 자리가 안전할 터였다.

내 육친들이 항일을 하다가 국외에서 희생된 일밖에 없는 순국의 집안이라는 것이 오히려 꼬투리가 되어 괴롭힘을 당한다는 것은 억울한 일이었다. 나의 사상 관계 기록은 허정일의 계획적이고 적반하장격 모략으로 만들어져 중앙정보부까지 올라가 있었는데 5.16 후 김재춘 정보부장의 선처로 사상적인 혐의가 말끔히 씻겨져 말소될 수 있었다. 그래서 나는 전방 사단장이 되었고 승진도 할 만큼은 하였다.

조선전쟁에 참전하여 싸우던 과정에 대해서는 이렇게 쓰고 있다.

나는 신상철 사단장이 지휘하는 7사단 참모로서 포항전투에 참전하였는데 그때의 격전은 이루 말할 수 없다. 50년 8월 포항, 안강, 영천, 전투에 투입된 인민군 4군단 정치수석 참모 박남선 대좌는 나의 6촌 동생이었고 그 휘하 인민군 5사단 보병 대대장 한강열 소좌는 나의 둘째 고모부였다.

동족상잔의 가슴 아픈 비극이었다.

남표 형님이 중국을 방문했을 때인 1988년까지만 해도 중한수교 전이어서 중국은 외교관계가 없는 한국에 대해 신경을 쓰고 있는 상황이었다. 이런 원인으로 그는 책에서 일부 이름을 가명으로 쓰셨는데 상기 글에서 6촌 동생 '박남선'은 박남룡이고 둘째 고모부 '한강열'은 김봉렬이다.

장군이 된 사촌 남표 형님이 어떤 일을 했는가는 그의 회고록에서 알아볼 수 있다. 1968년 3월에는 한국 논산훈련소 소장으로 부임하면서 계속 육군에서 근무하셨다. 그 후 그는 1970년 1월 47세에 소장으로 예편한 후 새로운 삶을 찾아 미국 이민을 선택하였다. 새롭게 미국 워싱톤주 타코마시에 거처를 정한 그는 그곳 한인회 초대회장으로부터 시작하여 각종 사회활동에 참가한 반면 세계 각 곳에 산재되어 살고 있는 육친들을 찾으셨다.

형님이 구 소련을 방문하시어 형제들을 찾으시고 어머니 묘소를 찾은 일을 회고록에 쓰고 있는데 '어머니 묘소 찾아 발 구르며 통곡'을 보기로 하자.

…

다음 날 여독을 미처 풀 겨를이 없이 160마일이나 떨어져 사는 큰 동생과 큰 여동생이 사는 집단농장을 먼저 찾아갔다.

55년 전 생이별한 내 어머니께서 사시던 집과 일터, 그리고 일생을 땀과 고난, 슬픔과 눈물, 한과 굶주림, 억압과 고통, 생이별의 아픔과 쓰라림으로 간도 용정, 훈춘, 소련 블라디보스토크, 하바롭스크를 떠돌다가 머나먼 타쉬켄트 외각에까지 흘러와서 만년을 보내시다 1981년 8월 28일 81세의 한 많은 생애를 살다 가셨다. 나는 지금 그 어머님의 묘소를 찾기 위하여 서둘고 있는 것이다. 선친은 1944년 7월 소련 KGB 북간도 공작원 책임자로서 훈춘 지방에 들른 일이 있었고, 1945년 전쟁 말기에는 자진하여 재차 그 임무에 참가하셨다가 귀소하지 못하시고 43세로서 일생을 마치셨다고 한다. 이곳에서 살고 있는 자식들은 아직도 아버님의 유해를 못 찾고 있으니, 이 무슨 비극이리! 나는 1969년 "어머니"란 제목으로 서울 창조사 발간(증보판)의 책 속에 게재한 바 있다.

"어머니, 당신의 생일마저도 잊었습니다. 시베리아의 그 눈보라 속으로 가시던 그 길이 영 이별이 될 줄이야!"

....

헤어진 지 50여 년 만에 소식을 듣고도 철의 장막을 넘을 수 없어 이제야 찾아오게 된 것이다. 무덥게 찌는 날씨, 뜨겁게 타는 이국의 태양 아래 엉경퀴와 가시덤불로 뒤덮인 고려인들의 묘소에서 나는 어린애처럼 울었다.

발을 구르며 땅을 치며 통곡했다.

비록 어머님의 영혼은 떠나시고 그 몸만 묻혀 있는 이역만리, 내 마음의 비애를 어찌 그 짧은 시간에 다 말할 수 있으랴! 어릴 적 듣던 어머님의 다정한 음성, 고우시던 얼굴을 그리면서,

"어머니, 이 아들이 살아서 이제야 돌아왔습니다. 따뜻한 진지 한 그릇 대접할 수 없었던 이 맏아들을 용서하소서. 머지않아 저 천국에서 어머님 뵙기를 간구합니다. 곱다니 마리아!"

머리를 들어 푸른 하늘을 우러러 보며 어머님의 이름을 불러 보았다.

1989년 9월, 이별한 지 58년 만에 우즈베키스탄에 안장된 어머니 묘소를 찾아 발을 구르며 통곡하고 있는 박남표

한국크리스챤아카데미 원장이셨던 고 강원룡 목사(1917~2006)는 남표 형님이 쓰신 회고록 첫머리에 이런 의미심장한 글을 쓰셨다.

"나는 그가 이번에 펴내는 책에는 흔히 보는 퇴역 장군의 회고록과는 아주 다른 내용이 담겨져 있으리라 믿는다. 박남표 씨야말로 근대 세계 역사에서 가장 억울한 수난으로 가득 차 있는 우리 민족의 아픈 역사를 몸으로 체험한 사람이기 때문이다. ……"

미국 국내 한글판 《코리언드림》잡지 2004년 5, 6월호 표지에 실린 박남표 사진

회고록의 마지막 부분에 형님은 노년의 생활에 대한 만족감으로 '날마다 생일이라는 감사심'이란 제목으로 자신의 심경을 글로 남기셨다.

매사에 감사하며 살아가는 나는 70이 되도록 날마다 생일이라는 마음가짐으로 살고 있다. 집에서는 생일 때마다 미역국을 끓이고 준비를 하려 하는데 이를 만류하고는 한다.

생일이 따로 있을 수 없다. 식사도 제대로 하고, 입을 옷 다 입고 나서 여기저기 다니며 세계 여행도 하면 있는 곳마다 매일 매일이 생일이라고 생각한다.

한 가지 희망이 있다면 1백 년 한국사를 들춰 보면 민족이 너무나 비참하게 살아오면서 이산가족이 5백만이나 되는 데 이런 비극을 덜어야 한다는 데 있을 뿐이다.

고향 산천 놓아둔 채 부모 형제가 서로 갈라져 사는 것은 말 못 하고 피치 못할 사정이 있어서이겠지만, 앞으로는 그러한 민족의 비참한 수난이 다시금 되풀이되지 않기를 바라는 마음에서 우리 후세들에게 무거운 짐을 덜어 주어야 한다는 생각이 간절할 따름이다.

민족 사회에 도움이 된다면 봉사할 길을 찾아 나서서 서로가 힘과 용기를 북돋아야 한다. 나의 이런 일념은 나 한 사람의 것이 아니라 우리 재미 교민 사회가 공감하여 서로 힘을 모을 때 우리 한민족이 우뚝 설 수 있고, 개개인도 보람과 긍지를 지닐 수 있을 것임은 말할 것도 없다.

만년에 들어선 형님께서 여유로운 마음으로 쓰신 것처럼 남권도 지금 와서는 모든 것이 만족스럽다. 젊은 시절 10여 년 동안 40원도 안 되는 월급으로 40제곱미터도 안 되는 집에서 다섯 식구가 살아가면서 아이들 개학이 되면 돈을 꾸어다 딸애들 손에 쥐어 보냈다. 작은 방을 유용하게 쓰느라 아침 식전, 저녁 퇴근 후 시간과 쉬는 날을 이용하여 자신의 손으로 방에다 미닫이문을 해달아 생활이 편리하도록 하였다. 또 손수 책상, 의자 같은 것을 세 딸에게 만들어 주기도 하였다.

한때 자기 한 사람의 월급으로 다섯 식구가 살아갈 때 아내는 농사도 짓고 교하 시내에서 막일도 찾아하면서 허리를 다치기도 하였고, 많지 않은 월급을 아끼느라 휴일을 이용하여 교하 내 자산광산에 가 석탄 줍기도 하였다.

기계작업을 하고 있는 광산 버럭산에서 양력설 쉬는 날을 이용하여 꼭대기에서 내리 퍼붓는 돌덩이를 피해가며 추운 날 석탄을 줍느라 돌산을 오르내리다가 언 두 엄지발가락은 40년이 지난 오늘에도 겨울만 되면 제일 먼저 시려오면서 그에게 고통을 던져준다.

그런 살림살이에도 큰아들 구실을 하느라 1년에 한 번씩 부모님을 찾아 고향에 다녀오던 일들은 이제 옛말이 되었다. 지금 그들 내외는 단 두 식구에 92제곱미터짜리 새 아파트, 그것도 공기 좋고 경치 좋은 여순의 해변가에서 살고 있다. 무엇이 부러운가? 나라의 혜택으로 그들 내외는 매달 나오는 연금으로 먹을 걱정, 입을 걱정 없이 계획적으로 여행도 할 수 있다. 건강상태도 비교적 좋은 편이다. 매일 매일을 천당 같은 데서 살고 있는 감을 느끼는 남권 내외는 더 부러울 것이 없다 한다.

만족감을 느끼면 늘 행복하고 마음의 여유가 생긴다. 인생은 그런가 보다.

2012년 1월 23일(춘절), 저자의 70세 생일을 맞아 큰딸 내외가 차린 생일연회 직전 '가족사' 초고에서 중병으로 고생하시던 어머니를 회억한 부분을 읽고 있는 원저자 박남권과 눈물을 머금고 듣고 있는 원저자의 아내 려선옥

남권의 가족과 민족의 아픔

사촌 남표 형님과 육촌 남룡 형님의 이야기까지 쓰고 나니 남권의
마음은 갈피를 잡지 못하는 아픔 속에서 헤매고 있다.

일제의 조선침략으로 일찍 중국에 이민 온 창일, 창원 친형제의 아
들들인 지영과 춘영은 항일전쟁이 가장 간고했던 1930년대에 항일운
동에 참가하였다가 이후로 소련으로 망명하여 처자식과 부모형제들
과 생이별하는 비극을 맞았다.

그로부터 20년이 지난 1950년대에는 목숨을 걸고 함께 일제와 싸
웠던 두 사촌 형제 지영과 춘영의 아들들인 남표와 남룡이 남과 북으
로 두 동강이 난 조선에서 서로 적군이 되어 총부리를 겨누고 싸운
것이다.

그들 가족의 비극이자 우리 민족의 비극이 아닐 수 없다.

1988년 10월에 남권은 북경 수도공항에서 처음으로 남표 형님을
만나 그를 모시고 비행기 편으로 장춘에 갔다가 다시 기차 편으로 도
문까지, 또다시 도문에서 훈춘 시내에 도착한 적이 있다.

고향 회룡봉으로 가려면 꼭 훈춘 시내를 경유해야 하였는데 훈춘
시내에 계시는 분옥 고모집을 찾아갔을 때였다. 자동차가 고모집 대
문에 도착했을 때는 찾아온 친척들로 붐비고 있었다. 형님은 그 많은
친척들 가운데서도 수십 년 만에 만나게 된 분옥 고모를 끌어안으며
목 메인 소리로 '고모!'하고는 울음을 터트리셨다.

일흔이 가까운 연세였건만 동갑 나이로 유년 시절에 일제의 침략으

로 함께 쫓겨 다니며 고생했던 옛날 일들이며, 이제 부모님의 산소마저 찾아볼 수 없게 된 고향으로 찾아가는 허전한 마음을 어머님의 맞잡이인 고모를 만나 수십 년의 한을 한꺼번에 터뜨리는 남표 형님의 울음은 마음속 절규였다.

친척들은 너무 애절하게 울고 있는 형님을 보고 모두 어쩔 바를 몰랐다. 남권은 남표 형님을 달래고 있는 친척들을 보며 수십 년 동안 가슴에 엉켜있었던 원한과 슬픔, 그리움을 실컷 토하도록 말리지 말라고 친척들을 권고하였다.

형님은 격동과 슬픔의 긴 울음이 끝난 다음에서야 완전히 지친 몸으로 집까지 와서 혼곤히 잠이 드셨다. 마치 어린애가 울음 끝에 잠을 청하듯이…

함께 눈물을 흘렸던 친척들은 형님이 곤하게 잠들어있는 모습을 보며 왜 그렇지 않겠느냐고 이구동성으로 혀를 끌끌 찼다.

저녁때였다. 잠에서 깨어난 형님이 그때에야 자리에서 일어나 모인 친척들과의 관계를 따지고 물으시며 일일이 인사를 올리며 지난날의 이야기에 열을 올렸다.

밤 깊게까지 계속된 이야기에서였다.

조선전쟁 당시 바로 형님께서 자신의 회고록에 쓰신 1950년 8월 포항, 안강, 영천 전투 이야기를 하실 때였다. 형님의 글에서 가명으로 '보병대 대장 한강열'로 써놓은 김봉렬 둘째 고모부는 조선전쟁에서 입은 상처로 오른쪽 무릎 아래 다리를 절단한 후 특제품으로 만든 가짜다리를 벗으시며 범상치 않은 눈길로 형님을 쳐다보시다가 "내가 바로 그때 병사들을 거느리고 낙동강 북쪽에서 한국 국군과 결사적으로 싸웠댔소."라고 말씀하시는 것이었다.

"아니 그러면 나와 고모부는 강을 사이에 두고 죽기 살기로 싸운 것이었구만요!" 형님은 깜짝 놀랐다고 한다.

일제를 몰아내면 통일된 평화의 땅 위에서 근심 걱정 없는 생활을 할 것으로 꿈꾸었던 우리 민족은 항일전쟁이 승리한 후 몇 년이 안 되어 조선전쟁으로 동족 간에 원수가 되어 서로 총을 맞대고 싸운 것이다. 조선전쟁이 끝난 35년 만에, 총창을 들고 서로 맞불질하며 싸웠던 한 가족 식구가 한 자리에 모여 이런 이야기를 나누고 있다니 실로 감개무량하였다.

실로 흐르는 세월은 무정도 하고 유정도 하며 또한 좋은 약도 되는가 보다!

중국 방문 3년 만인 1991년 여름에 조선 평양을 방문하였던 남표 형님은 큰고모님을 만났던 사연을 자신의 저서 〈국경의 벽 넘고 넘어〉에서 이렇게 쓰고 있다.

6월 18일 오전에 당성이 강해 보이는 책임자의 안내로 큰고모님(89세)을 47년 만에 뵈었다.

아들, 며느리, 손자, 손녀, 기타 식구들 10여 명이 한자리에 모였다. 말이 나오지 않고 눈물이 쏟아졌다. 나와 고모님은 실신할 정도로 울기만 했다.

우리는 남다른 사연이 있다.

조부모님은 일경의 만행으로 학살되시고, 부모님은 감옥에서 구사일생으로 탈옥하여 소련으로 탈출하였으니 한반도에 사는 우리 핏줄은 두 사람뿐인데 고모는 북에, 나는 남에 살며 그간 아무런 소식이 없었다.

상봉하니 자연 눈물을 멈출 수가 없었다. 이국땅에 태어난 변경의 유민이 민들레 꽃씨처럼 흩어져서 살다가 만나게 되었으니 그 사연을 어찌 필설로 다하랴.

이것은 그들 가족의 아픔이자 우리 민족의 아픔이다.

남표 형님은 조선 평양을 방문하였을 때 조선전쟁에서 총을 들고 맞서 싸웠던 육촌동생 남룡을 꼭 만나려고 하였는데 끝내는 만나지 못하고 조선 방문을 아쉽게 끝냈다고 한다.

1950년 8월 조선전쟁 때 한국군 7사단 참모였던 남표 형님과 조선인민군 4군단 정치수석 참모(대좌)였던 남룡 형님은 강을 사이에 두고 '낙동강 전투'에서 결사적으로 싸웠다. 특정 연대에 원수일 수밖에 없었던 형제간의 상봉은 끝내는 무산되고 말았다.

조선전쟁에서 한국군 장군으로 승진한 남표 형님과 조선인민군 장군으로 승진한 남룡 형님이 서로 만났더라면 그들 사이에는 또 어떤 이야기가 오갔을까?

일제와의 투쟁 속에서 소련 땅으로 망명하였던 백부, 백모님들은 세상을 뜨신 지 오래되었다. 조선전쟁으로 완전히 두 동강이 난 한반도 남북에 갈라진 육친들 중 북으로 갔던 큰고모님과 육촌 남룡 형님도 다 세상 뜨시고 구십 고령인 사촌 남표 형님은 멀리 미국에 계신다.

선조분들이 조선에서 중국으로 이민 온 후로 격변 속에서 세월은 흐르고 있지만 그들 가족의 이별의 아픔과 우리 민족의 남북 분단의 아픔은 아직도 현재진행형이다.

언제면 통일이 되어 민족의 아픔이 눈 녹듯 사라지게 될까?

—

부록

—

항일전쟁승리 50주년 기념글

　나의 육친을 포함한 수많은 애국선열들의 피와 목숨으로 바꾸어온 항일전쟁의 승리, 해마다 8.15항일전쟁승리 기념일이 오면 나는 남다른 감회에 젖어든다.

　아래의 글은 항일전쟁승리 50주년을 기념하여 내가 1995년 9월 9일 자 〈길림신문〉에 발표한 내용이다.

　신문사의 편집장은 글을 실으면서 이렇게 소개하였다.

　"옭매인 포승을 끊고 사형수의 총구멍을 뛰쳐나온 투사의 기적적인 생환!, 지리한 50년, 홀로 이국에 간 남편을 기다리다가 지쳐 쓰러진 한 여인의 불운한 삶, 60년 뒤늦게나마 생사기별을 듣고도 국경의 장벽에 막혀 상봉을 못 이루고 마는 모자간의 피맺힌 영원한 이별, 한 혈맥을 잇고 있으면서도 이 나라 저 나라에 갈라져 살아야 하고 서로 서신조차 할 수 없는 안타까운 가문의 비극...이 모든 이야기들의 시작은 어디에..."

　올해는 항일전쟁과 반파쇼전쟁 승리 50돌이 되는 기념해이다.

　1945년 8.15항일전쟁승리 때만도 한낱 코흘리개였던 나도 이제는 60을 바라본다. 허나 유년시절 때 감명 깊게 들었던 우리 민족의 항일 이야기와 나의 가정사는 지금까지도 머리에 생생하게 자리 잡고 있다.

상편- 난세 속의 무궁화

우리 가문은 1900년대 초 나의 증조할아버지 박의도 세대 때 조선 함경북도로부터 살길을 찾아 지금 훈춘시 경신진 회룡봉으로 이사 왔다.

1885년생의 나의 할아버지 박창일과 할머니 박송녀는 네 아들과 두 딸을 두었다. 째지게 가난한 살림살이였건만 오직 글공부만이 장래가 있다고 여기던 나의 할아버지는 큰아들 박지영을 당시 간도의 서울이라 불렀던 용정에 보내 은진중학을 다니게 했다. 학교를 졸업하고 고향에 돌아와 교편을 잡았던 그이는 우리 민족을 유린, 학살하며 살판 치는 일본 침략자에 대한 치솟는 적개심을 품고 분연히 교단에서 내려와 지하 항일구국의 길에 들어섰다. [〈천지의 맑은물〉, 〈백일홍〉(정길운 저, 연변인민출판사)] 때는 1920년대 후기였는데 그이의 영향으로 나의 할머니, 둘째 백부 박근영 그리고 친척 십여 명이 항일구국의 길에 들어섰다. 지하당 조직의 지도자로 경신, 훈춘 등지에서 항일구국 지하활동을 하던 박지영이 그만 반역자의 밀고로 1932년 2월에 일본 놈들에게 체포되어 당시 훈춘주재 일본영사관 옥천동(경신진 남쪽) 분주소에 감금되었다.

30대의 피 끓는 민족의 젊은이가 어찌 일제의 감옥에 갇혔다 하여 의지가 꺾여 결투를 그만두랴. 그이는 감금된 15일 만에 갇힌 용사들을 이끌고 감옥을 지키는 일본 놈, 주구들을 때려눕히고 옥을 부순 후 대오를 거느리고 소련 땅으로 망명하였다.(《훈춘현 문화유물지》-'옥천동 파옥지'에 근거함) 사건이 발생한 후 노발대발한 놈들은 당지에서 더욱 발광적으로 '빨갱이(항일가담자)'를 숙청하였다.

어느 날 밤, 우리 마을 갑작스레 일본 놈 토벌대가 들이닥쳤다. 한 집에 빨갱이가 여럿이 있어 진작부터 일본 놈들의 눈에 든 가시로 여겼던 우리 집은 자연 토벌의 중점이 되었다.

개 짖는 소리, 구둣발소리, 호각소리, 총소리, 마을은 삽시간에 아수라장이 되고 말았다. 나의 할아버지는 어린 자식들을 깨워가지고 밤도와 자리를 피할 계획을 세웠다. 혼란 속에서 나의 큰어머니는 세 살 난 젖먹이를 업고 나의 할아버지는 9살 난 큰손자를 업고 그와 동갑나이인 막내딸을 품에 안은 채 놈들의 총구를 피해가며 회룡봉을 떠났다.

마을을 좀 벗어났을 때였다. 할아버지는 그때 13살 난 넷째 아들(나의 아버지)이 뒤에서 따라오려니 생각하였는데 그만 행방불명이 되었다. 되돌아가 찾자고 하니 자칫하면 온 집 식구가 다 죽을 것만 같고 그대로 가자니 넷째 아들이 걱정되어 발걸음이 떨어지지 않았다. 총소리, 아우성소리로 뒤범벅인 데다 불길이 마구 치솟고 있는데 어디에 가서 아들을 찾는단 말인가? 원래 집에서 뛰쳐나온 나의 아버지는 가족을 찾지 못하고 헤매고 있었다. 다행히 옆집 사람들의 귀띔으로 집 식구들이 연구를 향해 갔다는 것을 알게 된 아버지는 죽을 둥 살 둥 모르고 그쪽을 바라고 뛰고 뛰었다.

이튿날 오후가 되어 먼저 연구에 도착한 나의 할아버지가 풀단으로 막을 지어놓고 식량 구하러 민간에 내려간 후였다. 산길을 따라 뒤쫓아 오던 나의 아버지가 묻고 물어 끝내 가족들이 있는 초막에까지 당도하였다. 뜻밖의 상봉에 고모와 큰사촌 셋은 부둥켜안고 목 놓아 울었다.

토벌대가 지나갔다는 말을 들은 할아버지는 그래도 고향에 남은 집에 미련을 두고 고향으로 되돌아갈 생각을 하였다. 그런데 친정이 소련 연추(블라디보스토크 부근)에 있는 나의 큰어머니는 그래도 소련 땅에 가면 어린 자식을 먹여살릴 수 있을 것 같아 국경을 넘을 타산을 내놓았다. 9살 먹은 큰아들(남표), 품에 안은 세 살 난 둘째 아들(남주), 일개 부녀자 몸으로 두 자식을 업고 안고 눈길에 백여 리 길을 간다는 것은 상상조차 할 수 없는 일이었다.

"애, 남표야, 너는 어떻게 하겠니? 나와 함께 연추 외갓집에 가겠냐? 아니면 아바이를 따라 회룡봉 집에 가겠냐?"

"난 아바이 같이 갈래."

"남표야, 그럼 돌아오는 겨울에 널 데리러 오마!"

어수선한 바람은 그들 모자의 이별을 재촉하는 것만 같았다. 자식을 집도 아닌 골짜기에서 할아버지에게 맡기고 국경을 넘는 어머니의 마음이나 언제 다시 만날지 모르는 어머니를 떠나 고향을 향하는 자식이나 마음은 매 일반이었으련만 이것이 그들 모자의 마지막 만남이 될 줄을 그 누가 알았으랴!

자식들과 손자를 업고 안고 손목 쥐고 집까지 온 나의 할아버지는 살아나가자니 앞이 막막하였다. 난리에 가정기물이 다 없어지고 쌀한 알도 없었던 것이다.

친정에 가있던 둘째며느리가 산에서 돌아온 시아버지를 보고 그래도 어디에서 남편의 소식을 들었을 줄 알고 물어왔건만 그의 행방을 어디에서 알아온단 말인가? 목숨이 붙어있는 한 어떻게든 살아가야 했다. 할아버지에게는 소식도 모르는 남편을 기다리고 있는 둘째며느리, 어머니 없는 13살 난 넷째 아들과 9살 난 막내딸, 양친이 없는

9살 난 큰손자가 주렁주렁 딸려있었다. 실로 기가 막힌 일이었다. 언제면 이놈의 전쟁이 끝나고 돌아올 사람이 다 돌아와 시름 놓고 살아볼까!

1934년 가을, 할아버지는 할머니가 연통 라자 부근에서 일제와 싸우다가 영용히 희생되었다는 비보를 받았다(이미 열사증을 발급 받았음). 성복제나 생일제마저도 지내지 못하고 그저 아무 일 없는 듯 소문을 내지 말아야 할 형편이었으니 가슴이 얼마나 찢어졌을까!

1935년 가을, 지하당 조직의 임무를 맡고 민간에 내려가 정보 수집을 하고 귀로에 올랐던 나의 둘째 백부 박근영은 훈춘 하다문 마을 밖 외호동네에서 밀고로 일제에게 체포되었다. 며칠 동안 심문과 악형에도 굴복하지 않으니 놈들은 그를 죽이려고 하였다. 하지만 성품이 강직하고 한번 먹은 마음 굽힐 줄 모르는 그의 의지는 꺾을 수 없었다.

알몸으로 사형장까지 끌려간 항일투사, 순간 놀라온 광경이 벌어졌다. 힘꼴이 세고 강직하여 동네방네에 호랑이라 소문이 자자하던 그이가 "짱"소리와 함께 두 팔을 단단히 동여 놓은 포승줄을 단번에 끊어버리고 10여명의 일본 놈과 졸개들을 혼비백산하게 만들었다. 놈들이 어리둥절해있는 틈에 자기가 들어가야 할 무덤을 뛰어넘어 산속으로 뛰었다. 마구 쏘아대는 적들의 총탄을 피하며 몇십 리를 뛰고 보니 글쎄 나무그루터기가 발등을 뚫고 올라와 거칠거칠하더라는 것이었다. 날은 어두워지고 찬 기운이 몰아오는데 헐벗은 그는 허허벌판에 주저앉아 추위와 배고픔을 달랬다.

박주사(나의 할아버지 별호, 경신 일대 60세 이상 노인들은 지금도 나를 박주사 손자라고 자랑스럽게 부른다)가 산에서 어린 자식들을 이끌고 고향에 돌아왔다는 소식이 한입, 두입 건너 옥천동 일본경찰서에까지 전해졌다. 놈들은 구실을 대어 나의 할아버지더러 경찰서에 와 등록하고 일주일에 한 번씩 활동정황을 회보하라고 단속하였다. 그러면서 위협적으로 나의 큰 백부가 감옥을 치고 나가다가 총에 맞아죽었는데 무덤이 흑정자(경신진 금당촌 북쪽) 아무 곳에 있다고 하였다. 뜬소문에는 큰아들이 파옥하고 소련으로 망명하였다는데 놈들은 분명 자기 큰아들 지영이가 죽었다고 하니 대체 어느 말을 믿어야 할까?

대낮에 가려니 놈들의 눈이 무섭고 하여 비 내리는 날을 골라 삿갓과 우장을 쓰고 흑정자로 떠났다. 할아버지는 끝내 산 밑 펑퍼짐한 곳에서 흙무덤을 발견하였다. 구 척 키를 굽혀 높게 거둔 팔을 흙속에 깊게 넣고 자식의 시체를 찾으면서 "네가 영웅이면 살아갔을 것이고 졸장부면 이곳에 묻혀있으리라." 하고 입속으로 중얼거리셨다는 나의 할아버지, 일제의 악형과 혹심한 고통을 이겨나가면서 온갖 심혈을 다하여 항일의 튼튼한 뒷심이 되어준 나의 할아버지, 그이는 정녕 위대한 항일사업이 자기 아들과 같은 애국심에 불타는 피 끓는 젊은이들을 얼마나 많이 필요로 하는가를 너무나 잘 알고 계시는 분이였다.

박지영 ─ 항일의 선구자, 하 많은 일을 해야 할 그가 어찌 피 끓는 젊은 나이에 한스런 목숨을 일제에게 빼앗기고 흙속에 묻혀 있으랴! 그는 꼭 앞날의 투쟁을 위해 옥을 부순 후 대오를 거느리고 소련으로 망명한 것이 틀림없다.

집에 돌아온 할아버지는 '옥천동 파옥사건'에서 큰아들이 죽지 않았다는 것을 알고 있었지만 그 또한 비밀이어서 누구와도 이야기를 못하고 가슴속 깊이 묻어두는 수밖에 없었다.

치가 떨리는 일제 침략 시기에 나의 가정과 같이 항일에 나선 이들의 가족들은 살 권리도, 죽을 자리도, 말할 자유도 없었다. 일주일에 한 번씩 회보하러 다닐 때면 놈들은 이 구실 저 구실을 대서 항일용사 소굴의 주인인 나의 할아버지에게 갖은 혹형과 구타를 들이댔다. 구척 키에 한꺼번에 청줄배기 콩 마대를 네 개씩 드시는 것쯤은 예삿일로 여기고 산에 가 석마판까지 씽씽 지고 왔다는 힘장사였건만 총을 든 일제 놈들 앞에서는 그저 이만 뿌드득뿌드득 갈 뿐이었다.

망명하여 소련 땅에 들어선 나의 큰 백부가 기적적으로 연추에서 나의 큰 백모와 나의 둘째 사촌형을 만났다. 또 혈혈단신으로 떠돌아다니던 나의 둘째 백부를 만났다. 이렇게 중국과 소련으로 갈라진 친척들은 전쟁으로 하여 국경의 장벽에 가로막히고 일제의 혹형으로 하여 가족들을 찾을래야 찾을 길 없게 되었다.

할아버지는 소련에 넘어간 자식들이 어디에 가 어떻게 살아가는지 근심뿐이었고 소련에 있는 혈육들은 중국에 있는 혈육들이 일제의 3광(光)정책에 몰살당한 것만 같아 날마다 안절부절못했다.

고생 속에서도 흐르는 것이 세월이었다. 14살 된 나의 큰사촌형 남표는 장손이니 고향을 떠나지 말라는 할아버지의 간절한 만류도 마다하고 조선, 일본 등지로 고학(苦學)을 떠났다. 회령, 청진, 도쿄 등지에서 혈혈단신 근공검학(勤功劍學)으로 학업을 계속하였다. 그래도 일본 도쿄에서 공부할 때에는 편지거래가 있어 거처는 알 수 있었다.

1944년 초 일제의 갖은 혹형과 시달림으로 중병으로 드러누우신 할아버지는 천지사방에 널려있는 자식들의 생사도 모른 채 해방의 경사도 구경하시지 못하고 59세를 일기로 한 많은 세상을 떠나셨다.

그해 여름이었다. 보릿고개라 감자나 파먹으며 끼니를 겨우 때울 때였다. 비 내리는 스산한 날이었건만 저녁거리 준비를 하려고 광주리에 호미를 담아 머리에 인 나의 어머니가 할아버지 때 일구어놓은, 마을에서 4~5리 떨어진 긴 사래 산 밑 감자밭에 갔을 때였다. 한참 정신없이 감자를 파고 있는데 난데없이 인기척소리가 들리더니 "거 감자 파는 이가 내 집 식구 아니오?" 하는 말소리가 들렸다.

항일운동에 많이 참가하여 워낙 소문이 많은 박씨 가문에 밭에까지 액운이 떨어지는 것이 아닌가? 하는 생각에 어머니는 손에 쥐었던 호미를 놓고 쪼그린 채로 머리만 돌렸더니 "우리 집 사람이면 겁나 말게. 내 동생 우영이가 성가(成家)하였다는 얘기 들었네."라고 하면서 얼른 집에 가 자기 동생을 보내라는 것이었다.

박지영이 항일에 나선 후 셋째 동생 상영은 장가들어 얼마 안 되어 부부가 차례로 세상 뜨고 그때 10살 미만이던 넷째 동생이 성숙하여 가정을 꾸리고 고향을 지키고 있던 참이었다.

나의 어머니는 이런 기적적인 상황에 기쁘다 할까, 두렵다 할까 가슴만 조여들며 긴장한 나머지 진창에 빠지는 발이 무엇을 딛는 줄도 모르고 단숨에 집까지 달려왔다고 한다. 비오는 날이어서 마을 친구들과 집에서 얘기를 나누고 있던 나의 아버지를 불러 사실을 알리니 "긴 사래 밭에 매놓은 소가 도망갔단다."하고 마을 사람들에게 거짓말을 하고는 아버지는 밭을 향해 냅다 뛰어갔단다.

아버지가 세상 뜨면 큰형이 아버지 맞잡이라고, 더구나 10여 년간 생사를 모르던 큰형이 고향에 왔다니 꿈인가 생시인가. 살판 치는 일제 놈의 시대이니 집에 찾아오지 못하고 비 내리는 인적이 드문 날을 택해 할아버지가 일구어놓은 감자밭에 나의 큰 백부가 찾아온 것이었다.

아버지는 내리는 비도 아랑곳하지 않고 밭머리 저쪽 골짜기에서 형님의 가슴에 안겨 울고 또 울었단다.

기막힌 세월에 친형제가 서로 간에 어디에 있는 줄도 모르다가 이렇게 만난 것이다!

아버지는 그동안 있은 일들 – 할아버지 사망, 나의 큰사촌형의 외국고학, 조선에 간 두 고모, 가정을 이룬 자기의 상황 등 많은 이야기를 하고 또 하였다.

큰 백부는 조만간 1945년에 소련과 일본 간에 큰 싸움이 벌어질 것 같은데 일본은 강제로 젊은이들을 군대에 내보내 대포 밥이 되게 할 수 있으니 일본에서 고학하고 있는 자기 큰아들 남표를 돌아오게 하라고 아버지에게 부탁하였다. 그리고 큰백모님과 나의 네 사촌 그리고 둘째 백부는 이주민으로 훈춘에서 머나먼 우즈베키스탄으로 갔으나 거처가 정해지지 않았다고 알려주었다.

원래 나의 큰 백부는 1932년에 옥천동 감옥을 치고 소련으로 망명하신 후에 계속 혁명대오에서 일하셨는데 소련군사 측의 임무를 맡고 중국, 조선과 소련 연해주 일대로 비밀리에 나오셨던 것이다. 그 후 그는 소련홍군 후근부대에 있으면서 독소전쟁에 참가하였는데 시베리아 대밀림에서 불행히 전사하였다.

하편- 영원한 아픔의 상처

1945년 8월 15일, 일제는 무조건 투항을 선포하였다.

피와 목숨으로 바꾸어온 평화의 땅 위에서 만민은 새 생활을 시작하게 되었다. 명절 때면 혈육이 더 그리워지는 법이다. 바라던 항일전쟁승리의 날이 오니 형제 중에서 홀로 고향을 지키고 있는 나의 아버지는 갑절 혈육들을 그리게 되었다.

박씨 가문에 시집와 깊은 정도 들기 전에 항일에 참가하여 집 떠난 남편을 기다려온 둘째 백모는 자식 하나 없이 생과부나 다름없이 10여년이나 빈방을 지켜왔다.

세월이 흘러 국경을 넘어 소식들이 오고가기 시작했다. 1950년대에 와서야 아버지는 친척들이 머나먼 중앙아시아(소련)에서 보내온 편지를 받게 되었다.

나의 큰 백부 박지영은 전사하였으나 백모님과 네 자식은 살아있으며 중국으로 돌아오지 못하게 된 둘째 백부는 소련 땅에서 따로 가정을 차리고 딸자식 둘을 두고 있었다.

조선으로 간 후 일자리가 있게 되면 편지를 하겠다던 나의 큰 사촌남표 형님은 소식이 없었다. 불원간 조선전쟁이 일어나니 아버지는 늘 근심 걱정하시며 십중팔구는 전쟁 마당에서 목숨을 잃었겠다고 장탄식하였다. 헌데 수십 년이 지난 1973년 초에 미국으로부터 편지가 날아왔다. "…무슨 기적이라도 있어야 삼촌과 만날 수 있으리라 믿습니다. 언제이고 고향과 육친들을 잊은 적은 하루도 없습니다. 소련에 계시는 양친께서는 소식이 있는지요…"

처음엔 조카의 행처를 알게 되어 가슴이 확 트인다던 아버지가 갑자기 편지장을 쥐고 한숨만 풀풀 쉰다. 그때만 하여도 미국이란 나라는 때려죽일 나라였으니 말이다.

1980년 모스크바에서 열린 세계올림픽경기대회 기간에 나의 큰 사촌형은 이것이야말로 하느님이 자기들 모자에게 마련해준 절호의 기회라고 기뻐하며 올림픽 관광객의 신분으로 소련에 가서 50여 년 간 만나보지 못한 어머니와 세 살 때 갈라진 친동생, 본 적도 없는 다른 동생들을 만나려고 만반의 차비를 해놓고 있었다.

그런데 생각지도 못했던 일이 발생하였다. 소련은 미국이라면 운동선수고 관광객이고 한 명도 모스크바에 올 수 없다는 것이다. 실로 하느님도 무정하였다. 50여 년 만에 혈육을 한번 만나보려던 계획은 이렇게 물거품이 되었다.

아들을 만나기를 이제나 저제나 손꼽아 기다리던 큰 백모님은 가슴에 맺힌 한을 풀지 못한 채 1981년 여름에 우즈베키스탄에서 곡절 많은 한 생을 마치고 말았다.

정녕 그이는 세상을 뜨시면서도 눈을 감지 못했으리라!

그와 거의 때를 같이하여 50여 년을 생과부로 남편을 기다리던 둘째 백모님도 중국에서 세상을 뜨셨다. 실로 그이가 생전에 말씀하신 대로 살아서는 박씨 가문의 사람이고 죽어서도 박씨 가문의 귀신이 된 것이다.

나의 둘째 백모님께서 세상을 뜨신 후 우즈베키스탄 타쉬켄트시 교외에 계시던 둘째 백부님도 병환으로 1984년 7월에 세상을 뜨셨다.

개방하여 외국 문이 활짝 열린 1988년 10월에 나의 큰 사촌 남표 형님은 미국으로부터 서울을 거쳐 북경을 경유하여 고향인 훈춘 경신 땅에 오게 되었다. 10년이면 강산이 변한다고 오매불망 잊지 못했던 고향이건만 반세기를 두고 찾아온 고향땅이 다정하면서도 낮설지 않을 수 없었다. 청소년 시절 눈물을 흘리며 갈라졌던 삼촌과 동갑 나이인 고모가 이젠 머리에 백발을 날리고 구부정한 허리를 지팡이에 의지하고 있지 않는가?

고향에 와있던 1988년, 서울올림픽에서 일본이 어느 종목에서 1등을 하였다고 텔레비전에서 방송하자 낮빛을 붉히며 이해되지 않는다는 말투로 "일본이 중국과 조선을 침략하여 우리 민족에게 더 없는 피해를 끼쳤는데 저것들이 1등을 했다고 방송을 해?" 하며 성을 내는 남표 형님.

견식이 넓은 큰 사촌 형님이 정치와 체육운동을 갈라보지 못함이 아니었으나 일본 놈의 침략으로 혈육들이 산산이 흩어진 고향땅을 밟고 있는 그 시각 그에게는 정녕 침략자에 대한 더없는 원한과 분노가 가득 차 있음을 확연히 볼 수 있었다. 그이는 자기 아버지가 파옥하고 뛰쳐나간 유서 깊은 옥천동(연변주 중점문화유물 보호 단위)을 찾아 사진을 남겼다.

토지개혁 때부터 다년간 당의 농촌사업을 하셨던 나의 아버지는 어머니 사망 후인 1989년 초에 병환으로 우리 곁을 떠났다. 지금쯤 저 세상에서 아버지는 선인들을 만나 그 고통의 시대에 겪은 우리 가정의 많은 일들을 이야기하고 있으리라!

1991년 여름에 70 고령을 바라보는 나의 큰 사촌 형님이 소련 땅 우즈베키스탄에 갔을 때 세 살 때에 갈라진 친동생 남주가 어느덧 60을 넘어 백발을 날리며 형님을 맞이하였다. 그리고는 형님을 모시고 어머님의 묘소로 찾아갔다. 형님은 어머님의 묘소 철창을 두드리며 애타게 울고 울었다.

"돌아오는 겨울이면 나를 데리러 오겠다고 하셨던 어머님, 60년이 지나 내가 어머님을 찾아 왔습니다…"

자식을 다시 보지 못한 어머니의 심정, 어머니를 다시 뵈옵지 못한 아들의 심정을 무엇으로 다 형언할 수 있으랴!

얼마나 많은 사람들이 전쟁으로 인하여 가슴에 사무치는 원한을 품은 채 이 세상을 하직하였는가?

친구의 부모 장례식에 갔다가 슬피 우는 친구를 보고 "자네는 얼마나 행복한가. 부모가 세상 뜨니 울 곳이 있으니 말이오."라고 사촌형이 말하자 친구는 "친구의 가슴 아픈 심정을 내가 어찌 모르겠나?" 라고 하며 되레 슬픔을 달래주더라는 감명 깊은 장면을 그이는 자기의 저서 《국경의 벽 넘고 넘어》에 적고 있다.

실로 하늘도 유정하다면 탄식하고 눈물을 흘렸으리라!

1993년 초 우리 내외는 면목도 모르는 사촌 누님 그론냐(큰 백부의 둘째 딸)의 초청으로 러시아, 우즈베키스탄 등지를 다녀오게 되었다. 항일구국을 위해 피와 땀을 흘리다 소련 땅에서 작고하신 백부, 백모님의 묘소에 성묘하고 타슈켄트며 모스크바에서 사촌들을 난생 처음으로 만나보게 되었다.

우리는 모두 한 할아버지의 후손이었지만 소련에 있는 나의 사촌들은 우리말도 겨우 알아듣고 우리글은 전연 모르고 있었으며 우리 습관마저 모르고 있었다. 이름도 모두 꼬쓰딴진(큰 백부의 둘째 아들), 아파나씨(큰 백부의 셋째 아들), 꿀랴(둘째 백부의 둘째 딸)라는 러시아어 이름이었고 조선말 이름은 없었다.

세 살 때 중국에서 건너간 나의 둘째 사촌 형님마저 젓가락 쓸 줄 모르고 밥상에는 아예 숟가락과 포크뿐이었다. 주식은 빵이란다. 밥을 먹으면 곧 배고파진다는 것이다.

우리가 소련에 가기 전 해에 나의 큰 사촌 형님 내외가 소련에 가면서 동생들에게 옷감을 가져갔다는데 60이 내일인 큰 사촌 누님 왈랴(큰 백부의 큰딸)가 어느 것이 저고리감이고 어느 것이 치마감인지를 몰라서 묻더란다.

그곳에서는 조선 치마저고리를 입는 사람들을 볼 수 없으니 그럴 만도 하다. 나의 둘째 백부가 늘그막에 본 큰딸 로쨔는 모스크바에 거주하고 있는데, 변변치 못하나 그래도 우리말로 나에게 묻는 것이었다.

"오라버니, 우리 아버지랑 어째서 중국이 고향이라는데 왜 이 먼 곳까지 왔슴둥? 중국에 아직두 우리 친척이 많슴둥?"

무어라 설명하랴? 일제 침략이 남긴 이 상처와 아픔이 어느 세대에 가서야 아물 수 있을까?

70여 일 걸린 소련여행이 끝난 지도 3년이 더 되는 오늘, 친척들의 면목이 어리숭해지며 또다시 서먹서먹한 감이 든다. 편지를 하자니 우리글을 아는 80세 넘은 옛날 조선에서 오셨다는 할아버지를 먼 곳에 가서 모셔 와야 볼 수 있다는데 그 할아버지가 살아계실는지? 나는 또 노어는 감감 모르는 사람이니 오늘까지 사촌 간에 편지거래도 할 수 없다.

훈춘시에 계시는 나의 작은고모 내외분께서 1년 전 병환으로 세상을 떠났다.

흐르는 세월에 시대도 달라지고 세대도 변해가고 있다. 다 같이 모여 살아야 할 한 할아버지 후손들이 중국, 조선, 한국, 미국, 러시아,

우즈베키스탄, 끼르기즈스탄 등 7개 나라에 산산이 흩어져 살고 있다. 지금까지도 중국에 있는 나의 누님과 동생은 타국에 있는 사촌들과 서로 얼굴 한번 못 보고 지낸다.

일제의 침략은 우리 민족과 나의 가정에 이루 말할 수 없는 재난을 가져다주었다. 침략자는 철천지원수이다!

침략이 남긴 아픈 상처를 보듬어가며 우리는 살고 있다. 오직 평화만이 인류의 행복이다!

필을 놓기 아쉬워

지나간 일을 기록하고 연구하고 서술하는 것을 역사라고 하면 필경 그것을 그대로 그려내기는 아주 힘든 일이라 생각된다. 왜냐하면 개개인의 경력과 환경, 지식 정도, 서술 능력에는 모두 차이가 있으니 말이다.

나의 가족사의 대부분은 내가 아주 어린 유년시절에 들은 이야기여서 벌어진 사실 그대로 절실하게 써 낸다는 것은 실로 힘들고도 불가능한 일이다.

허나 어찌하랴. 고이 잠든 나의 선조들을 깨울 수는 없는 일인 걸. 내가 쓴 가족사가 나의 가족, 육친들, 더 나아가 사회의 자그마한 교양이나 영향이라도 줄 수 있다면 실로 저세상에 가신 나의 선조들의 영령(英靈)에도 광채가 나 그들에게 얼마간의 위안이라도 될 것이다. 이것이 나의 유일한 소망이다.

항일전쟁승리 60주년 기념글

2005년에 내가 북경으로부터 대련시 사구(沙區)에 와서 자리 잡았을 때였다. 《료녕조선문보》는 '항일전쟁승리 60주년 기념' 란을 꾸리고 특별기획보도를 10일 동안이나 등재하였다.

나는 2005년 7월 22일 자 《료녕조선문보》7면 '항일전쟁승리 60주년 기념' 특별기획보도 란에 '유서 깊은 나의 고향 항일촌' 이라는 글을 발표하여 고향의 항일용사들과 항일투사들을 칭송하였다.

아래는 《료녕조선문보》에 실린 내용이다.

나의 고향 길림성 훈춘시 경신 회룡봉촌은 항일전쟁 유적지이다. 매년 8월 15일이 되면 고향 마을의 항일이야기들이 생각나면서 감개무량해진다.

중국과 조선, 러시아의 삼국 국경에 자리 잡고 있는 나의 고향은 예로부터 우리 민족 이주민들이 간도와 극동을 드나들던 길목이었고 수많은 항일투사들이 국경을 넘나들면서 일제 침략자와 싸우던 항일유격근거지였다. 그 연고로 나의 고향에는 항일투사들과 열사들이 많았다.

일찍 1920년부터 나의 할아버지 박창일, 할머니 박송녀와 그들의 친자식, 친조카 10여 명이 항일 대오에서 활약했다. 나의 할머니는 항일 대오에서 가장 연세가 높은 여성항일투사로 두 아들과 함께 일제와 싸웠다. 할머니는 1934년에 일제의 총창에 희생될 때까지 유격구를 후원하는데 힘을 다 바쳤다. 나의 할아버지는 옥천동 일본경찰들의 호된 고문으로 병환에 있다가 항일전쟁승리를 앞두고 세상을 떠났다.

항일 대오의 지도자였던 나의 큰 백부 박지영은 중국 공산당 훈춘시위원회 군사부 부장으로 비밀활동을 전개하다가 반역자의 밀고로 1932년에 훈춘 옥천동 일본경찰서에 투옥되었다. 옥중에서도 투쟁을 늦추지 않았던 그는 수감자들을 거느리고 감옥경찰을 죽이고 탈옥한 후 계속 중소국경을 넘나들면서 반파쇼투쟁을 견지하다가 1944년에 독소전쟁에서 희생되었다.

나의 고향은 항일투쟁으로 이름을 떨쳤고 항일활동에서 많은 영웅을 배출해냈다. 1930년 항일선구자였던 고학준, 류운경, 김규권 등은 8개 자연부락에 300여 세대의 주민이 살고 있는 회룡봉에 중공 당지부를 건립하고 본부를 서산의 석굴에 옮겨 활동하면서 군중을 발동하여 반일활동을 견지하였다. 회룡봉의 군중들은 지주의 식량창고를 털어 항일유격대에 보내주며 적극 후원하여 영남항일유격대의 창건에 큰 기여를 했다.

홍색유격근거지인 연통 라자, 대황구 일대에 식량, 소금, 의복이 부족할 때 회룡봉의 군중들은 조선과 리시아로부터 구입한 물자들을 유격구에 보내어 항일활동을 후원하였다.

항일선구자인 안길(일명 안상길)은 일찍 회룡봉에 보통학교를 꾸리고 젊은 일대들에게 지식과 항일구국의 사상을 키워주었고 후에는 교편을 놓고 항일투쟁에 직접 참가해 용맹을 떨쳤다. 후에 그는 조선인민군 총참모장을 지냈다.

1930년, 중국 공산당 경신구 위원회 서기로 일하던 리봉수는 가정도 없이 혈혈단신으로 군중을 발동해 일제와 싸웠다. 1959년, 리봉수는 조선인민군 중장의 신분으로 회룡봉촌을 방문했었다.

1931년, 고향 마을에서 항일투쟁에 참가했던 박원규는 후에 항일연군 안도현 유격대 퇀 정치위원을 지냈고 1940년 여름의 전투에서 희생되었다. 그의 아들 박정권은 16살 어린 나이에 아버지의 원수를 갚기 위해 어머니 품을 떠나 군에 입대한 후 훈춘진에서 훈련을 받았다. 후에 그는 조선 전쟁에서 장렬히 희생되었다. 이렇듯 남편에 이어 자식을 항일전쟁 제 1선에 보냈다가 여의게 된 아내, 어머니들이 얼마인지 모른다.

박장춘(원명 박원철)은 회룡봉촌에서 항일에 참가한 후로 많은 공을 세웠다. 1945년, 조선 황해도 사령부에서 일하던 그는 지방시찰 중 특무에게 살해되었다.

현재 조선 평양 대성산 혁명열사 룽원에서는 나의 고향 사람들인 안길, 리봉수, 박원규, 박장춘 등 네 명의 동상을 찾아 볼 수 있다고 한다.

나의 고향에는 이외에도 이름을 남기지 않은 무명 영웅들이 무수히 많다. 이를테면 최씨 집 5형제 중 셋이 항일에 참가해 모두 목숨을 잃었다. 김한응과 고기준은 갓 결혼한 신혼부부였지만 서로 갈라져 각기 다른 지방에서 왜놈들과 싸웠다. 후에 중소국경을 사이 두고 생이별한 그들 부부는 수십 년간 생사도 모른 채 지냈다. 1990년에 우즈베키스탄에 살던 김한응 노인이 60년 전에 이별한 고기준 할머니를 찾아 훈춘을 방문했다. 항일투쟁으로 생이별해야 했던 이들은 팔순이 돼서야 서로 만나게 되었다.

1945년, 항일전쟁이 승리한 후의 해방전쟁에서도 나의 고향 마을은 최후의 승리를 위해 총동원되었다. 아들을 전선에 보내고 자신은 부상자를 호송하는 담가대에 참가한 앞마을 유씨 집 아버지, 하루아침에 아들 형제를 전선에 내보낸 뒷집 김씨 댁 어머니, 임신한 몸으로 남편을 전선에 내보낸 윗마을 리씨 댁 며느리, 임신한 아내에게 삼 남매를 맡기고 전선에

우즈베키스탄을 방문했을 당시 박남주댁 대문 밖에서 남긴 기념사진(1993년 3월).
우리 부부와 박남주, 김넨냐, 박마리나

달려 나가 혁혁한 전공을 세우고 마지막에는 백병전에서 적 7명을 찔러 죽이고 장렬히 희생된 김규삼…, 고향 마을은 전후방이 따로 없었고 영웅이 따로 없었다. 그 후 항미 원조전쟁에서도 고향의 수많은 젊은이들이 참가해 혁혁한 공을 세웠다.

지금도 고향 마을에는 집집마다 '영광스러운 열군속'이라는 상장이 걸려있다. 그리고 서산의 유서 깊은 석굴과 용두산 마루에 솟아있는 혁명열사기념비가 말없이 그때의 피어린 역사를 이야기 해주고 있다.

내가 대련시 조선족 노인협회 회원으로 활동하고 있을 때였다. '항일전쟁승리 60주년'을 기념하는 활동으로 노인협회에서는 단체로 버스를 타고 여순에 가서 1904년 2월부터 1905년 9월까지 중국 땅에서 벌어진 러일전쟁 옛 터인 203고지와 일러 여순감옥을 참관하였

2003년 10월 1일, 훈춘시 "고려식당"에서 진행된 "밀양 박씨 종친회" 일각. 발언하고 있는 저자. 왼쪽으로부터 박도영, 박남성, 류룡덕

다.

　전쟁터도 전쟁터지만 '일러 여순감옥'을 참관하고 나오는 나의 마음은 무겁기만 하였다.

　귀로에 오른 버스에서 나의 머리에는 감옥에서 보았던 감방이며 일제 놈들이 우리 항일선열들을 혹독하게 고문했던 여러 가지 고문도구들과 마지막에는 참혹하게 사람을 살해한 밧줄 교형틀이 선히 나타나면서 또다시 나의 육친들과 고향 항일투사들의 일제와의 투쟁사가 머리에 떠올랐다.

　나는 좌석에 앉은 여러 사람들에게 북받치는 감정으로 눈물을 흘리며 나의 고향 항일투쟁사를 이야기하고 즉흥시를 읊었다. 제목은 '고향인 회룡봉을 그리며'이다.

고향의 연분홍 봄 진달래

육친을 그리는 선열들의 웃음

고향의 푸르른 여름 산천

왕성한 투지로 짠 그대들의 옷단장

고향의 진붉은 가을단풍

그대들의 굳은 절개의 물들임

고향의 새하얀 겨울눈

고결했던 그대들의 마음 쌓임

룡두산 위에 거연히 서있는 혁명열사 기념비여!

서산에 굳건히 자리 잡은 혁명 석굴이여!

묻노니 춘하추동 사시절이 얼마나 바뀌었던가

고향땅 삼면을 감돌아

유유히 흐르는 두만강아

너는 회룡봉의 자랑 싣고

쉼 없이 흘렀다

오늘도 내일도…

　내가 읊은 이 시는 2006년에 발간된 《회룡봉 촌사》에도 게재되었다.

　항일 투쟁의 영광스러운 역사를 지닌 자랑스러운 고향을 영원히 기념하기 위한 나의 노력은 헛되지 않을 것이다!

　나뿐만이 아니다. 회룡봉 사람들은 누구나 혁명선배들의 영향을 받고 그 교육을 받으면서 자라났다.

한국에서 맞이한 '광복절'

일제와의 투쟁, 그것은 어느 한 민족이나 어느 한 나라의 일이 아니었다.

나는 고향의 역사를 쓴, 고향의 '촌사'를 지니고 2007년 봄 한국 방문길에 한국 서울에 설치되어 있는 민족문제연구소를 찾았다. 연구소 사무국장이신 방학진 선생님은 중국에 살고 있는 우리 민족들이 자기들의 촌사를 책으로 만들어낸 데 대해 극찬하셨다.

그의 소개로 한국 민족문제연구소 회보재료 월간잡지《민족사랑》 2007년 5월호는 그 달에 기증받은 자료 소개로《항일촌, 혁명촌, 인재촌 회룡봉》표지를 사진으로 등재하면서 내용까지 소개하였다.

이 해 8월 15일 자 한국《국민일보》17면에는 박지훈 기자가 그 전날 나와 인터뷰한 기사로 '잊혀진 회룡봉… 광복절만 되면 눈물—중국 지역 독립운동사 발굴 혼신 재중동포 박남권 씨'가 실렸는데 거기에는 나의 사진까지 톱기사로 실렸다.

"광복절만 되면 눈물이 납니다. 사랑하는 가족과 헤어져 이역만리로 뿔뿔이 흩어져야 했던 할머니, 할아버지들을 생각하면 가슴이 미어집니다."

독립운동가들의 발자취를 좇으며 살아온 재중 동포 박남권 씨는 14일 경기도 이천시 신둔면 자택에서 기자와 만나 인터뷰 내내 눈시울을 적셨다. 박 씨는 지난 해 7월 중국 회룡봉 지역 항일운동사를 기록한『회룡봉』이란 제목의 책을 출간하는 등 주류 학계에서 소외된 지역 독립운동사 발굴을 위해 혼신의 힘을 기울여 왔다.

회룡봉은 조선조 말 함북에 살던 조선인들이 국경을 넘어가 개척한 땅으로 일제시대 독립운동가들의 은신처가 됐던 곳이다.

박 씨는 독립운동가들의 한이 서린 회룡봉 지역에서 자랐기 때문에 어려서부터 자연스레 항일운동에 관심을 갖게 됐다. 그는 "회룡봉은 우리 민족이 개척한 땅이며 일제에 항거한 땅"이라고 정의한 뒤 "선조들의 혼이 깃든 곳의 역사를 직접 써야겠다는 생각이 들어 독립운동사에 매달리게 됐다"라고 말했다.

박 씨는 2004년부터 2년간 고령의 지역 노인들을 찾아가 독립운동가들의 얘기를 전해 듣고 관련 사진들을 찾아냈다. 앞서 2001년엔 자신이 졸업한 회룡봉 학교 동창 19명과 뜻을 모아 1930년대 일본군의 토벌 작전을 피해 30여 명의 독립운동가들이 은신했던 석굴 앞에 '회룡봉 혁명 석굴기념비'를 세우기도 했다.

박 씨는 선조들이 받았던 일제의 핍박과 설움을 요즘 세대들은 거의 알지 못한다며 안타까움을 표시했다. 그는 "일제의 압제를 피해 일본, 러시아, 미국 등 여러 나라로 흩어져야 했던 조상들의 설움을 후손들이 알고 있어야 한다."라고 말했다. 박 씨는 "1년 뒤면 다시 중국에 돌아가야 하는데 기회가 된다면 더 많은 선조들의 독립운동 기록을 찾아내 잊혀져가는 기억을 되살리고 싶다."라고 말했다.(박지훈 기자)

회룡봉의 이야기가 바람 타고 구름 타고 일렁거리는 두만강물을 타고 온 세상에 전해져갔으면 하는 게 내 바람이다.

족보 집필

가족의 역사를 기록하기 위하여 사람들은 가족의 족보자료를 남기고 묘소, 묘비를 남긴다.

사회활동 중에서 특히 남성들은 인사가 끝나기 바쁘게 고향을 묻고 선조를 묻곤 한다.

이런 행위의 본질을 바로 우리 민족의 가족집단에 대한 남다른 관심의 표현이라고 해야겠다.

어려서부터 가정사와 친척관계에 남다른 관심과 호기심을 가지고 있던 나는 학교에서 공부할 때에도, 일터에서 일하면서도, 퇴직한 후에도 계속하여 우리 대가정의 친척관계에 각별한 관심을 가지고 있었다.

수십 년간 국내에서 이모저모로 친척들과 선조들의 생애에 관한 자료들을 열심히 수집, 정리, 연구해왔던 나는 1993년 초봄에는 사촌 누님 그론냐의 초청으로 소련을 방문하게 되었다.

알고 싶은 것이 너무 많았고 또 꼭 만나봐야 했던 친척들을 찾아간다는 것은 매우 기쁜 일이었다.

하얼빈에서 떠난 국제열차가 중국 측 변경도시 만주리를 지나 소련 땅 첫 정거장인 치타에 도착하여 여관을 정한 다음이었다. 타쉬켄트로 가는 열차표를 사려고 다른 조선족 동료와 함께 역전으로 가던 내가 그만 뒤에서 달려오던 승용차에 부딪쳐 왼쪽 팔목뼈가 부러지고 왼쪽 무릎과 왼쪽 머리에 큰 타박상을 입었다. 이리하여 언어가 전혀 통하지 않는 소련 땅에서 심한 상처를 입고 그곳 병원구급차에 실려

가게 되었다. 아내는 당황하여 어쩔 바를 모르는데 소련 측 병원구급차 의무일군들은 우리가 알아들을 수 없는 러시아 말로 손시늉을 해가며 환자만 병원구급차에 탈 수 있다고 하였다. 동서남북도 가릴 수 없는 치타라는 시내에서 그것도 어두운 밤에 나는 이름도 모르는 병원에 입원해있고 아내는 내가 어느 병원에 입원했는지도 모른 채 중국에서 함께 온 동료들과 함께 여관에서 며칠 동안 고통스러운 생이별을 겪어야 했다. 며칠 후 나를 찾아온 아내는 눈물 콧물 범벅이 되어있었다. 소식도 모르지, 말도 안 통하지, 나를 영영 찾지 못할 것 같은 심정이었다는 것이다. 다행히도 2주 동안 병 치료를 하고 움직일 수 있어서 나는 붕대로 왼쪽 팔을 어깨에 메고 아내와 함께 러어로 된 친척집 주소를 손에 들고 손시늉을 해가며 친척을 찾아 치타에서 서행열차를 탔다.

우리 부부는 러시아 수도 모스크바에서, 우즈베키스탄 수도 타쉬켄트에서, 그리고 타쉬켄트시의 먼 교외에서 난생 처음으로 나의 아버지 세대에도 만나지 못했던 여러 친척들을 만나게 되었다.

가까운 친척들이었지만 몇십 년 만에 난생처음으로 만나게 되자 분위기가 너무 서먹서먹하여 이상할 정도였다. 한 혈육들이 서로 소식도 모르고 그리움으로 지내왔던 그 기나긴 세월을 어떻게 다 말할까. 다 그 몹쓸 놈의 일본제국주의 침략자들 때문이었다.

그래도 피는 물보다 진하다고, 혈연은 무엇보다 가까운 것으로 우리는 아주 빨리 선조들의 이야기며 고향 이야기에 열을 올리며 서먹한 분위기를 풀어나갔다.

1993년은 나의 백부, 백모가 소련 땅에 망명하여 오신 지도 60년이 넘는 해이다. 친척들과 만난 후 우리 부부는 그들의 안내로 선조들의 산소를 찾아 참배를 올렸다.

　나의 형제들은 세상 뜨신 선조들 묘소 앞에 비문을 세웠는데 묘소는 당지(=그곳) 습관에 따라 모두 콘크리트로 되어있었다. 또 묘소마다 따로따로 철 난간이 세워져있었다. 그들의 묘소마다에 고난의 세월에 일제와 싸운 투쟁의 역사와 혈육과 고향을 그리는 절절한 마음이 담겨져 있다고 생각하니 콧마루가 찡해났다. 나는 묘소마다에서 찍어온 사진들을 영원한 기념으로 남겼다. 연 후에 우리 친척 일행은 나의 제의에 의해 백부들이 사셨던 옛집들도 일일이 찾아가봤다.

　1970년 여름에 사고로 내외분이 동시에 사망하였다는 나의 오촌 백부 박춘영(朴春榮)의 옛집을 찾아갔을 때였다.

2010년 4월 5일 청명, 건비 의식 후 남긴 기념사진. 앞줄 왼쪽부터 김성훈, 박남권, 박남성, 박신자, 박순화, 류룡덕, 중간줄 왼쪽 박승군, 오른쪽 박승권, 뒷줄 왼쪽부터 박승학, 박남헌, 박신금, 정금자, 리영숙, 려선옥, 박승규, 채경묵

70이 넘으신 새 주인댁 조선족 최 씨 할머니는 웬 낯선 사람이 찾아왔느냐고 의심을 하시더니 찾아온 사유를 듣고서는 이때까지 살아오면서 친척이 살았던 집을 찾아보는 사람을 처음 보았다고 하시는 것이었다. 바로 거기에서 나는 소련에 거주하고 있는 나의 할아버지와 셋째 할아버지 후손들의 개인자료를 수집하게 되었다. 소련을 방문한 후부터 나는 시간이 나는 대로 내가 오랫동안 수집해 두었던 가문의 족보자료를 정리하는데 착수하였다. 정리와 고증, 연구를 거쳐 나는 옛날 족보와는 다른 형식의 족보를 써냈다.

새로 정리한 족보는 부부를 포함한 각 개인의 간력(簡歷)-출생연도, 거주지, 학력, 직업, 특장, 자녀상황, 사망연도, 묘지 위치 등을 밝힌 1,500여 명에 달하는 우리 가족의 한 세기내의 중국 이주를 위주로 한 '밀양 박씨 만령공파 족보(密陽朴氏萬齡公派 族譜)-지신 후손 중국편(枝新後孫 中國篇)'을 만들어냈다. 이 족보의 주요근거는 지식인이자 한의사였던 만령 16세손 창후(昌厚)와 그의 손자 남선(楠璇)이 나에게 준 부계혈통만 밝힌 도표식 족보 자료였다.

우리 대가족 여러 성원들의 관심 속에 족보는 2003년에 인쇄되어 모습을 나타내게 되었다. 족보가 나온 후 지신 후손들의 중국 이주 100주년을 앞둔 2003년 10월 1일에 가족성원들은 나의 주최하에 훈춘시 고려식당에서 처음으로 되는 중국 경내 밀양 박씨 지신 후손 종친회를 가지고 '족보발행의식'을 가졌다.

가족성원들의 자연변화 – 사망, 출생, 결혼 등으로 새로운 내용이 추가된 데 의하여 2010년 5월에 족보내용을 보충 수개(修改)하여 다시 인쇄하였다. 보충 수개한 족보는 '밀양 박씨 만령공파 족보'라고 제목을 달았는데 성원의 거의 전부가 지신 후손들의 중국 이주 후의 내용

이므로 응당 그 아래에 '지신 후손 중국편'이라는 부제목을 달았어야
했다.

그런데 중국에 왔던 우리 친척들이 다시 조선으로 나갔거나 그 후
로 한국, 미국, 러시아, 우즈베키스탄, 키르기즈스탄 등의 나라로 가
서 살고 있어 따로 부제목을 달지 않았다.

족보는 우리의 생활에서 친족 간의 단합과 발전에 많은 도움을 주
며 또 후손들이 선조들의 역사를 연구하는 주요 의거(依據)가 될 것이
다. 여생에 가족성원들의 출생, 결혼, 사망 등에 따른 변화내용을 계
속 보충 개정하면서 시집 간 딸들이 남긴 자식 즉 박씨 가문의 외손
들의 혼인관계까지 밝힌 더욱 새롭고 완벽한 족보를 다시 작성하여
출판할 구상을 갖고 있다.

묘비

족보를 쓰고 종친회 모임까지 가진 후 내가 할 일이란 세상을 뜨신 선조들 묘소에 묘비를 세우는 것이었다.

묘비를 세운다는 것은 어느 한 사람이 나서서 할 일이 아니어서 적어도 형제간이나 가족 간에 충분한 토론이 있어야 한다. 더구나 증조할아버지로부터 몇 대가 되는 산소이니 말이다.

내가 한국에서 노무하던 시기인 2008년 7월, 나는 서울에서 오촌 숙부 도영, 동생 남헌, 칠촌 조카 승군 등과 선조들 묘소에 비석을 세울 문제를 처음으로 제출하고 비문내용, 비석 모양과 크기, 설립날짜와 같은 구체적인 일들을 미리 토론하였다.

중국에 돌아온 후 모든 경비는 우리 내외가 책임지도록 하고 재차로 되는 전화토론을 거쳐 2010년 봄에 선조들 묘소에 비석을 세울 합의를 보았다.

2010년 이른 봄부터 우리 부부는 훈춘 시내에 있는 남헌 동생네 집에 장기적으로 거주하면서 청명을 계기로 산소에 비석을 세울 준비로 친척들과 여러 차례의 토론모임을 가지고 채석장을 돌아보면서 돌의 질과 색깔을 검토해본 후 비석을 주문하였다.

비석은 똑같이 유백색 바탕에 연한 검은 점이 박힌 화강암 재료로 그 크기를 높이 80cm, 너비 35cm, 두께 8cm로 만들었으며 그 밑돌 역시 화강암으로 길이 50cm, 너비 40cm, 두께 20cm로 만들었다.

2010년 청명 전 날, 백여 리 밖에 만들어 놓은 전부의 비석을 고향 회룡봉 뒷산까지 운반하여 증조할아버지, 증조할머니를 포함한 그 후손들까지 열 네 자리 묘소에 비석을 다 세워놓았다. 청명 날에는 증조할아버지 묘소로부터 건비(建碑)의식 겸 청명 제사를 올렸다.

처음 우리 박씨 선산은 회룡봉 중벌등(지금은 벌등촌에 속함) 뒷산에 정해졌는데 여기에는 나의 증조할아버지 박의도, 증조할머니 고 씨와 그들의 세 아들과 큰며느리인 박창증, 창증의 처, 박창일, 박창원, 그 아래대에 내려와 박관영의 처 김 씨, 또 그 아래대에 내려와 관영의 아들 박남순과 그의 아내 김명숙 합장묘지, 박남천, 이렇게 아홉 자리 묘소가 들어앉았다.

다음 우리 박씨 선산은 회룡봉소학교 바로 서쪽 북망산 동남 켠에 정해졌는데 거기에는 나의 아버지 박우영, 나의 두 어머니 유오복, 전애순, 나의 둘째 백모 김안나, 나의 셋째 백부 박상영 부부 합장묘지, 이렇게 다섯 자리 묘소가 있다. 두 곳 선산묘소가 무려 14자리로서 그들의 영혼은 영원한 두만강의 수호신이 되었다.

비석 정면 중간에는 묘주의 성명, 오른쪽 위에는 묘주의 출생 연월일, 왼쪽 아래에는 묘주의 사망 연월일이 새겨져있고 비석뒷면에는 묘주의 아들 형제들의 이름이 새겨져있다.

자식이 없으신 나의 셋째 백부 내외분과 둘째 백모의 비석 뒷면에는 시댁조카라는 뜻으로 '시댁질(媤宅姪)' 글씨를 새겨 넣어 우리 다섯 사촌 형제가 모두 그들의 자식이 되어주었다.

비석 측면에는 똑같이 '2010년 청명 경립(清明 敬立)'이란 글자가 새겨져있다. 청명절 좋은 날씨에 고인들의 직계자손들은 물론 박씨 가문의 사위와 외손들, 거기에 75세 고령이신 나의 십촌 남성 형님께서 먼 길도 마다하지 않고 행사에 참가하시어 우리에게 예법을 일일이 가르쳐주셨다. 그리하여 건비(建碑)의식과 함께 진행된 청명제사 행사는 한결 순조롭고 의의가 있게 되었다.

10년 전, 그러니까 2000년부터 내가 처음으로 발 벗고 나서서 고향의 소학교 동창들을 동원하여 새로운 '회룡봉 혁명 석굴' 기념비를 세우려고 서두르고 《회룡봉》 촌사를 출판하고 또 2006년 10월에는 건촌기념 행사를 조직하고 그와 관련된 2008년 '회룡봉 열사 기념비'까지 수건하느라 분주한 나를 보며 "삼촌은 적지 않은 개인 돈을 써가면서 무슨 우리 친척들과는 큰 관계도 없는 그런 일을 하는가"라고 하던 나의 큰집 승학 조카가 그날 청명 행사가 끝나 마을에 돌아온 후 나에게 집안일부터 먼저 하지 않는 삼촌이 당시에는 아주 이해되지 않았다 했는데 이번 행사를 통하여 진정 삼촌의 깊은 뜻을 깨달았다고 진지하게 말하는 것이었다.

이날 박씨 가문의 유일한 외손으로 행사에 참가한 나의 셋째 할아버지 창원의 큰 외손자 김성훈은 특별발언으로 중국 내에 직계후손도 없는 자기 외할아버지 묘소에 비석을 세워준 외가에 대단히 감사하다고 하였다.

의도와 그의 자식들이 중국에 이주해 온 때가 1909년이라면 세상 뜨신 그들 부부와 후손들의 묘소에 2010년 청명에 세운 비석은 바로 그와 그 후손들이 중국에서 겪어온 백년 이민사의 표지로 된다.

회룡봉촌 서산 여러 곳에 모셔져있는 나의 증조할아버지의 백부, 삼촌들의 후손인 창후 부부와 그들 후손들의 묘소, 창래 부부와 그들 후손들의 묘소에도 묘비가 세워졌다.

묘비는 세월과 더불어 가족의 역사를 지키면서 영원히 고향에 서있을 것이다.

지신 후손들이 중국에 이주한 후의 주요 정착지였던 회룡봉촌(지금은 세 개 촌으로 되었음)에 선조들의 묘소는 많지만 지금 그 대부분 후손들은 고향을 떠나 타지에서 살고 있다.

회룡봉촌은 지금 로전촌, 회룡봉촌, 벌등촌으로 갈라지고 촌민들은 너도나도 도시로, 외국으로 돈벌이를 떠나가는 바람에 마을은 인구의 급격한 감소로 한적하게 되었다.

북적북적하던 회룡봉소학교는 문을 닫은 지 오래고 얼마 남지 않은 촌민들은 생활 수준이 제고됨에 따라 벽돌집을 짓고 살고 있어 그 옛날의 초가집은 찾아보기 힘들게 되었다.

지금 회룡봉에서 살고 있는 지신의 후손들로는 창증의 손자 남순의 셋째 아들인 승권과 다섯째 아들인 승학이네 두 집뿐이다.

승권의 아들, 철우와 딸 향옥, 승학의 아들 철주는 모두 외지에 나가 일하고 있다.

회룡봉을 떠나 돈 벌러 도시와 외국으로 간 친척들이며 외지에서 공부하고 자기 기술과 재능으로 회사에 근무하고 있는 친척들이 고향에 찾아오면 한두 번쯤 만날 수는 있으련만 예전처럼 한 고장에 모여 살면서 친척들의 정을 마음껏 느끼며 오붓하게 살기는 어려울 것이다. 이 생각을 할 때마다 지나간 일들이 새삼스러워지고 또 지나간 시간들이 얼마나 소중했던지, 얼마나 값진 것이었던지를 다시금 느끼게 된다.

그들이 어디에 가서 어떤 일을 하든 부디 건강한 몸으로 사회를 위해 가족을 위해 열심히 일하였으면 하는 간절한 바람이다.

「두만강은 말한다」 항일역사 탐방기

편저자 신완섭

　〈두만강은 말한다 – 밀양 박씨 일가 중국 이주 100년사〉 출간을 앞두고 본서의 편집을 갈무리하는 마당에 2019년 4월 초순 4박 5일 (4/4-4/8) 간의 일정으로 중국 현지 탐방을 다녀왔다. 밀양 박씨 일가들이 1909년 처음으로 두만강을 건너 중국 땅에 정착했던 훈춘시 경신진 오도포촌, 회룡봉촌, 벌등촌을 비롯해 옥천동 파옥지, 7인 학살사건의 금당촌, 항일투쟁의 근거지였던 연통라자, 혁명 석굴 등을 차례로 둘러보고 훈춘, 연길 일대의 애국지사 후손들도 여러 분 만나 뵈었다. 현지에서 접했던 생생한 장면들과 인물들을 떠올리며 탐방기를 남긴다.

*
4월 4일(목)

사진 촬영을 자청하고 나선 동네 후배 전균섭과 공항버스에 몸을 실은 시간이 오전 6시, 비행기가 연길공항에 도착한 시각은 현지시간으로 오전 11시경, 인천공항에서 출발이 지연되는 바람에 장시간 기다렸을 텐데도 원저자 박남권 선생이 밝은 표정으로 맞아주신다.

간단히 점심을 끝내자마자 택시를 타고 인접한 용정시로 향했다. 민족시인인 윤동주의 생가를 둘러보고 그의 모교인 명동학교 자리에 세워진 기념관도 둘러보았다. 명동학교는 많은 애국지사를 배출한 민족사학이다. 그들의 영령을 기리며 잠시나마 애국정신을 마음에 새겨

보았다.

다시 연길로 돌아와 박 선생이 초대한 현지 분들과 저녁식사를 겸한 좌담자리를 가졌다. 김춘선 연변역사학회 회장, 김광현 주정부 문사반 주임, 김창진 연변교육출판사 발행인 외에 조선족 100년사 발간에 참여한 김창석 선생 등이 참석하였다. 대화 도중 자신들의 정체성에 대한 논쟁이 벌어졌다. "한 핏줄 한 민족이지만 우리는 중국의 조선족일 뿐입니다. 우리에게 어찌 대한민국만이 고국일 수 있겠습니까? 남한의 정식 명칭이 '대한민국'이듯 북한의 정식 명칭은 '조선민주주의인민공화국'이지 않습니까? 우리는 당신들을 한국사람, 조선사람으로 구분할 뿐입니다. 다만 한 민족이라는 일체감과 자긍심을 잃지 않으려고 열심히 살아가고 있지요."

❶
용정 윤동주 시인 생가
원저자(좌), 편저자(우)
❷
용정 명동학교 옛터 기념관
원저자(좌), 편저자(우)

❸
연변 학자와의 좌담회
좌로부터 김창진, 김창석,
김광현, 김춘선, 원저자, 편저자

술기운이 제법 오른 탓도 있었지만 그들의 예리한 지적에 잠깐이나마 머리가 아찔해졌다. 남북한이 대치하고 있는 상황에서 그들조차도 제삼자적 입장을 가질 수밖에 없는 현실이 안타깝게 느껴졌다. 분단의 역사가 낳은 정신적 단절을 없애는 길은 부단히 교류하고 교감하는 길밖에 없겠구나 여기며 자리를 떴다.

*
4월 5일(금)

이날은 청명(淸明)절이다. 중국은 국경일로 삼고 있어서 선조들의 묘소를 찾는 날인지라 거리가 부산할 수 있다는 말에 아침 일찍(7시 33분) 서연길역에서 훈춘행 고속철을 탔다. 약 40분 만에 도착, 택시를 잡아타고 1시간 거리에 있는 연통라자로 향했다. 이곳은 산 하나만 넘으면 러시아 땅인 접경지역으로서 박 선생의 할머니 박송녀가 항일유격대의 후근부대원으로 활약하다 일본군의 총격에 운명하신 곳이다. '연통라자항일유격근거지(煙筒砬子抗日遊擊根據地)'라 새겨진 비석을 지나 그녀가 항일전사들을 위해 식량, 의복 등 등짐을 지고 날랐다는 언덕

길을 오르다보니 스산한 바람만 그때를 기억하듯 휘몰아치고 있었다.

훈춘 시내로 돌아와 박 선생의 친누나인 박순화와 항일투사 박관영의 친손자이자 박 선생의 조카인 박승규가 합류하여 식사를 함께 한 뒤, 그의 안내로 중국 최동단인 방천(防川)으로 곧장 달려갔다. 가는 길에 북한 나진과 연결되는 권하(圈河)다리가 눈에 띈다. 방천으로 가는 길은 멀기도 했지만 이날따라 모래바람이 심하게 불어 자주 눈앞을 가렸다. 두만강 너머 중국 지도를 보면 용꼬리처럼 길게 하류까지 뻗어나간 곳이 방천(防川)인데, 청나라 말기 오대징(吳大澂)이 선조들의 땅을 지키겠다는 일념으로 토자패(土字牌; 국경표시석)를 세운 끝에 확보한 땅이라 한다. 지도로 표기하기에도 민망할 정도로 좁은 길이 한참 이어진다. 두만강변을 끼고 뚫려 있는 2차선 도로만 중국 땅일 뿐, 길

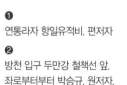

❶
연통라자 항일유적비. 편저자
❷
방천 입구 두만강 철책선 앞.
좌로부터부터 박승규, 원저자,
편저자

옆 너머는 러시아 땅이다. 그의 바람대로 동해 해안선까지 국경을 확보하지는 못했으나 나진-블라디보스토크 간 철로가 지나는 코앞까지 중국의 영토를 늘린 그의 충정에 큰 박수를 보낸다. 그러나 아쉽게도 우리 일행은 5km 정도를 남겨놓고 중국 국경경비대의 까닭 모를 검문에 걸려 발걸음을 돌릴 수밖에 없었다. 방천 끝 전망대에서 러시아, 중국, 북한 3국을 한눈에 내려다보고 멀리 동해 바다까지 보게 될 부푼 꿈은 다음 기회로 미룰 수밖에 없었으니 이번 탐방 중 유일하게 아쉬웠던 일정으로 남게 되었다.

다행히 근처에 '장고봉전투 기념탑'이 있어 잠시 들러보았다. 1938년 일본이 소련을 침략하기 위해 조선에 주둔 중이던 일본군 제19사단을 이곳에 배치하자 소련군도 대거 병력을 투입, 서로 간에 치열한 전투가 벌어진 결과 일본군이 참패한 곳이다. 이때 참전했던 소련의 한 병사가 작곡한 곡이 그 유명한 〈카츄샤〉라는 노래이다.

다시 걸음을 재촉하여 밀양 박씨 일가의 초기 정착지 중 한 곳인 오도포(五道泡)를 찾았다. 이곳 경신진 일대는 온통 늪으로 둘러싸여있어서 늪을 나타내는 포(泡) 앞에 숫자가 붙여진 지명이 적지 않다. 지금도 곳곳이 늪지대로 당시에 있었던 민가는 흔적도 없이 사라지고 황량한 허허벌판에 칼바람만 나부꼈다.

다음 행선지는 금당촌(金塘村), 이곳은 당시 일본군 진영이 소재했던 인근 흑정자(黑頂子) 아래에 위치한 조선족 노역자들의 집단부락이었다. 이곳의 지주였던 오재영이 마을에 숭신학교를 세워 후학을 지도하였는데, 일제 놈들이 반일투사로 의심되는 조선족 7명을 끌고 와 창으로 무참히 살해한 뒤 학교 건물에 집어넣고 불을 태운 극악무도한 짓을 저지른 곳이다. 우리 정부로부터 건국훈장 독립장을 추서 받은 신우여

❸
장고봉전투 카츄샤기념탑
원저자(좌), 편저자(우)

❹
7인 학살사건 금당촌 숭신학교
터. 좌로부터 박승규, 김성학,
편저자, 원저자, 유흥수

지사의 아들 신병진도 그날 현장에서 이들이 처참히 죽어가는 모습을
목격하고 투사가 되기로 결심하였다는 기록이 전해지고 있다. 신우여
지사의 종손녀 신금순(현재 북경 거주)의 전언에 의하면 안중근 의사도 거
사를 치르기 위해 소비에트 지구로 넘어가기 전 이곳 오재영 선생 댁
에 잠시 머물렀고 이때 권총 한 자루도 넘겨받았다고 한다.

　한국 손님이 온다는 소식을 듣고 마중 나온 유흥수, 김성학 두 노인
이 들려준 이야기도 가슴을 먹먹하게 하였다. 7인 학살사건이 난 이
후 마을에서는 아기도 없는 집 안에서 아기 울음소리가 자주 들렸다
고 한다. 억울하게 목숨을 잃은 원혼들이 마을을 떠나지 못하고 울부
짖는 소리였다는 것이다. 한때 훈춘 시내와 쌍벽을 이룰 정도로 번화
했던 거리는 을씨년스러울 정도로 초라하게 변했고, 학교 터도 옥수

수 밭으로 변한데다 주춧돌마저 땅 속에 파묻혀 온데간데없다.

어둠이 깔리기 전 경신진 소재지인 이도포로 넘어와 조선족 아주머니가 운영하는 〈경신식당〉에서 하룻밤을 묵었다.

*
4월 6일(토)

방문 사흘째인 이날은 원저자 박 선생의 고향 회룡봉(回龍峰)을 찾아가는 날이다. 점심 때 마을잔치를 열어주기 위해 아침 일찍 마트(招市)에 들러 전날 사둔 안줏거리 외에 술과 쌀 등을 잔뜩 사서 차에 실었다. 이날의 수행차는 승규의 소학교 후배인 한족 란 씨가 맡아주었는데, 산동성 출신으로서 한족이 드문 이곳에 들어와 조선족학교에 진학한 연유로 우리말이 유창하였다. 재미난 사실은, 조선족 동창들이 대부분 한국에 나가 돈벌이를 하는 바람에 친구들의 농지를 임대받아 농사를 짓다보니 트랙터가 없인 농사를 못 지을 정도로 농지 규모가 커지고 기르는 가축 수도 부쩍 늘어 농사 재미가 쏠쏠하다는 것이다.

첫 방문지는 옥천동 파옥지(玉泉洞 破獄址). 당시 일본경찰서가 있던 자리는 간 곳이 없어졌지만 지하 무기고는 온전히 보전되고 있어서, 박 선생의 큰 백부 지영이 주도했던 탈옥사건의 전모가 생생히 떠오르는 듯하였다.

이동하는 내내 회룡봉으로 이어지는 두만강변 옆길에는 출입을 엄금하는 철책선이 쭉 늘어서 있었다. 하지만 철책 너머 두만강과 북한 땅의 모습이 너무도 선명하여 두만강 물에 손이라도 담가보자고 떼를 썼다. 마침내 감시가 뜸한 지역에서 란 씨가 철책문을 따 주었으므로 나와 균섭은 강물이 흐르는 하천가까지 내려가 두만강물을 떠서 손을 씻어보았다. 순간 눈물이 핑 돌 정도로 감개가 무량하여 나도 모르게 씻은 손을 치켜들고 만세삼창을 외쳤다. "대한독립 만세, 대한민국 만세, 우리 민족 만세!!!" '그래, 도도히 흐르는 저 강물은 우리 선조들의 눈물일지도 몰라. 여기 함께한 동포들과 약속을 하자. 더 이상 눈물 젖은 두만강이 흐르지 않게 하자.'고 떠나 갈 듯이 만세삼창을 외친 것이다.

　가던 길가에 자리한 회룡봉소학교 터에 들렀다. 빈 운동장과 창고로 변해버린 교사(校舍), 떼어내지 못한 칠판만 덩그러니 걸려있다. 자랑스럽게도 조그만 이 시골학교는 군 장성을 11명이나 배출할 정도로 수많은 인재들을 배출했다. 남한에서 장군이 된 박 선생의 사촌

❶
옥천동 탈옥 유적지
원저자(좌), 편저자(우)
❷
한족 란 씨가 망을 보는 가운데
두만강물로 손을 씻는 편저자

박남표와 북한에서 장군이 된 육촌 박남룡이 낙동강을 사이에 두고 치열한 교전을 벌인 웃지 못할 일화가 떠오른다. 동창들인 박 선생, 박승규, 란 씨와 폐교를 배경으로 기념사진을 남겼다.

점심 식사를 하기에는 시간이 너무 일러 회룡봉 마을회관 앞 언덕에 있는 '혁명열사 기념탑(革命烈士記念塔)'에 올라가 잠시 묵념을 하였다. 탑 뒷면에 새겨진 '혁명열사 영생불멸하리!'라는 문구가 저 넓은 벌판 너머, 두만강 너머, 멀지않은 북녘 땅에도 전해지리라. 승규가 〈회룡봉 노래(리만석 작사,작곡)〉를 흥얼거린다. 즉석에서 필사한 혁명가 가사를 소개한다.

회룡봉 열사탑에 아침노을 비끼고
청춘의 가슴에 붉은 피 끓는다.
다다기* 쩡쩡, 지심(地心)을 울리고
더운 땀 철철, 엄설(嚴雪)을 녹이네.
우리는 돌격대, 싸움의 주력군
회룡봉 산천에 진달래꽃 피우세.

다시 차에 올라 혁명 석굴이 있는 벌등(伐登)마을 야산을 찾았다. 산 입구의 큰 기념비와는 달리 석굴은 아직도 은신처인 양 쉽게 모습을 드러내지 않았다. 산등성 바위들 틈에 잔뜩 쌓여 있는 낙엽더미로 인해 발이 푹푹 빠지는 험로를 헤맨 끝에 박 선생이 직접 써 두셨다는 '革命洞(혁명동)' 세 글자가 새겨진 석굴 입구 앞에 다다랐다. 해마다 조

*다다기: 땅을 단단히 다지는 데 쓰는 달구의 북한말

❸
용두산 언덕 회룡봉 기념탑. 좌로부터 원저자, 편저자, 박승규, 한족 란씨

❹
벌등 야산의 혁명 석굴. 앞줄 좌 박승규, 우 한족 란씨, 뒷줄 좌 원저자, 우 편저자

금씩 바위가 내려앉은 탓에 7, 8명이 한꺼번에 숨어들었다는 석굴 안은 들여다 볼 수가 없었다. 나와 균섭은 주머니에 있던 손수건을 꺼내 석굴 입구의 나뭇가지에 매달았다. 누가 오더라도 이 자리를 쉽게 찾으라는 표식을 남기는 것으로 애석함을 달랬다.

산길을 내려와 100여 년 전 밀양 박씨들이 나룻배를 타고 함경도 경흥 땅에서 중국 땅으로 건너왔다는 게바위나루터를 찾았다. 게바위나루터는 아오지에서 가장 가까운 북한 땅의 나루터로 예로부터 '게가 많이 잡히는 바위'라는 뜻으로 붙여진 이름이다. 두만강의 잦은 범람으로 바위 부분이 많이 침식되어 정확한 위치를 찾느라 애를 먹었다. 두만강만 건너면 육로로 연해주까지 갈 수 있는 최단거리 코스여서 안중근 의사나 그의 어머니 조마리아 여사뿐만 아니라 많은 애국

❺
게바위나루터를 배경으로
편저자, 전균섭

❻
회룡봉 사람들. 왼쪽 끝 원저자,
오른쪽 세 번째 편저자

지사들이 드나든 곳이라고 알려져 있다. 한참을 우두커니 서서 두만
강 너머 나루터를 살펴봤지만 강 너머엔 인기척이 전혀 없다. 언제쯤
이면 '두만강 푸른 물에 내 님을 싣고' 이 강을 건너보게 될 지 답답한
마음을 억누르고 발길을 돌렸다. 이날의 감동을 잊지 않기 위해 '두만
강 뱃사공'으로 운을 띄워 시조 한 수를 남긴다.

두고 간 사연마다 눈물바다 이뤘다지
만감이 교차하는 나루터를 바라보며
강변의 매서운 바람 온 몸으로 껴안다

뱃길이 지척인데 내 님은 아니 오고

사공만 노심초사 빈 배를 저어가네,
공연히 마음 졸였던 눈물 젖은 두만강

  회룡봉으로 되돌아가는 길에 승규가 작년에 지었다는 기와집에도
잠시 들렀다. 그는 현재 훈춘 문화관 공무원으로 일하며 희곡을 쓰는
작가이기도 하다. 고향이 그리울 때 향수를 달랠 요량으로 거금 20만
위안(=한화 3천3백만 원)을 들여 별장을 마련한 것이다. 나에게도 언제든지
제 집처럼 이용하라는 말도 잊지 않았다. 그런 날이 빨리 오기를 학
수고대한다.

  벌등마을을 막 벗어나기 전 길림성 문물 보존지로 지정되어 있다는
'벌등 100년 기와집'에도 들렀다. 지금으로부터 100여 년 전에 김 아
무개가 직접 지은 집으로서 자치구 내에서 가장 멋진 전통한옥으로
인정받아 영화 촬영지로도 자주 등장한단다. 대화 도중 불쑥 승규가
정율성(1914-1976) 이야기를 꺼냈다. 내용인즉 그의 일대기를 다룬 중
국영화사가 촬영 장소로 삼은 곳이 바로 이 기와집이라는 것이다. 정
율성은 전남 광주 태생으로 일찍이 음악뿐 아니라 독립운동에도 눈을
떠 19세에 중국 남경으로 건너가 의열단에 가입했는데, 모택동의 눈
에 띄어 지금의 중국 국가인 〈인민해방군가〉 등 수많은 노래를 작곡
하였다고 한다. 본래 이름인 '부은' 대신 '선율(旋律)로 성공(成功)하겠다'
는 각오로 '율성'으로 이름을 바꾼 이래 창작활동에 전념한 결과 오늘
날 근현대중국음악의 아버지로 칭송받고 있다 한다. 이후 그의 재능
을 탐낸 북한 김일성도 그를 초청하여 〈조선인민군행진곡〉, 〈조선해
방행진곡〉 등 북조선 국가도 작곡하게 하였다 하니, 이데올로기를 떠
나 음악적 재능으로 영웅 칭호를 받은 그의 대성공에 아낌없는 찬사

를 보낸다.

　드디어 회룡봉에 도착했다. 차에서 내리자마자 일군의 무리가 우리를 환영한다. 인사를 나누고 보니 김원춘 마을촌장, 박 선생의 조카이자 승규의 친형인 박승권 노인회장, 그리고 부녀주임, 마을원로 분들이다. 작년에 새로 지어진 마을회관에서 서로간의 인사를 간단히 나누고 회관 곳곳을 시찰했다. 벽촌치고는 너무도 화려하게 잘 갖춰진 시설에 감탄이 절로 난다. 전임 촌서기의 헌신적인 노력의 결과물이라고 마을 사람들의 칭송이 자자하다. 그런 빛나는 업적의 결과로 훈춘시장 비서로 발탁되어 갔다는 미담도 전해 들었다.

　노인회장 승권의 집으로 장소를 옮겨 조촐한 마을잔치를 벌였다. 어르신들에게 술을 따라드리고 담소도 나누는 사이 감격에 겨워 박 선생이 여러 차례 눈물을 훔친다. 나도 감동을 참지 못하고 다같이 '고향의 봄' 노래를 부르자고 제안했다. 함께 노래를 부르다보니 나도 몰래 목이 메어 눈물을 뚝뚝 흘렸다. "나의 살던 고향은 꽃피는 산골… 울긋불긋 꽃대궐 차린 동네, 그 속에서 놀던 때가 그립습니다." 언제고 진달래꽃이 흐드러지게 필 때 또다시 찾으리라 다짐해 본다. 술자리가 한창 무르익을 무렵 촌장님이 내게 '명예촌장 증서'를 써 주

❼
마을잔치 중 명예촌장 위촉
좌로부터 원저자, 편저자,
노인회장, 촌장, 박승규

셨다. 마을을 방문해 잔치를 열어준 첫 한국 손님이라며... 나는 이날 만취했다.

술을 깨고 보니 다시 훈춘 시내, 승규의 소학교 동창이자 오촌 외조카인 치과의사 김영호와 그의 대학동창 일행이 반갑게 맞아준다. 우리를 환영해주기 위해 연변자치주 여기저기서 10여명이 모인 것이다. 다들 하는 일은 달라도 요직에 오른 조선족 엘리트들이다. 대화 도중 군부대에서 부사령관을 맡고 있다는 한 친구 왈, "내가 올라 갈 수 있는 자리가 여기까지요, 사령관은 한족이 아니면 아니 되오." 공직이나 군부대에 종사하면 최고 자리를 감히 넘볼 수 없다는 그의 말이 코끝을 찡하게 만든다. 이래저래 기분 좋아 취하고, 안타까워 취하다보니 필름이 끊기는 줄도 몰랐다.

*
4월 7일(일)

중국 방문 나흘째, 오늘이 공식 탐방 마지막 날이다. 훈춘시 북쪽에 자리한 대황구(大荒溝) 항일유적지를 찾았다. 이날 차량은 훈춘시청에 근무하는 승규 친구 김기선이 맡아주었다. 시내에서 약 1시간 거리에 있는 대황구는 '13열사 기념비(13烈士記念碑)'와 '훈춘 당사 전람관(琿春黨史展覽館)'이 있는 곳이다. 13열사 사건은 1933년 10월 훈춘군 유격대가 이곳의 한 지주 집에 숨어들었다가 그의 밀고로 일본토벌대들의 공격을 받아 13명의 열사가 순직한 사건이다. 13명 유격대원 중 12명이 조선족일 정도로 항일의 선봉에 서 있었는데, 박 선생의 둘째 백부이자 승규의 종할아버지 박근영도 함께 교전을 벌인 끝에 구사일생으로

❶ 대황구13열사 묘비. 편저자(좌), 원저자(우)

❷ 13열사 기념탑. 좌로부터 원저자, 편저자, 박승규, 김기선, 류오신 관장

살아서 도망 나온 곳이다. 그의 용맹은 여기에 그치지 않는다. 2년 후인 1935년 가을 무렵 붙잡히게 된 그는 사형장으로 끌려나온 자리에서도 혼신을 다해 일제와 앞잡이들을 내동댕이치고 탈주하여 연변 역사 인물 사상 유래 없는 전설적 영웅으로 남아있다.

　　마침 일요일인지라 전람관의 문이 굳게 닫혀있었으나 시청간부인 김기선이 한족 출신의 류오신 관장을 호출한 끝에 천만다행으로 내부를 관람할 수 있었다. 둘러보다보니 훈춘시가 추서한 항일 열사 386명 중 조선족이 98%(377명)일 만큼 내부 전시 자료들의 절반 가까이는 우리 조선족의 몫이었다. 나는 자랑스럽기도 하고 한편으로는 우리 민족의 애환을 뼈저리게 느끼게 된다. 무엇이 이들로 하여금 타국에까지 와서 목숨을 바치게 했을까? 그것은 불의에 맞서 싸우려는 용맹심이요, 나라를 지키려는 애국정신의 발로였지 않았을까! 우리 민족 앞에 다시는 이런 역사가 되풀이되지 않길 기원하며 이번 탐방의 대미를 마무리하려 한다.

"생명이 지푸라기보다 천하고, 존엄이 개미보다도 보잘것 없으며, 제대로 입지도, 배불리 먹지도 못했던 훈춘 인민들은 중국 공산당의 영도하에 손에 사제 총포를 쥐고 칼과 창을 휘두르면서 일본침략군에 반항하였고, 중국의 동북지방을 전전하면서 한번 또 한번의 승리를 거두었습니다...(중략)... 중국 공산당의 영도는 역사적인 선택이고 인민의 선택입니다!"

관람을 마치고 나오는 문 옆에 새겨진 '맺음말(結語)'이 다소 거북하다. "생명을 귀하게 여겼기에 싸웠고, 존엄이 바다보다 넓었기에 정의를 귀하게 여겼으며, 제대로 입고 배불리 먹고 싶었기에 불의에 항거하였다. 그것은 당의 영도와 선택이기 이전에 인간으로서의 책임과 의무였다"라고 고쳐 써야 마땅하지 않을까? 돌아오던 내내 찬바람이 귓전을 때린다.

훈춘 시내로 돌아와 지역 인사들과 오찬모임을 가졌다. 22년간 교장을 역임한 김정남 선생, 〈회룡봉 촌사〉, 〈훈춘 조선족 발전사〉 등 향토사를 집필한 양봉승 선생, 훈춘 문인협회 유춘란 시인, 소학교 교사 김화자 선생, 새로 부임한 회룡봉촌 김걸 당서기 등이 자리를 함께 했다. 이들은 모두 회룡봉 출신이거나 현재 회룡봉을 위해 일하

❸
훈춘 당사 전람관에서의 설명 경청. 좌로부터 류오신 관장, 김기선, 편저자

고 있는 사람들로서 회룡봉에 대한 긍지가 대단하다. 양 선생은 자신이 펴낸 책을 선물하며 "여우도 죽어갈 때에는 머리를 자기가 살던 굴 쪽으로 향한다."는 글귀를 남겨주었다. 답례로 가지고간 자작시집 〈사랑놀음〉을 선물했다.

아쉬움을 뒤로 하고 공항이 있는 연길로 돌아오니 또 다른 손님 두 분이 우릴 반긴다. 박 선생의 소학교 동창들이다. 집안에서 박사를 3명이나 배출했다는 전관영 박사와 소꿉친구였다는 김순자와 밤 깊도록 이야기꽃을 피웠다. "그저, 그저 일 없습네다" 이들의 입담이 정겨울 무렵, 마침내 균섭도 술을 이기지 못하고 꼬꾸라졌다.

*
4월 8일(월)

공항으로 나가기 전 잠시 근처 '인민공원(人民公園)'에 들렀다. 요란한 음악과 함께 아침체조를 즐기는 노인들의 율동이 한창이다. 계단 위 조각공원에는 우리 민족의 생활풍습 – 젖먹이는 엄마, 머리 빗는 아낙네, 글을 가르치는 훈장 – 의 모습을 새긴 조각상이 눈길을 끈다. 병기(倂記)된 한자만 없다면 국내 공원으로 착각이 들 정도다. 참고로 연변 조선족 자치주에서는 자치주 조례에 따라 모든 간판은 조선어와 한어를 의무적으로 병기해야 한다.

길 건너 서점에도 들러 〈길림성 지도책〉을 한 권 샀다. 바람처럼 휙 돌아 본 항일유적지들의 정확한 소재가 궁금했기 때문이다. 닷새간 둘러 본 탐방거리는 서울–부산 간 왕복거리를 족히 능가했겠지만 마음으로 느껴지는 거리는 지구 반 바퀴를 돈 듯하다. 비행시간에 늦

지 않게 공항에 도착, 박 선생과 아쉬운 작별을 고했다. 닷새간의 짧았던, 그러나 결코 짧지 않았던 일정을 소화해낸 긴장감이 풀리자 피로감이 물밀 듯 밀려든다.

기내에서 30, 40여 조선족 분들과 나눈 대화를 마지막으로 떠올려본다. "한국 TV에선 코미디 프로를 따로 볼 필요가 없습니다. 뉴스에 나오는 정치인들의 행태가 몽땅 코미디 같으니까요.", "물에 빠진 여자를 보면 우선 어느 나라 사람인지를 물어봐야 해요. 한국 여자라면 건져내질 말아야 해요. 여자를 힘들여 건져놓고 나면 성추행 당했다고 그럴테니까요.", "한국 사업가들은 하나같이 허풍쟁이에 사기꾼들입니다. 이곳에 와서 하도 큰 소릴 치길래 한국에 나가봤더니 사는 집도 없습디다.", "한국은 미국의 종 나라입니까, 미국 앞에 맥 못추는 꼴을 보고 한족들이 손가락질할 때마다 동족으로서 부끄럽습니다." 차를 타고 오가며 들어 본, 우스갯소리로 넘기기엔 하나같이 뼈 있는 말들이다. '육체가 아무리 건장해도 정신이 썩은 민족은 앞날이 없다'는 루쉰의 말을 귀담아 새겨야 할 것이다.

이번 답사는 이런 인식을 바꾸는 데 일조했다고 자부한다. 회룡봉 촌 마을 잔치 때, 나는 이번 답사코스를 한국 내에 널리 알려 우리 선조들이 피땀 흘려 분투했던 현장들을 한국의 젊은이들에게도 보여주는 기회를 마련하겠다고 공언했다. 우리 일행이 그랬던 것처럼 두만강물에 손을 씻고, 항일투사들의 유적을 낱낱이 둘러보고, 민족시인 윤동주 생가 방문을 통해 민족정신을 함양하고, 나아가 백두산에도 올라 백두산 호랑이의 호연지기를 담아오는 '한민족 항일역사 탐방'을 꼭 실현시켜보겠다고.

이로써 닷새간의 탐방 일정이 모두 끝났다. 연변 일대의 항일 유적지를 샅샅이 뒤져보고 현지 사람들과 대화를 나누는 데도 적지 않은 시간을 할애했다. 공감은 교류와 대화에서 싹튼다는 사실을 실감하고 온 값진 여행이었다.

＊＊이번 항일역사 탐방은 경기문화재단 '3.1운동 및 상해임시정부 수립 100주년 기념사업'의 일환으로 펴내게 된 본서의 출간에 앞서 고증과 자료수집 차원에서 다녀오게 되었음을 밝힌다.

1909 – 2018 110년간 국내연표

1909 　안중근의사, 하얼빈에서 이토 히로부미 사살

1910 　한일합병조약 조인

1911 　〈소년〉지 폐간

1912 　어업세령(漁業稅令) 공포

1913 　안창호 등 흥사단 조직

1914 　대전─목포간 호남선 공사 완공

1915 　윤상태, 이시영 등 조선국권회복단 조작

1916 　경복궁터에 총독부 청사건물 기공식

1917 　이광수 소설 〈무정〉 매일신보 연재 시작

1918 　총독부 〈조선어사전〉 편찬 간행

1919 　고종, 덕수궁에서 승하. 3.1운동, 상해임시정부 수립

1920 　홍범도 대한독립군, 봉오동전투

1921 　조선어연구회 가갸날(한글날의 시초)

1922 　어린이날 제정

1923 　잡지 〈어린이〉 발행

1924 　조선노동/농민 총동맹

1925 　김소월 〈진달래꽃〉 발표

1926 　6.10만세운동, 나운규 영화 〈아리랑〉

1927 　신간회, 근우회 발족

1928	이동녕, 안창호 등 한국독립당 조직
1929	광주항일학생운동
1930	사리원-동해주 간 황해선 개통
1931	만주사변, 만보산 사건
1932	윤봉길 의거
1933	한글맞춤법 통일안 제정
1934	진단학회 조직
1935	민족혁명당, 한국국민당 조직
1936	동아일보, 일장기말소사건
1937	중일전쟁, 항일연군내 항일유격대 보천보전투
1938	국가총동원법 제정(학도징병, 여자정신대)
1939	공출제도, 창씨개명
1940	동아,조선일보 폐간, 한국광복군 결성
1941	태평양전쟁 발발
1942	대한민국임시정부, 조선의용대를 광복군에 편입
1943	총독부 징병제 공포
1944	미곡 강제공출 실시, 여자정신대 군무령 공포
1945	8.15광복, 조선건국준비위원회 발족(여운형)
1946	제1차 미소공동위원회 개최
1947	김구, 남한 단독 정부수립 반대
1948	이승만, 제1대 대통령 취임. 제주 4.3 및 여순 10.19사건
1949	반민족행위 특별조사위원회 발족
1950	6.25전쟁
1951	1.4후퇴. 자유당 창당

1952	제1차 개헌(발췌개헌)
1953	휴전협정 조인
1954	제2차 개헌(사사오입 개헌)
1955	국사편찬위원회, 조선왕조실록 간행 착수
1956	제1회 국군의날 기념식
1957	한글학회, 큰사전 완간
1958	제4대 민의원 총선거
1959	경향신문 강제폐간, 진보당 조봉암 사형집행
1960	3.15 부정선거. 4.19혁명
1961	5.16 군사정변
1962	제1차 경제개발 5개년 계획
1963	민주공화당 창당, 부산 직할시 승격
1964	6.3시위. 미터법 실시
1965	베트남 파병. 한일협정 조인
1966	한미행정협정 조인
1967	과학기술처 신설. 제2차 경제개발 5개년 계획
1968	1.21사태. 향토예비군 창설
1969	3선 개헌안 변칙 통과
1970	새마을운동 제창
1971	제7대 대통령, 제8대 국회의원 선거
1972	7.4남북공동성명. 10월 유신
1973	6.23평화통일선언, 제1차 석유파동
1974	긴급조치 선포. 서울지하철 1호선 개통
1975	정부, 방위세 신설

1976	전국 단위 첫 반상회 실시
1977	기능올림픽 제패. 수출 100억 달러 달성
1978	제9대 대통령, 제10대 국회의원 선거
1979	YH무역사건. 부마민중항쟁. 10.26 & 12.12 사태
1980	5.18민주화운동
1981	전두환 정부수립. 수출 200억 달러 달성
1982	야간통행금지 해제
1983	KBS 이산가족 찾기 시작. KAL기 피격 참사
1984	서울지하철 2호선 및 88올림픽고속도로 개통
1985	남북고향방문단 상호교류
1986	서울 아세안게임
1987	박종철 고문치사. 6월 민주항쟁
1988	노태우 정부수립. 제24회 서울 올림픽 개최
1989	21세기위원회 발족
1990	민정 민주 공화 3당 합당. 소련과 국교 수립
1991	남북 동시 UN 가입. 구소련 붕괴
1992	중국과 국교 수립. 국내 최초 인공위성 〈우리별〉 발사
1993	김영삼 정부 수립. 금융실명제 실시
1994	북한 김일성 사망
1995	지방자치제 재개. 한국, UN안보리 비상임이사국 피선
1996	경제협력개발기구(OECD) 가입
1997	IMF구제금융 공식 요청
1998	김대중 정부수립. 노사정위원회 협상 타결
1999	한일어업협상 타결

2000	6.15남북공동선언. 서해대교 개통
2001	인천국제공항 개항. 서울월드컵경기장 개장
2002	2002 월드컵 축구대회
2003	노무현 정부 출범. 대구 유니버시아드대회 개최
2004	이라크 파병. 제17대 국회의원 선거
2005	아시아 태평양 경제협력체(APEC) 정상회의 개최
2006	수출 3000억 달러 돌파
2007	제2차 남북정상회담
2008	이명박 정부 출범
2009	용산 참사. 친일인명사전 편찬. 노무현·김대중 대통령 서거
2010	천안함 침몰
2011	서울시장선거 디도스 공격. 북한 김정일 사망
2012	국정원 선거 개입
2013	박근혜 정부 출범
2014	세월호 참사. 진보당 해산
2015	메르스 사태
2016	박근혜-최순실 국정농단. 대규모 촛불시위
2017	박근혜 탄핵. 평창 동계올림픽 개최
2018	판문점 남북정상회담

중국이주 밀양 박씨 박남권의 6대 가계도

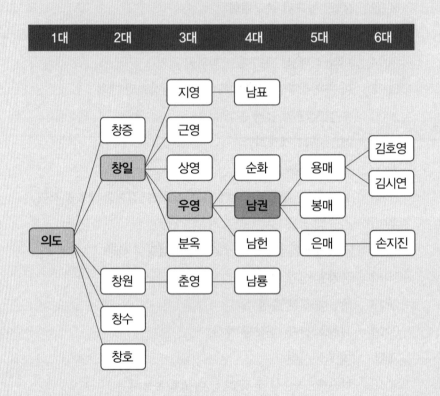

중국 이주 1대 박의도의 5남1녀 중 둘째 창일의 넷째 아들인 우영의 장남이 원저자 남권이다. 이주 4대인 남권은 딸만 셋 낳아서 그의 직계 밀양 박씨는 5대에서 그치고 만다. 그의 할아버지와 아버지를 제외한 가족도는 지면관계상 생략했으나, 자주 등장하는 4촌 남표와 6촌 남룡은 이해를 돕기 위해 함께 계보로 남긴다.

편집 후기

•

　우리는 지금까지 한 밀양 박씨 일가의 중국 이주 100년사를 살펴보았다. 지난 사반세기가 넘는 동안 이들은 상상조차 하기 힘든 질곡의 삶을 피와 땀으로 살아왔다. 굶어죽지 않으려고 함경도 집성촌을 등지고 두만강을 건넜고 그 척박한 땅을 옥토로 일군 것은 잠시였을 뿐 일제 침략의 회오리 광풍은 그들을 항일투쟁의 최전선으로 나서게 했다. 할아버지가 일제의 손에 매 맞아 죽고 아버지, 삼촌, 숙모들은 죽을 각오로 투항하여 항일의 열사가 되었다.

　1945년 항일전쟁승리(=8.15 해방) 이후 신중국 국가 재건에 앞장서서 소수민족의 명예와 자부심을 드높였으나 1950년 6.25 동란의 발발로 사촌지간에 총부리를 겨누는 동족상잔의 비극을 맛보아야 했다. 그 사이 가족은 뿔뿔이 흩어져 지금은 중국, 북한, 남한, 미국, 러시아, 우즈베키스탄, 키르기즈스탄 등 일곱 개 나라에 흩어져 살고 있다. 그야말로 한 많은 밀양 박씨 일가의 디아스포라와 불행한 민족사의 한 단면을 여실히 보여주고 있는 것이다.

그런 중에도 올해 77세를 맞는 구술자 박남권 선생은 이주 4세대의 한 분으로서 아버지의 할아버지 때부터 시작된 중국 이주 역사에 종지부를 찍고 새로운 역사를 창조할 새로운 한 세기를 꿈꾼다. 저들이 살아온 과거사를 펼쳐보며 현실을 판단하고 미래를 내다보면서 더 휘황찬란한 가족력을 엮어나가기를 소망한다. 그 요체가 되는 씨앗이 바로 기록된 글과 사진자료라는 것이다.

　그런 구술자의 남다른 소망은 조국 대한민국에서 중국 이주 밀양 박씨 가문의 이야기를 펴내고자 하는 것이었다. 2년 전 경기 군포에서 무역업을 하는 조카 승군으로부터 삼촌인 박 선생의 원저 〈두만강에 서린 애환(북경 민족출판사 간)〉을 받아들자마자 하룻밤 새 책을 읽으면서 나도 몰래 흐르는 눈물을 주체할 수 없었다. 고난의 한 세기를 살다간 그들의 영령 앞에 한국에서의 출간은 내가 책임지겠다는 다짐을 했었다.

　지난해 연말 사비를 털어 중국 대련시 여순으로 그를 만나러 갔을 때다. 공항에 마중 나온 그의 첫 인상은 오래 교직에 몸담아서였는지 학자의 전형적인 모습 그대로였다. 이틀간 그의 집에서 밤새 이야기를 주고받으면서 한국에서의 독점출판권을 내게 부여했음은 물론 남한 사람들이 읽기 쉽도록 수정하고 각색하는 것도 전적으로 맡기겠다는 말씀을 하셨다. 단지 사실을 왜곡해서는 안 된다는 전제였다. 돌아와서 나는 출간 장르를 소설로 삼을까 잠시 고민하였다. 기구한 내용과 극적인 반전이 소설 같기도 해서였다.

밝히건대 나는 몇 년 전 등단한 시인이다. 그러나 긴 호흡의 소설 창작은 한 번도 해 본 적이 없었던지라 포기하고 대신에 그의 투철한 가족애와 민족애를 애달파하는, '조선족 박남권'으로 운을 띄운 시조 한 수를 남겼다.

조부님은 항일의 열사셨고, 조모 역시
선혈을 조국 위해 광야에 뿌리셨다.
족쇄를 채운다한들 뿌리 없인 살 수 없어

박씨들의 이주사를 낱낱이 기술하니
남표 남룡 육촌간의 어이없는 전쟁사도
권당질* 한 땀 한 땀의 참 기구했던 민족사

생각을 고쳐먹자 이내 구술자의 원저를 토대로 회고록으로 내는 게 마땅하다는 결론을 내렸다. 그간 일가친척들의 입을 빌려 집안의 내력을 살피고, 향토 사료를 뒤적여 선대로부터 기록되어온 박씨 일가의 자료를 찾아내고, 멀리 외국에 흩어져 살고 있는 친척들까지 직접 방문하여 가족사를 기술하는데 만전을 기했던 그의 노고를 훼손시키고 싶지 않아서였다. 다만 100년 이상 타국에서 살면서 우리말 표준과 너무도 어긋나는 낱말이나 표현은 바로잡고, 다소 지루하게 여겨지는 가족사는 대거 축약을 해야 했다. 그래서 본서는 해외원서를 우리말로 번역하듯 새롭게 편집한 책이 되고 말았다. 결코 누가 되지

---

*권당질: 바느질을 잘못하여 양쪽이 들러붙게 꿰매는 일

않길 바랄 뿐이다.

출간비용을 고민하던 차에 경기도의회 정윤경의원으로부터 경기문화재단이 주관하는 '3.1운동 및 대한민국임시정부 수립 100주년 기념 민간공모 지원사업'이 있다는 소식을 전해 듣고, 설 연휴 닷새 동안 하루도 쉬지 않고 꼬박 탈고를 거듭한 끝에 마침내 초고를 출품하게 되었다.

그 과정에 큰 도움을 주신 경기도의회 정윤경 도의원님, 경기도청 문화정책과/문화정책팀 조상형 팀장님과 이남주님, 문화체육관광국/콘텐츠산업과 류한수님, 군포시민신문 발행인 이진복 교수님, 교정교열을 챙겨준 원저자 조카 박승군님, 항일역사 탐방에 사진사로 동행해 준 전균섭님, 중국 탐방 때 가이드로 수고해 준 원저자 박남권 선생님과 조카 박승규님, 그 외 탐방 중 만나 본 많은 조선족 분들에게 심심한 감사를 드린다. 끝으로 심사과정을 거쳐 구술자 박 선생에게 한 약속을 지킬 수 있는 절호의 기회를 준 경기문화재단에 마음 깊이 감사드리며 이만 후기를 줄인다.

2019년 5월
경기 군포 사무실에서 편저자 신완섭

밀양 박씨 일가의 중국 이주 100년사
두만강은 말한다

초판1쇄 발행   2019년 5월 15일

원저자   박남권
편저자   신완섭
펴낸이   신완섭
디자인   디자인미창
삽 화   이혜원

펴낸곳   고다
등 록   2010년 6월 22일(제2010-000016호)
주 소   경기도 군포시 수리산로 33, 833-2702
전 화   010-2757-6219
팩 스   031-466-1386
이메일   golgoda9988@naver.com

ISBN   979-11-952266-3-4
책값   17,000원